Vier Jahreszeiten

Hinter
den Kulissen eines
Luxushotels

Sepp Ebelseder & Michael Seufert

Vier Jahreszeiten

Hinter den Kulissen eines Luxushotels

Die Hanse

Die Deutsche Bibliothek – CIP-Einheitsaufnahme

Ein Titeldatensatz für diese Publikation ist bei
Der Deutschen Bibliothek erhältlich

Zuerst erschienen: Rowohlt Verlag GmbH, 1999
Umschlaggestaltung: atelier freilinger & feldmann
Umschlagfoto: Rudolf Nährig
Gesamtherstellung: Clausen & Bosse, Leck
Printed in Germany

ISBN 3-434-52597-1

Informationen zu unserem Verlagsprogramm finden Sie
im Internet unter www.die-hanse.de

Für Max und Maxi

Inhalt

II.
Fritz Haerlin

Prolog

Diesen Mittwoch wird Gert Prantner sein Leben lang nicht vergessen. Es war Mittwoch, der 8. Januar 1992. Prantner, Chef des weltweit bekannten Hotels «Vier Jahreszeiten» in Hamburg, saß an seinem Schreibtisch, als das Telefon klingelte. Seine Sekretärin kündigte einen Beamten der Kriminalpolizei in Salzburg an.

Salzburg, Kripo? Es war Prantner schlagartig klar, daß etwas Schlimmes passiert sein mußte. In Salzburg lebte seit sieben Jahren seine ehemalige Chefin, Agnes Haerlin. Für sie hatte er mehr als ein Jahrzehnt das weiße Haus an der Binnenalster geführt. Er hatte es zum zweitbesten Hotel der Welt gemacht, und sie hatte ihn fast als ihren Sohn angesehen, dem sie voll vertrauen konnte. Der auch zu ihr stand, als die Steuerfahndung kam und sie in arge Bedrängnis brachte. Der sie in ihrem österreichischen Exil besuchte, nachdem sie aus Angst vor Untersuchungshaft Hals über Kopf aus Hamburg geflohen war. Sie hatte jahrelang im Krieg mit ihren beiden Töchtern Annemarie und Thekla gelebt. Denn die wollten die Mutter mit allen Mitteln dazu bewegen, das Hotel zu verkaufen. Es sollte Schluß sein mit der fast hundertjährigen Familientradition. Die Töchter hatten Geld sehen wollen.

Jetzt meldete sich Dr. Glinig von der Bundespolizei-Direktion Salzburg und sagte, Agnes Haerlin sei tot. Er könne die Töchter nicht erreichen, ob denn Prantner als alter Freund der

Familie helfen könne. Prantner ahnte, daß Thekla und Annemarie wie in jedem Januar nach Australien geflogen waren und am Strand von Surfers Paradise in der Sonne lagen. Er würde versuchen, die Töchter zu erreichen. Glinig war damit einverstanden.

Prantner saß wie versteinert in seinem Bürosessel. Die Todesbotschaft hatte ihn mehr mitgenommen, als er erwartet hätte. Sein Leben mit Agnes Haerlin lief vor seinen Augen wie ein Film ab, mit allen Höhen und Tiefen und einem bitteren Schluß. Er brauchte einige Zeit, um sich zu sammeln. Dann nahm er das Telefon und wählte die Nummer des Anschlusses im Appartement der Haerlin-Töchter in Surfers Paradise und überlegte, wie er die schlimme Nachricht möglichst schonend überbringen könnte. Thekla meldete sich, sie war bester Urlaubsstimmung. Prantner sprach mit belegter Stimme. Am anderen Ende der Leitung lösten seine Worte eine unerwartete Reaktion aus.

Prantner erinnert sich heute: «Sie war überhaupt nicht schockiert, sie war hörbar erleichtert. Sie rief fröhlich in den Raum: Anne, Mutter ist tot! Champagner!»

I.

Friedrich Haerlin

Mit den Eseln durch Gaisburg

Es war ein herrlicher Wintertag. Der Schnee lag hoch, und die Sonne schien im schwäbischen Gaisburg, als im Gasthaus «Zur Krone» am 24. Februar 1857 Friedrich Haerlin geboren wurde. Die Haerlins waren eine angesehene Familie in dem beschaulichen Vorort von Stuttgart. Der Gasthof lag am gepflasterten Marktplatz, direkt neben der Kirche. Zum Geschäft gehörten außerdem die örtliche Bäckerei, ein Bauernhof und ein Fuhrgeschäft. Friedrich war das Nesthäkchen der Familie, er hatte noch zwei ältere Schwestern und einen Bruder. Seine Mutter Friederike Christine, eine hübsche dunkelhaarige schlanke, damals 33jährige Frau, hatte ein besonders inniges Verhältnis zu ihrem Jüngsten. Der Vater, Bäckermeister Immanuel Friedrich Haerlin, war ein unternehmungslustiger Mann, der viel in Geschäften unterwegs war.

Der kleine Friedrich wuchs in einem turbulenten Haushalt auf. Die Gastwirtschaft war ein beliebtes Ausflugsziel, besonders an den Wochenenden herrschte Hochbetrieb. Vater und Mutter hatten alle Hände voll zu tun. Sobald er in der Lage war, mußte auch Friedrich, wie seine drei Geschwister, kleine Aufgaben erledigen. Da er Tiere über alles liebte, war es am schönsten für ihn, die Pferde des Vaters zu füttern. Und als der Vater ihm und dem Bruder Wilhelm ein Eselsgespann mit

Das Geburtshaus: Im Gasthof «Zur Krone»
in Gaisburg bei Stuttgart kam Friedrich Haerlin am
24. Februar 1857 zur Welt

einem viersitzigen kleinen Wagen schenkte, war das sein größtes Glück. Mittags, wenn der Unterricht in der Dorfschule beendet war, machten sich die beiden Brüder damit auf den Weg. Sie kurvten durch die Straßen und über die Feldwege der nahen Äcker. Die beiden Gastwirtssöhne mit dem merkwürdigen Gespann waren eine Attraktion in dem kleinen Ort. Häufig machten sich Spaziergänger einen Spaß daraus, die beiden Jungen zu fragen, wer denn wohl der größere Esel von ihnen sei. Die Jungen waren ebenso selbstbewußt wie schlagfertig und wehrten die Neckereien ab mit dem Satz: «Derjenige, der fragt.» Sie hatten damit die Lacher immer auf ihrer Seite.

Drei Jahre lang besuchte Friedrich die Dorfschule, es waren unbeschwerte Jugendjahre.

Seine Mutter hatte sich schon rechtzeitig Gedanken darüber gemacht, wie es denn weitergehen sollte mit den beiden Söhnen. Und weil unter den Gästen der «Krone» zahlreiche Lehrer der höheren Schulen in Stuttgart waren, die am Wochenende gern ihren Schoppen Wein bei Friederike Haerlin tranken, sprach sie mit denen über ihr Problem. Die Antwort war eindeutig: Die Jungen sollten lernen, lernen, lernen.

In den nächsten Wochen gab es lange Diskussionen zwischen Vater und Mutter. Ein Schulbesuch in Stuttgart war teuer – höheres Schulgeld, Mittagessen in der Stadt. Und bessere Anzüge mußten auch her, damit sie nicht als Dorfkinder verspottet würden. Der sparsame Vater wehrte sich gegen die kostspieligen Pläne. Aber die Mutter, die normalerweise das Geld sehr zusammenhielt, hatte die besseren Argumente.

«Diese Ausgabe können wir uns wohl leisten. Denn man weiß nicht, welche Anforderungen das Leben einmal an die Buben stellt und ob es uns möglich sein wird, ihnen später ein Vermögen zu hinterlassen, aber ein guter Schulsack kann ihnen nie genommen werden.»

So wurden Wilhelm und Friedrich eines Mittags von den Eltern in die gute Stube gerufen. Dem Ereignis angemessen, war die Stimmung ernst und feierlich. Die Eltern verkündeten den Söhnen, daß sie beide für das Frühjahr an der «Höheren Bürgerschule» in Stuttgart angemeldet wären. Die Kinder waren von dieser Idee überhaupt nicht begeistert. Erstens gab es im Gegensatz zur Gaisburger Dorfschule in Stuttgart auch nachmittags Unterrichtsstunden, zweitens war der Schulweg sehr viel länger (von den vielen Hausaufgaben ganz zu schweigen), und das bedeutete drittens, daß es kaum noch Zeit gäbe für die geliebten Ausflüge mit dem Eselsgespann. Alles Debattieren nützte aber nichts. Ab April fuhren die beiden Brüder jeden Tag nach Stuttgart, das damals noch die Hauptstadt des Königreiches Württemberg war.

Als Friedrich eines Nachmittags aus der Schule nach Hause kam, zog eine große Menge mit lautem Krakeel durch Gaisburg, vorneweg einige junge Männer, die ein großes Plakat auf den Schultern trugen, das einen lebensgroßen Bismarck zeigte. Die Leute schrien sich ihre Wut über die Niederlage von der Seele: «Nieder mit Bismarck» und schleuderten Steine und Pferdemist gegen das Bild. 1866 hatten die Königreiche Bayern und Württemberg an der Seite Österreichs Krieg gegen Preußen geführt und verloren. Der preußische Ministerpräsident war seither besonderes Ziel des Hasses.

Die Szene prägte sich dem jungen Mann tief ein, und er erinnerte sich genau daran, als dieselben Leute vier Jahre später – Frankreich war im Krieg von 1870/1besiegt und das Kaiserreich gegründet – Bismarck als Helden des Vaterlandes feierten und noch heftiger verehrten als die Preußen selbst. Friedrich Haerlin begriff damals, wie wetterwendisch das Urteil des Volkes sein kann, und er beschloß, sich aus der Politik herauszuhalten.

Mit der Zeit wurde es schwerer an der «Höheren Bürgerschule», neue Fächer, mehr Hausaufgaben. Als Friedrich mit zwölf Jahren dann auch noch Französisch als Fremdsprache lernen mußte, dreimal pro Woche jeweils eine Extrastunde von vier bis fünf Uhr, mußte auch er einsehen, daß er einfach keine Zeit mehr für die Kutschfahrten hatte. Vater Immanuel suchte einen Käufer für das Eselsgespann. Der fand sich in dem Freiherrn von Gemmingen, der bei Wimpfen am Neckar in einem Schloß mit großem Park residierte.

Glückliche Überraschung: Der Vater konnte Friedrich die schmerzliche Trennung versüßen. Der Freiherr war damit einverstanden, daß Friedrich und Wilhelm den Vater begleiteten, als der Esel und Wagen bei ihm ablieferte. Die gut 40 Kilometer waren damals eine kleine Tagesreise. Ein echtes Abenteuer für die Jungen. Der Weg ging entlang dem Neckarufer, vorbei am Weinstädtchen Besigheim mit seinen schönen Fachwerkhäusern, an Heilbronn und Neckarsulm mit dem mächtigen spätgotischen Schloß.

Im weitläufigen Schloßpark des Freiherrn von Gemmingen verbrachten Friedrich und Wilhelm mit den Kindern des Gastgebers zwei herrliche Tage. Sie tobten über Wiesen und Felder und badeten und angelten im nahen Neckar. Am meisten beeindruckte es Friedrich allerdings, daß es so viele Erdbeeren mit Schlagsahne zu essen gab, bis man wirklich nicht mehr konnte. Die Gastfreundschaft des Freiherrn stand im erfreulichen Gegensatz zu den Gepflogenheiten seiner Vorfahren, die neben dem Schloß einen gruseligen Hungerturm gebaut hatten.

Das Eselsgespann war endgültig vergessen, als der Vater wenig später in der Stuttgarter Kavallerie-Kaserne ein Fohlen entdeckte. Der Pferdekenner und -liebhaber war überzeugt davon, hier ein exzellentes zukünftiges Traberpferd vor sich zu haben, und kaufte das Tier. Es kam in den Stall zu den vier Hengsten, die schon länger der ganze Stolz des Vaters waren. Er legte nämlich großen Wert darauf, mit dem schönsten Viererzug seines Sprengels durch die Straßen zu fahren. Die schönen Autos mit dem dreizackigen Stern waren noch nicht erfunden. Gottlieb Daimler und Carl Benz schraubten erst 1886 ihre ersten Kraftwagen zusammen.

Die beiden Brüder Wilhelm und Friedrich machten gute Fortschritte an der «Höheren Bürgerschule» und waren inzwischen zu ansehnlichen jungen Herren herangewachsen. Die Mutter sorgte dafür, daß die Herren Söhne zum Fotografen kamen und im Sonntagsstaat abgelichtet wurden: zwei ernst blickende Jünglinge mit schwarzen Anzügen und hochgeknöpften Westen vor einem Gesims mit halbnackten Putten. Um den weißen Hemdkragen hatten sie schmale Seidentücher geschlungen. Beide trugen runde Kappen mit Pelzbesatz, die sie sich ganz fesch schräg auf den Kopf gesetzt hatten. Und um das Bild vom jungen Gentleman abzurunden, hielt Wilhelm eine Reitgerte und Friedrich einen Spazierstock in der Hand.

Für Mutter und Vater stand damals schon fest, daß ihr Jüngster einmal die Gastwirtschaft und die Bäckerei übernehmen würde. Und so war es selbstverständlich, daß er nach der Schule und in den Ferien schon ordentlich mitanpacken mußte. Bruder Wilhelm fand immer Wege, sich vor den Diensten in Bäckerei, Stall und Lokal zu drücken. Aber Friedrich wurde besonders gern in den Keller geschickt, um dort Wein und Most frisch vom Faß zu zapfen. Der Vater ließ ihn so gern in den Keller steigen, weil das «Fritzle» die Karaffen nicht überlaufen ließ, bei ihm gab es nie «Kübeles-Wein».

Für Mutter Friederike war es wie für alle Menschen schwierig, das Wetter vorherzuahnen. Dabei wäre es für sie so wichtig

Aus der Dorfschule nach Stuttgart: Friedrich Haerlin (rechts) und sein älterer Bruder Wilhelm 1869 als Absolventen der «Höheren Bürgerschule»

gewesen. Bei Sonnenschein kamen nämlich besonders viele Gäste. Und so buk sie bei günstigen Aussichten viele Sorten Kuchen und Plätzchen. Häufig aber erwiesen sich die Vorhersagen als falsch, und Friederike blieb auf ihren Backwaren sitzen. Sehr zur Freude der Kinder, die sich mit den Süßigkeiten verwöhnen konnten. Sehr zum Verdruß der Eltern, die den entgangenen Gewinn beklagten.

Besonders die Wochenenden waren anstrengend. Denn dann kamen die Stuttgarter in großer Zahl, um im Gasthof «Zur Krone» zu vespern. Eine Spezialität des Hauses war der «Gaisburger Marsch» – eine Art Eintopf aus Kartoffeln, Spätzle und kräftiger Brühe. Ebenso beliebt: Warmer Zwiebelkuchen mit neuem Wein. Haerlins hatten vier Sorten im Anstich, zwischen 6 und 12 Kreuzer der Viertelliter. Friedrich servierte auch Apfel- und Bratbirnenmost.

Mutter Friederike rettet die Familie

&

Es gab häufig Streit ums Geld zwischen den Eheleuten. Vater Immanuel hatte seine Geschäftsaktivitäten zunehmend auf sein Fuhrgeschäft konzentriert und inzwischen zwölf Pferde zusammengekauft. Friedrich war begeistert, denn am liebsten verbrachte er seine Zeit im Stall bei der Pferdepflege, und stolz saß er neben dem Kutscher, wenn der Umzugsgüter von oder nach Stuttgart zu bringen hatte. Doch geschäftlich war das Fuhrunternehmen alles andere als ein Gewinn und oft auch Anlaß zu großem Kummer. Immer wieder kam es zu folgenschweren Unfällen. Bei einem Möbeltransport nach Tübingen etwa bremste der Kutscher falsch und knallte so laut mit der Peitsche, daß die Pferde erschraken und durchgingen. Ein Tier stürzte, brach sich ein Hinterbein und mußte getötet werden. Zu allem Überfluß landete der Leiterwagen auch noch in einem Schaufenster, das klirrend zu Bruch ging. Neben dem Verlust des Pferdes mußte Vater Haerlin die Kosten für eine neue Scheibe verschmerzen.

Trotz aller Bitten und Vorhaltungen seiner Frau, sich wieder aus den Fuhrgeschäften zurückzuziehen, blieb Immanuel Haerlin stur. Der Pferdenarr hoffte immer noch auf den großen Gewinn. Und so vertraute sich die Mutter mit ihren vielen Sorgen ihrem Sohn Friedrich an. Sie erzählte ihm vom Plan des Vaters, die Instandhaltung der Hauptstraße von Burg bis zum Neckartor zu übernehmen. Der Staat vergab solche Arbeiten en bloc. Immanuel war begierig darauf gewesen, konnte er doch auf diese Weise Pferde und Fuhrwerk ganz gezielt und regelmäßig einsetzen.

Die Mutter und ihr Vertrauter Friedrich mußten jedoch miterleben, daß der Vater sich gründlich verrechnet hatte. Er hatte einfach zuwenig Erfahrung mit den Kosten von Stein- und Sandlieferungen, der Schuttabfuhr und den Zeiten, die dafür nötig waren. Die Verluste waren so gewaltig, daß alle Gewinne aus dem florierenden Gasthof aufgezehrt wurden.

Als Friedrich ein paar Wochen später aus der Schule heimkam, saß die Mutter in Tränen aufgelöst am Tisch. Der Vater hatte vor einiger Zeit einen Bürgschaftswechsel unterschrieben, der nun noch am selben Tag eingelöst werden mußte. Immanuel hatte für einen Freund gutgeschrieben, ohne seine Frau darüber zu informieren. Sie hatte in letzter Minute davon erfahren und wollte nun retten, was zu retten war, denn sonst würde man ihnen das Dach über dem Kopf wegpfänden. Die Mutter hoffte, in Stuttgart Geld auftreiben zu können. Das liebe Fritzle mußte den Wagen anspannen und sie in die Stadt bringen.

In dieser Krise zeigte Friederike Haerlin wieder einmal, was in ihr steckte. Sie sprach bei mehreren Firmen vor, die den Gasthof «Zur Krone» seit langem belieferten. Sie war die Verwalterin der Familienkasse und wickelte alle Geschäfte ab. Da sie bei den Lieferanten als prompte Zahlerin bekannt war, half man ihr nun in der Not mit Krediten aus der Klemme. Die Mutter bezahlte die Wechsel, und die Familie konnte aufatmen.

Kaum war diese Aufregung überstanden, sorgte diesmal Friedrich für Sorgen im Hause Haerlin. Der Junge klagte über stechende Schmerzen im linken Knie, die sich schon nach wenigen Tagen über das ganze Bein hinzogen. Der Hausarzt wurde alarmiert. Er untersuchte den Kranken und war völlig ratlos, eine rechte Diagnose konnte er nicht stellen. So griff er zu einem probaten Hausmittel, er setzte dem Jungen fünf Blutegel am Knie an. Eine Behandlung mit bösen Folgen. Friedrich verlor so viel Blut, daß er abends in seinem Bett bewußtlos wurde. Am nächsten Morgen war der Zehnjährige zwar wieder bei sich, die Schmerzen im Bein hatten sich aber nur noch verschlimmert. Als sich nach mehreren Tagen noch immer keine Wende zum Besseren eingestellt hatte, waren sich die Eltern einig, daß jetzt nur noch ein Spezialist helfen könnte.

Voller Sorge ließ Vater Immanuel die Kutsche anspannen. Friedrich wurde in Decken gewickelt und auf die Rückbank gesetzt. Dann fuhren die zwei in Richtung Stuttgart. Ziel war die Praxis von Dr. Roth, der den Eltern von Freunden als vertrauenswürdiger und kenntnisreicher Mediziner empfohlen worden war.

Angesichts der frischverschorften Bißwunden, die die rabiate Egelkur seines Kollegen hinterlassen hatten, schlug der Arzt die Hände über dem Kopf zusammen. Nach kurzer Prüfung stand fest, das Kniegelenk war stark entzündet. Einzig mögliche Therapie, das kranke Gelenk mußte für längere Zeit absolut ruhiggestellt werden. (Antibiotika, mit denen die Entzündung hätte bekämpft werden können, waren 1867 noch unbekannt.) So sah der Junge gottergeben zu, wie Dr. Roth sein linkes Bein vom Oberschenkel bis zum Knöchel eingipste.

Die nächsten Wochen mußte Friedrich daheim in Gaisburg das Bett hüten, laufen war unmöglich. Die Stimmung des Jungen verdüsterte sich mit jedem Tag. Zum einen litt er in den ersten vier Wochen Höllenqualen, zum zweiten wußte er, daß er jeden versäumten Schultag würde nacharbeiten müssen, wenn er nicht das gesamte Jahr wiederholen wollte.

Endlich nach sechs Wochen wurde der Gipsverband aufgeschnitten. Der Anblick war erbärmlich: Fünf häßliche Narben von den Egelbissen am Knie, das Bein inzwischen spindeldürr und zum Auftreten viel zu schwach. Mit einem neuen Gips, diesmal nur um die Kniegegend, wurde er von Dr. Roth wieder entlassen.

Daß er den täglichen Weg zur Schule schaffte, war ausgeschlossen. Da traf es sich, daß die Haerlins Freunde in Stuttgart hatten, die in der Nähe der «Höheren Bürgerschule» wohnten. Die waren sofort einverstanden, daß Friedrich für die nächsten Monate bei ihnen einquartiert wurde.

Anders als im turbulenten Geschäftshaushalt in Gaisburg ging es bei den Freunden in der Sophienstraße ruhig und beschaulich zu. Friedrich wurde vom Lernen nicht abgelenkt. Mit großer Konzentration und Energie gelang es ihm, in kurzer Zeit zum Rest der Klasse wieder aufzuschließen. Im Winter 1868 schrieb ihm ein besonders gestrenger Lehrer in sein Zeugnis: «Ein fleißiger und ordentlicher Schüler.»

Als im Juli 1870 der deutsch-französische Krieg ausbrach, wohnte Friedrich wieder bei den Eltern in Gaisburg. Er erlebte die nationale Begeisterung. Die Württemberger hatte sich dem Norddeutschen Bund unter Führung Preußens angeschlossen. Vater Immanuel mußte mit seinen nun 44 Jahren nicht mehr einrücken, und die Söhne waren mit dreizehn und fünfzehn Jahren noch zu jung für den Soldatendienst. Doch fünf seiner Pferde mußte der Vater an die Armee verkaufen. Außerdem beschlagnahmten die Militärs seinen großen Planwagen samt Kutscher. Damit wurden Munition und Verpflegung aus Stuttgart an die Front transportiert. Der Fuhrbetrieb von Immanuel Haerlin war praktisch eingestellt.

Am 2. September schlugen die deutschen Armeen unter dem Kommando von Helmuth von Moltke die Franzosen unter Mac Mahon bei Sedan. Ein ungeheurer Jubel brach in den deutschen Staaten los. Und Friedrich Haerlin war tief beeindruckt von der Siegesfeier mit prächtigem Feuerwerk in Stuttgart. Als er im Frühjahr 1871 aus der Schule entlassen wurde, war aus dem Königreich Württemberg ein Teil des deutschen Kaiserreichs geworden.

Mutter Friederike war heilfroh, in Friedrich jetzt einen Helfer zu haben, der ihr den ganzen Tag über in der Bäckerei und im Gasthof gern und umsichtig zur Hand ging. Darauf hatte sie um so sehnsüchtiger gewartet, als ihr wegen Schmerzen in den Beinen das Stehen immer schwerer fiel. Zum Entsetzen der Familie verschlechterte sich der Gesundheitszustand der Mutter rapide, schließlich konnte sie wegen ihrer offenen Beine gar nicht mehr aus dem Bett aufstehen.

Am 18. April starb Friederike Haerlin. Sie war nur 48 Jahre alt geworden. Vater und Kinder trauerten sehr um sie. Alle fühlten, daß die Familie ihren Mittelpunkt verloren hatte. Und dem Witwer wurde bewußt, daß er mit ihrem Tod auch die wichtigste Stütze im Geschäft eingebüßt hatte. Jetzt richteten sich alle seine Hoffnungen auf Sohn Friedrich. Der sollte, wie geplant, ganz rasch seine Bäckerlehre abschließen und dann in den väterlichen Betrieb einsteigen.

Bäckermeister Sprecher in Untertürkheim gab sich alle erdenkliche Mühe, aus Friedrich einen guten Handwerker zu machen. Und auch der plagte sich mit allen Kräften, den harten Job zu meistern: Mehlsäcke schleppen, zu nachtschlafender Zeit mit den Händen zähe Teige kneten. Friedrich litt zunehmend unter geröteten, juckenden Augen. Des Rätsels Lösung: Er hatte eine Mehlstauballergie. Nach ein paar Monaten mußte er den Bäckerberuf aufgeben.

Einen Nachfolger für die Bäckerei hatte der Vater damit nicht mehr. Sohn Wilhelm hatte kein Interesse daran, er wollte Architekt werden. Und da Immanuel die Geschäfte ohne die ordnende Hand seiner Frau über den Kopf stiegen, verkaufte er seinen gesamten Besitz in Gaisburg, zog ins nahe Berg um, kaufte ein Haus und eröffnete ein neues, sehr viel kleineres Gasthaus «Zur Krone». Statt der zwölf standen nur noch zwei Pferde im Stall.

In der ersten Zeit half Friedrich dem Vater in der Wirtschaft. Gleichzeitig sann er darüber nach, wie er seine Lage ändern könnte. Schließlich spürte er schon seit langem, daß nicht das Handwerk, sondern das Kaufmännische seine Leidenschaft war. Der Zufall half ihm, seinem Ziel ein gutes Stück näherzukommen.

Er traf einen Freund aus der «Höheren Bürgerschule», dem er von seiner Lage erzählte. Der war sofort bereit zu helfen und vermittelte ihn an die Firma «Rohbaumwoll-Import Friedrich Müller» in Stuttgart.

Herr Müller war von dem offenen Wesen des jungen Mannes und dessen guten Zeugnissen so angetan, daß er ihn auf der Stelle als Kaufmannslehrling einstellte. Friedrich durfte nun, statt Teig zu rühren, Kontoblätter ausfüllen, Buchhaltung lernen, kalkulieren und korrespondieren. Seine wie gestochen wirkende Handschrift kam ihm da sehr zugute. Geschäftsbriefe wurden im Kontor der Firma Müller noch mit Feder und Tinte geschrieben. Schreibmaschinen waren teuer und zudem sehr umständlich zu handhaben.

Friedrich machte während seiner drei Lehrjahre so gute Fortschritte, daß er immer häufiger zu Geschäftsbesuchen und Reisen zu den großen Spinnereien und Webereien in der näheren und weiteren Umgebung mitgenommen wurde. Sein Patron Müller war mit seiner Arbeit genauso zufrieden wie der Prokurist G. E. Staenglen, der die Firma später übernahm. Haerlin jr. schloß seine Kaufmannslehre mit einer glänzenden Prüfung ab und wurde ab 1. September 1875 als Commis in der Importfirma eingestellt. Er war glücklich und zufrieden. Er wußte, daß er seinen Beruf gefunden hatte.

Nach dem Sieg über Frankreich gab es im neuen Deutschen Reich eine gewaltige Aufbruchstimmung, es wurden zahlreiche Unternehmen gegründet, die Aktien neuer Firmen waren die Verkaufsschlager an den Börsen, die Kurse erreichten immer neue Rekorde. Auch der Baubranche ging es gut, die Grundstückspreise explodierten förmlich.

Es mag an seinem Eifer gelegen haben, mit dem er sich in den Beruf stürzte, daß Friedrich Haerlin zunächst nichts von dem Unheil mitbekam, das sich über dem Kopf der Familie zusammenbraute. Vater Immanuel wollte sich seinen Anteil an der geschäftlichen Hochstimmung sichern. Er kaufte zwei Bauplätze und ließ darauf zwei stattliche Wohnhäuser errichten.

Zwar hatte er für diese Investitionen nicht genug Eigenkapital, aber mit dem Haus in Berg und dem Erbteil der Kinder als Sicherheit bekam er leicht die nötigen Hypotheken.

Alles schien in den schönsten Bahnen, da kam es im Mai 1873 zum ersten großen Kurssturz an den Börsen, die Konjunktur war überhitzt, es folgte die erste Flaute. Im Oktober krachten in Wien und Budapest mehrere große Bankhäuser zusammen, die bei Aktien- und Grundstücksspekulationen Millionensummen verloren hatten. Jetzt fielen die Kurse ins Bodenlose, Grundstückspreise sackten – die «Gründerkrise». Die Banken wollten von ihrem Geld in Sicherheit bringen, was eben möglich war, und kündigten Kredite und Hypotheken.

Auch Immanuel Haerlin sollte seine Grundschulden kurzfristig auf einen Schlag zurückzahlen. Weil er das nicht konnte, wurde sein gesamter Besitz versteigert. Nicht nur die beiden neuen Häuser kamen unter den Hammer, sondern auch das Grundstück in Berg, und vom mütterlichen Erbe blieb bis auf dreihundert Mark für Wilhelm und Friedrich nichts übrig. Der Vater hatte die Familie in die Pleite gewirtschaftet.

Friedrich Haerlin war tief getroffen. Nur fünf Jahre nach dem Tod der geliebten Mutter nun noch die Schmach des Bankrotts. Dieses Erlebnis sollte den gesamten Lebensweg des damals Siebzehnjährigen prägen.

Um wenigstens für sich selbst sorgen zu können, faßte der junge Mann einen kühnen Entschluß, er wollte sein Glück im Ausland machen. Friedrich war überzeugt, daß er dank seiner guten Ausbildung, seiner Zeugnisse und einiger Erfahrungen und Erfolge im Textilgeschäft in der Schweiz sehr schnell eine gutbezahlte Anstellung finden würde. So kündigte er zu Ende April 1876 seinen Posten bei Baumwoll-Staenglen und begann mit den Vorbereitungen für die große Reise nach Genf. Er malte sich aus, daß er seinen Vater mit so manchem Schweizer

Franken würde unterstützen können. Der hatte zwar inzwischen eine zweite Lebensgefährtin gefunden, die sich liebevoll um ihn kümmerte, an der finanziellen Misere konnte sie aber auch nichts ändern, eine vermögende Frau war sie nicht.

Voller Hoffnungen stand Friedrich Haerlin am 1. Mai 1876 auf dem Stuttgarter Hauptbahnhof, in der Hand einen schmalen Koffer. In der Tasche seines schwarzen Anzugs fünfzig Reichsmark, die Fahrkarte nach Genf und das glänzende Zeugnis des Herrn Staenglen mit rotem Siegel.

Harter Anfang in Genf

Noch schöner wäre es gewesen, wenn der Chef jemanden in Genf gekannt hätte. Aber so hatte Friedrich Haerlin eben kein spezielles Empfehlungsschreiben, auch keinerlei Anlaufadresse. Er kannte niemanden in der geschichtsträchtigen Kantons-Hauptstadt am Genfer See. Die Reise mit dem Zug über Lindau, Basel und Lausanne dauerte knapp zwei Tage. Die Holzbänke der 3. Klasse waren hart. Der junge Kaufmannsgehilfe war ziemlich gerädert, als er schließlich sein Ziel erreichte. Er nahm Quartier in einer bescheidenen Pension und schlief sich erst einmal gründlich aus.

Am nächsten Morgen lief Friedrich durch die verwinkelte Altstadt am südlichen Seeufer, vorbei an der mächtigen romanisch-gotischen Basilika, dem mittelalterlichen Rathaus und der Calvin-Akademie, die inzwischen Universität geworden war. Der Schweizer Reformator Johann Calvin prägte noch immer mit seinen strengen geistlichen Regeln das Denken der Stadt.

Als Mitglied der Reformierten Kirche war Friedrich Haerlin die Idee sehr vertraut, daß derjenige in der besonderen Gnade Gottes steht, der durch Fleiß und hartnäckige Arbeit im Diesseits zu Wohlstand und Anerkennung kommt. Er war bereit, hart zu arbeiten und alle Mühen auf sich zu nehmen, wenn man ihn nur ließe. Also besuchte er die Büros der Arbeitsvermittler und stellte sich bei zahlreichen Firmen persönlich vor. Je mehr Tage vergingen, um so deutlicher mußte er erkennen, wie schwierig es war, ohne eine gute Verbindung eine Anstellung zu bekommen. Es wurde ihm bald klar, daß sein Schulfranzösisch bei weitem nicht ausreichte, um im Genfer Geschäftsleben mithalten zu können.

Acht Wochen lang durchstreifte er so auf seinen Bewerbungstouren die Stadt. Das beste Angebot, das er bekam, war das vage Versprechen, ihn vielleicht demnächst als Volontär einzustellen – ohne Bezahlung natürlich. Eine solche finanzielle Durststrecke konnte Friedrich Haerlin sich nicht leisten. Er wollte seinen Vater nicht um die kleinste Unterstützung bitten, und sein Vorrat an Geld schmolz besorgniserregend dahin. Er mußte dringend etwas verdienen. Inzwischen war er sichtlich abgemagert, das einzige warme Essen, das er sich noch leisten konnte, war täglich eine Schüssel Suppe mit Weißbrot, die er für 20 Centime in einem kleinen Imbiß kaufte.

Mit dem Chef der Garküche kam er schließlich ins Gespräch. Der Mann hatte Mitleid mit dem jungen Mann aus Schwaben, der jede Arbeit annehmen wollte. Er kannte den Besitzer des Genfer Bahnhofsrestaurants und versprach, dort ein gutes Wort für ihn einzulegen.

Das führte zur entscheidenden Wende im Leben von Friedrich Haerlin. Buchstäblich aus der Sorge zu verhungern stieg er ins gastronomische Gewerbe ein.

Sein Titel «Officebursche», den er gleich erhielt, klang zwar einigermaßen freundlich, in der Realität war es der allerunterste Posten, den der Patron des Bahnhofsrestaurants zu vergeben hatte. Der Chef war Franzose, ebenso alle seine Kellner. Als einziger Deutscher mußte Friedrich Haerlin ganz schnell seine Französischkenntnisse perfektionieren, was seiner späteren Karriere sehr nützlich war.

Am 1. Juli begann er seine Arbeit. Er mußte Flaschen und Geschirr spülen, Silber putzen und den Schlafraum saubermachen, in dem er und die drei jüngsten Kellner nächtigten. Außerdem begleitete er jeden Tag den Patron zum Markt, wo der am frühen Morgen Obst, Gemüse, Kartoffeln, Fleisch und Fisch einkaufte. Friedrich mußte dann den schwer beladenen Handwagen vom Markt zum Restaurant ziehen. Eine üble Plackerei, denn die Straße zum Bahnhof geht steil hinauf. Dabei mag ihn der Hunger ebenso getrieben haben wie die Sorge, in Genf zu scheitern und als Versager nach Hause zurückzukehren. Und das wollte Friedrich Haerlin seinem Vater auf gar keinen Fall antun. Er biß also die Zähne zusammen, zog weiter den schweren Karren und arbeitete von früh bis spät in die Nacht. Die Kollegen bekamen langsam Hochachtung vor dem Deutschen.

In der Gastroszene der damals kleinen Stadt sprach es sich schließlich herum, daß im Bahnhofsrestaurant ein besonders fleißiger Bursche am Werk war. Und Friedrich Haerlin hatte das Glück, abgeworben zu werden. Ein Landsmann aus Baden machte ihm das Angebot, ab 1. November bei ihm als Kellner zu arbeiten. Hermann Blaile war der Inhaber des bei den Bürgern der Stadt hochangesehenen Café-Restaurants «Chantepoulet» an der Rue Chantepoulet 11. Ein gutgeführter Familienbetrieb, der von morgens bis spät in die Nacht viele Gäste hatte.

Blaile selbst arbeitete im Restaurant mit und dirigierte die

Küche, seine Frau stand hinter dem Buffet, schenkte Kaffee, Bier und Wein aus, schnitt die Torten und Kuchen und führte die Kasse. Der Patron war ein freundlicher Mann, zu seinen Gästen genauso wie zu dem neuen Kellner. Friedrich fühlte sich in Genf zum erstenmal wohl, zumal er mit den Blailes ab und zu auch wieder deutsch schwätze konnte. Was ihm besonders imponierte, war die vornehme Einrichtung des «Chantepoulet»: Wandvertäfelung, Tisch, Stühle und der wuchtige Tresen, alles war in feinstem Mahagoni gearbeitet.

Von Hermann Blaile lernte er also nicht nur perfekt zu servieren, sondern auch das Rezept der Tinktur, mit der alle hellen Flecken verschwanden, die Wasser und Absinthreste in häßlichen Ringen auf dem dunklen Holz hinterließen. Der Chef kannte sich damit bestens aus, schließlich hatte er früher als Möbeltischler und Restaurateur gearbeitet. Der junge Kellner mußte mit dem Wundermittel jeden Morgen Möbel und Paneele auf Hochglanz bringen. Denn Sauberkeit, so predigte Blaile, ist eine wichtige Tugend für den Erfolg in der Gastronomie. Die Tischdecken und Servietten waren gestärkt und strahlten im schönsten Weiß. Das Silber war makellos, die Gläser blinkten. Friedrich war ständig im Poliereinsatz.

Wichtig, so lernte der junge Kellner, ist der rastlose Einsatz am Gast. Wer zufrieden ist, kommt wieder, lautete die goldene Regel im «Chantepoulet». Gearbeitet wurde unermüdlich, und das an sieben Tagen der Woche. Alle drei Monate bekam Friedrich Haerlin einen freien Nachmittag. Von zwei bis sechs Uhr konnte er dann durch Genf bummeln und am Ufer des Genfer Sees flanieren, wo gerade die ersten großen Hotels gebaut wurden. Er konnte den Blick über das Wasser schweifen lassen, wo die Fischerboote auf den Wellen schaukelten, und seinen Gedanken nachhängen. Als Kellner war er inzwischen versiert, es wurde ihm von zufriedenen Gästen schon mal ein Franken zugesteckt, und auch mit der Verpflegung zeigte sich Blaile als großzügiger Patron.

Aber Friedrich träumte heimlich immer noch von einer Karriere als Kaufmann. Um eine Anstellung in einem der Handelskontore zu bekommen, hätte er sich allerdings bewerben müssen. Und dazu hatte er einfach keine Zeit.

Sein Tag war lang, und ehe er sich endlich schlafen legen konnte, mußte er sich im Clubzimmer des Lokals auf einem Sofa sein Bett bauen. Decke, Kissen und Laken holte er dazu aus einem großen Wandschrank. Die Nachtstunden waren die einzige Zeit, mit der Friedrich Haerlin wirklich haderte. Zum einen war das Sofa so kurz, daß der große junge Mann sich darauf nicht ausstrecken konnte, zum anderen diente das Clubzimmer, wie der Namen schon sagt, an vielen Tagen der Woche Vereinen und Gesellschaften als Treffpunkt für ihre Versammlungen. Bis weit über die Polizeistunde hinaus tafelten und tranken die Herren und rauchten dicke Zigarren. Wenn sie dann endlich aufgebrochen waren, hatte Friedrich seine liebe Not, die dicken Qualmschwaden durch die Fenster zum Hinterhof hinauszutreiben. Von diesen kurzen, häufig schlaflosen Nächten berichtete er natürlich nicht, wenn er in seinen Briefen an den Vater von seinem Leben in Genf erzählte.

Im Frühjahr 1877 bekam er Post aus der Heimat, nicht vom Vater, sondern von der Militärverwaltung, die den nunmehr Zwanzigjährigen zur Musterung nach Stuttgart befahl. Hermann Blaile ließ den fleißigen Gehilfen nur ungern ziehen, sagte ihm aber zu, ihn jederzeit wieder einzustellen, wenn sein Militärdienst beendet wäre. In das Zeugnis schrieb er: Kellner Haerlin habe sich «zu meiner größten Zufriedenheit aufgeführt. Empfehle ihn hiermit bestens». So packte Friedrich seinen Koffer und stand, ein Jahr nachdem er dort mit den größten Hoffnungen angekommen war, wieder auf dem Bahnhof von Genf.

Die Militärärzte im heimischen Stuttgart waren von dem Rekruten in spe Friedrich Haerlin wenig begeistert. Kellner mit schwächlicher Konstitution – so jemanden konnte man bei den königlich-württembergischen Regimentern kaum gebrauchen. Der Kandidat wurde vorläufig der Ersatzreserve zugeteilt und konnte wieder gehen. Im August sollte er sich der Generalmusterung stellen. Gut zwei Monate für Friedrich. Die Fahrt Genf und retour konnte er sich für die kurze Zeit nicht leisten. Und der Vater ebensowenig; an seiner schlimmen finanziellen Situation hatte sich nichts geändert.

So nutzte Friedrich die freien Wochen, um seine kaufmännischen Kenntnisse zu verbessern. Ein Kursus in einfacher und doppelter Buchführung konnte auf keinen Fall schaden, ob er nun doch noch einen Büroposten bekommen würde oder nicht. Bei Herrn Louis Schmidt ließ er sich in die Geheimnisse der Debitoren und Kreditoren, der Unterkonten und Kostenstellen einweihen. Er war fasziniert von den Zahlenspielen, die doch so deutlich zeigten, wo ein Unternehmen Gewinne oder Verluste machte, wo sparsam gewirtschaftet wurde und wo die Kosten in die Höhe schnellten, ohne daß Umsätze und Gewinne gleichermaßen stiegen.

Der August rückte näher. Im zweiten Anlauf wurde Friedrich Haerlin endgültig ausgemustert und der Ersatzreserve II zugeteilt. Er mußte also nicht einrücken, gehörte nur zur Abteilung «letztes Aufgebot», falls das in Kriegszeiten einmal gebraucht werden sollte. Zum Glück wurde er nie Soldat und mußte nie in einen Krieg ziehen.

Aktuell hieß dies für ihn aber, Abschied vom Vater zu nehmen und eilig nach Genf zurückzukehren. Die wenigen Ersparnisse waren aufgebraucht, er mußte dringend Geld verdienen.

Hermann Blaile war genauso erfreut wie die Stammgäste, als er im «Chantepoulet» wieder die Schürze umband.

Zu seinen Stammgästen, die ihn sehr zu schätzen gelernt hatten, gehörten auch mehrere Hoteldirektoren. Sie ermunterten den jungen Mann, Erfahrungen in einem großen Hotel zu sammeln. Das wäre ein Sprungbrett für eine Karriere in der Gastronomie. Und er müsse auf jeden Fall noch perfekt Englisch lernen. Nur dann stünde ihm die Welt offen.

Inzwischen war es nicht nur beim Adel, sondern auch beim gutbetuchten Bürgertum in Mode gekommen, ausgedehnte Reisen zu unternehmen. Zur Sommerfrische an die Côte d'Azur, die Adria, die Normandie und Nord- und Ostsee, oder zum Wandern und Wintersport in die Berge.

Die Hotels glichen inzwischen Palästen mit Marmorsäulen, vergoldetem Stuck, Kristallüstern, Samttapeten und erlesenem Mobiliar. Die ideale Bühne für die Großen, Mächtigen und Reichen dieser Welt. Wenn man es nur richtig machte, konnte man viel Geld verdienen, erzählten die Herren im «Chantepoulet» dem jungen Schwaben.

Einer von ihnen überraschte Haerlin im nächsten Frühjahr mit der Offerte, ihn im April nach Menton zu begleiten. Er hatte in dem Seebad und Klimakurort an der Côte d'Azur nahe Monaco ein kleines Hotel übernommen. Das sollte im kommenden Herbst neu eröffnet werden. Bis dahin sollte Friedrich den Herrn Direktor bei den Vorbereitungsarbeiten immer dann vertreten, wenn der auf Reisen ging. Und außerdem sollte er sich um den Hotelgarten kümmern. Friedrich war begeistert über die Aussicht, Südfrankreich kennenzulernen und vielleicht auch einmal einen Abstecher ins mondäne Monte Carlo oder nach Cannes machen zu können. Er kündigte bei seinem Chef Blaile, erhielt wieder ein hervorragendes Zeugnis und fuhr nach Menton.

Der Abstecher wurde zum Debakel. Der Klimawechsel aus dem kühlen Genf an die subtropische Mittelmeerküste löste bei Haerlin Herzrasen, Schweißausbrüche und Angstzustände aus. Die ungewohnte Gartenarbeit machte dem geschwächten Mann zusätzlich zu schaffen. Plötzlich litt er an großer Übelkeit, mußte sich erbrechen, dann warfen ihn heftige Fieberanfälle aufs Bett. Ein herbeigerufener Arzt stellte fest, daß Friedrich an der Ruhr erkrankt war, und erklärte dem traurigen Patienten ebenso wie dem frustrierten Direktor, daß jetzt nur noch eine schnelle Abreise aus dem schwülen Menton Besserung bringen könnte. Am 28. April fuhr Haerlin ab.

Wenig später war er wieder in Genf. Zu seinem Glück empfahl ihn einer der Stammgäste aus dem «Chantepoulet» an das «Grandhotel Thunerhof» im schweizerischen Thun. Dort wurde für die Sommersaison 1878 ein tüchtiger Kellner für den Speisesaal gesucht.

Die Stadt im Kanton Bern am malerischen Thuner See mit der hochaufragenden weißen, viertürmigen Burg aus dem 12. Jahrhundert war ein Zentrum des Fremdenverkehrs. Schon seit 1835 pendelten Dampfschiffe über den Thuner See, und 1859 war die Stadt mit der Landeshauptstadt Bern durch eine Bahnlinie verbunden worden.

Ein Sohn Berns hatte sich hundert Jahre zuvor als begnadeter PR-Mann seiner Heimat erwiesen. Bis dahin hatten die Berge als rauh, furchterregend und unwirtlich gegolten. Der Dichter Albrecht Haller dagegen beschrieb in seinem Gedicht «Die Alpen» schwärmerisch das einfache Leben der Almhirten, lobte die Schönheiten des Gebirges und pries die Qualitäten des Schweizer Käses. Das Epos wurde alsbald ins Englische, Französische und Italienische übersetzt. Es traf den Zeitgeist und löste bei den gebildeten Ständen eine wahre Reisewelle ins Berner Oberland aus.

Am Thuner See hatte zuerst der Unternehmer Johann Jacob

Knechtenhofer die Zeichen der Zeit erkannt und 1834 sein «Hotel Bellevue» eröffnet. Es wurde ein riesiger Erfolg. Besonders Engländer, die schon damals Weltmeister im Reisen waren, bevölkerten die Nobelherberge. Sechs Jahre später kam gleich nebenan das «Bellevue du Parc» hinzu. Und etwas oberhalb wurde zur selben Zeit für die verehrten Gäste die «Englische Kirche» geweiht.

Das Grandhotel «Thunerhof» entstand zwischen 1873 und 1875 – ein prächtiger vierflügliger Bau mit großer gußeiserner Loggia zum weiten Park hin. Alles im seinerzeit populären Stil der Neorenaissance. Heute sind in dem Prachtbau die Stadtbibliothek und ein Museum untergebracht.

In der Sommersaison 1878 war der «Thunerhof» total ausgebucht. Am 8. August fing Friedrich dort an. Die Kellner rackerten von früh bis spät. Frühstück, Lunch und am Abend ein vielgängiges Diner. Das Publikum war verwöhnt und anspruchsvoll. Auch kleinste Patzer im Service wurden unnachsichtig von der Direktion geahndet, bis hin zum Lohnabzug. Die Kellner rannten bis an die Grenzen ihrer Kräfte.

Friedrich Haerlin beobachtete mit wachem Auge, wie die großen Essensschlachten im Saal des «Thunerhofes» organisiert wurden, damit alles wie am Schnürchen klappte. Wie die Oberkellner ihre Tische im Auge behielten und auf jeden Wink der Gäste zur Stelle waren, um deren Wünsche entgegenzunehmen und weiterzuleiten, und wie bei kleinen Unglücken – wenn etwa einem Gast ein Rotweinglas umgekippt war – blitzschnell, aber mit Gelassenheit und ohne Hektik der Schaden mit Abdecktüchern und neuen Gläsern behoben wurde. Immer mit einem freundlichen Lächeln, versteht sich. Es war doch ganz selbstverständlich, ja geradezu eine Freude, das kleine Malheur zu beheben.

Der junge Kellner machte seine Sache so gut, daß der Hoteldirektor auf ihn aufmerksam wurde. Wieder bekam Haerlin eine hervorragende Beurteilung, als er zum Saisonende am 1. Oktober seinen Dienst quittierte. «Es macht mir Vergnügen, Haerlin bestens zu empfehlen, und wünsche ihm Glück zu seinem weiteren Fortkommen. Ich werde auch in Zukunft eine Stelle für ihn bereithalten.»

Ganz aktuell hatte er den flinken Friedrich für den Winter an das «Grand Hotel d'Orient» in Menton als Saalkellner weitervermittelt. Haerlin nahm an, nachdem man ihm versichert hatte, daß dort während des Winters ein ausgesprochen mildes, angenehmes Klima herrschen würde. Und in der Tat wurde sein zweiter Aufenthalt in dem Kurort an der Côte d'Azur von keinerlei Katastrophen begleitet. Er sprach jetzt perfekt Französisch, war bei den Gästen beliebt und konnte von den Trinkgeldern eine kleine Summe sparen.

Große Hotels hatte er nun kennengelernt, nur das Englische fehlte ihm noch. Da beschloß er kurzerhand, mit der Bahn an den Ärmelkanal zu fahren und einen Dampfer nach London zu nehmen. Wie damals in Genf kannte er zwar auch in England niemanden. Aber nun war er ein gestandener Kellner, und die wurden immer gebraucht.

Zwei Wochen bevor er nach London aufbrechen wollte, bekam er einen Brief von Bruder Wilhelm. Die traurige Nachricht: Vater Immanuel war am 18. April im Alter von 53 Jahren gestorben. Ein eingeklemmter Leistenbruch war nicht erkannt und nicht operiert worden.

Der Sohn hatte kein Geld, um zur Beerdigung nach Stuttgart zu fahren. Der schäbige Kellnerlohn und die wenigen Ersparnisse reichten gerade, um die geplante Überfahrt nach England zu finanzieren.

Am 30. April 1879 begann er seine Reise. Friedrich Haerlin war nun zweiundzwanzig Jahre alt. Ein Foto aus dieser Zeit zeigt einen Mann mit wachem Blick, das dichte, lockige Haar über der rechten Stirn zu einer kühnen Welle aufgestellt, mit mächtigem Kinnbart, weißem Hemd mit breitem Plastron und einem Jackett, dessen Enden in einen schmalen Seidenstreifen gefaßt sind.

Die folgenden zwölf Monate sollten eine Zeit voller Demütigungen, Krankheiten und natürlich schlechter Bezahlung werden.

Vierzehn Tage nach seiner Ankunft in London hatte Friedrich Haerlin in Southampton eine Anstellung gefunden. Das «Radleys Hotel» lebte von der Passagierschiffahrt. Wenn die Ostindien-Dampfer im Hafen festmachten, herrschte für zwei, drei Tage Hochbetrieb, dann folgten Tage mit absoluter Flaute. Nach britischer Tradition durften die Kellner ausschließlich in den zehn Salons des Hauses servieren. Zusätzlich mußten sie Holz und Kohlen für die offenen Kamine schleppen, saubermachen, Fenster und Möbel putzen.

Neben dem englischen Personal beschäftigte die Direktion Haerlin und zwei weitere Deutsche. Die einheimischen Kollegen ließen sie bald spüren, daß man eigentlich gern auf sie verzichtet hätte. Aber wegen ihrer Deutsch- und Französisch-Kenntnisse waren sie angesichts des internationalen Publikums leider unverzichtbar. Nur in einem Punkt fühlten die Engländer sich den Deutschen verbunden. Wenn im Hotel Flaute herrschte, war in der Küche nur eine Notbesatzung anwesend. Und die kochte für das Personal so gotterbärmlich, daß sich Briten und Deutsche gemeinsam über das Essen empörten.

Friedrich Haerlin mußte nicht lange darauf warten, daß er wieder unter dem Klima zu leiden begann. Diesmal war es feucht, kalt und neblig. Geheizt wurde nur in den Gasträumen. In den engen Kammern des Personals wurden die Wolldecken klamm. Haerlin erkrankte an Bonchialkatarrh und Gelbsucht und litt ständig an Zahnschmerzen. Um diese Plagen einigermaßen durchzustehen und seinen Dienst nicht zu versäumen, mußte er immer wieder zum Arzt. Am Ende trug er die Hälfte seines mageren Jahresgehalts von 12 Pfund zu den Medizinern.

Karriere im «Baur au Lac»

Manchmal hätte er lieber heute als morgen die neblige Insel verlassen. Aber er hatte sich geschworen, ein Jahr durchzuhalten und so gut wie eben möglich Englisch zu lernen. Die Frist war jetzt fast herum. Und da wirkte ein Brief seines Bruders Wilhelm wie eine Erlösung. Er gab Friedrich den Tip, sich doch in dem weltbekannten Hotel «Baur au Lac» in Zürich zu bewerben. Bruder Wilhelm hatte in Zürich nämlich eine Stelle als Bauführer bei einem Architekten gefunden und schwärmte von der Stadt. Er streckte dem völlig abgebrannten Friedrich auch das Reisegeld in die Schweiz vor, als der tatsächlich als Etagenkellner in dem Traditionshaus am Zürichsee angestellt worden war.

Das «Baur au Lac» war damals schon ein Hotel von Weltruf. Die noblen Gäste reisten nicht nach Zürich, das damals noch eine Kleinstadt von gut 35 000 Einwohnern war. Nein, man reiste ins «Baur au Lac».

1844 hatte sich Johann Baur, der fünf Jahre zuvor aus dem österreichischen Vorarlberg in die Schweiz gekommen war, in den Platz in unmittelbarer Ufernähe mit Blick auf den See und die Berge verliebt. Bis vor kurzem war hier noch der Züricher Marinehafen gewesen, in dem die Kriegsschiffe «Neptun», «Otter» und «Seepferd» vertäut lagen. Die hatten sich, mit dreitausend Ruderern und Kanonieren besetzt, mit Napoleon eine Seeschlacht liefern sollen. Der Kampf am Zürichsee fiel aus, die Schiffe wurden abgewrackt und der Marinehafen zugeschüttet.

Nun baute der Hotelchef einen Palast für Reisende aus Adel und Prominenz, die ihr Leben ungestört und incognito genießen wollten. Die Gäste reisten mit der Bahn und wurden im vornehmen Landauer zum Hotel gebracht. Der hektische Geschäftsreisende, der heute im «Baur au Lac» nur für wenige Tage eincheckt, umtriebig in der Halle konferiert und plötzlich wieder fluchtartig aus der Finanzmetropole abreist, war damals unbekannt. Die österreichische Kaiserin Elisabeth, «Sisi», lebte mit zwei Prinzen und ihrem sechzigköpfigen Hofstaat einen ganzen Sommer am Ufer des Zürichsees.

Doch es kamen nicht nur die Kaiser und Könige. Das «Baur au Lac» konnte sich auch rühmen, die bedeutendsten Künstler der Zeit zu seinen Gästen zu zählen. Hier erlebte sogar ein Meisterwerk der Operngeschichte seine Uraufführung.

Den festlichen Musikabend am 22. Oktober 1856 hatte die Fürstin Carolyne Wittgenstein arrangiert. Sie war damals die Lebensgefährtin von Franz Liszt. Der Meister saß selbst am Flügel und spielte den 1. Akt der «Walküre», den sein Freund Richard Wagner gedichtet und komponiert hatte. Die Fürstin hatte gerufen, und alles, was Rang und Namen hatte, war gekommen. Die Züricher Sängerin Emilie Heim sang die Rolle der Sieglinde. Wagner selbst übernahm den Part des Siegfried und des Hunding. Er war im selben Atemzug inzestiöser Ehebrecher und gehörnter Ehemann. Dieses Experiment ist niemals wiederholt worden. Wagner sang mit kräftiger Stimme und kräftigem sächsischen Dialekt.

Die Vorführung löste bei den Zuhörern höchste Verzückung aus. Wagner und Liszt sanken sich am Schluß ergriffen in die Arme.

Carolyne Wittgenstein erwachte dann als erste aus dem kollektiven Rausch und lud die Musikenthusiasten zu einem üppigen Menü in den Festsaal des Hotels ein.

Friedrich Haerlin trat seinen Dienst im 4. Stock an. Für den kränkelnden Schwaben ein echter Knochenjob. Das «Baur au Lac» hatte damals selbstverständlich schon einen Aufzug, allerdings nur für die Gäste. Und jedesmal, wenn neue ankamen, mußte der Etagenkellner in der Halle präsent sein und die Damen und Herren in Empfang nehmen. Während diese in den Lift stiegen, sprintete Friedrich Haerlin die Treppen hinauf, um oben pünktlich mit einer höflichen Verbeugung die Fahrstuhltür aufzureißen.

Seine Schnellauf- und sonstigen Serviceleistungen waren so überzeugend, daß ihn der Hoteldirektor Menge schließlich in den zweiten Stock beförderte. Ein großer Vertrauensbeweis, denn in der zweiten Etage war das Publikum viel vornehmer, verwöhnter und anspruchsvoller. Kein Problem für Friedrich. Die Damen und Herren fühlten sich von «Cher Fritz» auf das Beste bedient.

Direktor Menge verbrachte den Winter in gleicher Funktion in Cannes, als Chef des dortigen «Grand Hotel». Und da er dort einen tüchtigen «1. Zimmerkellner» brauchte, bot er die besser dotierte Stelle dem gewandten Schwaben an. Der griff erfreut zu und überzeugte an der Côte d'Azur dermaßen, daß er im Sommer 1881 als Oberkellner die Servier-Brigade des «Baur au Lac» dirigierte. Im Winter folgte er Herrn Menge wieder nach Cannes, als Oberkellner.

Friedrich war glücklich. Er hatte entscheidende Schritte

nach vorn gemacht, das Hotel am Zürichsee mit seinem internationalen Publikum war eine wunderbare Schule für ihn, und zum ersten Mal verdiente er gutes Geld. Wie gern hätte er davon noch seinem Vater berichtet. Bruder Wilhelm, der inzwischen erste Erfolge als Architekt hatte, freute sich darüber, daß sein Tip für das «Fritzle» so positive Folgen gezeitigt hatte. Das vorgestreckte Geld für die Reise von Southampton nach Zürich hatte er längst zurückbekommen.

Erfahrungen im Service hatte er jetzt genug gesammelt, da war sich Friedrich Haerlin ganz sicher. Was ihm noch fehlte, waren Kenntnisse und Praxis im Hotelmanagement. Der Kellnerjob war für ihn nur ein notwendiges Mittel zum Zweck gewesen. Denn er wußte ja, daß seine besonderen Stärken im Kaufmännischen lagen, das war seine Leidenschaft. Er wollte ein Hotel leiten. Am liebsten eines mit einem so schönen Blick aufs Wasser, wie er ihn jetzt ab und an genießen konnte. Ein Haus wie das «Baur au Lac», das war sein Traum.

Das «Baur au Lac» war auch in anderer Weise vorbildlich, es galt als Hort von Sauberkeit und Frische, als andernorts durchaus noch keine Rede davon sein konnte. Es gab eine Halle mit römisch-türkischen Bädern, und die ersten Zimmer waren mit separaten Badezimmern ausgestattet worden. Damals ein unglaublicher Luxus, aber eine Investition, die sich in Krisenzeiten in jeder Weise bezahlt machte. Denn als 1867 und 1876 die Cholera in Zürich wütete, blieben die Gäste des «Baur au Lac» von der schrecklichen Seuche verschont.

Friedrich Haerlin registrierte die Erzählungen darüber voller Interesse.

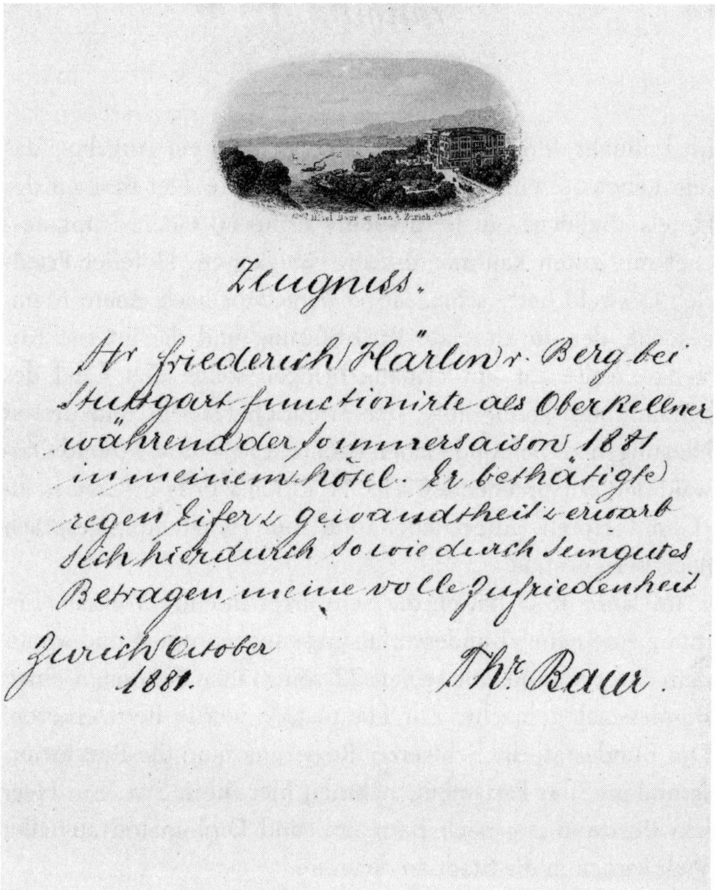

Zeugniss.

Hr Friederich Härlin v. Berg bei
Stuttgart functionirte als Oberkellner
während der Sommersaison 1881
in meinem Hôtel. Er bethätigte
regen Eifer u. Gewandtheit u. erwarb
sich hierdurch so wie durch sein gutes
Betragen meine volle Zufriedenheit

Zürich October
1881.

Thr. Baur.

«Eifer und Gewandtheit»:
Der berühmte Züricher Hotelier Theodor Baur
stellte seinem Oberkellner Friedrich Haerlin 1881
ein glänzendes Zeugnis aus

Ein Schwabe räumt auf

Im Frühjahr 1882 kam völlig überraschend ein Angebot, das sein Leben auf einen Schlag verändern sollte. Der Besitzer des Hotels «Bellevue» in Bern suchte dringend einen Empfangschef mit guten kaufmännischen Fähigkeiten. Hotelier Friedrich Osswald hatte schon länger vergebens nach einem Mann gesucht, der die desolate Buchführung und die interne Kostenkontrolle auf Vordermann bringen sollte. Der Chef des «Grandhotel Thunerhof», der Friedrich Haerlin und dessen Neigungen zu Soll und Haben kannte, gab seinem Freund Osswald den entsprechenden Tip. Friedrich wurde in Cannes im «Grand Hotel» aufgetrieben und zum Vorstellungsgespräch nach Bern bestellt.

Im Jahre 1848 hatten die Schweizer in einer Volksabstimmung eine neue «Bundesverfassung» angenommen und so aus dem Staatenbund mit seinen 22 souveränen Kantonen einen Bundesstaat gemacht. Zur Hauptstadt wurde Bern erkoren. Der Bundesrat, die Schweizer Regierung, und die Bundesversammlung, das Parlament, nahmen hier ihren Sitz. Ein Heer von Beamten zog nach Bern um, und Diplomaten aus aller Welt kamen in die Stadt an der Aare.

Bern verwandelte sich in eine große Baustelle. Das Bundeshaus entstand. 1851 wurde zunächst mit dem Westflügel des mächtigen, dreiteiligen Komplexes im «Münchner Maximilianstil» begonnen. Was fehlte, war ein großes Hotel von internationaler Klasse.

Am 16. Januar 1864 kaufte Friedrich Osswald das Grundstück Inselgasse 136 A, wo früher die Münze des alten Bern gestanden hatte. Nach knapp zwei Jahren Bauzeit konnte der backenbärtige Berner sein Hotel 1865 eröffnen. Eine Luxusherberge hoch über der Berner Altstadt mit Blick auf die Aare und die Berner Alpen, auf Eiger, Mönch und Jungfrau. Das Hotel grenzte direkt an das Bundeshaus und wurde der Treffpunkt der großen Welt. Gekrönte Häupter aus Europa, russische Großfürsten, Emire aus Arabien, Mandarine aus China stiegen hier genauso ab wie Millionäre aus den USA, Diplomaten, Spione und leichte Damen der Edelklasse. Das Haus mit den großen Hallen und lauschigen Sitzecken wurde zum Kontakthof der streng neutralen Schweiz.

Siebzehn Jahre war das «Bellevue» nun in Betrieb und brauchte dringend eine ordnende Hand im Büro, zumal der aus dem badischen Städtchen Offenbach stammende Osswald seit einiger Zeit kränkelte, man munkelte von einem Nervenleiden.

Friedrich Haerlin war begeistert von dem Hotel, und er jubelte innerlich, eine so interessante Aufgabe übernehmen zu können, weg vom Servieren hin zu Buchhaltung und Management. Mit dem Gehalt war der Chef des «Bellevue» etwas knauserig, 150 Franken monatlich bei freier Kost und Logis. Das war weniger, als er inzwischen im «Baur au Lac» als Oberkellner verdiente. Aber Friedrich Haerlin sah das als Investition in die Zukunft an und akzeptierte, zumal Herr Osswald ihm eine angemessene Gehaltserhöhung zusagte, wenn er denn bloß die Zahlen in den Griff bekäme und das interne Kontrollsystem reformieren würde.

Am 1. Mai 1882, Friedrich war gerade fünfundzwanzig Jahre alt geworden, trat er in Bern seinen Dienst als «Sekretär-Empfangsherr» an.

Schon nach kurzer Zeit war dem gewitzten Schwaben klar: das «Bellevue» wurde miserabel gemanagt. Besonders die älteren Angestellten, die schon Jahrzehnte für die Familie Osswald arbeiteten, hatten sich die verschiedensten Privilegien gesichert und wehrten sich gegen den Neuen mit passivem Widerstand. Denn Friedrich Haerlin, der aus eigener Praxis wußte, wie ungerecht häufig Trinkgelder aufgeteilt wurden, sorgte als erstes dafür, daß die eingehenden Franken auch bei denen landeten, die sich um das Wohl der Gäste wirklich gekümmert hatten. Außerdem setzte er durch, daß die Angestellten einen ihrer Stellung und Leistung entsprechenden festen Lohn bekamen.

Friedrich hatte die ersten Schlachten im Hotel geschlagen, als sein Chef im Herbst 1883 starb. Die Witwe Philippine Osswald war von der Arbeit ihres Empfangsherrn und seiner Art, sich zielstrebig, aber geräuschlos durchzusetzen, so überzeugt, daß sie ihm nun die gesamte Leitung des Hotels übertrug und ihm in jeder Weise freie Hand garantierte. Eine Blitzkarriere, die sich auch finanziell bezahlt machte. Friedrich Haerlins Gehalt wurde als erstes verdoppelt.

Die von ihm als fabelhaftes Kontrollinstrument erkannte doppelte Buchführung ersetzte das bisherige System. Küche und Weinkeller mußten über Verbrauch und Bestände penibel genau abrechnen. Friedrich Haerlin feilschte mit den Lieferanten um jeden Rappen und handelte Skonti aus. Er wurde bei ihnen dennoch bald beliebt, weil er – wie er es bei Mutter Friederike Christine im Gasthof «Zur Krone» in Gaisberg gelernt hatte – immer prompt zahlte, ob es nun um neue Kochtöpfe und neues Geschirr ging oder um die neuen Jahrgänge beim Rotwein. Die Bilanzen wurden von Jahr zu Jahr besser, und das Einkommen des neuen Direktors stieg mit.

Am 9. Februar 1890 hatte Friedrich Haerlin mit seiner Chefin einen neuen Direktorenvertrag unterschrieben, der in seinen Formulierungen Bände über ihn spricht. Haerlin, der kühle Rechner, der noble Kaufmann, der weitplanende Privatmann.

Als erstes bekam er von Philippine Osswald ein Jahresgehalt von 6000 Franken und eine Mindesttantieme von 2000 Franken garantiert. Außerdem war sie damit einverstanden, daß ihr Direktor am Gewinn des «Bellevue» beteiligt wurde. Von 25 000 Franken Reingewinn an waren acht Prozent fällig, ab 30 000 Franken sieben Prozent, und wenn der Reingewinn 40 000 Franken überstieg, standen ihm sechs Prozent davon zu. Wie der Reingewinn zu ermitteln war, auch das schrieb der Schwabe ausführlich in den Vertrag.

Daß sich Haerlin, er war inzwischen 33 Jahre alt, schon längere Zeit mit der Idee beschäftigt hatte, Hochzeit zu feiern, zeigt Paragraph drei des Vertrages: «Sollte Herr F. Haerlin sich während der Vertrags-Dauer verheiraten, so führt Frau F. Osswalds Wwe. demselben eine Wohnung von fünf Zimmern in einem der Stockwerke der dem Hotelgebäude gegenüberliegenden Dependenz Inselgasse No. 4 zu dem Jahres-Mietzins von Fr. 500 in Worten Fünfhundert Fr. zu.» Und für den Fall, daß er auf die Hotelverpflegung verzichten und die Küche seiner Ehefrau bevorzugen würde, wären wieder 1000 Franken pro Jahr fällig.

Doch 1890 war weit und breit keine Braut zu sehen. Friedrich hatte kaum Zeit, mal in der Bundesstadt Bern auszugehen und Frauen kennenzulernen. Die Richtige müßte wohl irgendwann zu ihm ins Hotel kommen.

Für den Fall, daß Sohn Alphons oder Philipp Osswald das Hotel übernähmen oder es verkauft würde, hatte Haerlin eine Abfindung ausgehandelt: 9000 Franken (ledig), 10 000 Franken (verheiratet). Und obwohl Philippine Osswald in ihrem Hotel allein das Sagen hatte, bat Haerlin sie, die zwei Söhne, die beiden Töchter und deren Ehemänner über den geplanten Vertrag zu informieren. Er wollte späteren Streitereien mit diesen vorbeugen. Alle sechs gaben der Sache ihren Segen.

Jetzt verdiente Friedrich Haerlin zwischen zehn- und zwölftausend Franken jährlich. Er zeichnete seine private Erfolgsbilanz ebenso sorgsam auf wie die geschäftliche, die der Schwiegersohn der Chefin stets prüfte und immer für gut befand. Das private Sparkonto Friedrichs wuchs und wuchs.

Friedrich empfing nicht nur die zahlreichen prominenten Gäste, erledigte Buchhaltung und Schriftverkehr mit nur einem Sekretär, überwachte die einzelnen Abteilungen des Hauses, verhandelte mit Lieferanten, er brachte auch das Landgut «Eichholz» auf Vordermann, das zum Hotel gehörte. Seine Erfahrungen, die er auf dem väterlichen Bauernhof gesammelt hatte, kamen ihm bei seinen Auseinandersetzungen mit dem Gutsverwalter sehr zustatten. Der wirtschaftete nämlich so selbstherrlich und zum eigenen Vorteil, daß der «Eichholzer»-Hof seit Jahren ein Zuschußbetrieb war. Auch das änderte sich nun innerhalb kürzester Zeit.

Und, weil er nichts dem Zufall überlassen wollte, übernahm er es auch, jeden Morgen auf den Markt zu gehen und Obst und Gemüse, Fleisch und Fisch gemeinsam mit seinem Chefkoch einzukaufen. Die Gäste sollten nicht nur absolut komfortabel wohnen, sie sollten im hoteleigenen Restaurant auch nur Menüs aus frischen Produkten serviert bekommen.

An Prominenz mangelte es im «Bellevue» nie. 1883 trugen sich unter anderem ins «Goldene Buch» ein: am 15. August Seine Hoheit Prinz Nikolaus von Oldenburg aus Rußland, am 9. September Prinz Orsini aus Rom, am 15. September der damals berühmte Dichter Ernst von Wildenbruch aus Berlin, Enkel des Prinzen Louis Ferdinand von Preußen. Und als krönender Höhepunkt am 1. Oktober Seine Kaiserliche Hoheit Kronprinz Friedrich Wilhelm von Preußen und Ehefrau Viktoria mit großem Gefolge. Im nächsten Jahr quartierten sich unter anderem Professor Dr. Robert Koch, Medizinalrat aus Berlin, und der spätere sächsische König, Prinz Friedrich August zu Sachsen mit seinem Hofstaat im «Bellevue» ein.

Friedrich Haerlin begrüßte Herzog Esterhazy aus Wien, den berühmten Pathologen Professor Virchow aus Berlin, Herzog und Herzogin Charles de Talleyrand-Perigord aus Paris, die Königin Amalie von Portugal, Prinz Karl von Baden, Prinzessin Gortschakoff mit Gefolge aus Moskau, die Herzogin Alexandrine von Mecklenburg-Schwerin. Am 15. September 1890 waren Kommerzienrat Krupp und Familie Gäste im Hotel. Alexander I., König von Serbien, quartierte sich mit seinem Vater Milan I. und großem Troß incognito unter dem Namen Graf von Takova aus Paris ein. Ein Herr P. A. Rockefeller aus New York wohnte zur selben Zeit wie ein Bankier Gustav de Rothschild aus Paris in der Berner Nobelherberge.

Der Herr Direktor geht aufs Eis

Ein Name wurde in den Annalen des Hotels nicht speziell erwähnt, doch für Friedrich Haerlin wurde sie die wichtigste Person in seinem Leben.

Er war 34 Jahre alt und ein gemachter Mann, als er ihr am Neujahrstag 1891 zum erstenmal begegnete.

In der Schweizer Hauptstadt Bern wohnte damals im «Bellevue» der neue amerikanische Gesandte John Davis Washburn. Der Rechtsanwalt und republikanische Politiker war als Fachmann in Geld- und Versicherungsfragen von Präsident Harrison nach Bern geschickt worden. In seiner Begleitung Ehefrau

Mary, Tochter Edith und die Gesellschaftsdame, Fräulein Thekla Toussaint aus Bremen. Hotelbesitzerin Osswald lud die prominenten Gäste zu einem Neujahrsessen ein, dazugebeten wurden auch der Herr Direktor und sein Bruder Wilhelm, der gerade zu Besuch war.

Es muß eine rauschende Tafel gewesen sein, denn hinterher waren die beiden Brüder gleichermaßen begeistert von der ebenso hübschen wie schlagfertigen und gescheiten 24jährigen Hanseatin Thekla.

Wilhelm war so hingerissen von ihr, daß er seinen Bruder nach dem Essen zur Seite nahm und im schönsten Schwäbisch sagte: «Woischt, wenn i wüßt, daß das Fräulein vermögend wär', di tät i glei heiraten, die g'fällt mir.»

Friedrich Haerlin war nicht so ungalant und nicht ganz so spontan, dafür aber konsequenter. Er hatte sich verliebt und versuchte nun, seine Leidenschaft in die richtigen Bahnen zu lenken. Wann immer sich die Gelegenheit bot, paßte er Fräulein Toussaint ab, verwickelte sie in ein Gespräch, lud sie zu kleinen Spaziergängen durch die Stadt ein, zeigte ihr die Heiliggeist-Kirche und das Bundeshaus und hörte ihr zu, um sie besser kennenzulernen. Und als er sie eines Tages zufällig als Eisläuferin erlebte, war es um den kühl rechnenden Kaufmann endgültig geschehen.

Später hat er diese Szene in seinen Lebenserinnerungen so beschrieben: «Ganz besonders entflammt war ich von ihrer fabelhaften körperlichen Gewandtheit, als ich einmal beobachten konnte, wie sie als grazile Schlittschuhläuferin Walzer auf dem Eise tanzte.»

Es war ihm klar, daß er schleunigst Eislaufen lernen mußte. Für ihn als «ziemlich ungelenken 34jährigen» ein schwieriges Geschäft. Da traf es sich gut, daß just zu dieser Zeit zwei schwedische Künstler im Hotel wohnten, die den neuen Speisesaal ausmalten. Die beiden verpflichtete Haerlin als Trainer und übte mit ihnen in der Nacht auf der Eisbahn. Sein Motto: «Was man aus Liebe tut, das geht noch mal so gut.» Die Schweden bewahrten ihn vor bösen Stürzen und erwiesen sich als gute Lehrer. Nach kurzer Zeit bat Friedrich das Fräulein Thekla zum ersten Tanz auf dem Eis. Es war der Beginn eines fünfzigjährigen Paarlaufs.

Doch zunächst reiste Fräulein Toussaint aus Bern ab. Sie begleitete ihre Amerikaner nach Grindelwald zum Skifahren. Friedrich konnte diesem Abschied durchaus etwas Positives abgewinnen. Würde er doch, wenn auch über einen Umweg, weitere Gewißheit über den Charakter der Geliebten bekommen. Er verabredete mit ihr, daß sie ihm aus Grindelwald schreiben würde, welche Fortschritte dort der Skisport machte. Die Briefe kamen, und Haerlin hatte endlich das ersehnte Material, um ihre Schrift von einem bekannten Graphologen untersuchen zu lassen. Um überprüfen zu können, wie präzise und verläßlich dessen Gutachten waren, legte er noch ein zweites Päckchen mit Briefen von sich selbst für eine zweite Expertise bei.

Inzwischen hatte, wie jedes Jahr, Herr Schrader, ein Bremer Kaufmann, sein Zimmer im «Hotel Bellevue» bezogen. Von dem erfuhr Haerlin nun, daß die Toussaints eine in Bremen bekannte, fleißige Familie waren. Der Vater besaß eine Hutfabrik, und seine älteste Tochter Thekla arbeitete im Geschäft mit. Außerdem sei sie, so wußte Herr Schrader zu berichten, die beste Turnerin und Schwimmerin im jüngst gegründeten Damensportverein.

Um so ungeduldiger wartete Friedrich Haerlin jetzt auf die Gutachten des Graphologen. Als sie endlich eintrafen, nahm er zuerst nicht das über Thekla, sondern das über sich zur Hand. Nach der Lektüre war er überzeugt, einen Experten als

Schriftdeuter beauftragt zu haben. Er fand sich nämlich haargenau bewertet.

Das Urteil über Thekla war so positiv, daß er endgültig sicher war, mit ihr die richtige Ehefrau gefunden zu haben, und so bestärkte er sie in vielen Briefen, die Dienste als Gesellschaftsdame beim amerikanischen Gesandten aufzugeben und wieder in das Geschäft des Vaters zurückzukehren, der die ebenso gescheite wie freundliche Tochter schon sehnsüchtig erwartete.

Um sich möglichst schnell selbst ein Bild von der Familie Toussaint zu machen, kündigte er für das Frühjahr seinen Besuch in Bremen an.

Die Familie Schrader arrangierte für den Gast aus Bern ein Essen und lud dazu das ihnen gutbekannte Fräulein Toussaint ein. Der Abend wurde ein voller Erfolg. Friedrich erklärte Thekla, daß er sie heiraten wolle, allerdings nicht vor Ablauf seines Vertrages im «Bellevue». Das sei in zwei Jahren. Sie sei in dieser Zeit aber völlig frei in ihren Entschlüssen, genauso wie er. Im übrigen sollten sie in den beiden Jahren auch nicht korrespondieren, um ihre Gefühle wirklich zu prüfen.

Am folgenden Tag machte Haerlin seinen Antrittsbesuch bei Theklas Eltern, besuchte auch ihre Lieblingstante Thekla Günther in Vegesack und reiste anschließend zurück in die Schweiz.

Die merkwürdige, selbstauferlegte Kontaktsperre hielt Friedrich nur kurz durch. Zunächst schrieb er Briefe an Tante Günther und erkundigte sich, wie es denn mit der Nichte Thekla gehe. Dann wechselten die beiden Liebenden regelmäßig Briefe. Seine waren düster, voller Beschreibungen der Pflichten und Lasten des Hotelierlebens, gespickt mit Hinweisen auf Fleiß, Ausdauer und Aufopferung. Außerdem ließ er seine Thekla auch nicht darüber im unklaren, daß er ein

Der Anfang einer langen Liebe:
Im Februar 1893 verlobten sich Friedrich Haerlin
und Thekla Toussaint

bißchen schwerblütig wäre und sein Charakter durchaus kompliziert.

Irgendwann platzte Theklas Schwester Clara der Kragen: «Laß den Kerl doch laufen. Der schreibt immer nur von Pflichten und nichts von Freude.» Doch Thekla ließ sich nicht mehr beirren.

Auch Friedrich wurde von der Ehe abgeraten. Hotelbesitzerin Osswald warnte ihren Direktor eindringlich davor, eine Norddeutsche zu heiraten. Das könne gar nicht gutgehen, die Mentalitäten seien viel zu unterschiedlich.

Viele seiner Freunde in Bern reagierten ähnlich, als sie von seinen Plänen hörten. «Was, Sie heiraten eine Norddeutsche? Die ist gewiß recht schön oder reich?» Friedrich Haerlin antwortete dann nicht ganz charmant: «Nein, sie ist weder reich noch schön, aber waschecht, gesund, kräftig und gewandt, und so wird sie lange bleiben.»

Frau Osswald versuchte, den drohenden Verlust mit einer noblen Geste abzuwenden. Sie bot ihrem Direktor an, das Hotel gemeinsam mit ihrem Sohn Philipp als Teilhaber zu übernehmen. Er lehnte dankend ab. Der Junior, so sein Urteil, liebte die Arbeit nicht, da könne es nur Krach geben.

Nach elf Jahren verließ Friedrich Haerlin am 1. April 1893 das «Bellevue». Im Gepäck als Präsent seiner Chefin ein wertvolles Silberservice und ein famoses Zeugnis. Sie dankte ihm für die «von Ihnen musterhaft geführten Bücher. Gerne nehme ich bei dieser Gelegenheit Veranlassung, Ihnen für Ihre treue Unterstützung während so langer Jahre, wie auch für die gewissenhafte Wahrung meiner geschäftlichen Interessen meinen verbindlichsten Dank auszusprechen.»

Die Hotelangestellten Carl Lang, Grittli, Anna und Marie Witchi, Emma Köhler, Ferdinand Willi und Louise Bannwart schenkten ihm eine Salonuhr. Dazu folgenden Brief: «Die Unterzeichneten erlauben sich, diese aus aufrichtigem Herzen kommende Hochzeitsgabe ihrem hochgeschätzten Director zu überreichen mit der herzlichen Bitte, dieselbe als einen kleinen Beweis großer Dankbarkeit, Verehrung und Hochachtung betrachten zu wollen, auch ist sie begleitet mit den besten Glück- und Segenswünschen seiner langjährigen Angestellten.»

Acht Tage später, am 9. April 1893, fand in Bremen die Hochzeit statt.

Erfolg am Thuner See

Die Frischvermählten stürzten sich gleich gemeinsam ins Geschäft. Friedrich hatte schon vor der Abreise aus Bern im nahen Thun das «Hotel Bellevue» gepachtet. Das viergeschossige Hotel an der Hoffstettenstraße hatte in seinem weitläufigem Park Pavillons für Gesellschaften und für Kinderfeste. Gegessen wurde in einem prächtigen Saal mit Lichtkuppel, der 1880 an das klassizistische Haus angebaut worden war.

Am 1. Mai 1893 eröffneten die Haerlins die Saison. Dank der langjährigen guten Kontakte Friedrichs zu den Botschaften im nahen Bern wurde das «Bellevue» rasch zum Geheimtip unter den Diplomaten. Fünf Familien quartierten sich den gesamten Sommer über bei ihm ein. Graf Mierbach, der sich als einer der ersten Gäste mit seiner zehnköpfigen Familie für zwei Wochen angemeldet hatte, war vom Ambiente und Service dermaßen angetan, daß er schließlich sechs Wochen blieb.

Ehefrau Thekla erwies sich als so patent, wie Friedrich das

erwartet hatte. Sie stand jeden Morgen um fünf Uhr auf und frühstückte mit Ehemann und Angestellten. Dann half sie in der Kaffeeküche und später beim Servieren des Mittag- und des Abendessens. Ansonsten kümmerte sie sich insbesondere um die zahlreichen Kinder der Gäste.

Als sie am 27. Juli ihren 26. Geburtstag feierte, machte Ehemann Friedrich ihr ein besonderes Geschenk: Sie durfte so lange schlafen, wie sie wollte. Sie wachte erst gegen elf Uhr auf.

Der Sommer 1893 war traumhaft schön. Und als Ende September die Saison im «Bellevue» zu Ende ging, konnte Friedrich Haerlin im ersten Jahr seiner Selbständigkeit eine glänzende Bilanz ziehen. Der Gewinn hatte seine Erwartungen weit übertroffen. Um sich von den Strapazen der vergangenen Monate richtig zu erholen, plante Friedrich mit seiner Thekla eine ausgedehnte Winterreise durch die Schweiz. Sie wollten selbst ausprobieren, was es mit dem Skifahren auf sich hatte, von dem ihre Hotelgäste so geschwärmt hatten.

Thekla als trainierte Sportlerin war schon beim Gedanken daran begeistert, und auch Friedrich war die Vorstellung von dem neuen Sport sehr angenehm. Mit ein wenig Üben würde er das Skifahren sicherlich erlernen, hatte er doch gute Erfahrungen mit dem Schlittschuhlaufen gemacht.

Sosehr sie sich auch auf das Abenteuer im Schnee freuten, es wurde nichts daraus. Im Herbst stellte sich nämlich heraus, daß Thekla schwanger war. Von anstrengenden Bergtouren konnte keine Rede mehr sein.

Pünktlich zum Auftakt der zweiten Sommersaison im Hotel «Bellevue» in Thun, am 2. Mai 1894, wurde der erste Sohn Otto geboren. Der beglückte und stolze Vater umsorgte Mutter und Kind liebevoll. Doch die tüchtige Thekla stand schon bald wieder in der Kaffeeküche.

Es wurde erneut eine höchst einträgliche Saison. Und schon im Sommer teilte Thekla ihrem Friedrich mit, daß das nächste Kind unterwegs sei. Sohn Wilhelm erblickte am 20. März 1895 das Licht der Welt. Dritte Saison in Thun, drittes Kind im Frühjahr 1896. Diesmal war es eine Tochter, die Frieda getauft wurde.

Als Friedrich Haerlin 1896 das «Bellevue» für die vierte Saison pachten wollte, mußte er erfahren, daß die Bank, die Besitzerin des Hotels gewesen war, das Haus an eine neugegründete Aktiengesellschaft verkauft hatte. Die hatte inzwischen auch das benachbarte «Grandhotel Thunerhof» dazuerworben.

Zunächst war er wenig erfreut über das Geschacher im Berner Oberland. Das änderte sich allerdings, als die Banker im Verwaltungsrat der AG den erfolgreichen Hotelier aufforderte, sich mit Kapital an der neuen Gesellschaft zu beteiligen und als Generaldirektor beide Häuser zu leiten. In einem halben Jahr sollten die Hotels unter seiner Regie von Grund auf renoviert und überall elektrische Leitungen verlegt werden; elektrisches Licht gehörte mittlerweile zum Standard guter Hotels. Außerdem sollten die beiden Häuser eine leistungsfähige moderne Wäscherei bekommen. Und im weitläufigen «Bellevue»-Park würde ein neuer Kursaal entstehen. Alles Maßnahmen, die Haerlin für sinnvolle Investitionen hielt.

Die Aufgabe reizte ihn, also sagte er beim Präsidenten des Verwaltungsrates der AG, Adolf Lanzrein, zu und kaufte das ihm offerierte Aktienpaket. Der Vertrag wurde auf drei Jahre geschlossen. Zehntausend Franken Gehalt pro anno und zweitausend Franken Mindesttantieme, Kost und Logis für die Familie und drei private Dienstboten während der Wintermonate. Ein schöner Plan.

Die nächsten Monate wurden für Friedrich Haerlin eine

nervenaufreibende Zeit. Manchmal verfluchte er seinen Entschluß.

Er mußte die verrückte Erfahrung machen, daß die Mitglieder des Aufsichtsrats ständig neue Pläne produzierten. Und wenn einer sich bei seinen Kollegen mit einem Vorschlag durchgesetzt hatte, stimmte er mit Freuden dem nächsten Änderungsbegehren zu. Haerlin konnte argumentieren, wie er wollte, die Herren gaben ihrem Affen Zucker. Sie waren noch nicht einmal zu beeindrucken, als Haerlin ihnen vorrechnete, daß das eingeplante Budget schon fast zweimal ausgegeben war.

Wenn er dann in seinem Büro saß, nahm er ab und an seinen Anstellungsvertrag aus dem Schreibtisch und las besonders mißmutig Paragraph 3: «Dem Generaldirektor unmittelbar vorgesetzt ist der Verwaltungsrath der Gesellschafter, dessen Beschlüssen derselbe in allen Theilen unterstellt ist.»

Für den kühlen Kaufmann stand alsbald fest, daß er angesichts dieser Geldverschwendung die beiden Häuser niemals würde rentabel führen und die investierten Millionen in angemessener Frist niemals würde verdienen können.

Im Sommer stand sein Entschluß fest: Er verkaufte erstens sein Aktienpaket, was ihm einen erklecklichen Gewinn einbrachte. Und er kündigte zweitens bei Herrn Lanzrein seinen Vertrag zum Ende des Jahres. Der war ganz untröstlich über die Nachricht und versuchte, Haerlin umzustimmen. Doch schon die nächste Zusammenkunft des Verwaltungsrates zeigte Friedrich, wie richtig er sich entschieden hatte.

Die wenigen Monate in dieser schwerfälligen Verwaltungsmühle hatten ihn ein für allemal von der Idee kuriert, eventuell in einer großen Hotelgesellschaft Karriere zu machen. Die Reibungsverluste, Genehmigungszwänge und Profilierungssüchte in Gremien waren nichts für sein unternehmerisches

Naturell. Er wollte umsetzen, was er für richtig erkannt hatte. Er mußte sein eigener Herr sein.

Fast zwanzig Jahre hatte er inzwischen in der Schweiz verbracht und stand nicht zuletzt bei den Bankiers der Hauptstadt in hohem Ansehen. Immer wieder wurde er als Gutachter für Hotels beauftragt. Wenn er jetzt sein eigenes Haus eröffnen würde, sollte es ganz selbstverständlich ebenfalls in der Schweiz sein. Zwei interessante Objekte hatte er schon im Auge, als er zu Weihnachten 1896 mit Frau und Kindern nach Bremen zu den Schwiegereltern fuhr. Thekla freute sich, die Eltern, Geschwister und Tante Günther in Vegesack wiederzusehen. Und Friedrich wollte in aller Ruhe von der Weser aus seine Verhandlungen aufnehmen. Die Post ging schnell, und telefonieren konnte man schließlich auch schon. Das Fernsprechnetz wurde ständig dichter.

Auktion am vierzigsten Geburtstag

Eine Anzeige in der Fachzeitschrift «Der Internationale Hotelbesitzer Verein» ließ Friedrich Haerlin alle Pläne über den Haufen werfen. Am 24. Februar 1897, exakt an seinem vierzigsten Geburtstag, sollte in Hamburg das Hotel «Zu den vier Jahreszeiten» versteigert werden. Der Vorbesitzer Arnold Paegel war mit dem kleinen Haus am Neuen Jungfernstieg 11 in Konkurs gegangen. Das «Hotel ersten Ranges» in «prachtvoller Lage am Alsterbassin», das «mit allem Comfort der Neuzeit ausgestattet» sein sollte, wie die Werbung versprach, hatte sich

«Aller Comfort der Neuzeit»:
An seinem vierzigsten Geburtstag ersteigerte
Friedrich Haerlin das «Hotel zu den vier Jahreszeiten»
an der Hamburger Binnenalster

nicht als Goldgrube erwiesen. Es galt zu der Zeit als eher bescheidene Herberge. Wer etwas auf sich hielt, stieg damals im «Hotel Hamburger Hof» am Alten Jungfernstieg 26/33, dem «St. Petersburg» am Alten Jungfernstieg 6 oder im «Streits Hotel» am Alten Jungfernstieg 38 ab.

Im «Hamburger Fremdenblatt» wurde die Auktion unter der Rubrik «Zwangsverkauf» angekündigt. 618 Quadratmeter Grundstück mit Etagenhaus, Schätzpreis 500000 Mark, Feuerassekuranzwert 330000 Mark.

Hamburg hatte sich gerade wieder von den Folgen der schrecklichen Choleraepidemie von 1892 erholt, der in drei Monaten mehr als achttausend Menschen zum Opfer gefallen waren. Die Dampfschiffahrt auf der Elbe hatte drei Wochen lahmgelegen, die Grenze ins damals preußische Altona blieb mehr als einen Monat geschlossen. Die furchtbaren hygienischen Bedingungen in den Armeleutevierteln, das miserable Trinkwasser aus der Elbe und der Geiz der Stadtväter, die kein Geld für ein Filtrierwerk ausgeben wollten, hatten den Ruf der Hansestadt nachhaltig ruiniert.

Der Berliner Arzt und Entdecker des Cholerabazillus, Robert Koch, sagte nach einem Besuch des Gängeviertels in Hamburg: «Ich vergesse, daß ich mich in Europa befinde.»

Um das Image der Stadt wieder aufzupolieren, wurde nicht nur das Elbfilterwerk gebaut, sondern auch die erste Müllverbrennungsanlage. Die ersten elektrischen Straßenbahnen nahmen den Betrieb auf.

Im Sommer 1895 befand Kaiser Wilhelm schließlich Hamburg für würdig, wieder seinen Besuch zu empfangen. Eigens zu diesem Anlaß war mitten in der Alster eine sechstausend Quadratmeter große Strand- und Garteninsel auf mehr als siebenhundert Pfählen gebaut worden. Für den Empfang des

Monarchen standen prächtig eingerichtete Pavillons und Zelte parat. Seine Majestät war «tief ergriffen, vor allem von dem Empfang, den mir Hamburg soeben bereitet hat. Gleich einer Windsbraut schallte mir der Jubel der Stadt entgegen.»

Man war wieder wer an der Elbe, als Friedrich Haerlin Anfang 1897 in Hamburg anreiste. Die Stadt zeigte sich von ihrer rauhen Seite. Die Alster war noch zugefroren. Es war neblig und grau am 24. Februar. Zweiundneunzig Prozent Luftfeuchtigkeit. Das Eis war inzwischen brüchig. Auf dem Kanal am Gaswerk in Barmbek brach ein 14jähriger Junge beim Schlittschuhlaufen ein und konnte in letzter Minute vor dem Ertrinken gerettet werden. In den Kaffeehäusern der Stadt schwärmten die Hanseaten von Luise Vernois, die im Varietétheater «Eden» in der vielumjubelten Schau «Das schönste Weib der Welt» auftrat.

Friedrich Haerlin besichtigte an diesem Mittwoch zunächst das schmale Haus am Neuen Jungfernstieg 11. Ein fünfgeschossiger Bau mit jeweils fünf Fenstern zur Alster hin. Ganze zwölf Zimmer und ein Restaurant. Als Mann vom Fach und mit den jüngsten Umbauerfahrungen aus Thun erkannte er schnell, daß er hier mächtig würde investieren müssen. Denn entgegen den Reklameversprechungen war das Haus ziemlich heruntergekommen, das Gebäude genauso wie die Einrichtung.

Aber eines faszinierte Haerlin – die Lage des «Vier Jahreszeiten». Er sah aus dem Fenster auf die weite Eisfläche der Binnenalster. Rechts auf den Alten Jungfernstieg, auf die breite Flaniermeile der Stadt, wo jetzt in Pelze gehüllt die vornehmen Hamburgerinnen ihre Spaziergänge machten und Einkäufe erledigten. Und links auf die schön geschwungenen Bögen der Lombardsbrücke. Friedrich Haerlin fühlte sich an das «Baur au

Lac» erinnert, wo er den Blick auf den Zürichsee genossen hatte. Ein Hotel am Wasser, und das mitten in einer großen, äußerst lebendigen Stadt – das war immer sein Traum gewesen.

Schweiz hin, Schweiz her, Friedrich hatte sich in das Haus an der Alster verguckt.

Bald ging er durch die einzelnen Zimmer und machte sich Notizen. Dann setzte er sich hin und rechnete. 30000 bis 40000 Mark würde er für Renovierung, neue Möbel und Gardinen ausgeben müssen. Nach einer Stunde war er sicher, mit dem Hotel einen guten Gewinn machen zu können, wenn er es für nicht mehr als 450000 Mark ersteigern könnte. Er war überzeugt, daß Hamburg nach überstandener Krise einen rasanten Aufschwung nehmen würde.

Der Auktionssaal in der Börsenhalle war an diesem Mittwoch nachmittag, Viertel nach zwei, gut besucht, und so wunderte sich Haerlin, daß er auf sein Gebot hin sofort den Zuschlag erhielt. Erst später wurde ihm klar, daß dies eher Schau- als Kauflustige gewesen waren und vielleicht einige Hoteliers, die wissen wollten, welcher Konkurrent sich hier neu ansiedeln würde. Friedrich Haerlin war dies gleichgültig, er freute sich darüber, nun endlich ein eigenes Hotel zu besitzen. 420100 Mark hatte er dafür investiert.

Die Hochstimmung währte nicht lange, denn die Hanseaten hatten für den Mann aus Schwaben eine böse Überraschung bereit. Die Behörde verweigerte ihm die Konzession mit der Begründung, die sanitären Einrichtungen des Hotels seien total veraltet. Nach den Erfahrungen mit der Cholera war man plötzlich pingelig geworden an der Elbe. Auch, daß Haerlin darauf hinwies, andere Häuser seien vergleichbar ausgestattet, beeindruckte die Beamten nicht. Das seien alte Konzessionen, für neue gälten die neuen Vorschriften.

Nach endlosem Gezerre bekam er eine auf sechs Monate befristete, vorläufige Genehmigung. Er mußte sich verpflichten, innerhalb von achtzehn Monaten alle Auflagen zu erfüllen.

Voller Ingrimm über die bürokratischen Schikanen akzeptierte Friedrich Haerlin. Endlich, am 28. April 1897 erschien im «Hamburger Fremdenblatt» in der Rubrik «Officielle Hamburg/Altonaer Fremden-Listen» der Name Fritz Haerlin als Eigentümer des Hotels «Zu den vier Jahreszeiten».

An diesem Tag war das Haus voll ausgebucht. Einquartiert hatten sich: Baron von Geismer und Gattin aus Kopenhagen, Rittmeister von Grohkast aus dem rheinischen Wesel, der Geheime Regierungsrath Husfeldt und Frau aus Nürnberg, Direktor G. Hartrup aus Hagen, Kaufmann M. Köbner und Frau aus Bingerbrück, Herr Krause aus Wien, Fabrikant Hermann aus Berlin, Kaufmann L. Brockmann aus Neuwied, Herr B. Eschermahl aus Lüneburg, der Metzgereibesitzer M. Lütgens und Frau aus Boppard, Kaufmann W. Harbigen aus Dresden und Herr Mauwitz aus Oberhausen.

Trotz der relativ guten Auslastung des Hotels gab es für Friedrich Haerlin in den folgenden Monaten nur Ärger und Verdruß. Denn als er mit den Umbauarbeiten begann, zeigte sich, daß er die Kosten dank der Behördenvorschriften zu tief angesetzt hatte. Statt der geschätzten 40 000 Mark verschlang die Aktion ganze 100 000 Mark. Und die Arbeiten machten so viel Dreck und Lärm, daß der Hotelbetrieb fast zum Erliegen kam.

In der «Officiellen Fremden-Liste» erschien der Name «Zu den vier Jahreszeiten» über Wochen nicht. Böse Verluste für den Neu-Hanseaten. Ehefrau Thekla mühte sich nach Kräften, ihren Friedrich zu unterstützen. Das fiel ihr allerdings zunehmend schwerer, weil sie zum viertenmal schwanger war.

In den Umbautrubel hinein wurde am 28. November der

Ein erfolgreicher Schwabe:
Friedrich Haerlin und Ehefrau Thekla
mit ihren vier Kindern 1899. Der jüngste Sohn Fritz
(auf dem Tisch neben der Mutter sitzend)
übernahm später das Hotel

kleine Fritz Hermann Johann Karl Haerlin geboren. Bei aller Freude über den dritten Sohn ein neues Problem. Die ersten drei Kinder lebten nämlich zu dieser Zeit mit Tante Günther, die zur Unterstützung ihrer Nichte aus Vegesack angereist war, in einem Zimmer im Kellergeschoß des Hauses.

Die einzige Beruhigung für den schwer gebeutelten Familienvater war die Tatsache, daß er genügend Geld gespart hatte, so daß er auch bei steigenden Baukosten nicht in Bedrängnis käme. Im Gegenteil, nachdem er einmal mit der Sanierung begonnen hatte, tat Haerlin mehr, als die Behörden verlangten. Als erstes Hamburger Hotel hatte sein «Vier Jahreszeiten» alsbald eine Warmwasser-Zentralheizung.

Die Gäste wußten solchen Komfort zu schätzen. Das Haus war immer öfter ausgebucht. Friedrich Haerlin sah klar, daß er expandieren, das Hotel vergrößern mußte. Sein Makler machte ihm aber keine Hoffnung, daß er jemals in der Nachbarschaft ein Haus kaufen könne. Das sei aussichtslos.

Verbittert über die Hamburger, die ihm offenbar nur Knüppel in den Weg warfen, bot er sein Hotel zum Verkauf an. Er wollte zurück in die Schweiz, wo er ein geachteter Mann war. Selbst mit Verlust wollte er den Klotz am Bein loswerden.

Es gab auch eine Anzahl Interessenten für das «Vier Jahreszeiten». Doch war niemand darunter, der zumindest eine gehörige Anzahlung auf den Tisch legen konnte. So blieb Friedrich Haerlin Hamburg erhalten.

Und weil er, wenn er etwas machte, dies auch gut machte, sprach es sich herum, daß es sich bei den Haerlins besonders gut wohnen ließ. Der Chef trichterte seinen Angestellten die Philosophie des Hauses ein: Service, Service, Service. «Es darf einfach keine Beschwerden geben», war sein geflügeltes Wort. Und er erinnerte sie, auf keinen Fall etwas aufzuschieben: «Tu es gleich.»

Den Kellnern, Pagen und Zimmermädchen gingen solche Predigten sicherlich auf die Nerven, doch letztlich sahen auch sie ein, daß man im «Vier Jahreszeiten» etwas Besonderes bieten mußte, wenn man gegen die großen Hotels am Alten Jungfernstieg bestehen wollte.

Und das Konzept ging auf. Dank der fürsorglichen Betreuung stieg nicht nur die Zahl der Gäste, sie wurden auch immer prominenter.

So wohnte im April 1901 Eugen d'Albert, der gefeierte deutsche Opernkomponist («Tiefland») und Starpianist, nicht etwa im «St. Petersburg» oder in «Streits Hotel», er logierte im «Vier Jahreszeiten». Der ebenso berühmte wie sensible und streitbare Künstler mit großem Schnauzbart und knapp gestutzter Haarpracht war mit seiner dritten Frau Hermine nach Hamburg gekommen, um am 12. April im «Conventgarten» sein Cellokonzert ein zweites Mal zu dirigieren, das bei der Uraufführung in der Berliner Philharmonie am 4. Februar mit so außergewöhnlichem Applaus aufgenommen worden war.

Der «Conventgarten» an der Fuhlentwiete in der Hamburger Neustadt, der sich auch als Tanzlokal und Biergarten größter Beliebtheit erfreute, war damals Hamburgs Konzerthaus. Der Abend mit dem Solocellisten Anton Hekking wurde auch diesmal ein rauschender Erfolg. Maestro d'Albert verneigte sich beglückt, wandte sich zum Orchester, um sich auch dort mit einer Verbeugung zu bedanken. Plötzlich ein großes Gelächter: Auf dem Hosenboden von d'Alberts Frack war ein großer weißer Fleck. Entrüstet kehrte der Musiker ins Hotel zurück, wo er dann in seinem Zimmer den Grund des Ärgers entdeckte: ein Sessel voller Hundehaare. Das Ehepaar, das vor ihm das Zimmer bewohnt hatte, besaß einen weißen Spitz, der offensichtlich furchtbar gehaart hatte.

Für Friedrich Haerlin war das Anlaß genug, sofort ein Hundeverbot für sein Hotel zu erlassen. Ein Verdikt, das auch heute noch gilt und zum Beispiel Hollywoodstar Elizabeth Taylor in den fünfziger Jahren veranlaßte, das «Vier Jahreszeiten» zu meiden. Sie wollte ihren Liebling nicht der Obhut der Garagenwächter des Hotels übergeben, die sich der Vierbeiner annehmen, sie füttern und kostenlos Gassi führen.

Als Lichtblick in der verzwickten Lage – steigende Gästezahlen, aber keine Erweiterungsmöglichkeiten – erwies sich der Nachbar zur Rechten, der Arzt Dr. Floris in Haus Nr. 12, den Haerlin 1901 näher kennenlernte. Dessen Kinderschar hatte sich in den Jahren dermaßen vergrößert, daß der Platz eng wurde für Praxis und Familie. Deshalb wollte er ein Wohnhaus mit Garten im noblen Vorort Hochkamp kaufen. Er bat den Nachbarn Haerlin, den er als wachen Geschäftsmann schätzengelernt hatte, ihn bei der Besichtigung zu begleiten.

Für Friedrich war es die große Chance, denn der Herr Doktor machte sich schwere Gedanken darüber, was denn in Zukunft mit den leeren Räumen am Neuen Jungfernstieg geschehen sollte. Verkaufen wollte er auf keinen Fall, und auch die gut eingeführte Praxis sollte dort bleiben. Haerlin schlug vor, Parterre und zweiten Stock zu übernehmen, endlich könnte er dann die Zahl der besonders gefragten Zimmer mit Alsterblick vermehren. Der Arzt war einverstanden, und Friedrich Haerlin ließ die Wände zu Nr. 12 durchbrechen.

Der ebenso trickreiche wie zähe Diplomat Haerlin verfolgte nun natürlich das Ziel, das Haus zu kaufen und ganz zu nutzen. Zunächst verlangte er von seinem Vermieter, daß der sich an den kostspieligen Umbauten und Verbesserungen beteiligte. Erwartungsgemäß lehnte Dr. Floris das Ansinnen ab. Nötig waren ein Läutewerk, mit dem die Gäste den Zimmerservice alarmieren konnten, wenn sie Wünsche hatten. Außerdem ein Anschluß an die Zentralheizung und vor allem moderne Toiletten. Haerlin schob das Angebot nach, das Haus zu kaufen und dem Arzt die Praxisräume zu einem günstigen Preis für zehn Jahre zu vermieten. Nach langem Hin und Her wurde im Februar 1903 der Handel abgeschlossen.

Endlich konnte Haerlin loslegen. Bei der Baubehörde reichte er seine Umbaupläne ein. Er wollte das Haus vor allem um zwei Etagen aufstocken. Die Beamten verlangten den Nachweis, daß die Grundmauern des Hauses dafür stabil genug seien. Am 19. April machte sich ein Maurergeselle mit Hammer und Meißel daran, im Obergeschoß die Wandstärke festzustellen. Der Mann war so eifrig, daß ein Teil der Wand in ein Zimmer des Nachbarhauses stürzte.

Die dort wohnende Haushälterin erschrak zu Tode, und der Besitzer des Hauses Nr. 13, Herr Roosen, stellte den Hotelier wütend zur Rede. Doch seine Empörung wich blankem Entsetzen, als er hörte, was Haerlin vorhatte. «Diese Störung können meine liebe Frau und ich nicht mehr ertragen.» Er wollte seine alten Tage in Ruhe verleben. «Lieber verkaufe ich mein Haus, als diese große Unruhe mitzumachen.» Ein Stichwort, auf das Haerlin gewartet hatte. Er würde das Haus sofort kaufen, erklärte er dem verduzten Nachbarn.

Noch am selben Vormittag erschien im Hotel ein Makler, den Roosen gegen den furchtbaren Schwaben aus Nr. 11 zu Hilfe gerufen hatte. Der versuchte Haerlin klarzumachen, daß seine Expansionspläne an den hamburgischen Baubestimmungen scheitern würden und Herr Roosen ohnehin nicht verkaufen wolle.

Haerlin wußte, wie er den hanseatischen Bedenkenträger überzeugen könnte. Er appellierte an dessen Erwerbssinn und bot ihm dieselbe Courtage, die er im Falle des Verkaufs von Roosen bekäme. Der Köder wirkte. Am Nachmittag gegen drei

Uhr erschien der Makler mit der Nachricht, Roosen sei zum Verkauf bereit. Allerdings nur bei sofortiger Barzahlung. Haerlin akzeptierte unter der Bedingung, daß der Handel sofort zu Papier gebracht würde. Das Grundstück mit dem tiefgehenden Hintergarten war ideal für einen großzügigen Erweiterungsbau.

Im Griff der Hamburger Bau-Mafia

Am nächsten Tag wurde der Kaufvertrag beim Notar unterschrieben. Schon zwei Tage später bedauerte Herr Roosen seinen vorschnellen Entschluß. Und Friedrich Haerlin war heilfroh, so blitzartig gehandelt zu haben. Als er dann auch Dr. Floris mit achtzehntausend Mark dazu gebracht hatte, auf seinen Mietvertrag zu verzichten und mit seiner Praxis umzuziehen, konnte das große Bauen endlich beginnen.

Haerlin wollte seine drei Häuser nun nicht nur auf eine Höhe bringen. Er wollte einen repräsentativen Hoteleingang, neue Küche und Keller, fließendes Wasser in allen Zimmern und viele Bäder. In Haus 11 sollte derweil der Hotelbetrieb wie gewohnt weitergehen.

Für den zugereisten Schwaben wurde die Bauphase ein Lehrstück über Sitten und Gebräuche der ehrbaren Geschäftsleute in einer Hansestadt. Nach langen Diskussionen und vielen Änderungen an den Plänen des Architekten schickte der schließlich seine Ausschreibungsunterlagen an sieben renommierte Hamburger Baufirmen. Die Angebote, die Haerlin wenig später gemeinsam mit seinem Bruder, dem Architekten

Wilhelm Haerlin durchsah, waren erstaunlich – es gab kaum Preisunterschiede.

Der Architekt versuchte dieses merkwürdige Ergebnis damit zu erklären, daß die Firmen dank seiner präzisen Unterlagen exakt hätten kalkulieren können. Ein guter Freund gab Haerlin allerdings den vertraulichen Tip, daß er der Hamburger Bau-Mafia in die Hände gefallen sei, einem gutfunktionierenden Kartell, das die Preise absprach. In seinem Fall war vereinbart worden, daß derjenige, der den fetten Auftrag bekäme, den anderen sechs Firmen jeweils dreitausend Mark abzugeben hätte.

Nun forderte Haerlin ein ihm empfohlenes Unternehmen in Hannover zum Angebot auf. Das überprüfte und ergänzte die Ausschreibungsunterlagen, die keineswegs so perfekt wie versprochen waren und viele Schlupflöcher für teure Zusatzleistungen erhielten. Mit ihrer Komplettofferte lagen die Hannoveraner immer noch zehntausend Mark unter dem niedrigsten Hamburger Preis. Sie bekamen den Zuschlag.

Die ausgebooteten Hanseaten rächten sich auf ihre Weise. Sie verbreiteten in Hannover die Nachricht, Haerlin sei gar nicht in der Lage, so viel Geld zu investieren. Man solle sich vorsorglich darauf vorbereiten, nach dem Umbau dessen Hotel gleich zu übernehmen. Als er davon erfuhr, setzte er gegen Gerüchte Fakten. Bei der Vereinsbank eröffnete er ein Sperrkonto zugunsten der Baufirma und zahlte dort auf einen Schlag die vereinbarten Raten ein. Der Umbau konnte beginnen.

Wie nicht anders zu erwarten, gab es trotz guter Vorbereitung auch diesmal Streitereien. Der Architekt hatte sich an einigen Stellen vermessen, seine Pläne stimmten nicht. Die Hannoveraner weigerten sich, unter der Aufsicht eines solchen Stümpers weiterzuarbeiten. Haerlin entließ den Architekten und zahlte ihm zwölftausend Mark Abfindung für seine Entwürfe.

In all dem Trubel kümmerte sich Thekla Haerlin um das Wohl der Gäste. Viele von ihnen hatten das «Vier Jahreszeiten» mittlerweile zu ihrem Stammquartier erkoren. Sogar Seine Königliche Hoheit Prinz Heinrich von Preußen, der Bruder des Kaisers, hatte das Haus am Neuen Jungfernstieg für sich entdeckt und stieg dort mit seiner Frau und Gefolge ab, wann immer er in Hamburg war. Das war stets ein großer Auftritt, denn neben Hofdamen und Privatsekretären reiste auch ein Schweif von Zofen und Dienstboten mit.

Ehemann Friedrich hatte wirklich nicht übertrieben, als er ihr damals in seinen Briefen aus der Schweiz nach Bremen das Leben einer Hoteliersfrau in drastischen Farben geschildert hatte.

Um die Kosten niedrig zu halten, leisteten sie sich damals noch nicht einmal einen Empfangsherrn. Diese Rolle übernahm Friedrich selbst. Er schrieb auch alle Bestellungen aus für neue Möbel, Geschirr, Bettwäsche und Küchengerät, er kümmerte sich um die Rechnungen wie um die Korrespondenz, er führte seine Hauptbücher und stellte pünktlich die Bilanzen auf. Während in den beiden Nebenhäusern Wände eingerissen, neue Decken gezogen und die Fassaden höher gemauert wurden, gaben Thekla und Friedrich täglich ihre Vorstellung vom perfekten Gastgeber.

Wie gut, daß Tante Günther sich um die vier Kinder kümmerte. Der kleine Fritz war im April 1904 in die Schule gekommen. Eltern und Tante hatten ihn an seinem ersten Tag begleitet. Mit Tatendrang und Stolz trug er seinen Schulranzen mit der Schiefertafel auf dem Rücken und eine Zuckertüte im Arm. Tante Günther würde auch bei ihm die Schularbeiten überwachen und dafür sorgen, daß er ein fleißiger Schüler würde.

Bei seinen täglichen Gängen über die Baustellen konnte Friedrich Haerlin erfreut feststellen, daß die Handwerker aus Hannover gute Fortschritte machten. Die Termine wurden eingehalten. Es sprach alles dafür, daß die Neubauten im September 1905 wie geplant eröffnet werden könnten.

Im Jahr 1905 beherrschten drei Themen die öffentliche Debatte in Hamburg. Am 2. Februar wurde auf dem Hof des Untersuchungsgefängnisses am Holstentor Elisabeth Wiese aus Harburg hingerichtet. Ihr Mordprozeß hatte großes Aufsehen erregt. Sie hatte drei kleine Mädchen und einen Jungen von ledigen Müttern in Pflege genommen und zu Honoraren zwischen 100 und 300 Mark versprochen, für sie Adoptiveltern zu suchen. Statt dessen brachte sie die vier Kinder um. Ihre Tochter, so das Schwurgericht, habe sie zur Prostitution gezwungen und deren gerade geborenes Kind auch getötet.

Politisches Hauptthema war der Gesetzentwurf des Senats, mit dem ein Fünf-Klassen-Wahlrecht eingeführt werden sollte. Von den 160 Abgeordneten der Bürgerschaft sollten die «Notablen» – das waren 0,1 Prozent der Bevölkerung – 40 Mandate stellen. Ebenfalls 40 Sitze für die «grundbesitzenden Bürger», 1 Prozent der Hamburger. Bürger mit mehr als 2500 Mark Jahreseinkommen – 3 Prozent der Einwohner – sollten 48 Abgeordnete entsenden, Bürger mit Einkommen zwischen 1200 und 2500 Mark – 6 Prozent der Bevölkerung – sollten 24 Abgeordnete wählen. Den «Landbürgern» – 0,6 Prozent – waren 8 Mandate zugedacht. Die restlichen knapp 90 Prozent der Hamburger sollten ohne Bürger- und Wahlrecht bleiben. Es kam zu heftigen Debatten, Demonstrationen, im darauffolgenden Januar sogar zu blutigen Unruhen. Das Gesetz wurde dennoch verabschiedet.

Als bedeutendes Ereignis vermerkte die Stadtchronik zudem die Eröffnung des ersten Grundwasserwerkes in Hamburg. Das Wasser der Elbe war inzwischen durch Industrieabwässer so verschmutzt, daß es kaum noch für den menschlichen Verzehr aufbereitet werden konnte.

Die Eröffnung des neuen «Grandhotels Vier Jahreszeiten» fand ebenfalls besonderes Echo in der Presse. Ein Festmahl im großen Freundeskreis wurde veranstaltet. An der Tafel im Restaurant saß auch Prinz Heinrich von Preußen, der im neuen Hoteltrakt logierte. Prinz Heinrich beglückwünschte den tüchtigen Schwaben. Der konnte nun 57 Zimmer vermieten. Seine Gäste kamen aus New York, Honolulu, Tokyo, Kalkutta, Philadelphia, Chicago, Rio de Janeiro, Buenos Aires und St. Petersburg. Der Bruder des Kaisers war von Haerlins Engagement und den Annehmlichkeiten des Hotels so begeistert, daß er ihn am 7. März 1909 zum «königlichen Hoflieferanten» ernennen ließ.

Dem Hochgefühl über die gelungene Premiere folgte die Katerstimmung. Denn als Friedrich Haerlin sich bei den Baumeistern in Hannover für termingerechte, gute Arbeit bedankte, präsentierten die ihm eine Zusatzrechnung über 85 000 Reichsmark. Haerlin hatte alle Extraarbeiten einzeln genehmigt und genau Buch darüber geführt. Danach waren höchstens 25 000 Mark gerechtfertigt. Er weigerte sich, die verlangte Summe zu zahlen, und die Hannoveraner stoppten im Gegenzug sofort die Renovierungsarbeiten, die sie im alten Hoteltrakt begonnen hatten.

Friedrich Haerlin regte sich maßlos über diese unseriösen Geschäftsmethoden auf. Die Freude über die Neubauten war ihm gründlich verdorben.

Thekla überredete ihren Mann, Ende Januar 1906 zu einem

Erholungsurlaub nach St. Moritz zu fahren und neue Kräfte zu sammeln.

Er blieb gegen seine Absicht drei Wochen. Das Wetter in den verschneiten Schweizer Alpen war herrlich, er machte ausgedehnte Spaziergänge, genoß die Bergluft und konnte den Hamburger Ärger vergessen. Zu seinem Wohlbefinden trugen auch alte Freunde bei, die er zufällig im Hotel traf.

Aufschwung am Neuen Jungfernstieg

Zeit genug für Thekla, das Ruder in die Hand zu nehmen und Probleme zu lösen. Als erstes engagierte sie neue Handwerker, die das alte Haus weiterrenovierten. Sie wurden wöchentlich bar bezahlt. Als nächstes handelte sie den Bauleuten in Hannover in endlosen Sitzungen 21 000 Mark von ihren Forderungen ab. Friedrich Haerlin war mächtig stolz auf seine tüchtige Frau, als er gut ausgeruht wieder an der Alster eintraf.

Das «Grandhotel Vier Jahreszeiten» erlebte in der Saison 1905/6 einen wahren Boom. Die Gäste waren voll des Lobes über die Ausstattung der neuen Zimmer. Die geschmackvollen Möbel, die sanitären Einrichtungen – alles Meilensteine in Sachen Komfort. Auch das Restaurant war höchst beliebt, nicht nur bei den Hotelgästen, auch die Kaufleute, Bankiers, Reeder und Schiffsmakler der Hansestadt trafen sich hier zu ihren Geschäftsessen.

Und die Geschäfte liefen gut in Hamburg. Die Schiffbauer profitierten zum Beispiel von der Leidenschaft des Kaisers, eine schlagkräftige Kriegsflotte aufzubauen. Am 22. März 1906 lief bei Blohm + Voss der große Kreuzer «Scharnhorst» vom Stapel. Das hochmoderne Kriegsschiff war schon der sechste Auftrag der Kaiserlichen Marine.

Auch sonst präsentierte sich Hamburg als aufstrebende Metropole. Im Juni wurde das monumentale Bismarck-Denkmal des Bildhauers Hugo Lederer enthüllt. 400 000 Mark hatten national gesinnte Hanseaten dafür gespendet. Nicht nur Ehrung für den «Einiger des Reiches», sondern auch Dank an den Mann, der 1881 nach langen Verhandlungen Hamburg den Freihafen zugestanden hatte, in dem Waren zollfrei gelagert werden dürfen. Der 34 Meter hohe steinerne Kanzler blickt seither auf Elbe und Hafen. Im Dezember wurde der neue Hauptbahnhof an der Kirchenallee eingeweiht, ein wichtiger Verkehrsknotenpunkt, ganz in der Nähe des «Vier Jahreszeiten».

Friedrich Haerlin wußte, daß er für sein gutlaufendes Hotel neues Personal brauchte. Als erstes stellte er einen Betriebsbuchhalter ein, der ihn von der aufwendigen Arbeit entlastete. Dann suchte er per Inserat für sein Restaurant einen Oberkellner mit Auslandserfahrung und besten Sprachkenntnissen. Für das internationale Publikum im «Vier Jahreszeiten» war ein solcher Mann dringend erforderlich.

Es bewarb sich unter anderem ein Kandidat, der in Baden-Baden arbeitete. Er schien der ideale Mann zu sein. Aber Haerlin wollte ihn im Einsatz erleben, ehe er ihm den wichtigen Posten anvertraute. Mit einem Freund, dem Generalkonsul Dubbers aus Bremen, reiste er Anfang Mai gen Süden. Herr Dubbers war stolzer Besitzer eines Automobils und hatte angeboten, Haerlin zu begleiten. Am ersten Tag kamen die beiden bis Kassel.

Um frühzeitig Baden-Baden zu erreichen, verzichteten sie

am nächsten Morgen auf das Frühstück im Hotel und brachen schon um fünf Uhr auf. Es war noch dunkel, und wenig später setzte Regen ein. Im Auto war es zugig und feucht. Haerlin merkte, daß er nicht warm genug angezogen war. Er fror erbärmlich.

Als sie in Baden-Baden ankamen, plagte ihn schon der Schüttelfrost. Am übernächsten Tag litt er an starken Durchfällen. Er mußte eilends nach Hause. Zurück an der Alster, legte er sich mit hohem Fieber ins Bett. Der Arzt diagnostizierte Unterleibstyphus und eröffnete der besorgten Ehefrau, es könne Wochen dauern, ehe ihr Mann wieder auf die Beine käme.

Es dauerte drei Monate, und Thekla Haerlin mußte erneut die Leitung des Hotels übernehmen. Friedrich lag oben in der Wohnung an der Hinterfront des Hotels mit Blick in den Garten und dämmerte durch seine Fieberanfälle. Er quälte sich mit Ahnungen von seinem nahen Tod. Thekla war eine überaus tüchtige und couragierte Frau, aber das Hotel würde sie nie alleine führen und sich auch noch zusätzlich um vier Halbwaisen kümmern können. Die Kinder müßten dann wohl bald einen Stiefvater bekommen.

Friedrich Haerlin war kein weinerlicher Typ, vielmehr ein sehr realistischer Mann, allerdings mit Zügen von Schwermut. Und so malte er in den langen einsamen Stunden in Gedanken triste Zukunftspanoramen.

Trotz dieser schwarzen Gedanken erholte er sich langsam. Und Anfang September hatte er die Krankheit glücklich überstanden. Nun war er aber so abgemagert und schwach, daß er an Bord des Schiffes getragen werden mußte, das ihn zur Kur nach Helgoland brachte.

Bei seinen Wanderungen am roten Kliff dachte er darüber nach, wie sein Leben nach der überstandenen Krise weitergehen sollte, geschäftlich und privat. Als erstes plante er, für seine Familie ein eigenes Wohnhaus zu kaufen. Das Leben im Hotel brachte für Otto, Wilhelm, Frieda und Fritz viel zuviel Trubel mit sich, das war auch Tante Günther nicht länger zuzumuten. Außerdem war er es leid, wie ein Vagabund mit seinem Schlafzimmer durch das eigene Hotel zu ziehen.

Achtmal hatte er mit Thekla inzwischen die Zimmer gewechselt. Mal, weil im Haus gerade wieder umgebaut wurde, mal, weil jedes gute Zimmer dringend für Gäste gebraucht wurde. Eine Trennung von Beruf und Familie war also mehr als sinnvoll. Er als Chef durfte sich keineswegs durch täglichen Familien-Kleinkram ablenken lassen, sosehr er seine Kinder auch liebte.

Und viel Nerven und Kraft würde er in der nächsten Zeit ohnehin brauchen, denn es würde neue Konkurrenz für ihn geben. Gleich um die Ecke wurde das «Hotel Esplanade» hochgezogen. Neun Millionen Mark wurden investiert, die mächtige Hapag-Reederei hatte sich daran beteiligt. Sie wollte dort ihre Überseepassagiere und Kreuzfahrtteilnehmer unterbringen, deren Zahl ständig zunahm. Deshalb hatten sich die Planer ein ganz neues Konzept ausgedacht. Das Haus war in abgeschlossene Appartements aufgeteilt. Die Gäste sollten das Gefühl haben, in der eigenen Wohnung zu leben. Haerlin bezweifelte zwar, daß die Idee ein Erfolg werden würde, aber man konnte ja nie wissen.

Dann hatte er läuten hören, daß die Kaiserhofgesellschaft Berlin an der Außenalster ein riesiges Hotel bauen wollte. Von zwölf Millionen Mark war die Rede. Wieder war die Hapag beteiligt. Das Haus sollte «Atlantic» heißen und von Direktor Eberbrach geführt werden, den er noch aus Bremen kannte. Das war ernsthafte Konkurrenz.

Er würde das «Vier Jahreszeiten» also weiter vergrößern müssen. Die Besitzerin des Nachbarhauses Neuer Jungfernstieg Nr. 10, das dafür in Frage kam, war aber ständig auf Reisen, und noch nicht mal ihre Mieter hatten eine Adresse von ihr. Und Nachbar Selck auf der anderen Seite in Nr. 14 zeigte keinerlei Bereitschaft zum Verkauf. Immerhin hatte Friedrich Haerlin ihn bewegen können, ihm den ersten und zweiten Stock zu vermieten. Weiter war er mit seiner Strategie – erst einnisten, dann übernehmen – bislang nicht gekommen. Er wußte genau, wie der Bau einmal aussehen würde, er sah das elegante weiße Haus am Rand der Binnenalster vor sich liegen. Es mußte etwas geschehen.

Voller Tatendrang kehrte er nach Hamburg zurück. Thekla und die Kinder waren glücklich, ihn wieder gesund in die Arme nehmen zu können. Als der Vater erzählte, daß er ein Haus kaufen wolle, jubelten die Kinder. Wunderbar, ein Haus mit Garten, wo man auch mal toben konnte, ohne daß es hieß: «Seid ruhig, nehmt Rücksicht auf die Gäste.» Eigene Kinderzimmer, die man nicht räumen mußte, herrliche Aussichten. Zu Weihnachten im Wohnzimmer einen eigenen Christbaum, wunderbar. Denn die Weihnachtstage im «Vier Jahreszeiten» waren längst keine Familienfeiertage mehr, sondern gastronomische Großkampftage.

Das Restaurant im Hotel wurde bei den wohlhabenden Hanseaten inzwischen als Gourmet-Tempel angesehen. Und wer zum Diner an den Weihnachtstagen einen Tisch haben wollte, mußte frühzeitig reservieren. Die Köche beherrschten die feine Küche; nicht länger Masse, sondern Klasse stand hoch im Kurs. Die aufwendig gedruckten Menu-Karten mit sinnenfrohen Gemälden auf der Frontseite versprachen wahre Genußorgien. Am Neuen Jungfernstieg wurde große Küche in kleinen Portionen zelebriert, so daß auch die üppigste Speisefolge zu bewältigen war.

Als Diner am ersten Weihnachtsfeiertag 1906 stand zur Wahl: Kraftbrühe oder Ochsenschwanzsuppe. Als Fischgang Forelle blau mit frischer Butter und Kartoffeln oder Frischer Hummer mit Sauce Mayonnaise. Gefolgt von Spanferkel, am Spieß gebraten, oder Rehrücken mit Crème-Sauce. Als Zwischengang Gänseleber-Pastete mit Gélée. Danach Stangenspargel mit Sauce Mousseline oder Endivienpürée mit Austern. Es folgten Brüsseler Poularden oder Hamburger Gänse. Anschließend Salat und Compot. Eine Propheten-Bombe, Käse und Früchte rundeten das Menu ab. Der jeweils passende Wein wurde selbstverständlich auch serviert.

Einen Abend später stand ein ähnlich opulentes Diner auf dem Programm. Diesmal mit Seezungenfilets, Damwildrükken, Böhmischen Fasanen und Plumpudding. Und selbstverständlich wurde auch am Silvesterabend im «Vier Jahreszeiten» auf das beste diniert und mit gut gekühltem Champagner auf ein glückliches neues Jahr angestoßen.

Für Fritz Haerlin begann das Jahr 1907 mit einer herben Enttäuschung. Herr Selck, der immer versprochen hatte, wenn er sich denn jemals von seinem Haus trennen wollte, würde er zuerst seinen Nachbarn von der Absicht informieren, verkaufte die Nr. 14, ohne vorher auch nur eine Andeutung gemacht zu haben. Schlimmer noch: Der neue Eigentümer sagte Haerlin, der Mietvertrag für die beiden Etagen sei gekündigt, mit Ablauf des Kontrakts müsse er die Zimmer räumen.

Krisenrat beim Ehepaar Haerlin. Thekla sprach dem völlig niedergeschlagenen Friedrich mal wieder Mut zu. Sie sei ja auch von Herrn Selck enttäuscht. Aber das sei Vergangenheit, bloß keine Kraft mehr an dieses abgeschlossene Kapitel verschwenden. Diesen Makler aber, den würde sie sich mal vorknöpfen.

Der Mann war völlig verdattert, als ihn die resolute Hoteliersfrau zur Rede stellte. Mit vielen Entschuldigungen wies er darauf hin, daß er nicht anders handeln konnte, weil er doch im Auftrag des neuen Eigentümers tätig gewesen wäre. Thekla sah das zwar ein, fand das Verhalten des Mannes trotzdem ungehörig. Niemand als sie, die Hotelbesitzer, könnten doch mehr Interesse an dem Grundstück haben.

Um die Gemüter zu beruhigen und neue potente Kunden zu gewinnen, wußte der Mann Rat, als er hörte, daß die Haerlins auch ein Wohnhaus suchten. Am Mittelweg 147 im schönen Pöseldorf stand ein Objekt leer, das perfekt für die Familie passen würde. Das Ehepaar besichtigte das Haus und kaufte es. Nach zehn Jahren in Hamburg hatten die Haerlins ihr erstes Familiendomizil gefunden.

Im Hotel arbeitete Friedrich Haerlin weiter daran, sich ein leistungsfähiges Team zusammenzustellen. Für jeden Bereich sollten es Könner sein, die er langfristig an sein Haus binden wollte. Denn auch das gehörte zur Philosophie des «Vier Jahreszeiten»: Stammgäste sollten bekannte Gesichter wiederfinden, sie sollten ankommen, in die gewohnte Jacke schlüpfen und sich wie in einer Familie wohl fühlen.

Langjährige Mitarbeiter kannten natürlich auch die Vorlieben, Marotten und Abneigungen ihrer Gäste. Der Empfang führte Karteikarten, auf denen peinlich genau persönliche Daten festgehalten wurden. Wenn Commercialrath Müller aus Köln einmal erwähnt hatte, daß er Nelken schrecklich fände, konnte er sicher sein, sie nie auf seinem Zimmer vorzufinden. Immer aber würde er ein zweites Kopfkissen im Bett haben, weil er gern mit dem Kopf etwas höher schlief.

Rühreier und Grillwürstchen für Prinz Heinrich

&

Zum 1. Oktober 1907 engagierte Friedrich Haerlin einen Mann, der exakt seinen Wünschen entsprach und zur Hotellegende werden sollte. Er blieb 50 Jahre, fing als Kellner an und wurde als Chefportier des «Vier Jahreszeiten» berühmt. Carl Braun stammte aus dem Schwarzwald. Sein Vater war Landwirt in der Nähe von Freudenstadt gewesen. Der Sohn wollte nie Bauer sein, er wollte in die Welt hinaus. In Heidelberg machte er seine Kellnerlehre, arbeitete später in Cannes, in Marseille und schließlich in London im feinen «Hotel Cecil». Als er gerade seinen Wehrdienst abgeleistet hatte, bewarb er sich im Alter von dreiundzwanzig Jahren bei den Haerlins. Carl Braun gefiel dem Chef vielleicht deshalb besonders, weil er seinen schwäbischen Singsang nie ganz ablegte und Friedrich immer an die alte Heimat erinnert wurde.

Das «Vier Jahreszeiten» war inzwischen eine Attraktion für Hamburg-Touristen geworden und fester Bestandteil der Stadtrundfahrten, die damals im Vierspänner stattfanden. Die Fremdenführer ließen die Kutscher am Neuen Jungfernstieg anhalten und erklärten dem staunenden Publikum: «Hier sehen Sie das weltberühmte Hotel, in dem alle hohen Fürstlichkeiten absteigen.» Das Prädikat «Hoflieferant» erwies sich als äußerst werbewirksam. Die Fremdenführer, die in Hamburg spöttelnd «Hei lücht» (er lügt) genannt werden, sagten in diesem Fall die reine Wahrheit.

Zu den prominenten Gästen aus dem Hochadel, die Carl Braun im Restaurant Haerlin bediente, gehörte selbstverständlich auch Stammgast Prinz Heinrich von Preußen. Der passio-

Hohes Lob vom Kaiserbruder:
Prinz Heinrich von Preußen und seine Frau
Prinzessin Irene waren Stammgäste
im «Vier Jahreszeiten»

nierte Autofahrer und Segler ließ sich mit Vorliebe von Braun ein «englisches Frühstück» servieren mit Rührei, gebratenem Speck, gegrillten Würstchen und frischem Toast. Für den weltgewandten Schwaben war das immer eine besondere Aufgabe, obwohl er durchaus an Prominenz gewöhnt war. Aber für Prinz Heinrich studierte er immer noch einmal den speziellen Leitfaden mit dem Titel «Wie bediene ich Seine Königliche Hoheit».

Heinrich und seine Frau, Prinzessin Irene – eine Enkelin von Queen Victoria –, kamen häufig an die Alster und wohnten stets im «Fürstensalon», großen Räumen in der ersten Etage, nach dem Geschmack der Zeit edel eingerichtet: mit Seide bezogene Sessel, Diwan, Sekretär mit Repetieruhr, großer Perserteppich, dezent gestreifte Tapeten, schwere Samtvorhänge, Kamin. Schon damals standen viele Sträuße aus frischen Blumen im Zimmer.

Prinz Heinrich war Chef der kaiserlichen Hochseeflotte und lebte mit seiner Frau im Kieler Schloß. Die Prinzessin besuchte in Hamburg regelmäßig ihren Zahnarzt, der am Rothenbaum seine Praxis hatte. Und Prinz Heinrich, der Marinefan, erfolgreiche Regatta-Teilnehmer und Erfinder der nach ihm benannten Seglermütze, hatte häufig in Hamburg zu tun, weil ständig neue Kriegsschiffe der kaiserlichen Flotte vom Stapel liefen. Außerdem besuchte er den einflußreichen Kaufmann und alten Segelkameraden Richard C. Krogmann. Mit ihm verband ihn eine lebenslange Freundschaft.

Es gab noch einen zweiten Stammgast, der die Dienste von Carl Braun über alle Maßen schätzte – den Reeder und Vorsitzenden des Direktoriums der Hamburg-Amerika-Linie, Albert Ballin. Er wohnte im Herbst und Winter 1908/9, während seine palastartige Villa am Rothenbaum in der Feldbrunnenstraße gebaut wurde, mit seiner Frau Marianne und seiner Adoptivtochter im «Vier Jahreszeiten».

Ballin war ein Genußmensch, der gutes Essen und guten Wein gleichermaßen schätzte. Er war ein charmanter Gastgeber, der bei Festen im Hotel die ganze Tafel unterhalten konnte, und sprach genauso perfekt Englisch wie Plattdeutsch. Damit überraschte er ab und zu die Kellner.

Auf der anderen Seite war er ein überaus korrekter, manchmal pingeliger Gast, der beim Frühstück seine Taschenuhr neben dem Gedeck liegen hatte. Punkt acht stand er auf, verließ das Hotel und ging zur Hapag-Hauptverwaltung, die er vom Restaurantfenster aus auf der anderen Seite der Binnenalster sehen konnte.

Vom Service des Herrn Braun und seiner Mannschaft war Ballin so begeistert, daß er ihm eines Tages sagte: «Das Personal dieses Hotels würde ich auch jederzeit für unsere Schiffe übernehmen.» Die Schnelldampfer der Hapag nach New York hatten damals einen ebenso guten Ruf wie deren Kreuzfahrtschiffe. Doch daran, so fand er, konnte man stets noch etwas verbessern. Detailversessen traktierte er seine Untergebenen mit kurzen Notizen. Was immer er im «Vier Jahreszeiten» als angenehm empfunden hatte und was ihn an der Ausstattung seiner Schiffe störte, schrieb er auf seine gefürchteten Zettel. «Moselwein – Lieferantenliste revidieren.» – «Handtücher zu klein.» – «Toast in Servietten servieren (warm).» – «Größere Butterdosen.» – «Äpfel minderwertig.»

Ballin, seit 1899 Chef der Reederei, war ein enger Vertrauter von Wilhelm II. Der Kaiser schickte jede Woche aus Berlin eine Postkarte an seinen «lieben Freund» im «Vier Jahreszeiten».

In jener Zeit versuchte Ballin in geheimer Mission, eine Verständigung zwischen dem Deutschen Reich und Großbritannien zustande zu bringen. Sein Gesprächspartner war der englische Bankier Sir Ernest Cassel, ein enger Freund des englischen Königs Edward VII. Der Reeder und der Banker woll-

Der Kaiser und sein Freund:
«Vier Jahreszeiten»-Stammgast Reeder Albert Ballin
und Wilhelm II.

ten als stille Diplomaten ein Flottenabkommen zwischen beiden Mächten einfädeln. Es kam tatsächlich zu ersten offiziellen Kontakten, doch Admiral Alfred von Tirpitz torpedierte alle Bestrebungen, den Ausbau der deutschen Flotte zu begrenzen. Das Wettrüsten ging weiter.

Friedrich Haerlin verfolgte derweil sein Ziel, das Hotel weiter zu vergrößern und auf dem modernsten Standard zu halten. Im Frühjahr 1907 hatte nun auch das «Hotel Esplanade» eröffnet, zumindest am Anfang eine Konkurrenz. Friedrich Haerlin hatte zunehmend Schwierigkeiten, die Zimmer im Altbau zu vermieten.

Mit Hilfe eines Maklers konnte er endlich die Eigentümerin des Hauses Neuer Jungfernstieg Nr. 10 ausfindig machen. Mit dem Vermögensverwalter wurde ein Kaufvertrag aufgesetzt und am 30. November 1907 unterschrieben. Jetzt mußte Haerlin nur noch mit den Mietern des Hauses handelseinig werden, dem «Hamburger Frauenclub». Die Damen wichen Anfang 1909, sechs Monate vor Ablauf des Mietvertrages, als Haerlin dafür viertausend Mark offerierte.

Jetzt war Eile geboten. Denn das gerade eröffnete «Atlantic» erwies sich als äußerst lästig. Wenn im «Vier Jahreszeiten» keine Zimmer im Neubautrakt mehr frei waren, buchten die Gäste das Haus an der Außenalster.

Haerlin kannte keine falschen Sentimentalitäten: Das Stammhaus Nr. 11 wurde genauso abgerissen wie die neuerworbene Nr. 10. Es wurde Licht und Luft geschaffen. Und für den Neubau sollte das Beste gerade gut genug sein. Der Patron wies den Architekten an, nur edle Hölzer aus den deutschen Kolonien zu verwenden, die Türbeschläge müßten aus Bronze sein. Nur die haltbarsten Materialien wurden benutzt, schließlich sollten die Kinder das Haus einmal erben.

Das Jahr 1909 war für Friedrich Haerlin nicht nur wegen des Neubaus ziemlich turbulent, es brachte ihm auch Leid, Trauer und einen Berg neuer Verantwortung. Sein Bruder Wilhelm starb. Der hatte seit 1884 als Architekt in Ungarn gearbeitet und unter anderem dort die Eisenbahnlinien geplant. Er hatte geheiratet und einen Sohn und eine Tochter bekommen. Die waren jetzt gerade fünfeinhalb und dreieinhalb Jahre alt. Onkel Friedrich sollte nun ihr Vormund werden.

Doch das erwies sich als schwierig. Bruder Wilhelm hatte es nämlich in den fünfundzwanzig Jahren in Ungarn versäumt, seinen deutschen Paß verlängern zu lassen. So galten die Kinder plötzlich als staatenlos. Friedrich Haerlin reiste nach Budapest und verhandelte mit den Behörden, er reiste mehrfach nach Stuttgart, um zu erreichen, daß Wilhelm – wenn auch postum – offiziell wieder zum württembergischen Staatsangehörigen gemacht wurde.

Erst ein direktes Gespräch mit dem Innenminister in Stuttgart, das ein Vetter von ihm vermittelt hatte, brachte ihm den gewünschten Erfolg. Mit den neuen Papieren konnte er auch bei den Preßburger Behörden alles für die Kinder regeln.

Kaum war der Papierkrieg beendet und Haerlin wieder in Hamburg im Hotel und auf der Baustelle, erreichte ihn die nächste Hiobsbotschaft aus Preßburg. Nun war auch seine Schwägerin, aus Kummer über den Tod ihres Mannes, gestorben. Die Kinder Will und Ricky waren zu Vollwaisen geworden.

Friedrich und Thekla Haerlin beschlossen, Nichte und Neffen nach Hamburg zu holen und in die Familie aufzunehmen. Thekla Günther, die von den vier Haerlin-Kindern liebevoll «Muschitante» genannt wurde, würde auch zwei weitere Kinder in ihre Obhut nehmen und großziehen. Onkel Friedrich holte Ricky und Will in sein Haus am Mittelweg, wo sie von

Cousins und Cousine wie jüngere Geschwister aufgenommen wurden.

Die Bauarbeiten am Neuen Jungfernstieg machten gute Fortschritte. Ende Juli 1911 konnte der Neubau dem Publikum präsentiert werden. Viel Beifall bekam Haerlin für die neue holzgetäfelte Gesellschaftshalle mit den bequemen Clubsesseln, mit Kamin und Alsterblick.

Hamburg war in der Zwischenzeit um einige Attraktionen reicher und für die Touristen interessanter geworden. Im Mai 1907 hatte Carl Hagenbeck im damals noch preußischen Stellingen seinen Tierpark eröffnet. Dort wurden zum erstenmal Tiere nicht in Käfigen, sondern in großen Freigehegen gezeigt. Zur Premiere hatte der Zoodirektor mit dem Somali-Häuptling Hersy Eggeh eine vielbestaunte «Völkerschau» aus verschiedenen afrikanischen Stämmen zusammengestellt. In ganzseitigen bebilderten Anzeigen machte er dafür Reklame.

Der Zoo erlangte schnellen Ruhm. Schon ein Jahr später, am 20. Juni 1908 aus Anlaß der Derbywoche, gab sich Wilhelm II. die Ehre und besuchte Hagenbeck. Der Kaiser war tief beeindruckt von Tigern, Löwen und Elefanten in den Freigehegen und besonders von der gerade laufenden Singhalesen-Völkerschau. Ein indischer Zauberer begeisterte ihn so sehr, daß er den Magier für eine Vorführung auf seiner Yacht «Hohenzollern» engagierte.

Auch in Sachen Kunst hatte sich Entscheidendes getan. Am Holstenplatz, an den alten Hamburger Wallanlagen, wurde im Sommer 1908 die Musikhalle eingeweiht, die der Reeder Carl Heinrich Laeisz und seine Frau Sophie Christine ihrer Heimatstadt gestiftet hatten. Der große Saal mit knapp 1900 Plätzen bot endlich einen repräsentativen Rahmen für große Konzerte.

Und für Technik-Begeisterte hatte Hamburg ebenfalls eine neue Attraktion zu bieten: An den St.-Pauli-Landungsbrücken war 1911 der erste Fahrstuhltunnel der Welt in Betrieb genommen worden. Die beiden 448 Meter langen Röhren des Elbtunnels verbanden nun St. Pauli mit den Hafenanlagen und Werften auf dem südlichen Ufer der Elbe. Das Meisterwerk der Technik war nach knapp vierjähriger Bauzeit vollendet und hatte zehn Millionen Mark gekostet.

Die meisten Fremden, die in jenen Jahren nach Hamburg reisten, bekamen von diesen und anderen Sehenswürdigkeiten der Hansestadt allerdings nichts mit. Es waren Hunderttausende Auswanderer aus ganz Europa, die in Amerika ihr Glück machen wollten. Sie hatten bisher meist in kleinen Herbergen oder Absteigen gewohnt, wo sie häufig bös über den Tisch gezogen worden waren.

Jetzt hatte die Hapag im südlichen Stadtteil Veddel eine eigene Stadt bauen lassen, die damals weltweit als vorbildlich galt. Siebenundzwanzig Wohnhäuser, mehrere Kirchen, Speisehallen und Küchen. Fünftausend Menschen konnten hier gleichzeitig untergebracht werden. Das Viertel war mit einem hohen Zaun nach außen abgeschottet. Die Reederei hatte alles perfekt durchorganisiert, von ärztlichen Untersuchungen bis zur Erledigung der Paßformalitäten. An den Wänden der Hallen hingen Bilder von den stolzen Hapag-Dampfern, und über den Türen stand das Motto der «Hamburg-Amerika Linie» zu lesen: «Mein Feld ist die Welt».

Wenn die Passagiere der dritten Klasse mit ihren Koffern, Pappkartons und Bündeln an Bord eines der vielen Auswandererschiffe gingen, spielte eine Blaskapelle zum Abschied: «Muß i denn, muß i denn zum Städtele hinaus ...»

Die Passagiere der ersten Klasse wohnten selbstverständlich am Neuen Jungfernstieg und ließen sich im «Vier Jahreszeiten» bis zur Abreise verwöhnen. Für sein internationales Publikum hatte Haerlin den neuen Prospekt für das «Grand Hotel Vier

«Mein Feld ist die Welt»:
Für Hunderttausende von Amerika-Auswanderern ließ Hapag-Chef Albert Ballin im Stadtteil Veddel eine eigene Siedlung bauen, wo sie bis zur Abreise wohnten

Jahreszeiten» in drei Sprachen drucken lassen. Das Haus hatte jetzt einhundertvierzig Wohn- und Schlafzimmer, fünfzig Bäder, eine Lichtsignalanlage, Vakuumreiniger und «Staatstelephon in allen Zimmern».

Ein Einzelzimmer zum Garten war ab 4 Mark pro Nacht zu haben, ein Doppelzimmer zur Alster mit Bad und WC kostete bis zu 30 Mark, ein zusätzliches Wohnzimmer 12 Mark. «Dienerschafts-Zimmer» wurden mit 3 bis 4 Mark berechnet, Vollpension fürs Personal mit 5 Mark. Die Herrschaften zahlten 1,75 Mark für das Frühstück, 4,50 Mark für das Mittagessen und 5,50 Mark für das Souper.

Das Restaurant war ein hoher lichter Raum, die Tische weiß gedeckt mit feinstem Silber, Kristall und frischen Blumen. Beliebter Treffpunkt war neben der großen Halle auch der Wintergarten. Hier saß man in Korbsesseln unter Palmen und nahm den Fünf-Uhr-Tee. Es gab mehrere Festsäle für große und kleine Feiern und einen Konferenzsaal mit leicht tonnenförmig gewölbter Decke, von der drei mächtige Messingleuchter über dem langen Konferenztisch hingen. Die Stühle waren schwungvoll im Jugendstil geformt.

Der Hausprospekt pries die Vorzüge des Hotels so an: «Was ist die ‹Binnenalster› doch für ein überraschendes Juwel im Stadtbild Hamburg! Und an ihrem vornehmsten Ufer, Neuer Jungfernstieg, liegt das Hotel ‹Vier Jahreszeiten›, von wo der Blick über das glitzernde gondelbesetzte Wasser und quer über die breite, menschenerfüllte Prachtstraße des Alten Jungfernstiegs hinüberschweift! Hier gewohnt zu haben wird sicherlich vielen Gästen eine angenehme und bleibende Erinnerung sein.»

Und weiter: «Die einzigartige Lage des Hotels im Zentrum der Stadt, ferner die anerkannte Güte der Unterkunftsräume, des Kellers und der Küche haben es mit sich gebracht, daß sich Fürstlichkeiten und hervorragende namhafte Persönlichkeiten

«Das Wohnzimmer der feinen Welt»:
Im Hotelprospekt von 1912 präsentierte Friedrich Haerlin stolz sein aufwendig umgebautes und mit allen technischen Neuheiten ausgestattetes Haus

in großer Zahl zu den Stammgästen zählen.» Neben Prinz Heinrich und Alfred Ballin wurde im Prospekt «der allseits verehrte Eroberer der Luft, Graf Zeppelin» namentlich erwähnt.

Als die Fürstin Marie Caroline von Erbach-Schönberg 1912 in Hamburg anreiste, wohnte sie mit ihrem Hofstaat im «Vier Jahreszeiten». Für das Hotel war ihr Aufenthalt wie ein kleiner Staatsbesuch. Die Fürstin erschien im schwarzen Kleid und Seidenmantel, auf dem Kopf einen riesigen schwarzen Hut mit schwarzen Tüllbergen. In ihrer Begleitung waren acht Hofdamen und Beraterinnen, auch in Schwarz, und der Chauffeur trug einen Bowler.

Die Fürstin war eine der bemerkenswertesten Frauen ihrer Zeit. Als geborene Prinzessin Battenberg war sie verwandt mit den Herrscherhäusern in Großbritannien, Spanien, Schweden, Rußland, Italien, Griechenland, Montenegro und den Niederlanden. Diese internationalen Beziehungen nutzte sie, seit 1908 Witwe, für ihren europaweiten Einsatz zugunsten in Not geratener junger Mädchen und Frauen. Die Organisation mit dem schlichten Namen «Freundinnen» half besonders an Bahnhöfen und bot überall Schutz und Beratung. Die freiwilligen Helferinnen waren meist vermögende Damen der Gesellschaft.

Fürstin Marie reiste nach London, Paris, Genf, Wien, St. Petersburg und Potsdam und hielt Vorträge darüber, wie der florierende Mädchenhandel zu bekämpfen sei. In Hamburg besuchte sie die Auswandererstadt auf der Veddel, baute mit Hilfe der Behörden einen Beratungsdienst für junge Auswanderinnen auf, ebenso einen medizinischen Notdienst und kostenlosen Dolmetscherservice.

Im «Vier Jahreszeiten» traf sie auch ihre Hamburger «Freundinnen» zu Gesprächen darüber, wie und wo das nötige Geld für diese Aktionen aufzutreiben sei, bei welchen Familien es sich lohnte, um Spenden zu bitten.

Inzwischen hatte das «Vier Jahreszeiten» weit über einhundert Angestellte. Friedrich Haerlin dirigierte sie wie der Chef einer riesigen Familie – gleichzeitig streng und gütig. Immer wieder sagte er zu Kellnern, Köchen, Zimmermädchen und Lehrlingen: «Ihr seid alle meine Kinder. Und wenn einer irgendwelche Sorgen hat, dann soll er zu mir kommen wie zu einem Vater.» Im selben Atemzug ermahnte er sie, nie nachzulassen in dem Bemühen, die Gäste hundertprozentig zufriedenzustellen: «Es darf einfach keine Beschwerden geben.» Mit dem Konzept hatte Haerlin nicht nur bei den jährlichen Besuchern aus Deutschland, Europa und Übersee anhaltenden Erfolg, das «Vier Jahreszeiten» war auch für die wohlhabenden Hamburger weiterhin die erste Adresse für Diners und große Feste. Besonders beliebt waren damals die Hausbälle, bei denen die jungen Patrizier-Damen in die Gesellschaft eingeführt wurden. Bei solchen Gelegenheiten wurden dann auch genüßlich pikante Geschichten erzählt.

Am Morgen des 14. Mai 1912 hatten nahe dem Gänsemarkt Polizeibeamte die Leiche eines älteren Mannes gefunden. Im Hafenkrankenhaus stellte sich die Identität des Toten heraus. Es war der dänische König Friedrich VIII., der inkognito nach Hamburg gereist war und ein nobles Bordell im Kalkhof besucht hatte. Als er nach einem Schwächeanfall sein Leben ausgehaucht hatte, war er von den Damen des Hauses auf die Straße gelegt worden.

Ein weiterer Skandal ereignete sich am zweiten Weihnachtsfeiertag im Stadttheater, wo Otto Klemperer den «Lohengrin» von Richard Wagner dirigierte. Mit erhobener Reitgerte stürzte sich ein Mann auf Klemperer und traf ihn zweimal an der linken Wange. Der Dirigent fiel in den Orchestergraben. Der Attentäter war der Ehemann der frischverheirateten Sängerin Elisabeth Puritz-Schumann, die mit Klemperer eine Affäre begonnen hatte. Das Gerücht machte die Runde, der Dirigent habe eine Duellforderung des gehörnten Gatten abgelehnt und deshalb öffentlich Prügel bezogen. Noch drei Monate dauerte die Liaison, dann nahm Klemperer ein Engagemant in Barmen an, und Elisabeth kehrte reumütig zu ihrem Mann zurück.

1913 begann auch Haerlins jüngster Sohn Fritz seine Hotelausbildung. Ein Jahr lang besuchte er die «École de Commerce» in Neuchâtel in der Schweiz, dann folgte die praktische Ausbildung im Hotel «Genf», im Hotel «Berthold» in Château d'Œx und im «Royal Automobile Club» in London. Vater Friedrich verfolgte die Karriere seines Filius genau und schmiedete schon wieder neue Pläne.

Das Hotel erlebte nämlich eine dauerhafte Hochkonjunktur. Friedrich Haerlin brauchte erneut mehr Platz. Er beauftragte seinen Makler, beim Eigentümer des Hauses 14 vorzufühlen, ob der womöglich bereit wäre, sein Grundstück zu verkaufen, das er ihm vor der Nase weggeschnappt hatte.

Der Makler kam mit einer guten und einer schlechten Nachricht zurück. Die gute: Der Nachbar war verhandlungsbereit. Die schlechte: Er verlangte eine halbe Million Mark. Der «gerissene Geschäftsmann», wie Haerlin den Mann nannte, wußte, wie wichtig seine Immobilie für den Hotelier war. Der rechnete, zeichnete und plante, dann akzeptierte er. Im Februar 1914 wurde der Kauf besiegelt.

Es schien eine ausgezeichnete Investition. Im Frühjahr und Sommer 1914 gingen die Geschäfte gut wie nie zuvor. Die meisten Gäste reisten aus dem Ausland an. Es wurde getanzt und getafelt. Am 9. Juni wurde in der Nachbarschaft des «Vier Jahreszeiten» der neue «Alsterpavillon» mit einem rauschenden Fest eingeweiht.

Am 20. Juni war der Kaiser in Hamburg, um das größte Passagierschiff der Welt bei Blohm + Voss vom Stapel zu lassen.

30000 Zuschauer verfolgten die Zeremonie. Gräfin Hannah von Bismarck warf mit den Worten «Auf Befehl Seiner Majestät des Kaisers taufe ich dich Bismarck!» die Champagner-Flasche gegen die stählerne Bordwand. Der Kaiser klatschte.

Flucht aus London mit dem letzten Dampfer

Ende Juli war plötzlich Schluß mit der großen Party: Im «Vier Jahreszeiten» wie überall in der Stadt gab es nur noch ein Thema: Kommt es zum großen Krieg? Die Zeitungen druckten Anzeigen wie diese: «HAFINA Vereinigte Dänische Lebensversicherung A.G. schließt das KRIEGS-Risiko in ihre Policen ein. Nähere Auskunft erteilt die Direktion für das Deutsche Reich, Hamburg, Alsterdamm 10/11.»

Die Hamburger Zeitungen gaben ständig neue Extrablätter heraus. «Das österreichische Ultimatum an Serbien» – «Serbisches Hilfsgesuch an Rußland» – «Rußland läßt keinen Eingriff in Serbiens Hoheitsrechte zu». Die Expedition des «Hamburger Fremdenblattes» war tagelang von Hunderten Menschen belagert.

Auf den Straßen und Plätzen der Innenstadt versammelten sich große Menschenmengen, es kam zu erregten Diskussionen. Die meisten waren überzeugt, daß der Krieg unvermeidlich wäre und Deutschland für eine gute Sache kämpfen würde. Die Hamburger Sozialdemokraten dagegen mobilisierten noch Ende Juli ihre Mitglieder für eine große Protestdemonstration «gegen die Kriegshetze».

Im eben neueröffneten «Alsterpavillon» kam es zu einer

Schlägerei, als ein Gast ein altes Extrablatt verlesen wollte, in dem zur Mäßigung im Streit der Großmächte aufgerufen wurde. Es gab Sympathiemärsche vom Jungfernstieg zur Beneckerstraße, dem Sitz des Generalkonsulats von Österreich-Ungarn. Die jungen Männer sangen «Wer will unter die Soldaten», «Du Schwert an meiner Seite» und «Die Wacht am Rhein».

Aus dem Parterre des Hauses Beneckerstraße 16 drangen plötzlich Flüche, und ein junger Mann warf aus dem Fenster Teller auf die Demonstranten. Das mußte ein Serbe, wenn nicht gar ein Russe sein. Die wütende Menge schmiß nun die Deckel der Ascheimer vom Straßenrand gegen das Haus. Die Fensterscheiben zersplitterten. Ein Trupp versuchte, in das Haus einzudringen und den Protestler auf die Straße zu zerren. Die Tür hielt jedoch so lange stand, bis die Polizei dem Spuk ein Ende machte.

Am 27. Juli 1914 verkündete das mit Rußland verbündete Königreich Serbien die Mobilmachung. Einen Tag später erklärte das Kaiserreich Österreich-Ungarn den Serben den Krieg. In Hamburg übernahm der kommandierende General des 9. Armeekorps die vollziehende Gewalt in der Stadt. Am 1. August erklärte das Deutsche Reich Rußland den Krieg. Mit Menschenspalieren und Blumen wurden die Soldaten des Infanterie-Regiments Hamburg auf ihrem Marsch an die Front verabschiedet.

Im «Vier Jahreszeiten» packten die ausländischen Gäste hastig ihre Koffer und verließen die Stadt fluchtartig. England hatte eine Seeblockade angekündigt. Jeder wollte die letzte Bahn, das letzte Schiff aus Deutschland heraus noch erreichen.

Friedrich Haerlin, der den Hurrapatriotismus schon 1870 als Schuljunge hautnah erlebt hatte, war der nationalistische Taumel unheimlich. Der international geprägte Mann konnte in seinen Stammgästen aus England oder Frankreich einfach keine «Erbfeinde» sehen. Er ahnte, daß er mit seinem Haus schweren Zeiten entgegenginge.

Am 3. August erklärte Deutschland Frankreich den Krieg. Einen Tag später marschierten deutsche Truppen in das neutrale Belgien ein. Nun trat auch das Vereinigte Königreich Großbritannien seinem Verbündeten Frankreich zur Seite. Der 1. Weltkrieg hatte begonnen. Tags darauf erschien im «Fremdenblatt» eine Anzeige des Chefs der Marinestation der Ostsee: «Bis auf weiteres ist der Kaiser-Wilhelm-Kanal für die Handelsschiffahrt völlig gesperrt.»

Das Leben in der Stadt veränderte sich schlagartig. Zunächst feierte der Chauvinismus noch verrückte Triumphe. Geschäftsleute tauften ihre französisch klingenden Betriebe treudeutsch um: «Café Belvedere» hieß nun plötzlich «Kaffeehaus Vaterland», und aus dem Cabaret «Moulin Rouge» wurde die «Jungmühle».

Zugleich aber ahnten die Verantwortlichen in Senat und Verbänden, welche Not auf die Stadt zukommen würde, deren Wirtschaft zu über fünfundsiebzig Prozent vom Welthandel abhing. Schon am 5. August veröffentlichte die «Hamburgische Kriegshilfe» in den «Hamburger Nachrichten» einen Spendenaufruf:

«An unsere Mitbürger! Hamburgs beste Söhne ziehen das Schwert, um in höchster Not tückische Anfeindungen mit Ehren bestehen zu können. Unsere starken und erfahrenen Kräfte werden der Heimat geraubt, und die lahmgelegten Betriebe bieten auch den Zurückgebliebenen keine Stätte wirtschaftlichen Auskommens mehr. So fehlt der Familie der Ernährer und die eigene Arbeit zugleich.

Die Hamburgische Kriegshilfe wendet sich an das vaterländische Pflichtgefühl ihrer Mitbürger und ruft sie auf, ‹den

Krieg der guten Sache› durch Geldmittel zu unterstützen. Auch kleine Beträge sind willkommen.»

Im Hotel «Vier Jahreszeiten» standen die Zimmer leer, es kamen kaum noch Gäste. Und Friedrich Haerlin hatte alle Mühe, mit der reduzierten Mannschaft wenigstens einen Notbetrieb aufrechtzuerhalten. Seine große Sorge galt aber Frau und Kindern.

Thekla und Tochter Frieda waren nämlich gerade zu Besuch in England bei Fritz, der für den «Royal Automobil Club» in London arbeitete. Seine Ehefrau beorderte Friedrich sofort telegraphisch nach Hamburg zurück. Die Kinder blieben, weil ihre Freunde überzeugt waren, daß England nicht in den Krieg eintreten werde. Als das am 3. August doch geschah, gelang es Fritz und Frieda auf abenteuerlichen Wegen, noch zwei Plätze auf dem letzten Dampfer nach Holland zu ergattern. Über Rotterdam konnten sie nach Hamburg zurückkehren.

Die britische Seeblockade funktionierte fast perfekt. Hamburg war von allen seinen überseeischen Verbindungen abgeschnitten. Und die Hamburger Handelsschiffe wurden weltweit von Kriegsgegnern oder neutralen Staaten an die Kette gelegt.

Die Hapag, deren Chef Albert Ballin sich so intensiv wie vergebens für eine deutsch-britische Aussöhnung eingesetzt hatte, gehörte zu den am meisten betroffenen Reedereien. Der Hapag-Dampfer «Pennsylvania» durfte im August 1914 den Hafen von New York nicht verlassen. Die «Bulgaria» wurde in Baltimore und die «Amerika» in Boston festgehalten. Und das größte Passagierschiff der Welt, die am 3. April 1913 in Hamburg vom Stapel gelaufene «Vaterland», beendete ihre Jungfernfahrt im August 1914 ebenfalls in Amerika. Der Luxusliner kam in New York an die Pier. Der letzte Dampfer aus Übersee erreichte am 13. August den Hamburger Hafen.

Friedrich Haerlins ältester Sohn Otto war bei Kriegsausbruch in Burgos, um Spanisch zu lernen. Er sollte mit Fritz später einmal das Hotel übernehmen. Für den Zwanzigjährigen gab es keine Frage, er mußte in die Heimat zurück und sich bei der Armee melden. Seinen deutschen Paß konnte er für die Rückreise nicht benutzen. Aber da er im Mai 1894 in Thun geboren worden war, besaß er einen Schweizer Geburtsschein. Mit dem fuhr er zunächst nach Paris, dann in die neutrale Schweiz und schließlich nach Deutschland. Am 2. August stellte er sich als Freiwilliger bei dem Württembergischen Infanterie-Regiment Nr. 122 in Heilbronn.

Sohn Wilhelm, gerade neunzehn Jahre alt und Kunststudent, meldete sich in Altona zu den Fahnen. Dort war allerdings solch ein Betrieb, daß er abgelehnt wurde. Kurz entschlossen setzte er sich in den Zug und fuhr nach Württemberg, wo er in Ludwigsburg in das Feldartillerie-Regiment 54 aufgenommen wurde.

Auch der noch nicht einmal siebzehnjährige Fritz wollte, kaum daß er sich von den Anstrengungen seiner Flucht aus England erholt hatte, zu den Soldaten. Der Vater lehnte das strikt ab, Krieg sei nicht für Kinder. Auch die Mutter versuchte, ihren Jungen von seinem Vorhaben abzubringen. Doch alle Argumente und gutgemeinten Ratschläge nützten nichts. Am 18. August meldete er sich bei derselben Einheit wie sein Bruder Wilhelm.

Schwester Frieda fing als Hilfsschwester im gerade eröffneten Barmbecker Krankenhaus an, wo sie vier Jahre lang bis Kriegsende schließlich als diplomierte Krankenschwester arbeitete.

«Für Kaiser und Vaterland in Flandern gefallen»

&

Im weißen Haus an der Binnenalster herrschten nun Bangen und Hoffen um die drei Söhne. Es war eben nicht der prophezeite Blitzkrieg der kaiserlichen Truppen. Selbst der Überfall auf das neutrale Belgien machte den schnellen Weg nach Paris nicht frei. Die verbündeten Franzosen und Engländer leisteten den Deutschen erbitterten Widerstand.

Die Feldpostbriefe, die Otto, Wilhelm und Fritz aus Flandern schickten, waren auch nur kurzfristig eine Beruhigung. Im Grunde genommen waren sie eher Anlaß zu großen Sorgen. Denn die Söhne waren mittendrin in den schrecklichen Grabenkriegen und Materialschlachten in Flandern. Ende Oktober hielt Thekla Haerlin die neuste Ausgabe des «Fremdenblattes» in der Hand und sah die ersten Bilder von den Schlachtfeldern. Düstere Schützengräben und Unterstände. Die Front war plötzlich auch in den Wohnzimmern Realität.

In den Hamburger Zeitungen erschienen immer häufiger Traueranzeigen mit einem Eisernen Kreuz: «Für Kaiser und Vaterland auf dem Feld der Ehre gefallen ....», «bei einem Gefecht in ... starb unser Sohn den Heldentod fürs Vaterland». Die Ortsangaben waren in vielen Annoncen durch Pünktchen ersetzt. Wo tausendfach gestorben wurde, sollte militärisches Geheimnis bleiben. Erst später erschienen in den Anzeigen Texte, in denen nicht mehr von Heldentod die Rede war, sondern in denen es hieß, «dem grausamen Krieg zum Opfer gefallen», oder «den dritten Sohn durch den mörderischen Krieg verloren».

Am 5. November fand auf dem Hamburger Rathausmarkt

eine große Propagandaschau des Heeres statt, mit der die Kriegsbegeisterung der Bevölkerung neu belebt werden sollte. Die war nämlich angesichts großer Arbeitslosigkeit, der steigenden Zahl von Obdachlosen und hungernden Menschen rapide gesunken. Auf dem Platz vor dem neuen Rathaus paradierte Kavallerie mit erbeuteten britischen Kanonen und Haubitzen, um die Überlegenheit der kaiserlichen Truppen zu demonstrieren. Der Rathausmarkt war schwarz von Menschen, selbst auf den Balkonen und Dächern der umliegenden Häuser standen Schaulustige, um das Militärspektakel zu verfolgen. Rund um den Platz wehten die kaiserlichen Fahnen Schwarz-Weiß-Rot, und den besten Überblick hatten die Passagiere, die in den beiden Kabinen des mächtigen Zeppelins saßen, der über der Szene schwebte.

Auch von den oberen Stockwerken des «Vier Jahreszeiten» hätte man die Parade zumindest zum Teil beobachten können. Doch hier war niemandem nach Feiern zumute. Thekla Haerlin saß mit rotgeweinten Augen ihrem Mann gegenüber, der stumm hinter seinem Schreibtisch zusammengesunken war. Vor wenigen Tagen hatten sie die schreckliche Nachricht bekommen, daß Sohn Otto am 29. Oktober in Westflandern von einem Schuß in den Kopf getroffen und lebensgefährlich verwundet worden war.

Die Eltern waren seither wie gelähmt vor Angst. Abends saßen sie mit Tante Günther und den Adoptivkindern Ricky und Will im Wohnhaus am Mittelweg zusammen, aßen und versuchten einander zu trösten. Tochter Frieda kam spät in der Nacht von ihrem anstrengenden Dienst im Barmbecker Krankenhaus nach Hause und berichtete von den Kriegsverletzten, die inzwischen auch bei ihnen eingeliefert worden waren. Von ihren Erzählungen über das schreckliche Leben im Schützengraben, über Trommelfeuer und platzende Granaten und die

Schreie der Verwundeten und Sterbenden. Die ganze Familie betete für Otto.

Und jetzt war die nächste Schreckensnachricht gekommen. Diesmal vom Feldartillerie-Regiment 54. «Für Kaiser und Vaterland in Flandern gefallen: Wilhelm Haerlin, 19 Jahre, am 2. November 1914.» Eine Woche später, am 9. November erlag Sohn Otto im Lazarett seinen schweren Verletzungen.

Diese Schicksalsschläge nahmen Friedrich und Thekla Haerlin fast jeden Lebensmut. Über zwanzig Jahre hatten sie jetzt zusammengelebt und gearbeitet, eine Familie gegründet und ihre Kinder großgezogen. Sie hatten das «Vier Jahreszeiten» mit unermüdlichem Einsatz zum führenden Hotel in Hamburg gemacht, immer im Bewußtsein, es eines Tages an die nächste Generation weitergeben zu können, die ihr Lebenswerk fortsetzen würde. Und nun mußten sie erleben, wie der Krieg ihren Traum zerstörte. Sie konnten Wilhelm und Otto noch nicht einmal beerdigen. Die Söhne lagen in einem der vielen Soldatengräber in Flandern.

Die Nachricht von Fritz, daß er bald von der Westfront zurückgezogen würde, weckte bei den Eltern die trügerische Hoffnung, ihr dritter Sohn könnte womöglich in die Etappe versetzt werden. Mutter Thekla hatte von solchen Regelungen der Armee gehört. Wenn schon zwei Söhne tot waren und es nur noch einen männlichen Erben gab, konnte der vom Dienst an der Front befreit werden.

Doch Fritz kam mit seiner Artillerieeinheit im Dezember nach Polen, an die Ostfront in den Krieg gegen Rußland. Er kämpfte dort bis zum November 1915.

Anfang des Jahres beschlagnahmte die Heeresverwaltung in Hamburg das Haus Neuer Jungfernstieg 14, das Friedrich Haerlin so teuer gekauft hatte. Jetzt wurde das «Oberkommando der Küstenverteidigung» dort einquartiert.

In banger, qualvoller Sorge um die Erhaltung des Lebens unseres ältesten, am 29. Okt. durch Kopfschuß schwer verwundeten kriegsfreiwilligen 20jährigen Sohnes Otto, trifft uns die grausame Nachricht, daß unser zweiter 19jähriger Sohn

Wilhelm Haerlin,

Kunstschüler,

Kriegsfreiwilliger im Württembergischen Feld-Artillerie-Reg. 54,

im Westen auf dem Felde der Ehre fürs Vaterland gefallen ist.

In tiefer Trauer: **F. Haerlin und Familie.**

Hamburg, 12. November 1914. »Vier Jahreszeiten«.

Unser innigstgeliebter, ältester Sohn

Otto Haerlin

Kriegsfreiwilliger
im Württemberg. Res.-Inf.-Reg. Nr. 122

ist am 9. November seiner schweren Verwundung erlegen. Er hat den Heldentod in Westflandern nahe derselben Stelle erlitten, wo sein Bruder Wilhelm am 2. November gefallen ist.

In tiefster Trauer
F. Haerlin und Frau, geb. **Toussaint**
Frida Haerlin
Fritz Haerlin, z. Zt. im Felde
Tante Thekla Günther.

Hamburg, Ende November 1914, „Vier Jahreszeiten".

Wir bitten freundlichst, von Beileidsbesuchen und -Karten abzusehen.

«Für Kaiser und Vaterland gefallen»: Friedrich Haerlin mit seinen Söhnen Wilhelm und dem knapp siebzehnjährigen Fritz (rechts) vor der Fahrt an die Front. Wilhelm und der erste Sohn Otto fielen in Flandern

Für Friedrich Haerlin wurden diese uniformierten Gäste ein großes Verlustgeschäft, denn das Heeresamt hatte den jährlichen Mietzins auf magere 10000 Mark festgesetzt. Das deckte nicht einmal die Betriebskosten.

Am 1. Februar 1915 wurden in Hamburg Brot und Mehl rationiert. Innerhalb eines Jahres hatten sich die Preise für Fleisch und Fett verdoppelt. In den Arbeitervierteln begann der große Hunger. Die private «Hamburgische Kriegshilfe» machte 1915 in den armen Stadtteilen 58 «Kriegsküchen» auf. Im März 1916 wurden schon 100000 Hamburger dort ernährt.

Im «Vier Jahreszeiten» hatte Friedrich Haerlin alle Mühe, seine neu engagierten Schweizer Köche zur Sparsamkeit anzuhalten. Sie zeigten wenig Neigung, sich nach den Weisungen des Patrons zu richten und mit den raren Lebensmitteln hauszuhalten. An den zwölf Offizieren vom «Oberkommando für Küstenverteidigung», die mitsamt 15 Burschen und Fahrern zwangsweise im Hotel untergebracht worden waren, hatte er ebenfalls alles andere als Freude.

Die Herren Militärs hatten hohe Ansprüche, zahlten aber nur niedrige Einquartierungssätze. Für den Hotelchef und Ehefrau Thekla wurde es immer schwieriger, Brot, Fleisch und Gemüse zu beschaffen, zumal viele Gäste sich einfach weigerten, die vorgeschriebenen Lebensmittelkarten bei den Kellern abzuliefern. Wie sollte man da nun mit den Stammgästen umgehen, die von «ihrem» Hotel erstklassige Speisen und Bedienung erwarteten?

Im Winter 1916/17 verschärfte sich die Versorgungslage dramatisch. Als im Februar die ohnehin kargen Brotrationen weiter gekürzt wurden, kam es in der ganzen Stadt zu Demonstrationen und schließlich zu Hungerrevolten. Bäckereien und Lebensmittelläden wurde gestürmt und geplündert. Militär zog auf und stoppte die verzweifelten Menschen. Statt Kartoffeln wurden inzwischen Steckrüben an die Bevölkerung verteilt. Es gab Steckrüben-Suppe, Steckrüben-Pudding, sogar der Brotteig wurde damit gestreckt. Die Monate gingen als «Steckrüben-Winter» in die Geschichte ein.

Haerlin versuchte, seinen Angestellten ein Vorbild zu geben, und hielt sich streng an die vorgeschriebenen Rationen. Innerhalb kurzer Zeit verlor er 30 Pfund Gewicht.

Am 24. Februar wurde Friedrich Haerlin sechzig Jahre alt. Ehefrau Thekla überraschte ihn mit einer kleinen Feier im engsten Familienkreis. Nur Tochter Frieda, Tante Günther, die Adoptivkinder Ricky und Will versammelten sich zu Kaffee und Kuchen. Die Familie war wieder ins Hotel umgezogen. Das Wohnhaus am Mittelweg hatte Friedrich Haerlin aus Gründen der Sparsamkeit geschlossen. Außerdem wollte er neben seiner Frau auch Tante Günther als Hilfe stets im Hotel haben.

Die Gespräche an diesem Geburtstag kreisten um die schlimme Lage an der Front, um den sinnlosen Stellungskrieg im Westen, dem so viele Menschen zum Opfer fielen. Und um das Giftgas, das die kaiserliche Heeresleitung jetzt einsetzen ließ.

Die einzig gute Nachricht in der schweren Zeit hatten die Eltern von Sohn Fritz bekommen. Der war im Dezember 1916 nach erneuten Kämpfen an der Westfront unverletzt und wohlbehalten in die Garnison Cannstadt zurückgekehrt und bildete nun Rekruten aus. Den Eltern war eine große Last genommen. Sie konnten hoffen, daß wenigstens der dritte Sohn den Krieg überleben würde. Der Fortbestand des Hotels wäre dann in der nächsten Generation gesichert.

Über die Lage an der Front machte sich der Vater nach der Lektüre der Feldpostbriefe von Sohn Fritz keinerlei Illusionen mehr. Immer neue «Kriegsausstellungen» mit erbeuteten Waffen und Fahrzeugen gaukelten zwar eine militärische Überlegenheit der deutschen Heere vor, aber die Realität war ganz anders.

Darin war sich Friedrich Haerlin auch mit seinem Stammgast und guten Bekannten Alfred Ballin völlig einig. Der Hapag-Generaldirektor machte im Sommer seinem Ärger über die Verlogenheit von Politikern, Militärführung und hanseatischem Establishment öffentlich Luft. In einem Brief an den bekannten Publizisten Maximilian Harden ging er scharf mit den Leuten ins Gericht, die trotz der militärischen Rückschläge noch immer von einem «Sieg-Frieden» redeten und die Bevölkerung bewußt über die wahre Lage an der Front im unklaren ließen. Mit einer ironischen Forderung wollte er die nationalistischen Träumer entlarven. In seinem Brief an Harden verlangte er die «Evakuierung der Engländer aus England» und ihre «Ansiedlung im französischen Kongo».

Maximilian Harden war im Kaiserreich als Herausgeber der Wochenzeitung «Die Zukunft» ebenso berühmt wie beim wilhelminischen Establishment berüchtigt. Zweimal hatte er wegen Majestätsbeleidung vor Gericht gestanden und war verurteilt worden.

Bei den Großbürgern der Hansestadt kamen die satirischen Attacken des erfolgreichen Reeders nicht besonders gut an. Man war inzwischen kaisertreu bis auf die Knochen. Die breite Bevölkerung, die unter dem Mangel immer mehr zu leiden hatte, sah die Dinge allerdings realistischer.

Am 1. August, dem dritten Jahrestag des Kriegsausbruchs, versammelten sich 10000 Arbeiterinnen und Arbeiter auf dem Heiligengeistfeld in St. Pauli und demonstrierten für Frieden, Freiheit, Gleichheit und Brot.

Zu Beginn des Jahres 1918 streikten in Hamburg 25000 Werftarbeiter und Metaller. Sie forderten ein sofortiges Ende des Krieges und eine bessere Versorgung.

Im «Vier Jahreszeiten» herrschte eine fast gespenstische Atmosphäre. Ganze Etagen hatte Friedrich Haerlin stillgelegt. Es kamen immer weniger Gäste. Das tägliche Großreinemachen in den ungenutzten Zimmern konnte man sich sparen. Ehefrau Thekla, inzwischen auch fünfzig geworden, packte wie gewohnt mit an. Als Friedrich nach einer Leistenbruchoperation längere Zeit im Krankenhaus lag, übernahm sie wieder einmal die Geschäfte. Vor allem aber machte sie ihm Mut, wenn er in einem Anflug von Schwermut nur noch düster in die Zukunft sah. Allein sie konnte ihrem Friedrich sagen, daß trotz allen Leids der liebe Gott es gut mit ihnen gemeint habe. Sie hätten gemeinsam viel erreicht, den meisten Menschen gehe es viel schlechter als ihnen. Irgendwann würde dieser grausame Krieg doch zu Ende gehen müssen. Von diesem Lebensmut und Optimismus ließ Friedrich sich immer wieder anstecken, er liebte seine Frau dafür.

Für die Silberhochzeit am 9. April 1918 hatte er sich deshalb etwas Besonderes ausgedacht. Er lud Thekla und Tochter Frieda zu einer Reise nach Stuttgart ein, um sich dort mit Sohn Fritz zu treffen, der für diesen Anlaß von seiner Garnison einen Tag freibekommen hatte.

Als erstes gingen die vier Haerlins zum Fotografen. Jubilarin Thekla im schwarzen bestickten Kleid war mit ihren ebenmäßigen Gesichtszügen noch immer eine hübsche Frau. In ihren dunkelbraunen vollen Haaren trug sie an diesem Ehrentag ein silbernes Diadem. Friedrich Haerlin überragte seine Familie um eine halbe Haupteslänge. Seine kurzgestutzten Haare und der stattliche Vollbart waren schlohweiß. Am Revers seines schwarzen Gehrockes hatte er sich einen kleinen silbernen Blumenzweig gesteckt. Seine aufrechte Haltung und ein leichtes Lächeln vermittelten Stärke und Güte zugleich.

An seiner Seite Tochter Frieda, eine junge Frau von zwei-

«Dank für unsere glückliche Ehe»:
Am 9. April 1918 feierten Thekla und Friedrich Haerlin
mit Tochter Frieda und Sohn Fritz in Stuttgart
ihre silberne Hochzeit

undzwanzig Jahren, strahlend, voller Bewunderung für ihren Vater und voller Lebensfreude, trotz des großen Schreckens, den sie tagtäglich als Krankenschwester in der Barmbecker Klinik erlebte. Neben der Mutter Sohn Fritz, einundzwanzig Jahre alt, frischgebackener Leutnant. An seiner Uniformjacke trug er das Eiserne Kreuz und das Hamburger Verdienstkreuz. Die korrekt gestutzten dunklen Haare waren in der Mitte gescheitelt, das Gesicht glatt rasiert. Mit freundlicher Skepsis blickte er in die Kamera.

Durch die Hilfe eines Freundes aus der Stuttgarter Gastronomie war es Friedrich Haerlin gelungen, trotz der Mangelwirtschaft die Zutaten für ein bescheidenes Menü zu beschaffen. Im Haus der Witwe eines Freundes fand die stille und schlichte Silberfeier statt. Friedrich Haerlin bedankte sich bei seiner Thekla für «unsere glückliche Ehe».

Es dauerte noch bis November, bis das Morden auf den Schlachtfeldern zu Ende war. Mehr als 34 000 Hamburger Soldaten waren getötet worden, Tausende kehrten als Krüppel zurück. Das Ende des Krieges war mit dem Aufstand der Matrosen in Kiel eingeläutet worden, die sich am 5. November 1918 gegen die Marineführung erhoben hatten. Die Revolte griff noch am selben Tag auf Hamburg über. Das Hotel «Vier Jahreszeiten» und sein Besitzer Friedrich Haerlin sollten eine besondere Rolle dabei spielen.

Mit dicken Würsten gegen die Revolutionäre

Gleichzeitig mit dem Aufstand der Matrosen begannen die Hamburger Werftarbeiter am Morgen des 5. November einen Sympathiestreik. Am Nachmittag beschloß eine Versammlung von zweihundert Delegierten aus den großen Betrieben der Stadt eine Resolution: Rücktritt des Kaisers, sofortiger Waffenstillstand, Demokratie im gesamten Reich, freie, gleiche Wahlen. Am Abend trafen sich im Gewerkschaftshaus am Besenbinderhof 6000 Arbeiter und verkündeten einen Generalstreik am nächsten Tag.

In der Nacht entwaffneten revolutionäre Matrosen unter Führung des Maats Friedrich Zeller die Torpedoboote, die im Hamburger Hafen vertäut waren. Der Elbtunnel an den Landungsbrücken wurde besetzt und die Zollwache am Freihafen überwältigt.

Rund um das Gewerkschaftshaus wurden Barrikaden gebaut. Hier befand sich das vorläufige Hauptquartier der Aufständischen. Sie nahmen den nahen Hauptbahnhof ein und die Kasernen an der Bundesstraße. Mittags versammelten sich 40 000 Menschen auf dem Heiligengeistfeld. Der gerade gegründete Arbeiter-und-Soldaten-Rat mit seinen Anführern Heinrich Laufenberg und Wilhelm Heise verkündete die Übernahme der Macht. In Hamburg aber wurde noch an vielen Stellen geschossen. Erst nach blutigen Gefechten konnten die Revolutionäre das Generalkommando im preußischen Altona erstürmen. Die kaisertreuen Offiziere wurden umgehend zum Hauptquartier im Gewerkschaftshaus gebracht, das gleichzeitig als Gefängnis diente.

Auf der Jagd nach Kaisertreuen wurde das «Vier Jahreszeiten» vom Dach des Alsterpavillons unter Beschuß genommen. Schließlich war es noch immer der Sitz des «Oberkommandos der Küstenverteidigung». Wenig später stürmten vierzig schwerbewaffnete Marinesoldaten mit roten Armbinden das Hotel.

Oberkellner Carl Braun, gerade aus der Armee entlassen und von Friedrich Haerlin sofort wieder engagiert, schilderte die Szene viele Jahre später so:

«Die Soldaten suchten nach den Offizieren, die sich angeblich noch im Hotel verborgen hielten. Sie durchsuchten die Stockwerke. Plötzlich stand unser Chef Friedrich Haerlin auf der Treppe und blickte ganz ruhig auf die wilden Männer.»

Haerlin war mit seinem mächtigen weißen Bart, seiner Größe von mehr als 1,90 Metern und der kerzengeraden Haltung eine imponierende Person.

«Mit ruhiger Stimme sagte er: ‹Hier ist niemand versteckt. Aber warten Sie doch einen Augenblick, meine Herren!› Damit verschwand er in Richtung Küche.» Wenig später war er mit vier großen Würsten zurück, die er an die Revolutionäre verteilte. Nach diesem Geschenk rückte der Trupp ab. Die gesuchten Offiziere hatten sich ohnehin rechtzeitig zurückgezogen. Braun: «Mit diesem kulinarischen Geschenk überzeugte der Hamburger Hotelier die Männer, deren Aufgabe es war, eine Revolution zu veranstalten. Sie kapitulierten vor vier Würsten, weil sie wohl Hunger hatten.»

Doch für Haerlin war die Aktion Mettwurst nur ein kurzer Aufschub. Tage später beschlagnahmte der «Oberste Marinerat der Unterelbe» das gesamte Hotel und machte es zu seinem Hauptquartier. Das Foto aus der Zeit zeigt einen Teil der Männer um ihren 1. Vorsitzenden Stürmer, den Maat Friedrich Zeller und den Unterstaatssekretär im Reichsmarineamt Vogtheer mit Gewehren und Fahnen auf den Eingangsstufen des «Vier Jahreszeiten».

In Hamburg hatte der Arbeiter-und-Soldaten-Rat endgültig die Macht übernommen, und Bürgermeister Werner von Melle hatte den Aufständischen erklärt, der Senat und die Verwaltung wären zur Zusammenarbeit mit ihnen bereit. Auch andere einflußreiche Bürger suchten aus Sorge um die Stadt und ihre Menschen den Kontakt zum Arbeiter-und-Soldaten-Rat.

Hapag-Chef Alfred Ballin trommelte am 8. November den Verwaltungsrat des «Vereins Hamburger Reeder» zusammen. Ballin befürchtete, daß die miserable Versorgung in einer Katastrophe enden würde, wenn erst der Krieg offiziell zu Ende wäre und die Soldaten nach Hause strömten. Die Sitzung fand am 9. November statt, Ballins Vorschläge wurden akzeptiert und sollten mit der Revolutionsregierung diskutiert werden.

Doch der erfolgreiche Reeder und weitsichtige Politiker, der seit einiger Zeit mit Drohanrufen traktiert wurde, erlebte dies nicht mehr. Offenbar aufs tiefste erschüttert über die Folgen eines Krieges, den er hatte kommen sehen und verhindern wollen, fuhr er nach dem Treffen in sein Haus in der Feldbrunnenstraße 58 und schluckte eine große Portion Beruhigungsmittel. Kurz darauf erlitt er Magenbluten. Sein Butler brachte ihn in die nahe Wünsche-Klinik am Mittelweg, wo er das Bewußtsein verlor und am Mittag des nächsten Tages starb. Hamburg hatte einen großen Mann, Friedrich Haerlin einen langjährigen Weggefährten verloren.

Was Ballin vorgeschwebt hatte, fand tatsächlich statt. Der Arbeiter-und-Soldaten-Rat setzte zwar Senat und Bürgerschaft am 12. November zunächst ab. Aber schon eine Woche später wurden sie wieder mit administrativen Aufgaben betraut, unter der Kontrolle der Räte. So gelang es, die für Hamburg überlebenswichtigen ersten Kredite im Ausland zu besorgen.

Hauptquartier für Revolutionäre:
Der «Oberste Marinerat der Unterelbe» besetzte im November 1918 das «Vier Jahreszeiten»

Anfang Dezember war das Hotel «Vier Jahreszeiten» Schauplatz einer Verschwörung innerhalb der Soldatenräte. Am Abend des 4. Dezember tagten im Hotel unter der Leitung Zellers mehrere als gemäßigt geltende Revolutionäre. Der Plan: Laufenberg, Heise und andere Mitglieder des Soldatenrates sollten in der Nacht vom Sonntag, 5. Dezember, auf Montag in ihren Wohnungen verhaftet und durch die Putschisten ersetzt werden. Ein Teilnehmer verriet die «Vier Jahreszeiten»-Verschwörer. Am Sonntag mittag wurden sie im Hotel verhaftet und im Rathaus verhört. Zeller konnte kurz darauf fliehen, seine Vertrauten saßen noch bis Ende Januar in Haft.

Unabhängig von solchen internen Machtkämpfen organisierten die Soldatenräte zum Beispiel die Umschulung von heimgekehrten Kriegskrüppeln, die etwa mit Schreibmaschinenkursen auf ein zweites Leben vorbereitet wurden. Der Arbeiterrat bemühte sich, neue Arbeitsplätze zu schaffen. Ende 1918 waren in Hamburg 60 000 Menschen ohne Beschäftigung. Mit 135 Verordnungen regelten die Räte das öffentliche Leben in der Stadt und erfüllten wichtige Forderungen der Arbeiterschaft. Der Achtstundentag wurde eingeführt und die Akkordarbeit eingeschränkt.

Bis zum 16. März 1919, dem Tag der ersten freien und gleichen Wahlen zur Bürgerschaft, blieben die Soldatenräte im Amt. Als der Oberste Marinerat aus dem «Vier Jahreszeiten» auszog, beklagte Friedrich Haerlin die Plünderung seines Hauses: «Nach dem Abzug dieser revolutionären Soldateska, die alles mitnahm, was irgendeinen Wert hatte, besonders alle Messing- und Kupferteile, sogar den kupfernen Boiler vom Badezimmer, war das Haus in dem zurückgelassenen Zustand gar nicht mehr bewohnbar.»

Gemeinsam mit Ehefrau Thekla und Sohn Fritz, der im November 1918 unverletzt aus dem Krieg ins elterliche Hotel zurückgekehrt war, ging Friedrich Haerlin daran, das «Vier Jahreszeiten» zu renovieren. Und, wie immer in Krisenzeiten, renovierte er nicht nur, er schuf eine neue Attraktion. Im Parterre des Hauses Neuer Jungfernstieg 14, wo bis Kriegsende das Oberkommando der Küstenverteidiger residiert hatte, wurde Platz geschaffen für das neue «Restaurant Haerlin». Ende des Jahres wurde es eröffnet und entwickelte sich bald zur ersten Adresse hanseatischer Kochkunst.

Auch in Zeiten allgemeiner Depression – die Seeblockade der Briten wurde erst im Sommer 1919 aufgehoben, und nach den Bestimmungen des Versailler Vertrages verlor Hamburg den größten Teil seiner Handelsflotte, 764 Dampfer und Segelschiffe mit mehr als 2,5 Millionen Bruttoregistertonnen – dachte Friedrich Haerlin an die Zukunft. Sein letzter Sohn Fritz mußte in bester Weise darauf vorbereitet werden, das Familienhotel in der zweiten Generation erfolgreich zu leiten. Deshalb sollte der soeben 21jährige gefördert und gefordert werden. Fritz würde Verantwortung übernehmen und die Eltern entlasten.

Am 1. November 1919 gründete Friedrich Haerlin die Betriebsfirma «Haerlin jr. & Co. GmbH». Dieser Gesellschaft, an der nur die Familienmitglieder beteiligt waren, verpachtete er sein Hotel. Sohn Fritz wurde zum ersten Geschäftsführer ernannt. Er sollte im Tagesgeschäft sein Engagement und seine Fähigkeiten beweisen. Gleichsam unter dem wachsamen Auge des Vaters. Der hatte sich nämlich als Beirat die kaufmännische Oberleitung reserviert.

Die Zusammenarbeit von Vater und Sohn, die in vielen Familienunternehmen zu Streit und wirtschaftlichem Niedergang führt, klappte bei Friedrich und Fritz dank klarer Kompetenzregelungen auf das beste. Und sicher trug auch Mutter Thekla mit zum Erfolg bei, die eher im Hintergrund wirkte, das Personal kontrollierte und mit freundlicher Konsequenz keine Fehler duldete.

Langsam belebte sich auch das Hotelgeschäft wieder. Es waren vor allem Gäste aus dem europäischen Ausland und aus Übersee, die im «Vier Jahreszeiten» logierten und die Annehmlichkeiten eines perfekten Service genossen. Oberkellner Carl Braun hatte seine Servierbrigade fest im Griff. Ob Prinz von Preußen oder Geldadel aus New York, bei ihm wurde jeder Gast wie ein König behandelt.

Ab 1. März 1919 konnte das «Vier Jahreszeiten» seinen exklusiven Gästen, die einen Hang zum Wagemut hatten, ein besonderes Erlebnis bieten. Vom Flughafen Fuhlsbüttel aus hatte die «Deutsche Luftreederei» den Liniendienst nach Berlin-Tempelhof aufgenommen. Allerdings benötigten die Pioniere der Lüfte, Piloten wie Passagiere, warme und wasserfeste Kleidung. Die Maschinen des Unternehmens waren umgebaute, offene Militärflugzeuge.

Sie starteten von einer holperigen Rasenpiste. Der Holzzaun um das Gelände war verschwunden und längst von der notleidenden Bevölkerung verfeuert worden. Wegen Platzmangels in der Flugzeughalle standen viele Maschinen nur unter Zelten. Die abenteuerliche Luftpassage nach Berlin dauerte dann bei gutem Wetter zweieinhalb Stunden. Für eine Bahnfahrt vom Hamburger Hauptbahnhof bis zum Hamburger Bahnhof in Berlin brauchte man gut viereinhalb Stunden. Im ersten Geschäftsjahr zählte die «Deutsche Luftreederei» 233 Passagiere.

Rettung vor der Inflation: Guter Bordeaux

Das zahlungskräftige ausländische Publikum, das zunehmend das «Vier Jahreszeiten» bevölkerte, profitierte von der beginnenden großen Inflation. Der Kurs des Dollar erreichte schwindelerregende Höhen. Am Jahresende 1919 kostete 1 Dollar 15,58 Mark. 1920 waren es 63,06 Mark, 1921 schon 104,57 Mark, 1922 gar 1885,78 Mark. Am 20. November 1923 kostete ein US-Dollar 4,2 Billionen Mark.

Im Hotel gab es nun selbst im Winter keine freien Zimmer mehr. Die teuren Suiten mit Alsterblick waren besonders beliebt. Im vollbesetzten «Restaurant Haerlin» tafelte man vom Feinsten, die besten Weine wurden am häufigsten geordert. Auf den Rechnungen standen bald abenteuerliche Papiermarkbeträge, für Devisenbesitzer waren das aber kaum mehr als Trinkgelder.

Friedrich Haerlin reagierte mit zwei Maßnahmen auf die ungewohnte Situation, die alle seine Gewinne aus dem Hotelbetrieb zu vernichten drohte: Er investierte in den weiteren Ausbau des «Vier Jahreszeiten» und in den Weinkeller des Hauses. Ein Querflügel des Hotels, der noch dreistöckig war, wurde um ein Geschoß aufgestockt. Acht neue Gästezimmer und zwei Bäder entstanden ebenso wie fünf Zimmer fürs Personal. Der Mini-Bau kostete die stolze Summe von 7,5 Millionen Mark. Wenig später hätte Haerlin dafür vielleicht noch einen Stapel Ziegelsteine kaufen können.

Für seinen Keller orderte Haerlin die besten Lagen von Rhein und Mosel und besonders viele Flaschen guter Bordeaux-Jahrgänge. Schließlich lagerten 35 000 Flaschen in den

Kellerregalen. Der Vorrat an guten Rotweinen, mit schließlich wertlosem Papiergeld eingekauft, entwickelte sich in den folgenden Jahren als regelrechter Schatz.

Auch als Privatmann machte Haerlin das Beste aus der Lage. 1920 kaufte er in der Hansastraße 7 eine Villa mit großem Garten und dazu das Haus Werderstraße 88 mit einer Gärtnerei. Beide Grundstücke grenzten mit ihrer Rückfront aneinander. Die Häuser waren ziemlich heruntergekommen und veraltet, sie mußten umgebaut und von Grund auf renoviert werden. Für den leidenschaftlichen Bauherrn ein Grund zur doppelten Freude: Er hatte neue Objekte, an denen er seine Kreativität austoben konnte, und es gelang ihm, sein Geld trotz Inflation werterhaltend anzulegen.

Die Kosten stiegen unaufhaltsam. Im April wurde eine Maurerstunde mit 7 Mark berechnet, Ende August schon mit 38 Mark. Die Hansastraße 7 war im September 1921 bezugsfertig, Gesamtkosten einschließlich der neuen Möbel 1,65 Millionen Mark.

Politisch waren die beginnenden 20er Jahre auch in Hamburg äußerst unruhige Zeiten. Im März 1920 hatte in Berlin der rechtsextreme Politiker und Jurist Wolfgang Kapp mit Hilfe ihm getreuer Teile der Reichswehr geputscht und eine neue Regierung proklamiert. Die Gewerkschaften riefen dagegen zum Generalstreik auf. In Hamburg lag ab Mittag des 13. März das öffentliche Leben lahm.

Doch am Abend desselben Tages stellte sich der Standortälteste von Altona, Oberst Adolf Freiherr von Wangenheim, auf die Seite der Putschisten. Unter seinem Kommando besetzten Soldaten der Reichswehr und der Freikorps die Rathäuser in Hamburg und Altona sowie das Gewerkschaftshaus am Besenbinderhof. Als aber eine Bürgerwehr und die kasernierte Polizei den demokratisch gewählten Senat unterstützten, zogen sich die Soldaten in die Kasernen zurück. Der Senat setzte den Reichswehroffizier von Wangenheim aus eigener Macht ab, und der Oberst verließ als Zivilist die Stadt.

Im darauffolgenden Jahr hielt eine Serie von Bombenanschlägen die Stadt in Atem. Am 1. Juni explodierte ein Sprengkörper am Denkmal für die Opfer der Revolution von 1918 auf dem Friedhof Ohlsdorf. Es folgten Anschläge auf eine linke Buchhandlung und die Redaktionsräume der KPD-eigenen «Hamburger Volkszeitung». Am 17. Juni explodierte eine mit Zeitzünder scharf gemachte Handgranate an der Wohnung des KPD-Führers Ernst Thälmann in Hamburg-Eppendorf.

Als Täter wurden Angehörige der «Sprengkolonne Warnecke» ermittelt, einer Untergruppe der rechten Terrorgruppe «Consul» in München, in der sich ehemalige Offiziere und Soldaten im Kampf gegen die «Juden-Republik» zusammengeschlossen hatten. Als am 24. Juni 1922 in Berlin Reichsaußenminister Walther Rathenau erschossen wurde, verhaftete die Polizei «Consul»-Anhänger als Attentäter. Und in Hamburg ermittelte die Polizei, daß der jüdische Privatbankier Max Warburg als nächstes Opfer auf der Todesliste der Terroristen stand.

Ende November erließ die Polizei gegen die Ortsgruppe der NSDAP als «staatsfeindliche Vereinigung» ein Verbot. Die Gruppe unter dem Tabakladenbesitzer Josef Klant hatte einen «Sturmtrupp» gegründet und Kontakte zu rechtsradikalen Bombenbauern geknüpft.

Am 23. Oktober 1923 begann in Hamburg ein kommunistischer Aufstand. Rund dreihundert bewaffnete KPD-Mitglieder stürmten und entwaffneten siebzehn Polizeireviere. Auf den Straßen wurden Barrikaden errichtet und Schützengräben ausgehoben. Es kam zu heftigen Feuergefechten. Siebzehn Polizisten, vierundzwanzig Aufständische und einundsechzig unbeteiligte Zivilisten wurden getötet. Nach zwei Tagen brach der Aufstand unter der Übermacht der Polizei, die auch gepanzerte Fahrzeuge einsetzen konnte, zusammen. Die Arbeiter der Hansestadt hatten sich dem kommunistischen Umsturzversuch nicht angeschlossen.

Eine Weltreise und Schlagzeilen in New York

&

Fritz Haerlin war klar, was sein Vater von ihm erwartete. Es gab nur noch ihn, er mußte das «Vier Jahreszeiten» einmal übernehmen und die Familientradition fortführen. Doch er wollte Pflichten und Angenehmes miteinander verbinden. Schließlich hatte ihn der Krieg um seine schönsten Jugendjahre gebracht. Jetzt wollte er die Welt kennenlernen, ehe er sich endgültig in Hamburg etablierte. Vater Friedrich war mit diesen Plänen einverstanden.

Fritz arbeitete in den ersten Häusern in Norwegen, Schweden, Dänemark, in der Schweiz und in Spanien. Im berühmten «Ritz Carlton» in Madrid stand er zunächst in der Empfangsloge, wenig später wurde er im Management beschäftigt.

Anschließend brach er zu einer Weltreise auf. Erste Station war New York. Um die Kosten für die Überfahrt zu verdienen, musterte er an Bord des Passagierschiffes «Resolute» als Steward an.

In New York erregte er einiges Aufsehen. Der junge Mann mit dem forschen Blick und den präzise gescheitelten Haaren, der stets einen korrekten Anzug mit Weste, weißes Hemd, dezente Streifenkrawatte und ein weißes Kavaliertaschentuch in der Brusttasche trug, fing im Hotel «Astor» – dem späteren «Waldorf-Astoria» – als Kellner an.

Der Reporter der führenden amerikanischen Fachzeitschrift «New York Hotel Review» fand das so bemerkenswert, daß das Blatt dem Hotelerben aus Deutschland am 23. Dezember 1922 einen großen Bericht widmete. Es imponierte den Amerikanern, daß Haerlin, dem in Europas Spitzenhotels alle Türen offenstanden, in Manhattan ganz unten auf der Karriereleiter begonnen hatte. Inzwischen begleitete er jeden Morgen kurz nach drei Uhr den Chefeinkäufer des «Astor» auf die Märkte, um nützliche Erfahrungen zu sammeln. Danach servierte er im Restaurant oder den Bankettträumen.

Dem Reporter diktierte er die Unterschiede zwischen amerikanischen und europäischen Hotelgästen in den Block: «Der amerikanische Reisende ist immer in Eile. Was er verlangt, ist Service. Er braucht einen Börsenticker in seinem Hotel, ebenso ein Telegrafenbüro und ein Telefon für Ferngespräche in seinem Zimmer. Dazu alle neuesten Nachrichten, sobald sie über die Presseagenturen laufen, Boten, die immer für ihn da sind. Dazu Bequemlichkeit. Das ist alles, was er erwartet.

In Europa erwartet der Gast, wenn er nur ein wenig prominent ist, daß er erkannt und mit seinem Namen angesprochen wird, wenn er im Hotel ankommt. Er erwartet, daß der Portier ihn ins Fremdenbuch einträgt, und wenn er etwas länger bleibt, erwartet er einen Anruf des Hotelbesitzers, der sich nach seinem Wohlbefinden erkundigt; fragt, ob der Gast einen speziellen Essenswunsch habe, sich erkundigt, ob die Einrichtung des Zimmers behage – kurz, ob der Gast irgendeinen speziellen Service wünsche. Der Europäer will sich im Hotel wie zu Hause fühlen, selbst wenn er nur ein, zwei Tage dort wohnt, während der Amerikaner, Gast eines dieser großen Wolkenkratzer-Hotels, nur eine Nummer ist und besondere Aufmerksamkeit weder wünscht noch erwartet.»

Und was das Hotelgeschäft angeht, da sah Haerlin dieselben Unterschiede: «Für den Europäer ist das Hotelgewerbe ein ernsthaftes, lebenslanges Studium, und wir haben deshalb spezielle Akademien, in denen junge Menschen alle Hotelbereiche studieren können. Anders in Amerika. Wenn sich hier jemand in der Hotelbranche engagieren will, investiert er ein paar hunderttausend Dollar und stellt einen Manager ein – normalerweise einen Europäer, der das Hotel für ihn führt.»

Nach diesem Interview ging Fritz Haerlin in New York wieder an Bord und setzte als Steward seine Weltreise fort. Erster Stopp Panama, dann eine Woche San Francisco, später Honolulu, Japan, China, Indien, Ägypten. Und überall besuchte er die besten Hotels, arbeitete, lernte Land und Leute kennen und knüpfte Kontakte.

Zurück in Hamburg, stieg er nicht sofort mit ganzer Kraft in das väterliche Hotel ein. Fritz Haerlin genoß das Leben eines wohlhabenden Junggesellen, ein bißchen Bohemien, ein bißchen Playboy. Er war nicht nur der Hotelerbe, er hatte von seinen Auslandsengagements auch Geld mit nach Hause gebracht. 1500 Dollar – ein kleines Vermögen zu Zeiten der großen Inflation.

Fritz liebte schnelle Autos und hübsche Frauen, mit seinen Freunden feierte er die Nächte durch. Er wurde Mitglied im Rotary Club, der sich einmal die Woche im «Vier Jahreszeiten» traf. Und er entdeckte seine Liebe zum Pferdesport, eine kostspielige, aber standesgemäße Leidenschaft, bei der er ebenfalls mit den jungen Menschen aus der High-Society der Hansestadt zusammentraf. Ganz anders als sein Vater Friedrich. Der hatte zwar in seiner Jugend für Pferde geschwärmt, sich dann aber aufs Geschäft konzentriert: «Auf sportliche Vergnügungen, wie Jagd, Reiten oder Tennis, mußte ich wegen Zeitmangel ganz verzichten und habe auch die Kunst des Kartenspiels nie erlernt.»

Der fesche Fritz dagegen wurde Mitglied im feinen Flottbeker Reiterverein, kaufte sein erstes Pferd und begann mit dem Training als Dressurreiter. 1925 trat er dem «Hanseatischen Sport- und Zuchtverein» bei, und bald danach wurde er Mitglied im «Reichsverband für Zucht und Prüfung deutschen Warmbluts». Er war ein echter Pferdenarr, und es zeigte sich, daß er auch Pferdeverstand besaß. Die Tiere, die er kaufte, waren sehr erfolgreich. Sein Landolo gewann viele Turniere, und sein Schimmel-Wallach Maharbal wurde als Dressurpferd sogar landesweit bekannt.

Auf dem Reitplatz in Flottbek lernte er Sportsleute fürs Leben kennen. Die Springreiter Adolf Wilhelm von Salviati, Alex Holst und Günther Temme, der 1935, 1936 und 1938 deutscher Springchampion werden sollte. Den Versicherungsmakler und Dressurreiter Dr. Friedrich Homann. Und den Reichswehr-Leutnant und Springreiter Herbert Neckelmann, der sich während des 2. Weltkrieges als echter Freund erweisen sollte. Auch mit dem General der Kavallerie Edwin von Rotkirch war er befreundet. Der Mann, der noch unter dem Kaiser gedient hatte, brachte ihm die Feinheiten der Dressur bei. Beim ersten großen Turnier in Flottbek, das im Oktober 1931 stattfand, belegte Fritz Haerlin einen ersten Platz.

Besondere Fürsorge ließ Fritz Haerlin seinem Patenkind Hans Ravenborg angedeihen, dem Sohn seines Freundes Werner, mit dem er in Neuchâtel die Schule besucht hatte. Für den hatte er sogar Schmiere gestanden, als er seine Freundin entführte. Das Pärchen war bis Genf gekommen, ehe sie aufgegriffen und nach Neuchâtel zurückgebracht worden waren.

Später hatte er seine Jugendliebe geheiratet, und Hans war geboren worden.

Inzwischen war die Ehe geschieden, und so fühlte sich Fritz Haerlin in besonderer Weise für den kleinen Hans verantwortlich. Der Junge besuchte jetzt das Wilhelm-Gymnasium, das sich damals in der Nähe des Dammtor-Bahnhofs befand. Nach Schulschluß trabte Hans zu Onkel Fritz, der ihn zum Essen erwartete. In einem kleinen Glasverschlag, in dem ein Tisch und Stühle standen, ließ er für sich und den Jungen das Essen servieren und paßte genau auf, ob Hans die Forelle richtig mit dem Fischbesteck aß, ob er vor dem Trinken den Mund mit der Serviette abwischte und das Buttermesser benutzte. Denn gute Tischmanieren, davon war Fritz überzeugt, gehörten genauso zu einer anständigen Ausbildung wie Englisch und Mathematik.

Vater Friedrich Haerlin baute derweil weiter an seinem Lebenswerk, dem «Vier Jahreszeiten». Zu Beginn des Jahres 1924, die Inflation war gerade überstanden, bot Nachbar Vorwerk sein Haus Neuer Jungfernstieg Nr. 9 zum Verkauf an. Ein Grundstück mit großem Garten und – noch wichtiger – einem Ausgang zu den Colonnaden. Endlich hätte der Liefer- und Ladeverkehr durch einen speziellen Hintereingang abgewickelt werden können. Haerlin Senior bot 280 000 Reichsmark.

Doch ein Caféhaus-Besitzer bekam den Zuschlag. Der war bereit, 400 000 Mark auf den Tisch zu legen. Ein äußerst lästiger Konkurrent, zumal der Mann im Untergeschoß eine Bierstube einrichten wollte, im Obergeschoß ein Weinrestaurant und im Garten ein Musik-Café. Zu allem Überfluß aber sollten die oberen Etagen auch noch zu einem Hotel umgebaut werden. Haerlin sann vergebens darüber nach, wie er sich den lästigen Mann vom Halse schaffen könnte.

Und dann war das Glück wieder einmal auf seiner Seite: Der

Konkurrent konnte die vertraglich festgelegten Raten nicht zahlen. Haerlin bekam Wind davon und stieg in den Kaufvertrag ein. Die noch fehlenden 100 000 Mark lieh ihm ein befreundeter Gast. Bei seiner Bank hätte er nur 20 000 Mark bekommen, zu 24 Prozent Zinsen.

Die Golden Twenties und der Eintänzer

Es wurde erneut umgebaut und vergrößert am Neuen Jungfernstieg. Die Investition rentierte sich vom ersten Tag an.

In Hamburg blühte endlich wieder der Fremdenverkehr. Gäste aus Nord- und Südamerika und aus ganz Europa bevölkerten das Hotel. Auch die weltberühmten Stars von Theater, Oper und Film logierten an der Binnenalster. Stammgäste waren unter anderen die Schauspielerin und Sängerin Fritzi Massary und ihr Mann, der Charakter-Komiker Max Pallenberg, den sie zärtlich «Bully» nannte. Fritzi und «Bully» – man hätte sich kein komischeres Paar vorstellen können. Sie eine kleine, drahtige Brünette mit wunderschönen Augen, stets hochelegant angezogen, vor Temperament sprühend, mit Sex-Appeal im kleinen Finger. Er ein kleiner, stämmiger Mann, rothaarig und ziemlich häßlich. Wenn sie in die Halle des «Vier Jahreszeiten» kamen, steckten die Gäste die Köpfe zusammen. Was für eine Frau!

Mit 23 Jahren war sie der Star im Metropoltheater in Berlin. Sie sang ihre Couplets und Chansons mit so viel Witz und Charme, daß ihr selbst die Kritiker-Päpste, wie Alfred Kerr, zu Füßen lagen. Franz Lehár und Oscar Straus schrieben eigens

Zwei Stars der Golden Twenties:
Die Schauspielerin Fritzi Massary und ihr erster Ehemann,
der Charakter-Komiker Max Pallenberg

für sie Operetten, und sie machte daraus Kassenschlager. Und ein bißchen klatschen konnte man auch über sie. Die Affäre mit diesem gutaussehenden hocheleganten Josef Giampietro, der so unnachahmlich mit dem Monokel hantierte. Was machte der Mann? Er erschoß sich ihretwegen. – Tolle Frau. – Aber was fand die bloß an diesem cholerischen Pallenberg? Sie hatte ihn sogar geheiratet!

Die Herren am großen Kamin in der Halle erzählten sich bei einer guten Zigarre die neuesten Witze über das prominente Pärchen: Die beiden fahren aus dem Theater mit dem Taxi in ihre Berliner Wohnung. Pallenberg zahlt, sie geht schon auf das Haus zu. Da beugt sich der Taxifahrer zu Pallenberg: «Mensch, is det nich die Massary?» Als der nickt, sagt der Fahrer mitleidig: «Det kostet Sie aber 'nen Tausender pro Nacht!» Darauf Pallenberg: «Na, bei mir macht sie's billiger.» – Komischer Vogel, dieser Pallenberg.

Ein bißchen Frivolität, einen Hauch von Hauptstadt leistete sich inzwischen auch Friedrich Haerlin in seinem ehrwürdigen Hotel. Anfang 1925 ließ er im «Vier Jahreszeiten» einen Eintänzer seinen Dienst antreten. Ein schmucker ehemaliger Kavallerie-Offizier, der nun die mutigeren Damen der Hamburger Gesellschaft charmant über das Parkett schob. Er tat, was Friedrich Haerlin von ihm erwartet hatte, er steigerte den Umsatz beim Tanztee.

Damit lag Haerlin senior voll im Trend. Denn inzwischen hatten auch in Hamburg die «Golden Twenties» begonnen. Es wurde Tango, Shimmy und Charleston getanzt. In den Tanzpalästen an der Reeperbahn war jeden Abend volles Haus. Im Alsterpavillon und dem exklusiven «Trocadero» an den Großen Bleichen herrschte Gedränge auf dem Tanzparkett. Aus Berlin kamen die großen Revuen an die Elbe. 1926 gastierte die legendäre «Haller-Revue» im Schauspielhaus.

Der berühmte «Trichter» auf der Reeperbahn warb für «eine erotisch-exotische Bauchtanz-Revue – Haremsfracht im Orkan – Untergang eines Schiffes auf offener Szene. Das Ende einer arabischen Nacht-Orgie – 24 Schlager». Und das «Alkazar» lockte ins «Wunderland der Liebe – Frauen der Südsee im Taumel toller Leidenschaft».

Haerlin gab sich nie mit dem Erreichten zufrieden. Neue Entwicklungen, Trends galt es aufzuspüren und aufzugreifen, wenn sie nützlich für das «Vier Jahreszeiten» sein könnten.

1926 war es mal wieder soweit. Der damals berühmte Innenarchitekt Emil Fahrenkamp hatte aus dem ehemaligen Festsaal ein «Kasino» im Art-déco-Stil gemacht. Die Wände waren mit poliertem kaukasischen Nußbaum getäfelt, schwarz-weißer Marmorfußboden im Schachbrettmuster, Decke mit geometrischem Stuck und zweigeschossige Leuchter, verchromte Geländer.

Die Zeitschrift «Innendekoration» widmete dem Raum eine Titelgeschichte und lobte den Geschmack des Bauherrn.

Das «Vier Jahreszeiten» war beides – Tradition und Moderne. Und als Erneuerer und Bewahrer wurde Friedrich Haerlin gefeiert, als er am 24. Februar 1927 siebzig Jahre alt wurde und am selben Tag das Hotel dreißig Jahre in seinem Besitz war. Die Fachzeitschrift «Hotel», Organ des «Internationalen Hotelbesitzer-Vereins», rühmte den Jubilar in einem mit vielen Fotos illustrierten Artikel und zeichnete dessen Karriere nach. Friedrich Haerlin sei ein Vorbild. Er habe ein Unternehmen geschaffen, «das sich unbestritten rühmen darf, ‹führend› zu sein. Möchten die Söhne unserer Hotelbesitzer und unser gewerblicher Nachwuchs aus dem Entwicklungsgang von Person und Unternehmen lernen, daß zum ‹Kapitän› schließlich noch an-

Immer auf der Höhe der Zeit:
1926 ließ Friedrich Haerlin einen Festsaal in das vielgelobte «Kasino» im Art-déco-Stil verwandeln

dere Eigenschaften gehören, als die, welche auf der Fachschule oder in den ersten praktischen Lehrjahren gewonnen werden können.»

Die Angestellten des «Vier Jahreszeiten» ließen ihren Seniorchef in einem Sonderheft hochleben – schwerer hellbrauner Karton, handgeschriebene Texte und beeindruckende Bilder von der Mannschaft des Hotels. Der Hamburger Fotograf Max Hirsch hat die Aufnahmen komponiert, die einen Eindruck davon geben, wie viele dienstbare Geister sich um das Wohl der Gäste kümmerten. Auf dem Parkett wie die Zinnsoldaten aufgereiht, die sechzehn Pagen mit straffen Uniformen, weißen Handschuhen, glänzenden Schuhen, die Mützen in der Rechten. Der Text unter dem Bild:

«Wir sind hier versammelt zur Festparade,
daß der ‹Chef› sie nicht abnimmt, ist gar zu schade.
Wir stellen uns deshalb im Bilde vor,
und aufmarschiert ist das ganze Korps.»

Die acht Hotelmusiker im Smoking und schwarzen Fliegen, in der Hand ihre Instrumente. Text:

«Wir füllen geräuschvoll unseren Platz,
es trommelt und pfeift, ja es kracht beim Jazz.
Doch heut spielen sie voll Harmonie,
die ‹Jubiläums-Symphonie›.»

Wie ein Männergesangverein in mehreren Reihen gestaffelt die 59 Oberkellner, Kellner und Servierlehrlinge – würdige Herren im Frack mit Weste und weißer Fliege. Man hat den Eindruck, die Gruppe würde sich gleich auflösen und mit wehenden Frackschößen auf die Gäste zueilen.

«Wir sind hier versammelt zur Festparade»:
Zum 70. Geburtstag ihres Chefs Friedrich Haerlin
stellten sich die sechzehn Pagen des Hotels auf

34 Küchenhelferinnen, die Gemüse putzen und Küche und Herde sauberhalten – junge und alte Frauen in weißen Kitteln und weißen Doppel-Zipfelmützen. Besonders in den Gesichtern der Älteren ist zu lesen, wie kräftezehrend ihre Arbeit war.

Auf der nächsten Seite 28 Männer mit weißen Jacken und hohen weißen Mützen – die Köche des Hotels. Das Gedicht unter dem Foto:

«Man sagt: ‹Viele Köche verderben den Brei›,
in den ‹Jahreszeiten› ist dies einerlei.
Als Küchenchef ist Antoni die Krone,
und seine Diners sind stets zweifelsohne.»

Selbstbewußt und forsch blickend die zwölf Haushandwerker, die mit ihren Werkzeugen vor dem Fotografen angetreten waren. Die Herren mit den Schnauzbärten halten große Schaufeln, Hacken, Hobel, Sägen und Markisenstangen in der Hand. Das Hotel «Vier Jahreszeiten» war Selbstversorger. Wenn hier etwas nicht funktionierte, gab es Fachleute, die reparierten und renovierten.

Sechzehn Wasch- und Bügelfrauen, die in die Kamera blicken, die Hände gefaltet. 48 Zimmermädchen mit weißen Schürzen und weißen Häubchen, die jeden Tag im Hotel einen Knochenjob zu erledigen haben. 42 Hausdiener mit hochgeschlossenen Jacken und blanken Silberknöpfen. Sechzehn Friseurinnen und Friseure, die den Gästen neben gepflegten Haaren auch Maniküre und Massagen anbieten. Elf Portiers, Empfangsherren, Kassierer und sieben Sekretärinnen, zuständig für den Dienst am Desk, für Kontrolle, Statistik und Rechnungswesen. 290 von mehr als 500 Leuten, die damals im «Vier Jahreszeiten» voll oder zeitweise beschäftigt waren.

Den Jubeltag verbrachte Friedrich Haerlin mit seiner Ehefrau und der zahlreichen Verwandtschaft in «Dölles Hotel» in Cuxhaven. Der Jubilar und seine Thekla wollten sich einen lang gehegten Traum erfüllen und eine Schiffsreise nach Amerika unternehmen. Von zahlreichen Gästen, vor allem Deutsch-Amerikanern, war der Hotelier immer wieder in die Vereinigten Staaten eingeladen worden. Nach dem Festmahl in Cuxhaven, wo sich im Restaurant Briefe und Telegramme stapelten und verschwenderische Blumensträuße den Saal füllten, ging das Ehepaar an Bord des Hapag-Dampfers «Deutschland». Kapitän und Besatzung warteten schon darauf, den weltbekannten Hotelier und Freund der Reederei zu verwöhnen.

In New York angekommen, wurden Friedrich und Thekla Haerlin von vielen Freunden am Pier empfangen. Es begann eine USA-Tournee, auf der Haerlin von seinen Kollegen wie ein König aufgenommen wurde.

Von New York aus besuchte das Ehepaar Buffalo, die Niagarafälle, Chicago, Milwaukee, Pittsburgh, Washington, Atlantic City, Philadelphia und wieder New York. Die Tour überstand der rüstige Jubilar ohne Ermüdung. Doch schon auf der Überfahrt nach Amerika hatte er registriert, daß sein Sehvermögen eingeschränkt war. Ein Augenspezialist in New York stellte einen beginnenden grauen Star fest. Eine erfolgversprechende Therapie konnte er allerdings ebensowenig anbieten wie später in Deutschland berühmte Ophthalmologie-Professoren.

Er konnte also nicht mehr sehr gut sehen. Seinen Schaffensdrang sollte das aber in keiner Weise einschränken. Zurück in Hamburg, fing er gleich an, neue Umbaupläne zu wälzen. 1928 begannen die Arbeiten, mit denen Haerlin dem «Vier Jahreszeiten» endgültig sein Gesicht gab. Das 1914 teuer gekaufte Haus Nr. 14 wurde abgerissen, alle Gebäude auf fünf Stockwerke gebracht, oben ein 61 Meter langer Balkon gebaut und der ganze Komplex mit einem Kupferdach gekrönt.

Eine Lehrstelle im «Vier Jahreszeiten» zu ergattern war fast wie eine Auszeichnung. Die Lehrlinge bekamen hier nämlich traditionell eine hervorragende Ausbildung. Die Bedingungen waren allerdings hart. Am 15. April 1928 fing der damals 15jährige Hans Walter Köke als Kochlehrling am Neuen Jungfernstieg an. Drei Jahre dauerte die Ausbildung. Während dieser Zeit gewährte ihm der Lehrherr «ganze Beköstigung, Wohnung und Reinigung der Berufswäsche». «Die zu seiner Arbeit benötigten Messer und sonstigen Geräte, wie Dressier- und Spicknadel» mußte der Lehrling auf eigene Kosten anschaffen, instand halten und unbrauchbar gewordene Dinge gegebenenfalls nachkaufen. Falls der Lehrling seine Ausbildung abbrach oder ihm wegen Verstoßes gegen einen langen Verbotskatalog gekündigt wurde, konnte der Lehrherr eine Entschädigung verlangen: Einhundert Mark im ersten Lehrjahr, einhundertfünfzig Mark im zweiten und zweihundert Mark im dritten. Vater Alfred Köke unterschrieb den Lehrvertrag, in dem unter «Besondere Bestimmungen» vermerkt war: «Die Firma Haerlin jr. & Co. m.b.H. verzichtet entgegenkommenderweise auf die Zahlung eines Lehrgeldes, behält sich jedoch vor, den Lehrling nach beendigter dreijähriger Lehrzeit noch ein weiteres halbes Jahr gegen eine seinen Leistungen entsprechende Vergütung im Geschäft zu behalten.»

Für die Hotelgesellschaft hatte den Vertrag Direktor Johannes Kretschmar unterzeichnet. Der war 1907 als Saucenkoch im «Vier Jahreszeiten» eingestellt worden. Zwei Jahre später war er schon Küchenmeister, und 1920 war er zum Geschäftsführer der Abteilung «Küche, Einkauf und Festlichkeiten» aufgerückt. Eine beispielhafte Bilderbuch-Karriere. Inzwischen leitete Kretschmar mit Fritz Haerlin gemeinsam das Hotel.

Viel Lob vom König aus Ägypten

Ein Gast, der wenig später in Hamburg anreiste, brachte großen Glanz ins gerade fertiggestellte Haus an der Binnenalster. Zwar hatten Reichspräsident Friedrich Ebert und sein Nachfolger Paul von Hindenburg die Hansestadt 1922 und 1926 besucht und sich ins «Goldene Buch» im Rathaus eingetragen, aber ein gekröntes Haupt war seit Ende des Krieges nicht mehr an der Elbe gewesen. Jetzt war es endlich soweit, am Montag, 17. Juni 1929 fand der erste richtige Staatsbesuch statt, und natürlich wohnte der hohe Gast im «Vier Jahreszeiten».

Pünktlich um 16.57 Uhr erreichte der Sonderzug aus Berlin den Bahnhof Hamburg-Dammtor. Heraus stieg seine Majestät Faud I., König von Ägypten. Ein hochgewachsener Mann mit mächtigem schwarzen Zwirbelbart, im Gehrock und mit rotem Fes auf dem Kopf.

Bürgermeister Carl Petersen begrüßte den Monarchen auf dem mit Fahnen und Blumen geschmückten Bahnsteig. Hunderte Zuschauer jubelten dem König auf dem Bahnhofsvorplatz zu. Der stellte sich geduldig den Blitzlichtern der Pressefotografen. Links und rechts von Schupos auf Fahrrädern eskortiert, fuhren König und Gastgeber im Auto zum Neuen Jungfernstieg.

Das «Vier Jahreszeiten» war mit schwarz-rot-goldenen Fahnen und der Flagge Ägyptens geschmückt – weißer Halbmond und drei weiße Sterne auf grünem Grund. Das Hotel war auch noch am nächsten Tag von Schaulustigen umlagert.

Friedrich Haerlin führte Faud I. in den ersten Stock und

Staatsbesuch an der Binnenalster:
Im Juni 1929 besuchte der ägyptische König Faud I.
Hamburg und stieg im «Vier Jahreszeiten» ab

zeigte ihm die drei Salons mit Blick auf die Alster. Der König war entzückt und unterhielt sich angeregt mit dem Hotelier. «Man hat mir oft gesagt, in Hamburg regne es dauernd. Voilà, die Sonne scheint. Ich freue mich, morgen den größten deutschen Hafen kennenzulernen. Viel Rühmenswertes habe ich auch von Hagenbecks Tierpark gehört.» Faud, der fließend Deutsch sprach, lobte die Annehmlichkeiten des Hotels. Die beiden schienen sich gut zu verstehen, denn – so registrierte der Reporter vom «Hamburger Fremdenblatt» – es war «ab und an ein herzliches helles Lachen» zu hören. Zum Schluß fragte der König Haerlin, ob man sich ihn vielleicht exotischer vorgestellt habe, und fügte sogleich hinzu, daß er in Europa erzogen worden sei.

Als Faud mit seinen acht Begleitern von einer Rundfahrt um die Alster ins Hotel zurückkehrte, war er grenzenlos begeistert. «Ich habe noch nie so ein schönes Wasserbild inmitten einer Stadt gesehen.» Das herrliche Wetter, Segelschiffe und Ruderboote auf dem Wasser, das satte Grün des Rasens und der Bäume, Hamburg hatte sich von seiner schönsten Seite gezeigt. Beim anschließenden Empfang im Rathaus wurde der König als Freund der Stadt gefeiert. Gegen elf Uhr kehrte er ins «Vier Jahreszeiten» zurück. Und Friedrich Haerlin hatte seine Servierbrigade antreten lassen, um dem freundlichen Gast auch kurz vor Mitternacht noch jeden erdenklichen Wunsch zu erfüllen.

Am Dienstag fuhr Faud nach einem ausgiebigen Frühstück im «Restaurant Haerlin» nach Stellingen zu Hagenbecks Tierpark, wo er statt der geplanten zwanzig Minuten mehr als eineinhalb Stunden blieb, so sehr gefielen ihm die Freigehege mit Löwen, Tigern und Elefanten und die spezielle Vorführung in der Dressurhalle des Zoos.

Nach einer Hafenrundfahrt und einem Essen an Bord des

Hapag-Passagierschiffes «Deutschland» bestieg der Monarch um 13.35 Uhr seinen Sonderzug, um nach Essen zu Herrn Krupp zu fahren.

Friedrich Haerlin konnte sich über die Publicity freuen, die der König seinem Hotel gebracht hatte.

Das Jahr 1929 war in Hamburg eine Zeit des Wandels und der Gegensätze. Es gab die ersten Anzeichen der heraufziehenden Wirtschaftskrise. Mehr als sechzigtausend Menschen suchten Arbeit. Auf der anderen Seite übersprang die Zahl der angemeldeten Personenwagen im Sommer zum erstenmal die Zehntausender-Grenze. Dazu kamen knapp fünftausend LKW und fünfeinhalbtausend Motorräder. Die Kreuzung Esplanade/Neuer Jungfernstieg war Hamburgs verkehrsreichster Platz.

Im Juni sendete der Norddeutsche Rundfunk zum erstenmal das «Hamburger Hafenkonzert» live vom Dampfer «Antonio Delphino». Es wurde eine wahre Kultsendung, eine Mischung aus Seefahrerliedern, Interviews und Reportagen rund um die Schiffahrt. Viele deutsche Rundfunksender übernahmen das Hafenkonzert in ihr Programm. Und Ende Dezember wurde am Valentinskamp gegenüber dem Gänsemarkt der neue UFA-Palast eröffnet – mit 2667 Plätzen das größte Kino Europas. Es begann der Siegeszug des Tonfilms.

Und im «Vier Jahreszeiten» wurden große Feste gefeiert. Die Hamburger Reeder trafen sich zum Essen im Festsaal. Die Tafel war mit einer Hansekogge, einem Schwan und einem Leuchtturm dekoriert. An den Stühlen waren bunte Luftballons festgebunden. Die Herren im Frack mit Chrysanthemen im Knopfloch stießen mit gutem Bordeaux auf weiterhin gute Geschäfte an.

Silvester gab es, wie jedes Jahr, am Neuen Jungfernstieg einen Ball. Nach dem Menü spielten die Kapellen des Hauses, und in allen Sälen des Hotels tanzte man in das neue Jahr.

Wenn die Manager der Adam Opel AG feierten, dann selbstverständlich im «Vier Jahreszeiten». Die lange Tafel im großen Festsaal war mit einem Band aus tropischen Blumen geschmückt, das am breiteren Kopf des Tisches ein großes Oval bildete. Die Mitte bestand aus einer stilisierten großen Blüte, und die Worte «OPEL 1930» waren darunter in Blumen gelegt. An der Tafel Herren im Smoking, die einen köstlichen Mosel-Riesling aus dem Haerlinschen Keller genossen.

Anlaß des Festessens war ein Wechsel an der Spitze des Hamburger Opel-Hauses «Dello». Der Senior war plötzlich gestorben. Nun sollte Hans-Rudolf Praesent seinen Posten übernehmen. Der war gerade dreiundzwanzig Jahre alt und studierte in München. Zu seinem Leidwesen mußte er raus aus der Universität und rein in die Praxis. An der Spitze der Tafel machte er nicht gerade ein strahlendes Gesicht im Kreise der prominenten Kunden, führender Männer aus der Opel-Zentrale Rüsselsheim und seiner Prokuristen. Wenig später heiratete er die Mutter von Fritz Haerlins Patensohn Hans Ravenborg und blieb so dem Hotel in besonderer Weise verbunden.

Auch als der Norddeutsche Lloyd am 15. Februar 1930 im Hamburger Hafen zur Besichtigung des neuen Schnelldampfers «Europa» einlud, fand der Presseempfang in den Festsälen des «Vier Jahreszeiten» statt. Der Andrang war beträchtlich, die vielen runden Tische reichlich gedeckt.

Hektik, Hochbetrieb und vor allem viel Extraarbeit gab es stets, wenn die Passagierschiffe der Hapag oder Hamburg-Süd aus New York oder Südamerika im Hafen festmachten. Viele der transatlantischen Reisenden hatten ihre Zimmer im «Vier Jahreszeiten» gebucht, die meisten waren Stammgäste. Und das bedeutete Extrawünsche und zum Teil seltsame Marotten, die säuberlich auf den Tausenden handgeschriebenen Gäste-Karteikarten vermerkt waren. Daß solche Gäste zusätzliche Schränke in ihren Suiten brauchten, war einzusehen; sie wurden aus dem Magazin herangeschleppt. Die Gäste durften von Transporten und Umbauten nie etwas merken.

Fritz Haerlin, der immer mehr in die Rolle des Patrons hineinwuchs, wachte scharf darüber, daß keine Möbel auf den Gängen standen. Keine leichte Aufgabe, wenn auf einer Karteikarte stand, daß das Ehepaar X Schleiflackmöbel bevorzuge und Kirsche oder Eiche unausstehlich fand oder umgekehrt. Der Gast war König – die Zimmer wurden umgebaut. Wenn dabei etwas schiefging, konnte der Juniorchef fuchsteufelswild werden. «Ich will nichts von Problemen hören. Probleme müssen gelöst werden, und dafür sind Sie da», bekam Hausdame Maria Neidhardt nicht nur einmal zu hören.

In der Politik machte zum erstenmal die NSDAP Adolf Hitlers von sich reden. 1929 war Karl Kaufmann als «Gauleiter» der Partei nach Hamburg geschickt worden. Bei der Reichstagswahl im September 1930 wurden die Nazis mit 19 Prozent der Stimmen zweitstärkste Partei in Hamburg nach der SPD, die auf 32 Prozent kam. Es war der Anfang vom Ende der ersten Demokratie in Deutschland. Wie im ganzen Land stieg auch in Hamburg die Zahl der Arbeitslosen rapide. Ende 1931 waren es fast 140 000. Banken krachten zusammen, und die Zahl der Firmenpleiten und Konkurse nahm ständig zu. Anfang Oktober stand Hamburg vor dem Staatsbankrott. Nur ein Kredit des Reichsfinanzministeriums verhinderte die Zahlungsunfähigkeit.

Politische Gewalttaten machten Schlagzeilen. Binnen zwei Tagen schoß erst ein Polizist, Mitglied der NSDAP, im Polizeipräsidium mit seiner Dienstpistole auf einen Kollegen und verletzte ihn lebensgefährlich, dann ermordeten drei junge Nazis einen KPD-Funktionär mit fünf Schüssen in einem Bus. Trotz solcher offensichtlicher Terrorakte, die nicht abrissen, wurde die NSDAP bei den Bürgerschaftswahlen 1932 zum erstenmal mit 31 Prozent der Stimmen stärkste Partei in der Bürgerschaft vor SPD mit 30 und KPD mit 16 Prozent. Es war Kaufmann und seiner NSDAP gelungen, den Wählern vorzugaukeln, daß sie mit einer neuen Politik vor allem das wirtschaftliche Elend beenden könnten.

Noch fanden die Nazis keinen Koalitionspartner. Der alte Senat blieb im Amt und versuchte, die Ordnung in Hamburg aufrechtzuerhalten. Höhepunkt der Gewaltorgien zwischen Hitler-Anhängern und Kommunisten war am 17. Juli 1932 der von den Nationalsozialisten provozierte «Altonaer Blutsonntag», bei dem zwei SA-Männer, drei Kommunisten und dreizehn Passanten erschossen wurden. Im gesamten Reich wurde daraufhin ein Demonstrationsverbot erlassen.

Großer Bahnhof für den Senior

Für das «Vier Jahreszeiten» brachte das Jahr 1932 den großen Generationenwechsel. Friedrich Haerlin wurde 75 Jahre alt und übergab das Hotel nun endgültig seinem Sohn Fritz. Es gab eine große Abschiedsfeier für den Jubilar. Bürgermeister Petersen gratulierte im Namen des Senats und schrieb, Haerlins Arbeit sei nicht nur seinem Hause zugute gekommen, «sondern hat darüber hinaus auch in besonderem Maße dem Ansehen Hamburgs gedient». Der Hamburger Polizeipräsident, der Präsident der Gewerbekammer, der württembergische Konsul in Hamburg, Präsidium und Aufsichtsrat des «Internationalen Hotelbesitzer-Vereins» – die Reihe der Gratulanten war lang.

Von seinen Angestellten hatte Friedrich Haerlin all diejenigen zu einem Essen in den Festsaal eingeladen, die acht oder mehr Jahre in seinen Diensten waren. Es waren schließlich 54 Männer und Frauen mit ihren jeweiligen Partnern um die lange Tafel versammelt. Hausdame Helene Jacobsen und Hoteldiener Drews waren mit 30 Jahren Zugehörigkeit die Dienstältesten.

Es wurde ein wehmütiger Abschied, als Friedrich Haerlin sich bei seinen Leuten bedankte und sie bat, auch weiterhin ihre Pflicht zu erfüllen. Und die Stimmung wurde nicht viel besser, als Sohn Fritz in seiner Tischrede bekanntgab, daß es zum 35. Jubiläum des Hotels keine Sonderzahlung für die Angestellten geben würde. Angesichts der schweren Zeiten habe man sich entschlossen, einen «Dispositionsfonds» einzurichten. Dadurch sollten diejenigen langjährigen Angestellten, die ihren Posten «früher oder später verlieren könnten», zumindest in den ersten Wochen ihrer Arbeitslosigkeit einen Extrabetrag zum äußerst geringen «Stempelgeld» bekommen. Zum Schluß der Feier überreichten die vier Enkel des Jubilars Diplome an die Langgedienten. Kurz darauf fuhr Friedrich Haerlin mit seiner Thekla zurück in seine alte Heimat, nach Stuttgart.

Am 30. Januar 1933 berief Reichspräsident Paul von Hindenburg in Berlin Adolf Hitler zum Reichskanzler. Die «Machtübernahme» hatte stattgefunden. Am Abend zogen SA-Trupps mit Fackeln durch das Brandenburger Tor. Für Deutschland begannen die zwölf dunkelsten Jahre seiner Geschichte. Bei der Reichstagswahl am 5. März wurde die NSDAP in Hamburg mit 38,8 Prozent die mit Abstand stärkste Partei. Die SPD landete bei 26,9 Prozent. Drei Tage später wählte die Bürgerschaft eine neue Regierung, und Carl Vincent Krogmann (NSDAP) wurde Präsident des Senats.

Boykott-Demonstrationen vor Geschäften von jüdischen Ladenbesitzern begannen schon am 1. April. SA-Leute postierten sich mit Schildern «Deutsche kauft nicht bei Juden!» vor den Schaufenstern. Am 15. Mai brannten in Hamburg die Bücher. Studenten hatten Bibliotheken und selbst Buchhandlungen geplündert, um sie vom «undeutschen Geist» zu reinigen. Am Kaiser-Friedrich-Ufer wurden die Bücher jüdischer und «undeutscher» Schriftsteller auf einen Scheiterhaufen geworfen. Die Studenten brüllten dazu Sprüche wie: «Gegen die Frechheit und Anmaßung, für Achtung und Ehrfurcht vor dem unsterblichen Volksgeist. Verschlinge Flamme, auch die Schriften der Tucholsky und Ossietzky.»

Auch in der Hamburger Musikhalle setzten die neuen Herren der Stadt Signale. In dem Haus, in dem internationale Künstler auftraten, die «Philharmonische Gesellschaft» von 1922 bis 1933 mehr als 1800 Konzerte veranstaltet hatte, 1930 der damals zwölfjährige «Wundergeiger» Yehudi Menuhin sein Deutschland-Debüt gegeben und 1932 Sergej Prokofieff sein 3. Klavierkonzert gespielt hatte, regierten nun die Nazis. Das Philharmonische Orchester war mit dem Orchester des Stadttheaters zum «Philharmonischen Staatsorchester» zusammengelegt worden. In der neuen Dienstordnung für die Musiker hieß es in Paragraph zwei: «Mitglied des Orchesters kann nur werden, wer a) nach Charakter und künstlerischer Eignung ein wertvolles Glied der Orchestergemeinschaft zu werden verspricht, b) die Gewähr dafür bietet, daß er jederzeit vorbehaltlos für den nationalsozialistischen Staat eintritt, c) arischer Abstammung ist.»

Im Hamburger Opernhaus stand am 5. Februar 1935 die

Mezzosopranistin Sabine Kalter zum letztenmal auf der Bühne. Der jüdischen Sängerin war ihr Vertrag vorzeitig gekündigt worden. Einen Tag später emigrierte die von den Hamburgern stürmisch gefeierte Wagner-Interpretin nach London.

II.
Fritz Haerlin

Ein Herrenreiter bei der SS

Fritz Haerlin reagierte auf den politischen Umsturz im Lande auf zwiespältige Weise. In seinem Hotel blieb alles beim alten, so als ob nichts geschehen wäre. Keine Hitler-Bilder, kein Hitler-Gruß, keine Parteiveranstaltungen. Das «Vier Jahreszeiten» blieb eine politisch neutrale Insel im Meer der Hakenkreuzfahnen. Privat allerdings vollzog er einen Schritt, der nicht zum Bild des weltoffenen, weitgereisten Hoteliers mit den internationalen Verbindungen passen will.

Schon im ersten Jahr von Hitlers Herrschaft trat er der SS bei. Im Juni 1933 wurde er mit der SS-Nummer 90652 in den Totenkopforden aufgenommen, und zwar in die SS-Reiterinspektion Nordwest am Harvestehuder Weg 8a. Eine noble Adresse für den Club der «Herrenreiter», als solche sahen sich die Reiter der «Schutzstaffeln» selbst gern. Auch bei der SA gab es Reiter, die Männer in den braunen Uniformen galten aber als Proleten, die sich für den Führer mit Kommunisten geprügelt hatten. Für die Elite war das nichts.

Dreizehn Jahre später, im Juni 1946, sagte der Chef der SS-Reiterei, von Woikowski-Bideau, als Zeuge bei den Nürnberger Prozessen über die schwarze Reitertruppe aus.

Frage: Konnte man Turnierreiter sein, ohne der SS-Reiterei anzugehören?

Hoch zu Roß in schwarzer Uniform:
Fritz Haerlin war ein ebenso begeisterter wie erfolgreicher Dressurreiter. Im Sommer 1933 wurde er Mitglied der Reiter-SS

Antwort: Bei Turnierreitern muß man unterscheiden zwischen Amateur- und Berufsreitern. Für Amateurreiter war es unmöglich, an Turnieren teilzunehmen.

Frage: Waren in der SS-Reiterei bekannte berühmte Reiter?

Antwort: Die SS verfügte über eine Reihe international bekannter Reiter, zum Beispiel Axel Holst, Günther Temme, Heydenreich, von Salviati, von Wernekow, von Zastrow, Prinz Christian von Hessen, Haerlin, List, Dr. Homann, Andreas, Lengnick.

Frage: Waren alle diese Namen, die Sie nannten, aktive Nationalsozialisten, oder waren das reine Sportsleute?

Antwort: Es sind reine Sportsleute gewesen.

In alten Zeitungsberichten ist anderes über die Reiter-SS zu lesen. So berichtete die Reitsport-Zeitschrift «Sankt Georg» zum Beispiel über die SS-Reiterführertagung, die am 13. Oktober 1935 im ostpreußischen Insterburg stattfand und an der alle Führer der Reiterabschnitte und SS-Reiterstandarten teilnahmen. Der damalige Chefreiterführer der SS, Sturmbannführer Skowronski, stellte dabei klar, «daß sich die SS-Reiter immer in erster Linie als Schutzstaffelmänner zu fühlen haben. Die Reiterausbildung, die selbstverständlich gründlich und stets vorwärtstreibend zu erfolgen hat, ist für den SS-Mann niemals das höchste Ziel, sondern immer nur Mittel zum Zweck. Das Ziel ist vielmehr, Kämpfer heranzubilden für die Idee, politische Träger der nationalsozialistischen Bewegung, unentwegte Aktivisten, Männer, die stets und ständig für die Durchdringung des nationalsozialistischen Gedankenguts kämpfen.»

Haerlin kämpfte auf jeden Fall erfolgreich auf den Turnierplätzen. Nun in schwarzer Uniform. 1933 siegte er viermal bei Dressurprüfungen und wurde deshalb auch für das internationale Turnier 1934 in Berlin nominiert. Es wurde ein großes Sportfest mit internationaler Beteiligung und eine gute Gelegenheit für Hitler und seine Getreuen, sich der Welt als Förderer des Pferdesports zu präsentieren. Sportler und Offizielle waren aus Schweden, Polen, Ungarn, Italien, Irland und Frankreich angereist. Es gab glanzvolle Empfänge und Feste für die ausländischen Gäste. Man tanzte im «Hotel Adlon», Reichspräsident von Hindenburg empfing die Reiter genauso wie der damalige preußische Ministerpräsident Hermann Göring. Die Mitglieder der Reichsregierung waren auf der Ehrentribühne in der zur Turnierhalle umgebauten Messehalle versammelt, ebenso SA-Chef Ernst Röhm und SS-Chef Heinrich Himmler, dazu ausländische Botschafter und Gesandte.

Am Mittwoch, dem 31. Januar, hatte Fritz Haerlin mit seinem Schimmel Maharbal seinen ersten Auftritt in der großen Halle. In diesem Wettbewerb wurde er Zweiter nach Rittmeister von der Mehden und vor seinem Freund Holst. Die Zeitschrift «Sankt Georg» kommentierte: «Fritz Haerlin, in dem ein neuer, vielversprechender Turnierreiter gewonnen ist».

Im Februar 1934 zog ein besonderer Gast in das «Vier Jahreszeiten» ein, der SS-Gruppenführer Werner Lorenz. Ihm war gerade der Chefposten des SS-Oberabschnitts Nord mit Sitz in Hamburg übertragen worden. Lorenz, 1891 im ostpreußischen Grünhof geboren, war ein fröhlicher, reicher Lebemann mit ausgedehntem Grund- und Industriebesitz. Am 1. Weltkrieg hatte er als Pilot des Kaiserlichen Fliegerkorps teilgenommen. Schon 1929 war er in Hitlers NSDAP eingetreten und zwei Jahre später in die SS. Im November 1933 zog er als NS-Abgeordneter in den Reichstag ein.

Der lebenslustige Werner Lorenz und der fesche Fritz Haerlin freundeten sich schnell an. Auch Lorenz war Reiter. Er wurde in die Freundes-Clique um Haerlin, Dr. Homann und von Salviati aufgenommen. Die Gruppe war unternehmungslustig und machte so manchen «Fackelzug» über die Reeperbahn. Sie fuhren die schmucksten Autos, ritten die schönsten Pferde und hatten die hübschesten jungen Damen der Hamburger Gesellschaft.

Fritz Haerlin hatte gerade eine traurige Liebesgeschichte hinter sich gebracht. Margret war eine ungewöhnlich schöne Frau gewesen. Tochter eines bekannten Hamburger Industriellen. Haerlins Freunde sagten, sie habe ein Engelsgesicht gehabt, ebenmäßig mit weißem Teint, große blaue Augen und einen sinnlichen Mund. Wenn die schlanke Margret mit dem großen charmanten Kavalier Fritz auftauchte, war jeder überzeugt, da kommt das Traumpaar. Es galt zwischen beiden als abgemacht, daß sie heiraten würden. Doch beide hatten nicht mit Margrets Mutter gerechnet. Die war eine strenggläubige Katholikin, für sie kam es überhaupt nicht in Frage, daß ihre Tochter einen Protestanten heiratete. Familientraditionen und das Machtwort der Eltern galten damals noch viel. Margret beugte sich dem Willen ihrer Eltern und heiratete einen katholischen Fischgroßhändler.

Als ständige Begleiterin hatte Fritz Haerlin nun eine Sportsfreundin, die erfolgreiche Dressurreiterin Rica Duensing, eine junge Frau aus bestem Hause, ebenso sportlich wie patent, schlank, groß, dunkelhaarig, eine perfekte Lady. Mit der Zeit entwickelte sich eine Liebesbeziehung, und Fritz Haerlin wußte das Schöne mit dem Nützlichen zu verbinden. Als er 1934 sein Haus wieder einmal um eine Neuerung bereichern wollte, half Rica Duensing tatkräftig mit. Haerlin kündigte einem Kunsthändler im Souterrain seines Hotels, ließ die Räume aufwendig umbauen und eröffnete wenig später die Konditorei «Condi», ein wahres Schmuckkästchen der Café-Kultur.

Freundin Duensing hatte die Inneneinrichtung mit sicherem Geschmack und Stilgefühl übernommen. Die «Condi» wurde ausschließlich mit Antiquitäten aus der Biedermeierzeit ausgestattet. Nicht nur Tische, Stühle, Sesselchen und Kronleuchter stammten aus der Zeit, auch Ölbilder, Kupferstiche und Uhren waren stilecht. Frau Duensing hatte aus ihrer eigenen Sammlung etliche Stücke beigesteuert und auf ihren Reisen mit Fritz Haerlin weitere Kostbarkeiten dazugekauft. Sie sorgte auch dafür, das richtige Personal für die «Condi» zu engagieren, vornehmlich junge Damen der Hamburger Gesellschaft, die sich unter ihrer Leitung hier ein wenig Schliff fürs Leben holen konnten. In Biedermeierkleidern servierten sie den Gästen Torten, Kuchen, Tellergerichte und Pralinen, alles aus eigener Herstellung.

Als besondere Attraktion schafften Rica Duensing und Fritz Haerlin einen kleinen Wagen mit Kutschbock und Laterne an, auf dessen Ladefläche sie einen großen Pralinenkarton mit riesiger Schleife montieren ließen. Aufschrift: «Lieferungen ins Haus – CONDI Neuer Jungfernstieg 9 – Torten, Kuchen, Pralinen, Eis». Den Wagen zogen zwei dunkle Ponys, und ein junger Mann im Samtcape und Zylinder fuhr damit zu den Kunden durch die Stadt.

Das Untergeschoß des Hotels ließ Fritz Haerlin zur Bar und gehobenen Imbiß-Stube umbauen und nannte sie «Jahreszeitenkeller». Ein niedriger Raum mit schwerer Holzbalkendecke, einem Kachelofen und Bänken an den Wänden, davor Tische mit karierten Decken und Stühle mit karierten Bezügen. Die Wände hatte der Maler G. von Finetti mit Reiterszenen geschmückt. Er war Pferdefreund wie Haerlin und illustrierte für «Sankt Georg» die Artikel mit Vignetten.

Das Besondere des «Jahreszeitenkellers»: Hier gab es neben den üblichen Cocktails auch ein frisch gezapftes Pils, und auf der Speisekarte wurde eine große Auswahl «dänischer Butterbrote» offeriert. Die Bar entwickelte sich rasch zum unkompli-

Service mit der Pralinen-Kutsche:
Mit diesem Ponywagen wurden die Kunden
mit Kuchen und Pralinen beliefert

Die Freundin des Chefs:
Die Reiterin Rica Duensing war die
große Liebe von Fritz Haerlin

zierten Treffpunkt vor oder nach dem Theater. Und zu fortgeschrittener Stunde wurde hier auch getanzt.

Die dritte Neuerung war weniger verständlich. Fritz Haerlin ließ das erst 1926 aufwendig gestaltete Art-déco-«Casino» umbauen. Die wertvolle Wandvertäfelung verschwand hinter Spanplatten – und wurde erst 60 Jahre später wieder freigelegt. Das elegante Mobiliar wurde durch eher behäbig-gemütliches ersetzt. Das neue Restaurant bekam den Namen «Grill».

Einem gefiel die Einrichtung. Er ging, sooft er im Hotel logierte, mit seinen Getreuen abends in den Grill, um einen «Absacker» zu trinken: Robert Ley, «Reichsorganisationsleiter» der NSDAP und Chef der Deutschen Arbeitsfront. Die war 1933 gegründet worden, nachdem die Nazis alle Gewerkschaften zerschlagen hatten. Es war eine Zwangsunion von Arbeitnehmern und Arbeitgebern.

Ley war einer der wenigen NS-Führer, die das «Vier Jahreszeiten» zu ihrem Lieblingshotel erkoren hatten. Im Juni 1934 hatte er zum erstenmal eine Suite an der Binnenalster bestellen lassen. Als er am 29. Juni die Hotelhalle betrat, fragte ihn Portier Braun, ob er in der ersten oder zweiten Etage wohnen wolle. Die Frau in Leys Begleitung antwortete: «Natürlich im ersten Stock. Das Volk will doch jubeln.»

Hausdame Neidhardt, die diese Szene miterlebte, sagte später, daß nie jemand gejubelt habe. Sie hat jedoch die Worte des Ley-Adjudanten noch genau im Ohr, der sich am Morgen des 30. Juni vor der Abreise nach Bad Wiessee bei ihr verabschiedete: «Heil und Sieg und reiche Beute.»

Am 1. Juli meldete der Rundfunk, daß am Tag zuvor in Bad Wiessee ein geplanter Putsch der SA-Führung entdeckt und vereitelt worden sei. Der vermeintliche Anführer, SA-Chef Ernst Röhm, war auf Befehl Hitlers verhaftet und in München ohne Untersuchung und Gerichtsverfahren erschossen worden. Als angebliche Mitverschwörer wurden zweihundert konservative Gegner Hitlers und mißliebige Politiker ermordet – so General von Schleicher und seine Frau, der ehemalige NS-Propagandaleiter Gregor Strasser, der Rechtsanwalt und Papen-Vertraute Edgar Jung. Drei Tage später wurde das Gemetzel nachträglich von der Reichsregierung als «Staatsnotwehr» legalisiert.

Als Robert Ley das nächste Mal im «Vier Jahreszeiten» wohnte, wurde über dieses Thema nicht geredet. Der «Röhm-Putsch» markierte das Ende des Rechtsstaats in Deutschland. Nur wenige wagten, noch offen zu sprechen.

Geheimkonferenz mit Heinrich Himmler

Eine historisch bedeutende Zusammenkunft fand Monate später im Hotel statt. Im Februar 1935 trafen sich Offiziere der Garnison Hamburg mit dem Chef der SS, Heinrich Himmler, zu einer Geheimkonferenz. Himmler, damals noch nicht auf dem Gipfel seiner Macht, erklärte den Militärs seine Pläne und wärmte die «Dolchstoßlegende» wieder auf. Es sei nötig, die Zahl der Waffen-SS-Verbände deutlich zu erhöhen. Erstens sollten sie im Falle eines Krieges die Polizeikräfte verstärken, und zweitens sollten sie verhindern, daß sich die Situation aus der Phase des 1. Weltkrieges wiederholte, als die Heimatfront angeblich wegen Mangels an Disziplin und Moral zusammengebrochen war.

Beim Treffen im «Vier Jahreszeiten» wurden zum erstenmal vor Offizieren aktive Maßnahmen zur Kriegsvorbereitung erwähnt. Die Militärs verließen das Hotel sehr schweigsam.

Fritz Haerlin konzentrierte sich auf die erfreulichen Dinge des Lebens und auf sein Hotel. Gemeinsam mit dem Vater gab er 1934 den Auftrag, die alten Häuser im Rücken des Hotels in der Großen Theaterstraße 1 bis 4 abzureißen und ein modernes Haus mit Garage, Wäscherei und fünfundzwanzig kleinen Wohnungen zu bauen.

Ein Jahr später war das Werk vollbracht. Das «Haus Württemberg» wurde eingeweiht. Besonders gelobt wurde die moderne Garage, die für vierundzwanzig Autos Platz hatte. Die «Standard-Blätter für Kraftfahrer» priesen die Anlage so: «Oben neben der Einfahrt an der Straße befindet sich die Zapfstelle für Benzin und Gemisch, und die ganze weite große Garage ist überall mit den modernsten Apparaturen auf ‹Standard›-Kundendienst eingerichtet.» Die Garage war der Treffpunkt der Autofans. Die «Herrenfahrer» – Männer, die sich zwar einen Chauffeur leisten konnten, aber lieber selbst am Steuer saßen – diskutierten mit Garagenmeister Amann über die neuesten Automodelle und orderten die Wagenpflege.

Über Nacht wurden die Horch-, Maybach-, Wanderer-, Bugatti- und Mercedes-Limousinen und -Sportwagen gewaschen, Reifendruck, Kühlwassermenge und Ölstand geprüft, die Bremsen kontrolliert. Sogar größere Reparaturen wurden erledigt. Da häufig neue und exotische Wagentypen vorfuhren, war das manchmal ein nervenaufreibendes Geschäft. Die Ersatzteile waren nämlich ebenso schwierig aufzutreiben, wie eine italienische Gebrauchsanleitung zu lesen war.

Techniker Amann nahm alles von der heiteren Seite: «Jeder Tag ist interessanter, immer kommen neue Gäste aus allen Ländern der Welt.» Mit dem Telefon zum Portier war er stets informiert, wann die verehrten Herrenfahrer wieder im Anmarsch waren.

Hotelchef Fritz baute und modernisierte nicht nur, sondern holte auch Versäumtes nach. Er setzte sich an seinen Schreibtisch, paukte noch einmal Theorie und bekam den letzten Schliff in der Praxis von Oberkellner Rudolf Möller, der schon neunzehn Jahre im Hotel arbeitete und ihm einst als Lehrherr mit einer Ohrfeige auf die Sprünge geholfen hatte.

Im April 1935 war es dann soweit: Das «Zentral-Berufsbildungsamt für das Deutsche Gaststättengewerbe» in Berlin bestätigte Fritz Haerlin in einer schmucken Urkunde, daß er die Prüfung als Servier-Meister bestanden hatte und ihm das Meisterabzeichen Nr. 573 verliehen worden war.

Ob er seine neuen Fähigkeiten an einem prominenten Gast ausprobierte, der am 27. September das «Vier Jahreszeiten» besuchte, ist nicht überliefert, begrüßt hat er ihn sicher: Felix Graf von Luckner, den «Seeteufel». Der war damals ein gefeierter Kriegsheld und eine Ikone der Jugend. Sieben Jahre lang war er auf einer Vortragsreise in Amerika unterwegs gewesen, war Ehrenbürger von San Francisco, Chicago und Miami und Ehrenhäuptling der Yosemite-Indianer geworden und hatte mit seinen Vorträgen und seinem Buch «Seeteufel» einen großen Batzen Dollar verdient. Die Amerikaner konnten gar nicht genug bekommen von den Erzählungen des «Count Luckner». Sein Abenteuerroman ist über 600 000mal verkauft worden.

Im Jahr 1935 waren auch Charlotte Lorenz, die Ehefrau von SS-Gruppenführer Werner Lorenz, Sohn Joachim und die Töchter Rosemarie und Jutta nach Hamburg umgezogen. Da sie nicht sofort ein passendes Haus fanden, wohnten sie mehrere Monate lang im «Vier Jahreszeiten». Die 15jährige Rosemarie war eine Pferdenärrin und tief beeindruckt von den Dressurkünsten des feschen Fritz. Als die Familie in ihr neues Domizil umzog, waren die Kinder trotzdem häufig im Hotel. Fritz, der ja selbst noch keine Kinder hatte, entwickelte väterliche Gefühle. Zu Rosemarie sagte er einmal: «Dich würde ich gern als Patenkind haben.» Fortan nannte sie ihn «Onkel Fritz».

Die begeisterte kleine Reiterin sollte nach dem Krieg noch berühmt werden. Als Dressurreiterin nahm sie an den Olympischen Spielen 1960 in Rom teil und belegte den siebten Platz in der Einzelwertung. Prominent wurde sie als dritte Ehefrau des Hamburger Großverlegers Axel Springer.

Im Frühjahr 1937 zog Freund Werner Lorenz mit seiner Familie schon wieder um, diesmal nach Berlin ins Zentrum der Macht, in den Stab von Reichsführer SS Heinrich Himmler. Dem hatte er aus Hamburg schwülstige Ergebenheitsadressen geschrieben. Etwa zu Neujahr 1936: «Je öfter ich mit Ihnen, Reichsführer, zusammen sein darf, desto klarer wird mir, daß nur Sie uns den eisernen SS-Geist gegeben haben, daß sie unsere Seele sind, mit der wir untrennbar verwachsen sind. Es ist für mich immer wieder ein großes, stolzes Gefühl, Ihrem schwarzen Korps als Führer anzugehören und mit meiner ganzen Kraft an Ihren Zielen mitarbeiten zu dürfen.»

Der getreue Gefolgsmann, nun Obergruppenführer, wurde Chef der «Volksdeutschen Mittelstelle», kurz «Vomi» genannt. Dieses Amt war für die «Volksdeutschen» im Ausland zuständig. Nach der NS-Rassenideologie waren diese biologisch dem Reichsdeutschen verbunden und sollten «heim ins Reich» geholt werden. Als eine Art fünfte Kolonne bereitete die «Vomi» den Anschluß Österreichs und des Sudetenlandes an Deutschland vor.

Während des 2. Weltkriegs war Lorenz dann für die Umsiedlung Zehntausender «Volksdeutscher» verantwortlich. Im Jahre

1941 schlug ihn Himmler zur Verleihung des «Kriegsverdienstkreuzes I. Klasse mit Schwertern» vor. Er sei «der Organisator der gesamten Umsiedlung der Volksdeutschen aus den Ostgebieten. Seinem Wirken ist es zu verdanken, daß wertvolles deutsches Blut erhalten blieb und aus dem Baltikum, Wolhynien und Bessarabien der Heimat zugeführt wurde. Er sorgte dafür, daß die russischen Volksdeutschen gesammelt werden. Die Einkehr von Ruhe und Ordnung im Rücken der Truppe sowie der rasche Fortschritt in die Befriedung der besetzten Ostgebiete ist mit ein Erfolg seiner Tätigkeit.» Im November 1944 ernannte ihn Adolf Hitler für seine Verdienste zum General der Waffen-SS.

Bei den Nürnberger Prozessen wurde er 1948 als Kriegsverbrecher zu zwanzig Jahren Haft verurteilt. In dem Urteil ist nachzulesen: «Die Organisation VOMI ist weitgehend beteiligt an der Zwangsevakuierung und der Umsiedlung von Bevölkerungsteilen, sowie an der Eindeutschung und dem Einsatz von Ausländern zur Zwangsarbeit.» Lorenz sei «bis zum Ende des Krieges energisch und aktiv für das Eindeutschungsprogramm tätig» gewesen. Die Umsiedler und Deportierten seien in den VOMI-Lagern «härtester Behandlung und sehr ungünstigen Lebensbedingungen ausgesetzt» und gezwungen gewesen, monatelang «ohne zureichende Ernährung und Bekleidung zu leben». Auch habe Lorenz daran mitgewirkt, daß «Volksdeutsche» und Ausländer mit Druck und Strafandrohungen zur Waffen-SS eingezogen wurden. Wer sich dem widersetzte, kam ins KZ. «Die Tausenden von Ausländern, die in die Deutsche Wehrmacht eingezogen wurden, kamen hauptsächlich aus VOMI-Lagern, die unter der Oberaufsicht von Lorenz standen.» Außerdem sei er durch die Beweisaufnahme schließlich der «Plünderung öffentlichen und privaten Eigentums» überführt.

Schon 1952 wurde Werner Lorenz aus der Haft in Landsberg entlassen.

Es ist schwer nachvollziehbar, wie der weltgewandte, international orientierte Hotelier Fritz Haerlin der beste Freund von Werner Lorenz werden und bleiben konnte. Er war nach den Aussagen der Zeitzeugen kein glühender Hitler-Anhänger, er konnte nicht blind sein und die öffentlichen Verbrechen der Nazis übersehen. Gleichwohl war er 1937 Parteimitglied geworden. Erklärungen über diese Zeit der Bewußtseinsspaltung und der Verdrängung hat er nie gegeben.

Hochzeiten und «Gefolgschaftsabende»

Als ob sich nichts geändert hätte, wurden bei Fritz Haerlin auch weiter Festlichkeiten aller Art für Hamburgs gute Gesellschaft veranstaltet. Keine Frage, daß die große Hochzeitsparty im «Vier Jahreszeiten» stattfand, als Fräulein Imme Jarchow dem Herrn Dr. Karl Eisele 1935 ihr Jawort gab. Zu Mendelssohns Hochzeitsmarsch, gespielt von der Hauskapelle Greve, zog die Festgesellschaft in den großen Saal ein.

Als erster Gang wurden «Offendorfer Vorspeisen» mit Röstbrot und Butter serviert, dazu Mumm Extra Dry. Herr Greve intonierte den Walzer aus dem «Rosenkavalier» zu Frühlingssuppe mit Pistazien. Es folgte Helgoländer Hummer mit Kräutermayonnaise, dazu ein 1933er Berncasteler Rosenberg Riesling und die Phantasy aus Puccinis «Madame Butterfly». Brahms' Ungarische Tänze 5 und 6 begleiteten die getrüffelten Hühnerbrüstchen mit jungem Gemüse, diesmal wurde eine 1931er

Liebfrauenmilch Hoher Chor kredenzt. Zum gebratenen Lammrücken mit Gurken- und Kopfsalat gab es einen 1926er Château Figeac und ein Potpourri aus der «Fledermaus» von Johann Strauß jr. Als Dessert wurden Duchesse-Birnen auf Rahmeis nach Imme mit Heidsieck-Champagner gereicht. Die Kapelle Greve spielte ein Schlagerpotpourri aus der Feder ihres Chefs. Nach Käsegebäck, Mokka und Likör wurde die Tafel aufgehoben, und das Brautpaar eröffnete mit dem ersten Tanz den anschließenden Ball.

Einmal im Jahr feierten auch die Angestellten des «Vier Jahreszeiten» mit ihrem Chef. Die Betriebsfeier hieß jetzt «Gefolgschaftsabend», und einer fand am Montag, den 19. Oktober 1936 im Curio-Haus an der Rothenbaumchaussee statt. An fünf langen Tafeln, die am Kopf durch den Tisch für die leitenden Angestellten verbunden wurden, saßen 264 Männer und Frauen. Die Tische waren weiß gedeckt und mit herbstlichen Blumensträußen geschmückt. Jeder hatte vor sich eine Flasche Mineralwasser und eine halbe Flasche 1935er Mesenicher Brünnchen stehen.

Als der Hotelfotograf die «Vier Jahreszeiten-Familie» auf die Platte bannte, schauten die meisten Damen und Herren sehr ernst und feierlich in die Kamera. Entspannter ging es erst nach Ochsenschwanzsuppe, Gänsebraten mit Rotkohl und Eisbombe zu, als der «Bunte Abend» mit kleinen Sketchen und anschließendem Tanz begann.

Seniorchef Friedrich Haerlin war zwar mit Ehefrau Thekla eingeladen worden, hatte aber telegraphisch abgesagt. «Im Geiste sind wir als ehemalige Führer und jetzige treue Verbündete unter Euch und wünschen angenehmsten Verlauf, wodurch das Band erfolgreicher Zusammenarbeit zwischen Führer und Gefolgschaft sich stets inniger gestalten wird zum Besten aller Beteiligten. Aufrichtige Grüße vom Seniorenpaar. Heil Hitler.»

Aus dem Curio-Haus kabelte die Versammlung zurück: «Unserem hochverehrten Seniorenpaar verdanken wir die freundlichen Grüße in aufrichtiger Verbundenheit und erwidern dieselben vom Kameradschaftsabend der Betriebsgemeinschaft herzlichst – Führung und Gefolgschaft.»

Zwei Jahre später bei der Weihnachtsfeier am 20. Dezember 1938 im «Uhlenhorster Fährhaus» war das Seniorenpaar wieder mit an der Tafel. Same procedure as every year – Champignonsuppe, Gänsebraten mit Rotkohl und dann Eisbombe. Einzige Neuerung: Alle trugen ein gemeinsames Erkennungszeichen an Ausschnitt oder Revers – eine große weiße Papierchrysantheme.

Im Juni 1938 erlebte Hamburg eine groteske Inszenierung nationalsozialistischer Weihespiele. Und der Regisseur war «Vier Jahreszeiten»-Stammgast Robert Ley, der Chef der «Deutschen Arbeitsfront» und der Gemeinschaft «Kraft durch Freude» (KdF), einer Art Reisebüro für verdiente Volksgenossen. «KdF» organisierte Ferienfahrten ans Mittelmeer und nach Nordeuropa. Anfangs wurden dafür Passagierschiffe gechartert, dann gekauft, und später gab Robert Ley seine Dampfer selbst in Auftrag. Mitte März 1938 war die «Wilhelm Gustloff» zu ihrer Probefahrt ausgelaufen. Und am 29. März war das Elektro-Motorschiff «Robert Ley» bei den Howaldtswerken vom Stapel gelaufen. Der «Führer» persönlich war nach Hamburg gereist und hatte für seinen Freund Ley die Taufrede gehalten. Für Adolf Hitler war «KdF» eine wichtige Stütze im gewaltigen Propagandaapparat der Partei, mit der die Arbeiterschaft für die NSDAP und ihren «Sozialismus der Tat» begeistert werden sollte.

Ley liebte farbenprächtige Aufzüge in der Öffentlichkeit und den Luxus im Privaten. Beim Personal im Hotel war er nicht besonders beliebt. Einmal wegen seiner herablassenden, herrischen Art und zum anderen, weil er niemals Trinkgeld

Gänsebraten und Eisbombe:
Weihnachtsfeier mit Angestellten
1938 im «Uhlenhorster Fährhaus»

gab. Die Rechnungen ließ sein Adjutant, der alles für seinen Chef organisierte, direkt an die Partei schicken. Der spätere Portier Hermann Lepke: «Ley war klein und gedrungen. Ein komischer Mensch, der unglaublich angab, laut herumtönte und so tat, als ob Hitler ohne ihn gar nicht existieren könnte. Er trug immer die braune Partei-Uniform, aber aus feinstem Stoff. Er war ein großer Trinker und Frauenheld.»

Wenn Portier Carl Braun ihm den schon ausgefüllten Meldezettel vorlegte, weigerte er sich beharrlich, den zu unterschreiben. Das war zwar polizeilich vorgeschrieben. Doch sosehr die Nazis auf ihre Gesetze pochten und politische Gegner gern mit Formalitäten kujonierten, für sie selbst galten die Vorschriften natürlich nicht.

Der DAF-Führer genoß die gute Küche im «Restaurant Haerlin» und gab für seine Freunde große Essen in den Festsälen des Hauses. Dann ließ er vielgängige Menüs auffahren und seine Gäste mit den besten Weinen verwöhnen. Zu den Feiern waren stets auch eine Anzahl junger Mädchen und Frauen geladen. Herr Ley ließ die Puppen tanzen. Lepke: «Was später auf den Zimmern passierte, haben wir natürlich nicht erfahren.» Nach dem Motto, jeder ein kleiner Hitler in seinem Reich, verlangte Ley im «Vier Jahreszeiten» stets die Fürsten-Suite mit Alsterblick und Balkon.

Feiern zu seiner Huldigung organisierte er sich selbst, so auch die vierte «KdF»-Reichstagung in Hamburg. Drei Tage lang ließ er sich als Wohltäter der arbeitenden Menschen feiern. Krönender Höhepunkt war dann am 13. Juni 1938 ein großer Umzug durch die Innenstadt hin zum mit Hakenkreuzfahnen geschmückten Rathausmarkt, auf dem eine Tribüne für die Ehrengäste aufgebaut war. Mit besonderem Beifall und «Heil»-Rufen wurde dort eine Abordnung von Sportlern begrüßt, die einen großen Wagen mit überdimensionalem

Reichsadler, Hakenkreuz und dem Schriftzug «Ein Volk – ein Reich – ein Führer» hinter sich herzog.

Die handverlesenen jugendlichen Recken mit kurzgeschorenem Haupthaar waren in groteske Kostüme gesteckt worden. Sie trugen knielange weiße Gewänder mit großem Hakenkreuz auf der Brust. Über den Schultern hatten sie weite weiße Umhänge, ebenfalls mit Hakenkreuzen geschmückt. Die Beine steckten in hohen ledernen Schaftstiefeln, die Arme in langen weißen Stulpenhandschuhen. In der Rechten hielt jeder ein großes Schwert. Der Wagen mit dem Weihespruch an den Führer glich einer riesigen Hochzeitstorte.

Im «Vier Jahreszeiten» war ein solches Kaspertheater verpönt. Fritz Haerlin legte großen Wert darauf, daß in seinem Hotel keine Propaganda für die Partei veranstaltet wurde. Robert Ley sollte wie jeder andere Gast behandelt werden.

Hermann Lepke, der nach dem Krieg als Chefportier eine Institution im «Vier Jahreszeiten» wurde, erinnert sich genau an diese Zeit. 1935 hatte er als Lehrling bei Fritz Haerlin angefangen. Im ersten Jahr war er Page, dann wurde er zwei Jahre als Kellner ausgebildet. Nach zwei Reisen als Steward auf dem kombinierten Passagier- und Frachtschiff «General Osorio» nach Südamerika kam er 1939 wieder ins «Vier Jahreszeiten» zurück.

«Ich habe unseren Chef im Hotel nie in SS-Uniform gesehen. Er trug kein Parteiabzeichen. Er hat das Personal auch nie politisch indoktriniert. Wir mußten nicht den Hitler-Gruß machen. Bei uns hieß das Guten Tag. Nur am 1. Mai, dem ‹Tag der nationalen Arbeit›, mußten wir wie alle Betriebe zur Kundgebung auf die Moorweide marschieren, und der Jüngste trug dann ein Schild ‹Vier Jahreszeiten› voran.»

Als Mann von Zivilcourage und eigener Linie beschrieb auch

Die Protzparade eines Stammgastes:
Der Führer der «Deutschen Arbeitsfront», Robert Ley,
inszenierte im Juni 1938 einen grotesken Aufzug
auf dem Hamburger Rathausmarkt

Willy Wenckstern seinen Chef. Wenckstern hatte von 1924 bis 1945 als kaufmännischer Angestellter im Hotel gearbeitet. Zuletzt als Leiter des kaufmännischen Büros und Stellvertreter von Fritz Haerlin. Zu seinen Aufgaben gehörte es unter anderem, Vertreter und andere Geschäftsbesucher zu empfangen. Sehr häufig erschienen Abgesandte der Partei und anderer NS-Organisationen, die Anzeigen akquirieren oder Bücher, Führerbilder, Zeitschriften und Hitlerbüsten verkaufen wollten. Im «Vier Jahreszeiten» putzten sie die Klinken vergebens. «Ich hatte von Herrn Haerlin die Anweisung, diese Vertreter grundsätzlich abzuwimmeln.»

So ohne weiteres ließen sich die Leute aber nicht wegschicken. Um ihren Offerten den nötigen Druck zu verleihen, beriefen sie sich oft auf höhere Instanzen: «Sie müssen das nehmen, der Reichsstatthalter wünscht es.» Andere griffen zu subtiler Erpressung: «Es ist besser, sie kaufen die Bücher. Sonst muß ich eintragen, aus welchem Grund Sie das ablehnen.» Haerlin wurde regelrecht wütend, wenn ihm Wenckstern von solchen Drückermethoden berichtete. «Hoffentlich haben Sie den Kerl gleich expediert. In meinem Haus habe ich zu bestimmen und nicht Herr Kaufmann.»

Karl Kaufmann war am 16. Mai 1933 von Hitler als Reichsstatthalter ernannt worden und seitdem der politisch mächtigste Mann in Hamburg.

Der Mord an dem jüdischen Nachtportier

Willy Wenckstern, der als rechte Hand des Chefs auch bei Einstellungen zu Rate gezogen wurde, berichtete, daß Haerlin einen Kandidaten nie danach fragte, welche politische Überzeugung er habe oder wie er zum Nationalsozialismus stünde. Seine eigene Haltung zum NS-Staat sei «stets eine ablehnende» gewesen. Es habe auch niemals die damals üblichen Betriebsappelle zum Zwecke der politischen Schulung und Ausrichtung gegeben. Fritz Haerlin habe auch dann noch Juden beschäftigt, als das schon längst nicht mehr erwünscht war.

Etwa Harald Seligmann. Der wachte als Nachtportier auch über den ruhigen Schlaf von Robert Ley, wenn der im Fürstensalon logierte. 1924 hatte Seligmann im «Vier Jahreszeiten» angefangen. Bei den Kollegen war der nun 50jährige mit den vollen grauen Haaren sehr beliebt, die Gäste mochten ihn wegen seiner Kompetenz und umgänglichen Art. Fritz Haerlin schätzte den zurückhaltenden Mann wegen seiner absoluten Zuverlässigkeit. Daran änderte sich auch nach Verkündigung der «Nürnberger Gesetze» nichts, mit denen Juden im September 1935 zu verfemten Bürgern gemacht und aller Rechte beraubt wurden.

Der NSDAP-Kreisleitung und den Funktionären der «Deutschen Arbeitsfront» blieb natürlich nicht verborgen, daß Haerlin diesen Juden noch immer beschäftigte. Mehrfach verlangten sie die Entlassung von Seligmann. Doch der durfte bleiben. Erst im Mai 1938, als sich die «Geheime Staatspolizei» der Sache annahm, mußte Haerlin ihm kündigen. Gleichzeitig versuchte er aber, ihm zu helfen. Wenckstern: «Fritz Haerlin war sehr bemüht, ihm eine Reise ins Ausland zu ermöglichen.» Die «Gestapo» vereitelte alle Rettungsbemühungen.

Um seine nichtjüdische Ehefrau in die Lage zu versetzen, ein Gewerbe mit Schankkonzession anmelden zu können, hatte sich Seligmann 1938 nach zweiundzwanzig Jahren Ehe scheiden lassen. Tatsächlich lebte er aber weiter in der gemeinsamen Wohnung am Schwanenwik 29 mit Frau und Sohn zusammen. Mißgünstige Nachbarn schwärzten ihn bei der Gestapo an. Seligmann wurde verhaftet, wegen Rassenschande vor Gericht gestellt und im August 1939 zu zwei Jahren Gefängnis verurteilt. Danach saß er weiter in Gestapohaft, bis er am 26. Juni 1942 im KZ Neuengamme ermordet wurde.

Der Druck auf die jüdische Bevölkerung wuchs ständig. Im November 1937 wurde dem jüdischen Reeder Arnold Bernstein ein Schauprozeß wegen angeblicher Devisenvergehen gemacht. In der Folge wurde er praktisch enteignet. Und acht Monate später, im August 1938, emigrierte der bekannte Hamburger Bankier Eric M. Warburg über Stockholm nach New York. Kurz darauf folgte ihm sein Vater Max Warburg. Ihr Bankhaus wurde im selben Jahr «arisiert».

Am 9. November 1938 überfielen und plünderten SA-Trupps jüdische Geschäfte und zündeten die Synagogen an. 91 Menschen kamen in Hamburg bei dem staatlich organisierten Terror ums Leben. Es war das letzte deutliche Signal, ehe die systematische Verfolgung und Ausrottung der Juden begann. Wer jetzt noch die Möglichkeiten und das Geld für eine Reise ins Ausland hatte, nutzte die Chance. Hamburg wurde zur Wartestation für die Emigranten.

Manchmal dauerte es Monate, ehe alle Reisepapiere zusammen waren. Auf der einen Seite Visa und Aufenthaltsgenehmigungen der neuen Heimatländer, auf der anderen Seite die Ausreisegenehmigung. Die NS-Behörden hatten zahlreiche bürokratische Hürden für Juden aufgebaut. Deren Ziel war es vor allem, die Betroffenen um ihr Vermögen zu bringen.

Der Hamburger Kaufmann Rudolph Levison, Teilhaber der Gewürz-Importfirma Sparig & Co. zum Beispiel, entschloß sich 1938 zur Emigration. Ende des Jahres schied er deshalb bei Sparig & Co. aus. Man einigte sich darauf, dem ehemaligen Partner eine Abfindung von 126000 Reichsmark zu zahlen. Die NSDAP-Gauleitung reduzierte diesen Betrag auf 100000 Mark. Begründung: Eine «so starke Schwächung der Firma» könne man nicht gestatten.

Als nächstes mußte Levison 32000 Mark «Reichsfluchtsteuer» zahlen, zusätzlich waren 22000 Mark «Judenvermögensabgabe» fällig. Für die 160 Dollar, die Levison mit in sein Exil nehmen wollte, berechnete die «Deutsche Golddiskontobank» 15500 Mark «Abschlagszahlung». Die Schiffspassage nach Amerika kostete 6500 Mark. Dann fand der Zoll, daß Levison angeblich sein Umzugsgut um 450,14 Mark zu niedrig bewertet hatte. Für diese «illegale Kapitalverschiebung» mußte er 19000 Reichsmark Strafe zahlen. So von den Nazis finanziell völlig ausgeplündert, ging er als armer Mann an Bord des Schiffes nach Amerika.

Im Hapag-Reisebüro am Hauptbahnhof war zu jener Zeit Kurt Geschwinde beschäftigt. Zwischen 1938 und 1941 war er speziell dafür zuständig, die Passagen der ins Ausland emigrierenden Juden zu organisieren. Er besorgte ihnen Fahrkarten und Schiffspassagen, Ein- und Durchreisevisa und vor allem auch Quartier für die Wartezeit in Hamburg. Seine jüdische Kundschaft unterzubringen wurde für Geschwinde immer schwieriger. Denn viele Hoteliers und Pensionsinhaber weigerten sich, Juden in ihren Häusern aufzunehmen. Die einen aus prinzipiellen Gründen, weil sie überzeugte Nazis waren, die anderen aus Vorsicht, weil sie Schwierigkeiten mit den Behörden oder Repressionen fürchteten.

Das «Vier Jahreszeiten» war da eine der wenigen rühmlichen Ausnahmen. Kurt Geschwinde: «Es fiel uns damals besonders angenehm auf, daß Herr Haerlin allzeit bereit war, Juden in seinem Haus bereitwilligst unterzubringen.»

Zu dieser Haltung mag die internationale Erfahrung von Fritz Haerlin ebenso beigetragen haben wie Vorbild und Erziehung durch den Vater. Für beide war es selbstverständlich, den Gast im Mittelpunkt aller Bemühungen zu sehen und keine Unterschiede nach Rasse oder Religion zu machen. Der ehemalige Hapag-Chef Albert Ballin war im «Vier Jahreszeiten» zeitlebens nicht nur ein hochgeschätzter Stammkunde und Vertrauter des Hotelgründers gewesen, er wurde in den Prospekten des Hotels auch stets als zufriedener Gast erwähnt. Vater und Sohn Haerlin fanden es absurd, daß die Hamburg-Amerika-Linie am 1. Oktober 1935 ihr Turbinenschiff «Albert Ballin» auf Druck der Reichsregierung in Berlin auf den Namen «Hansa» umgetauft hatte.

Lange nach dem Ende der Nazi-Herrschaft, Mitte der 60er Jahre, kam ein Amerikaner ins «Vier Jahreszeiten» und erzählte an der Portiersloge, wie 1938 der alte Friedrich Haerlin ihn als verfolgten Juden mit dem Auto nach Dänemark habe bringen lassen und ihn auf diese Weise gerettet habe.

Fritz Haerlin, der nun wie sein Vater Zivilcourage zugunsten der Verfolgten bewies, kümmerte sich 1938 aber auch darum, seine Personalakte bei der SS auf aktuellem Stand zu halten. Am 20. Mai hatte der «Chef des Sippenamtes im Rasse- und Siedlungshauptamt SS» dem Personalamt des «Reichsführers SS» in der Prinz-Albrecht-Str. 9 in Sachen des Obersturmführers Fritz Haerlin mitgeteilt: «Der oben genannte SS-Angehörige hat dem R. u. S.-Hauptamt-SS seine Ahnentafel mit den dazugehörigen Urkunden in Vorlage gebracht. Der Nachweis der arischen Abstammung ist erbracht worden.»

Im selben Monat schickte Fritz Haerlin einen Brief an den Chef des SS-Sippenamtes in Berlin. «Betr. Prüfung der Erbgesundheit. In Erledigung des Schreibens vom 22. März ds. Js. reiche ich beigeschlossen den Fragebogen und Erbgesundheitsbogen ausgefüllt und unterschrieben zurück. Heil Hitler! Haerlin.»

Neben dem Lebenslauf waren dem Vorgang auch Fotos beigefügt: Fritz Haerlin in der schwarzen SS-Uniform. Ein ernst blickender Vierzigjähriger, die Uniformmütze mit dem Totenkopf ein ganz klein wenig schräg auf dem Kopf, am linken Arm die Hakenkreuzbinde, die linke Hand am SS-Dolch. Am Kragenspiegel drei Sterne – das Zeichen für Obersturmführer, an der Brust das «Reichssportabzeichen» in Silber und das «Deutsche Reiter-Abzeichen» in Gold.

Auch diese Prüfung bestand Haerlin. Dr. Reinhäuser, zugelassener Arzt des Amtes für Volksgesundheit, kam in seinem «Schlußurteil über die Erbgesundheit» zu dem Ergebnis: «Der Bewerber ist geeignet.»

Daß Fritz Haerlin, der hanseatische Kaufmann und Hotelier, sich hier ebenso korrekt an Regeln und Vorschriften hielt, erboste seine Freundin Rica Duensing heftig. Es kam mehrfach zu Auseinandersetzungen darüber. «Es hat sie mächtig gestört, daß er auch das wieder hundertprozentig machte», erinnert sich Patensohn Hans Ravenborg. Es war schließlich der Grund dafür, daß ihre Beziehung in die Brüche ging und Rica und Fritz gegen die Erwartungen der Freunde nicht heirateten.

Die NS-Wirtschaftsgruppe hatte inzwischen förmlich verfügt, daß Juden nicht mehr in Hotels aufgenommen werden durften, in denen auch Deutsche wohnten. Die Emigranten wohnten trotzdem zum Teil wochenlang am Neuen Jungfernstieg.

Haerlin unterlief auch trickreich neue Anordnungen, mit denen Juden weiter diskriminiert wurden. Der Hapag-Reisebüro-Angestellte Kurt Geschwinde: «Auch als späterhin der Aufenthalt in öffentlichen Gaststätten den Juden verboten wurde, ließ Herr Haerlin den von mir betreuten jüdischen Kunden die Mahlzeiten entgegenkommenderweise auf ihren Zimmern servieren.» Ein bißchen Schwejk steckte in Fritz Haerlin. Restaurantbesuche waren für Juden verboten, vom Zimmerservice stand in der Verordnung nichts.

Nicht alle Gäste des «Vier Jahreszeiten» waren vom Verhalten des Hotelchefs begeistert. Es gab auch überzeugte Nationalsozialisten, die sich lauthals darüber beschwerten. So ein bekannter Hamburger Kaufmann, der von seinem Parteigenossen Haerlin verlangte, endlich «das Judenpack» aus dem Hotel zu werfen, er müsse doch um seine Konzession fürchten.

Fritz Haerlin ließ sich von der Drohung nicht beeindrucken. In seinem Haus würden die Gäste nicht in Katholiken, Protestanten oder Juden aufgeteilt. Die Emigranten blieben, der Kaufmann mied fortan das «Vier Jahreszeiten».

Eine Insel der Glückseligen

&

Das Jahr 1938 war ein trügerisches Jahr, eine Zeit, die trotz politischer Verfolgung, Judenpogromen und einer aggressiven Außenpolitik Hitlers denen recht zu geben schien, die hofften, daß es nicht zum Krieg kommen würde. Im März hatten deutsche Truppen Österreich besetzt, und Hitler hatte sich auf dem Heldenplatz in Wien als Befreier und Einer des Reiches feiern lassen. Die von ihm inszenierte Sudetenkrise und seine Kriegsdrohungen gegen die Tschechoslowakei waren mit der Münchner Konferenz Ende September beendet worden. Die deutsch besiedelten Randgebiete Böhmens, Mährens und Schlesiens wurden an das Deutsche Reich abgetreten, der Frieden war gerettet. Weltweit herrschte große Erleichterung, zumal Hitler erklärt hatte, damit sei seine letzte territoriale Forderung erfüllt.

Im «Vier Jahreszeiten» war man glücklich über diese Entscheidung. Politische Entspannung garantierte, daß weiterhin Gäste aus dem Ausland und Übersee nach Hamburg kämen. Das «Restaurant Haerlin» und der «Grill» waren beliebte Treffpunkte, im «Jahreszeitenkeller» spielten bekannte Tanzkapellen bis tief in die Nacht. Oder der Pianist Freddy Sinclair saß am durchsichtigen Flügel aus Plexiglas.

Das Hotel war wie die Insel der Glückseligen, auf der die Wirklichkeit durch einen Filter aus Luxus und internationalem Flair wahrgenommen wurde. Wie immer sollte der Silvesterball auch 1938 mit einem großen festlichen Menü begangen werden. Für dieses Jahr hatte sich die Direktion etwas ganz Besonderes einfallen lassen: Das Menü als «Zug der Speisen».

Die Karte war vom Cousin von Fritz Haerlin, Will, entworfen worden, der Malerei studiert hatte. Eine runde Pappscheibe mit ausgeschnittenem Fenster, in dem durch Drehen eine Lokomotive mit Tender und sechs Wagen nacheinander sichtbar wurden. Auf der Frontseite war die Silhouette der Alster zu sehen, auf dem Wasser mehrere Gondeln und Feiernde, ein Schwan mit Hut und tanzende Paare am Ufer.

Die Silvestergäste konnten auf den einzelnen Wagen die einzelnen Gänge ablesen. Man startete mit Krebsschwänzen in Pampelmuse. Danach wurde Haselhuhn-Suppe «in besonderer Zubereitung» gereicht, gefolgt von Gänseleber auf Spießernüßchen mit frischem Treibhausgemüse. Als Hauptgang wurde Steyerisches Masthuhn, gebraten, und Salat mit Nußkernen serviert. Zum Nachtisch Silvestereis im Knusperkörbchen und Feinbackwerk.

Um Mitternacht gab es gefüllte Berliner Pfannkuchen. Bis in die Morgenstunden wurde getanzt und Champagner getrunken. Das Motto des Festes stand auf der Rückseite der Menükarte: «Frohe Fahrt ins Neue Jahr! 1939!»

Für Hamburg wurde 1939 zunächst ein Jahr der NS-Spektakel. Mit Aufmärschen, Festumzügen und Paraden sollte die Bevölkerung davon überzeugt werden, wie stark und überlegen das «Großdeutsche Reich» unter seinem Führer Adolf Hitler inzwischen geworden war. Es ist später an der Legende gewoben worden, daß Hitler Hamburg gemieden hätte, weil die Hanseaten sich ihm gegenüber kühl bis ablehnend verhalten hätten. Die Realität war anders.

Als er am 13. Februar wieder einmal an die Elbe kam und vom Balkon des Rathauses vor einer großen Versammlung eine seiner schwülstigen Reden hielt, war dies sein 31. Hamburg-Besuch. Der erste hatte 1926 stattgefunden. Wie üblich wohnte Hitler in einer Suite im «Hotel Atlantic» an der Außenalster.

Am nächsten Tag lief bei «Blohm + Voss» das Schlachtschiff «Bismarck» vom Stapel. Auf dem Helgen der Werft waren breite Tribünen aufgebaut. Tausende Gäste und hohe Militärs begrüßten Hitler mit ausgestrecktem rechten Arm und Heil-Rufen, als er die mit Hakenkreuzfahnen gesäumte Treppe zur Ehrentribüne hinaufging. Der Führer pries das Werk der

Werftarbeiter. Dieses Schlachtschiff mit zwanzig gewaltigen Geschützen und 30 Seemeilen Höchstgeschwindigkeit sollte die Überlegenheit der deutschen Marine demonstrieren.

Nächster Höhepunkt der NS-Propaganda war der 1. Mai. Auf dem Heiligengeistfeld, der Moorweide und anderen Plätzen der Stadt versammelten sich nach amtlichen Angaben mehr als 400 000 Menschen zu Kundgebungen. Damals hatte Hamburg nach der Vereinigung mit Altona 1,7 Millionen Einwohner.

Mit einer großen Parade auf der Moorweide feierte Luftwaffenchef Hermann Göring am 31. Mai die siegreich aus Spanien zurückgekehrten Soldaten der «Legion Condor». Mit ihrem Einsatz im spanischen Bürgerkrieg auf der Seite General Francos hatten die sechstausend deutschen Soldaten quasi einen Probekrieg geführt und ihre Waffen getestet, insbesondere die neuentwickelte Jagd- und Bombenflugzeuge. Die hatten unter anderem die baskische Stadt Guernica dem Erdboden gleichgemacht. Hermann Göring konnte seine Fliegertruppe gar nicht genug loben.

Vom 21. bis 25. Juli hatte dann Robert Ley mit seiner NS-Gemeinschaft «Kraft durch Freude» seinen letzten großen Auftritt in Hamburg. Wie üblich wohnte er im «Vier Jahreszeiten», wie üblich genoß der Lebemann mit Freunden die gute Küche des Hauses, wie üblich logierte er im «Fürstensalon». Von dort aus konnte er die künstliche Insel betrachten, die in die Mitte der Binnenalster gebaut worden war wie einst für den Kaiser. Und wie üblich endete auch die 5. «KdF»-Reichstagung mit einem Festzug unter dem Motto «Schönheit und Freude». Ley wollte «kraftvolle Männer und schöne anmutige Frauen» sehen. Es waren noch sechs Wochen bis zum 2. Weltkrieg.

Für die Juden der Stadt – laut Volkszählung vom Mai waren es 10131 – wurde das Jahr 1939 zum Alptraum. Die «Arisierung» jüdischer Geschäfte und jüdischen Grundbesitzes wurde mit allen juristischen Tricks, mit Drohungen und Druck vorangetrieben. Ziel war es, alle Juden aus dem Wirtschaftsleben hinauszudrängen, ob sie nun ein Kaufhaus besaßen oder einen kleinen Handwerksbetrieb. Sie mußten ihre Firmen und ihren Grundbesitz zu Spottpreisen verkaufen und sollten aus Deutschland verschwinden.

Fritz Haerlin, in dessen Hotel viele der Emigranten und «Arisierungs»-Opfer wohnten, verfolgte wie seine jüdischen Gäste gebannt, welche Irrfahrten diejenigen erwarteten, die glücklich einen Schiffsplatz bekommen hatten. Die Nachrichten, die im «Vier Jahreszeiten» eingingen, waren deprimierend.

Der spektakulärste Fall war die Odyssee der MS «St. Louis». Am 13. Mai hatte das Schiff mit 937 jüdischen Passagieren an Bord in Hamburg abgelegt. Ziel war Kuba. Alle Emigranten hatten gültige Einreisepapiere und hofften, auf der Karibikinsel ein neues Leben beginnen zu können. Als die «St. Louis» im Hafen von Havanna festmachte, verboten die Einwanderungsbeamten den Juden, von Bord zu gehen. Von den gültigen Visa ließen sie sich nicht beeindrucken. Nach langen vergeblichen Verhandlungen mußte Kapitän Gustav Schröder mit seinen geschockten Passagieren Kuba wieder verlassen. Die Reederei wies ihn an, nach Deutschland zurückzukehren.

Gegen die Order fuhr Schröder zunächst weiter durch die Karibik und dann an Florida entlang. Doch die US-Küstenwache verhinderte, daß die Flüchtlinge in Amerika an Land gehen durften.

Der Kapitän versuchte nun, mit Regierungsstellen in London, Paris, Den Haag und Brüssel zu verhandeln. Mit gedrosselten Maschinen bummelte er 30 Tage über den Atlantik, ehe er am 17. Juni in Antwerpen seine Passagiere von Bord lassen durfte.

Hermann Lepke, der als Steward an Bord des Doppelschrauben-Motorschiffer «General Osorio» von der Hamburg-Süd am 28. März 1939 nach Rio de Janeiro und Buenos Aires fuhr, traf auf dem Schiff einige Gäste des «Vier Jahreszeiten» wieder. «Die hatten länger im Hotel gewohnt, sie erkannten mich und sprachen mich an. Die Menschen hatten damals eine unendliche Angst, auch wirklich sicher im Exil anzukommen. Auf unserer Reise ist aber alles gutgegangen.»

Im «Vier Jahreszeiten» lief noch immer business as usual. «Es herrschte Hochbetrieb. Der Grill und das Restaurant waren ständig ausgebucht. Hier trafen sich die Künstler, Schauspieler und Sänger. Es war der Treffpunkt der feinen Welt. Besonders hingerissen war ich vom Charme und der Schönheit von Ilse Werner. Die war damals noch blutjung und saß fast jeden Abend mit ihrem Freund Robert Dependorf bei uns», erinnert sich Hans Klanke, der damals im «Grill» als Pianist in einer Fünf-Mann-Kapelle die Gäste unterhielt. Fritz Haerlin hatte ihn im Oktober 1939 aus der Big Band des «Alsterpavillons» abgeworben. Monatsgage: 650 Mark. Der ungarische Geiger Richard Salzmann hatte den ersten Kontakt geknüpft. Nun spielten sie jeden Abend miteinander von sieben bis elf Uhr. Im «Restaurant Haerlin» sorgte ein Piano-Geigen-Duo für angenehme Atmosphäre. Und von neun Uhr bis zwei Uhr nachts spielte eine fünfköpfige Band Tanzmusik in der Bar im Kellergeschoß.

Klanke war gerade fünfundzwanzig Jahre alt, hatte aber schon in vielen bekannten Orchestern gespielt. Zu Fritz Haerlin hatte er einen besonders guten Draht, denn er hatte in Hamburg bei Professor Ferry Gebhardt studiert, bei dem auch Haerlin Klavierspielen gelernt hatte. «Ich habe ihn zwar nie selbst am Flügel erlebt, aber er hatte viel Gespür für Musik», sagt Klanke.

Fritz Haerlin war seit 1937 jedes Jahr als Reserveleutnant zu Übungen eingezogen worden. Den September und Oktober 1938 verbrachte er beim Artillerie-Regiment 30 in Rendsburg. Ein knappes Jahr später war er im Juni wieder dort und kam als Oberleutnant der Reserve zurück. Die Stimmung in der Truppe und Gespräche mit seinem Vorgesetzten und Reiterfreund, dem Hauptmann Neckelmann, hatten in ihm die Überzeugung wachsen lassen, daß Hitler auf einen neuen Krieg zusteuerte.

Im März war das «Reichsprotektorat Böhmen und Mähren» errichtet worden, und deutsche Soldaten waren nach Prag marschiert. Das «Münchner Abkommen» war nur noch ein Fetzen Papier. In Großbritannien wurde daraufhin die allgemeine Wehrpflicht verkündet. Im Mai hatten Hitler und der italienische Diktator Mussolini ein Militärbündnis, den sogenannten Stahlpakt, geschlossen.

Mit seinem Vertrauten Willy Wenckstern saß Fritz Haerlin lange in seinem Büro und beratschlagte, wie das Hotel weitergeführt werden sollte, falls er in den Krieg ziehen müßte. Für diesen Fall machte er Wenckstern zu seinem Stellvertreter. Denn der würde wegen seines fortgeschrittenen Alters und gesundheitlicher Probleme nicht eingezogen werden. Haerlin gab ihm die eindeutige Anweisung, auch weiterhin keinerlei NS-Propaganda und Politik im «Vier Jahreszeiten» zuzulassen.

Erinnerungen an die Erzählungen seiner Eltern über die Notzeiten während des 1. Weltkrieges in Hamburg wurden in Fritz Haerlin wach. Ein neuer Krieg würde mit Sicherheit schlimmer und grausamer werden. Und Hamburg würde diesmal kaum verschont bleiben. Die deutsche Luftwaffe hatte in Spanien demonstriert, wie mörderisch der Luftkrieg für die Zivilbevölkerung sein kann. Und alle Länder hatten inzwischen Flugzeugflotten aufgestellt.

Friedrich und Thekla Haerlin, die 1932 nach Stuttgart auf ihr Altenteil umgezogen waren und nun schon seit zwei Jahren auf ihrem Landsitz bei Lindau am Bodensee lebten, sorgten sich wieder um ihren Fritz. Ihr einziger Sohn hatte bewiesen, daß er ihr Lebenswerk ganz in ihrem Sinne fortführte. Wenn sie nun miteinander telefonierten oder zu Besuch nach Hamburg fuhren, gab es vor allem ein Thema: Was wird, wenn es Krieg gibt? Mutter Thekla litt Alpträume bei dem Gedanken, auch ihren dritten Sohn noch als Soldaten zu verlieren. Die Eltern versicherten dem Junior, sie würden sich um das «Vier Jahreszeiten» kümmern, falls er tatsächlich zum Militär müßte.

«Seit 4.45 Uhr wird zurückgeschossen»

Mitte August bekam Fritz Haerlin seinen Gestellungsbefehl zum Artillerie-Regiment 30 in Rendsburg. Willy Wenckstern übernahm die Leitung des Hotels. Es konnte keinen Zweifel mehr daran geben, daß der Krieg unmittelbar bevorstand.

Reichsstatthalter Karl Kaufmann ließ an alle Hamburger Haushalte Merkblätter zum vorbeugenden und aktiven Luftschutz verteilen. Dachböden mußten entrümpelt, Kästen mit Sand, Feuerpatschen und Wassereimer mit Spritzpumpen bereitgehalten werden. Die Keller sollten zu provisorischen Luftschutzräumen umgebaut, vor die Kellerfenster mußten Kisten voller Erde als Schutz vor Splitterbomben gestellt werden. Die Geschäfte verkauften rollenweise schwarzes Verdunklungspapier für die Wohnungsfenster. Im Hotel «Vier Jahreszeiten» wurden die Pagen als Brandschutzwarte geschult, die im Falle eines Falles kleinere Feuer löschen und die Hotelgäste in Sicherheit bringen sollten.

Bezugsscheine für Grundnahrungsmittel wurden am 27. August ausgegeben. Im «Vier Jahreszeiten» bekamen die Kellner kleine Scheren, mit denen sie von den Lebensmittelkarten der Gäste die entsprechenden Coupons abschneiden konnten. Auf der täglichen Speisekarte des «Restaurants Haerlin» und des «Grills» standen nun nicht nur die Preise, sondern auch genaue Angaben darüber, wie viele Fleisch- und Fettmarken abzuliefern wären.

Altgediente Kellner, die schon die Rationierung während und nach dem 1. Weltkrieg miterlebt hatten, erinnerten sich mit Grauen an die Schnippelei und den Streit mit unwilligen Gästen um die Marken.

Am 1. September kurz vor zehn Uhr versammelten sich Köche und Kellner der Frühschicht im Servicebüro. Die meisten Gäste hatten gefrühstückt. Eine kleine Atempause. Für Punkt zehn Uhr war eine wichtige Radionachricht angekündigt worden. Die Angestellten drängten sich um den «Volksempfänger», wie die schwarzen Einheitsradios damals offiziell genannt wurden. Das Volk hatte die Kästen längst «Goebbels-Schnauzen» getauft, weil der Reichspropagandaminister Joseph Goebbels so gern und so häufig Radioansprachen mit wüsten Attacken gegen das Weltjudentum, die Kapitalisten der Wall Street, Nazigegner und andere von ihm so genannte «Untermenschen» hielt.

Doch an diesem Morgen tönte nicht Goebbels' Stimme aus dem Lautsprecher. Diesmal sprach der «Führer» selbst. Die Männer im Servicebüro erstarrten bei Hitlers Worten. Er beschuldigte Polen, das Deutsche Reich mit gewaltsamen Aktionen und Anschlägen terrorisiert zu haben. Damit sei nun endgültig Schluß. «Seit 4.45 Uhr wird zurückgeschossen.» Ohne Kriegserklärung hatten Hitlers Armeen Polen überfallen. Der 2. Weltkrieg hatte begonnen.

Im Hotel «Vier Jahreszeiten» mußten ab sofort abends alle Fenster verdunkelt werden. Der Hausmeister und die Zimmermädchen waren angehalten, die schwarzen Rollos herunterzuziehen, ehe die elektrischen Lampen angeknipst werden durften. Die Kellner waren für die Verdunklung des Erdgeschosses zuständig. Schluß mit dem schönen Blick auf die nächtliche Binnenalster, in der sich die Lichter der Stadt spiegelten. Es war ohnehin keine Straßenlaterne mehr an, und die Leuchtreklamen der Geschäfte und Kaufhäuser am Jungfernstieg durften nicht mehr eingeschaltet werden.

Auch der Eingang zum «Vier Jahreszeiten» mit dem beleuchteten Glasbaldachin war stockfinster. Pagen und Wagenmeister, die die Gäste vor dem Hotel in Empfang nahmen, hantierten mit abgedeckten Taschenlampen. Keinem feindlichen Flugzeug sollte während der Dunkelheit eine Orientierungshilfe gegeben werden. Am 4. September heulten zum erstenmal die Sirenen. Fliegeralarm. Doch Hamburg blieb vorerst verschont, es fielen keine Bomben.

Hotelchef Fritz Haerlin, inzwischen zum Hauptmann befördert, machte den Polenfeldzug vom ersten Tag an mit. Er war «Beobachtungsoffizier» im Artillerie-Regiment 30. Seine Aufgabe war es, zu überwachen, wie präzise die Granaten der Kanonen und Haubitzen ihre Ziele trafen.

Die Eroberung Polens wurde von der NS-Propaganda als «Blitzkrieg» gefeiert. Nach nur vier Wochen, am 27. September, hatte Warschau kapituliert. Am 1. Oktober war der Widerstand in ganz Polen beendet. Soldaten der sowjetischen Roten Armee hatten Mitte September Ostpolen besetzt, das Land wurde zwischen der Sowjetunion und Deutschland aufgeteilt, wie es im geheimen Zusatzabkommen zum Hitler-Stalin-Pakt vereinbart worden war.

Haerlin kehrte mit seiner Einheit nach Deutschland zurück. Im April 1940 wurde ihm das Kommando einer Batterie übertragen. Schon einen Monat später, am 10. Mai, war er beim Überfall Hitlers auf die Niederlande und Belgien dabei. Ein neuer «Blitzkrieg». Holland kapitulierte am 14., Belgien am 28. Mai.

Im Juni beteiligte sich das Artillerie-Regiment 30 an der Eroberung Frankreichs, das am 22. Juni den Waffenstillstandsvertrag unterschrieb. Batteriechef Haerlin blieb mit seinen Männern noch bis September, dann wurde seine Einheit als Besatzungstruppe nach Holland verlegt.

Jetzt, mit dem Eisernen Kreuz 1. Klasse dekoriert, hatte er ein wenig Muße, sich um sein Hotel zu kümmern. Die Zahlen, die ihm sein Vertreter Willy Wenckstern liefern konnte, waren wenig erfreulich. Die Übernachtungen waren drastisch zurückgegangen, die meisten Gäste waren jetzt Offiziere. Die Umsätze in den Restaurants waren angesichts der Kriegsbewirtschaftung ebenfalls rückläufig. Nur im «Jahreszeitenkeller», wo abends noch die Tanzkapellen spielten, lief das Geschäft wie gewohnt. Ein bißchen Vergnügen wurde gerade in Notzeiten immer wichtiger.

1938 war für Fritz Haerlin noch ein glänzendes Geschäftsjahr gewesen. Seine Einkünfte aus dem Gewerbebetrieb betrugen 72 816 Reichsmark. Im ersten Kriegsjahr fielen sie auf 25 342 Mark. Und 1940 hatte er 18 110 Mark auf dem Konto. Trotz allem war er selbst damit noch ein vermögender Mann, denn ein Hauptmann im Kriege bekam nur 96 Mark Sold.

Auch mit dem Personal hatte Wenckstern große Sorgen, ständig wurden weitere Kellner, Köche, Portiers, Handwerker und Hausdiener zur Wehrmacht eingezogen. Selbst die Lehrlinge mußten, kaum hatten sie ihre Ausbildung beendet, zu den Soldaten. Deshalb war er sehr froh, als sich im Januar 1940 ein junger Mann für die Küche bewarb. Hans-Jürgen Wohlrab, zweiundzwanzig Jahre alt, ein Koch mit besten Zeugnissen. Blond, gut gewachsen. «Ein echter Germane», spotteten später die Kollegen. Es gab nur ein Problem mit dem Kandidaten. Er war Halbjude und deswegen gerade aus der Wehrmacht entlassen worden. Adolf Hitler wollte seinen Krieg nur mit reinrassigen Ariern gewinnen. Und die «Deutsche Arbeitsfront» des Robert Ley wachte sorgsam darüber, daß «Nichtarier» keine guten Posten bekamen.

Wenckstern war deshalb sehr froh, daß Fritz Haerlin die Anweisung gab, den jungen Koch zu engagieren, auch wenn er eben Halbjude war. Wohlrab blieb fast fünf Jahre Koch im «Vier Jahreszeiten». Und Haerlin stand auch zu ihm, als es großen Streit in der Küche gab.

Damals war der Hotelchef gerade vom Frontdienst freigestellt und leitete sein Haus wieder selbst. Wohlrab war in der Küchenhierarchie inzwischen zum Sous-Chef aufgestiegen, als es zum Konflikt kam. Ein anderer Koch weigerte sich plötzlich, dessen Anweisungen zu befolgen. «Von dem Juden hier lassen wir uns doch nichts sagen.» Was früher ein kleiner Streit zwischen rivalisierenden Kollegen gewesen wäre, konnte sich jetzt, in diesem Fall, zur politischen Affäre entwickeln.

Fritz Haerlin ließ sich den Vorfall berichten, hörte die beiden Kontrahenten und entschied dann, daß Wohlrab in der Sache recht und sich im übrigen völlig korrekt verhalten habe. Damit war der Fall erledigt. Neue Debatten über reinrassige Köche gab es im «Vier Jahreszeiten» nicht mehr.

Als Wohlrab im November 1944 zur Zwangsarbeit im inzwischen verbombten Hamburg verpflichtet wurde, durfte er abends in der Hotelküche aushelfen und bekam dafür Geld und eine anständige Mahlzeit. So gab er es Jahre später im Entnazifizierungsverfahren gegen seinen Chef zu Protokoll.

Am 1. April 1941 begann im «Vier Jahreszeiten» ein Junge seine Lehre als Page und Kellner, der nach dem Krieg als Chef des Grill-Restaurants zu einer Hamburger Institution wurde. Die Stammgäste gingen dann nicht ins «Vier Jahreszeiten», sie gingen «zu Herrn Kröger». Für Herbert Kröger war es eine Auszeichnung, bei Fritz Haerlin als Lehrling anfangen zu können. Er stammte aus einer Gastronomenfamilie, und dort war das «Vier Jahreszeiten» als gute Ausbildungsstätte bekannt.

Die Mutter ließ dem Jungen die Pagenuniform beim Schneider anmessen, knapp genau auf den Körper geschnitten. Dazu das runde hohe Pagenkäppi und das handgestickte Hotelemblem «4 J» auf der Brust. Der Anzug kostete damals 130 Mark, das Hotel übernahm davon nichts. Die Uniform war quasi die Eintrittskarte ins «Vier Jahreszeiten». Eine happige Investition für die Eltern, denn Lehrling Herbert verdiente im ersten Jahr fünf Reichsmark pro Monat.

Als er seinen Dienst an der Drehtür Neuer Jungfernstieg 11 begann, waren die oberen Etagen des Hotels schon geschlossen, die wertvolle Einrichtung der Zimmer, Bilder, Möbel und Teppiche, waren aus Sorge um Bombenangriffe aus dem Haus gebracht und in Bauernhöfe weit vor der Stadt ausgelagert worden.

Es gab zuwenig Gäste. Herbert Kröger merkte sich deren Namen genauso wie die der Kaufleute, die mittags zum Essen ins Restaurant kamen. Er fragte seine Kollegen nach Berufen, Eigenheiten und Vorlieben der Herren und konnte sie schon bald mit einer jeweils passenden Bemerkung am Eingang begrüßen und verabschieden.

Das Restaurant war noch immer beliebter Treffpunkt der

Ein Page auf Brandwache:
Herbert Kröger, 1941. Bei Fliegeralarm führte
er die Gäste in den Luftschutzkeller

Hamburger Geschäftsleute. Denn die Küche gab sich trotz knapper Fleisch- und Gemüsezuteilungen die größte Mühe, die Gäste mit schmackhaften Gerichten zu verwöhnen. Raffinierte Menüs standen nicht mehr auf der Karte. Es ging bodenständig zu: «Gespießte Schweinslendchen ungarisch, Spätzle, Erbsen und gemischter Salat» wurden für drei Reichsmark serviert. Außerdem waren Lebensmittelmarken für hundert Gramm Fleisch und zwanzig Gramm Fett fällig. Ein Viertel Wein wurde ohne Marken für eine Mark ausgeschenkt.

Freundlichkeit und Engagement zahlten sich für den Pagen Herbert Kröger aus, es gab so manches schöne Trinkgeld. Besonders beliebt war der fixe Junge bei dem Reeder Eggert von Eggert + Amsinck. Der steckte ihm immer eine Mark zu, nachdem er sich wohlig gesättigt durch die Hoteltür hatte drehen lassen.

Der Page und der Geheimnisträger

Draußen vor dem Hotel hatte sich das Bild inzwischen total verändert. Die Tarnkünstler der Wehrmacht hatten zahllose Flöße auf die Binnenalster geschleppt und darauf aus Holz, Pappe und bemalten Tüchern riesige Attrappen gezimmert. Aus der Sicht der britischen Bomberpiloten sollte es aussehen wie ein Viertel aus Wohn- und Geschäftshäusern.

Um ihnen die Orientierung weiter zu erschweren, wurde hinter der Lombardsbrücke auf der Außenalster eine neue Binnenalster gezaubert: 600 Meter von der echten entfernt, wurde eine neue, hölzerne Brücke geschlagen. Ziel der aufwendigen

Mummenschanz am Jungfernstieg:
Um die alliierten Bomberpiloten irrezuführen,
wurde die Binnenalster mit schwimmenden
Attrappen aus Holz, Pappe und bemalten
Stoffbahnen überbaut

Täuschungsaktion war es, die strategisch wichtige Eisenbahnverbindung zwischen Hauptbahnhof und Altona vor Bombenangriffen zu schützen. Hier rollten Munitionszüge, wurden Panzer, Geschütze und Soldaten transportiert.

Das potemkinsche Dorf auf der Binnenalster galt, obwohl es jeder Hamburger sehen konnte, selbstverständlich als militärisches Geheimprojekt. In diesem Zusammenhang kam es im «Vier Jahreszeiten» zu einer aufregenden Aktion, bei der die Portiers beweisen konnten, wie effektiv und diskret sie auch die kniffligsten Probleme lösten.

Viele der Gäste, die mit ihren Frauen oder Freundinnen abends zum Tanzen in den «Jahreszeitenkeller» kamen, waren Offiziere. Es war inzwischen üblich, in Uniform das Hotel zu besuchen. Die Tanzbar im «Vier Jahreszeiten» war einer der letzten Plätze in Hamburg, wo noch eine Kapelle Unterhaltungsmusik und aktuelle Schlager spielte. Der melancholische Song von «Lilli Marlen» stand hoch im Kurs. Man konnte, seine Partnerin fest im Arm, die Augen schließen und träumen. Den Krieg, die Bomben, das Sterben für kurze Zeit vergessen.

Eines Abends erschien ein Major der Luftwaffe mit seiner Freundin. Seine große braune Aktentasche schob er unter den Tisch. Er orderte eine Flasche Wein und tanzte mit seiner Begleiterin bis in die Nacht. Die beiden waren die letzten Gäste, als die Musiker endlich ihre Instrumente einpackten.

Beim Aufräumen fand ein Kellnerlehrling plötzlich die Aktentasche, die der eifrige Tänzer in seinem Glückstaumel hatte stehenlassen. Der Junge öffnete sie und blätterte in den Papieren. Es wurde ihm ganz heiß dabei, handelte es sich doch um geheime Akten, Unterlagen für alle Tarnmaßnahmen in Hamburg, über die schon bestehenden und die noch geplanten. Er erkannte die Brisanz des Fundes und lieferte die Tasche am Empfang ab.

Jetzt hatten die Profis in der Portiersloge die harte Nuß zu knacken. Der Major war zwar schon häufiger zu Gast im «Jahreszeitenkeller» gewesen, seinen Namen kannte allerdings niemand. Eines stand für die Portiers jedoch fest, der Mann mußte seine Papiere so schnell wie möglich wiederbekommen, ohne daß seine Vorgesetzten von der Panne erführen.

Das gute Gedächtnis eines Pagen brachte die erste brauchbare Fährte. Der Junge erinnerte sich an die Nummer des Taxis, mit dem das Pärchen in der Nacht weggefahren war. Der Taxifahrer wurde ausfindig gemacht und konnte die Adresse seiner Fahrgäste beisteuern, ein Mietshaus in Eimsbüttel. Dort wohnte die junge Frau, die den Namen ihres Freundes lieferte.

Ein Anruf aus dem «Vier Jahreszeiten» erreichte ihn auf seiner Dienststelle. Das Hotel schätze sich glücklich, ihn als Stammgast im «Jahreszeitenkeller» zu haben. Vielleicht interessiere es ihn, daß eine neue, sehr gute Kapelle engagiert worden sei. Ein baldiger Besuch würde sich bestimmt lohnen.

Der Major verstand die Botschaft und holte wenig später hoch beglückt sein verschollenes Gepäckstück am Empfang des Hotels wieder ab. Damit war die Affäre beendet, und die Militärführung erfuhr nie davon.

Die aufwendigen Tarnmaßnahmen hingegen blieben nicht lange geheim. Mitte Juli 1941 veröffentlichten die Londoner Zeitungen Luftbilder, die von Piloten der Royal Air Force bei Aufklärungsflügen über Hamburg gemacht worden waren. Dazu Artikel, in denen die Tricks der Kulissenbauer im Detail beschrieben wurden. In den folgenden Monaten griffen britische Bomber die Stadt 42mal an. Viele Wohnhäuser wurden zerstört, 626 Menschen starben.

Im «Vier Jahreszeiten» hatte der Page Herbert Kröger jetzt immer öfter Brandwache. In diesen Nächten schlief er in einer Kammer im obersten Stockwerk des Hotels. Sowie die Sirenen den Anflug feindlicher Bomber ankündigten, mußte er auf den Dachboden laufen, wo Wassereimer mit Pumpen, Kästen mit Sand und Feuerpatschen zur Brandbekämpfung bereitlagen. Für diese Weckdienste bekamen die Pagen fünfzig Pfennig Extralohn pro Nacht. Bei einem dieser nächtlichen Angriffe – es war der 27. Juli 1942 – erlebte Kröger vom Dachbalkon des Hotels aus, wie der «Hamburger Hof» und der «Alsterpavillon» von Bomben schwer getroffen wurden und in Flammen aufgingen. Die Musiker des Alsterpavillons hatten gerade Feierabend gehabt, als die Sirenen losheulten. Kurz darauf standen sie weinend vor den Flammenwänden, sie hatten ihre Instrumente nicht mehr in Sicherheit bringen können.

Wie durch ein Wunder blieb das «Vier Jahreszeiten» den gesamten Krieg über von Bomben fast verschont. Witzbolde erzählten sich später, die Briten hätten bewußt keine Bomben über dem Neuen Jungfernstieg abgeladen, weil sie damals schon wußten, daß sie als Besatzungssoldaten im «Four Seasons» ihren Offiziersclub einrichten würden.

Während der Kriegsjahre wohnten allerdings nicht nur Militärs im «Vier Jahreszeiten». Es kamen auch immer noch Prominente. Der schwedische Asienforscher Sven Hedin quartierte sich gern am Neuen Jungfernstieg ein. Der Wissenschaftler hatte die alte chinesische Seidenstraße bereist und als erster Europäer den Transhimalaja und die Quellgebiete von Brahmaputra und Indus erforscht. Der inzwischen 75jährige Hedin war ein wunderbarer Erzähler. Portiers und Kellner hörten gern zu, wenn er eines seiner Abenteuer zum besten gab.

Die populäre Schauspielerin und Schlagersängerin Ilse Werner freute sich über den aufmerksamen Service von Kellnerlehrling Herbert Kröger. Sie bedankte sich bei dem jungen Verehrer mit einer Autogrammpostkarte. «Herzlichst Ihre Werner, 16. 2. 42.» Die «pfeifende» Ilse war damals gerade 21 Jahre alt und schon ein Star.

Die Berliner Opernsängerin Erna Sack, die mit dem viergestrichenen C brillierte, logierte ebenso an der Alster wie die Diseuse Rosita Serrano, die Dirigenten Herbert von Karajan und Hans Knappertsbusch und der Tonfilmstar Heinz Rühmann.

Für Herbert Kröger und die anderen Lehrlinge waren solche Prominente stets ein bißchen Glanz in ansonsten finsteren Zeiten.

Der 28. April 1941 war ein trauriges Datum für das «Vier Jahreszeiten». An diesem Tag starb der Gründer Friedrich Haerlin im Alter von 84 Jahren. Mit seiner Idee vom familiengeführten Hotel, in dem sich auch anspruchsvolle Gäste wie zu Hause fühlen konnten, hatte er sich gegen kapitalkräftigste Konkurrenz durchgesetzt und diese sogar überflügelt. Mit Beginn des 2. Weltkrieges war er noch einmal gemeinsam mit seiner Thekla vom Bodensee in das Haus an der Alster zurückgekehrt, um sein Lebenswerk für Sohn Fritz zu bewahren.

Als er nun starb, war nicht die Zeit, diese Leistungen in einer großen Totenfeier zu würdigen. Es wäre dem in eigenen Dingen eher zurückhaltenden Friedrich Haerlin wahrscheinlich auch gar nicht recht gewesen. So versammelten sich an seinem Grab nur die Familie und die engsten Freunde.

Nach der Beerdigung mußte Fritz Haerlin wieder zurück zu seiner Einheit, die damals in der Etappe in Holland lag. Es dauerte noch knapp zwei Monate, bis Haerlin und sein Artillerie-Regiment 30 in die nächsten Schlachten zog.

Am 22. Juni begann das «Unternehmen Barbarossa», der Überfall Hitlers auf die Sowjetunion. Haerlin kämpfte mit seiner Batterie vor Bialystok, Gomel, Kiew und Kursk. Dann stoppte der Winter den Vormarsch. Wie alle Wehrmachtssoldaten waren auch Haerlin und seine Männer dafür denkbar schlecht ausgerüstet. Sie litten unter dem Dauerfrost, dem eisigen Wind und den Schneestürmen. Es war ein riesiges Glück für Fritz Haerlin, daß er im Januar 1942 aus Rußland abgezogen wurde und zum zweitenmal in seinem Leben davon profitieren konnte, daß er der einzige überlebende Erbe von den drei Söhnen seiner Eltern war.

Fritz wurde vom Wehrdienst freigestellt und konnte nach Hamburg zurückkehren. In der Villa in der Hansastraße 7, die ihm die Eltern 1938 geschenkt hatten, bereitete Mutter Thekla für den Sohn ein Festessen vor. Sie hatte von Feldpostbrief zu Feldpostbrief gebangt. Die Propagandasendungen im Radio und die Wochenschauen im Kino, die ständig den deutschen Vormarsch feierten, konnten die Mutter keineswegs beruhigen. Denn wie schon einmal las sie morgens in der Zeitung die vielen Todesanzeigen mit dem Eisernen Kreuz.

Aber jetzt waren diese Sorgen vorbei, sie konnte ihren Fritz in die Arme nehmen, und sie konnte ihm trotz der Kriegsnöte ein gutgeführtes Hotel übergeben.

Die sechs Monate bis zu ihrem Tod am 16. August sollten für Thekla Haerlin eine besonders glückliche Zeit werden: Sie erlebte, daß ihr Sohn heiratete. Wenig später kam dann die frohe Nachricht, daß ein Enkelkind unterwegs war. Endlich der von Thekla lang ersehnte Erbe, der das «Vier Jahreszeiten» auch in der dritten Generation im Sinne des Gründers weiterführen würde.

Hochzeit mit der Rheinländerin

Fritz Haerlins Liebesgeschichte hatte schon 1940 angefangen. Nach Ende des Polenfeldzugs war das Artillerie-Regiment 30 ins Rheinland verlegt worden. Der Krieg im Westen stand bevor. Hauptmann Haerlin wurde in Krefeld bei der Familie des Kohlenhändlers Otto Knoops einquartiert.

Und der Kohlenhändler hatte eine Tochter, Agnes. Eine hochgewachsene, schlanke junge Frau mit dunklem Wellenkopf und blitzenden grauen Augen. Die 19jährige sprühte vor rheinischem Mutterwitz. Der mehr als doppelt so alte Fritz war von der außerordentlich lebendigen Schönheit mit den lustigen Grübchen fasziniert. Sie war so anders als die eher kühlen Hanseatinnen, so voller Lebenslust.

Agnes Annemarie Knoops war am 22. August 1920 in Krefeld geboren worden. Ihr Vater Otto war ein angesehener Kaufmann in der Stadt am Niederrhein. Ihre Mutter Aenne war nur vier Jahre älter als der zukünftige Schwiegersohn. Agnes war als Einzelkind aufgewachsen, das ganze Glück ihrer Eltern, ein bißchen verwöhnt. Sie konnte zornig werden, wenn Wünsche nicht in Erfüllung gingen. Vater Otto war evangelisch, Mutter Aenne katholisch. Es war selbstverständlich, daß Agnes katholisch erzogen wurde. Die kleine Agnes wurde 1926 in der Marienschule im Ursulinenkloster in Krefeld eingeschult. Die frommen Stiftsdamen brachten dem gewitzten Mädchen Lesen und Schreiben bei, sie unterwiesen sie im rechten Glauben und weckten ihr Interesse an der Musik. Nach vier Jahren Grundschule wechselte Agnes ins Lyzeum der Klosterschule über und machte dort 1936 ihre Mittlere Reife.

War es die Liebe zur Musik oder der Mangel an Alternativen – die nächsten drei Jahre besuchte der Backfisch die städtische Volksmusikhochschule. Mit Beginn des 2. Weltkrieges wurden die Kurse beendet. Agnes, inzwischen neunzehn Jahre alt, blieb im Elternhaus und lernte von ihrer Mutter, einen Haushalt zu führen. Doch sie träumte davon, herauszukommen aus der Provinz, hinaus in die Welt und aufregende Dinge zu erleben. So gestimmt traf sie Fritz Haerlin.

Sie verliebte sich Hals über Kopf in den feschen Dressurreiter, in den erfolgreichen Hotelier, bei dem die Mächtigen, Reichen und Schönen dieser Welt ein- und ausgingen, in den erfahrenen Mann, der leicht ihr Vater hätte sein können, in Fritz Haerlin, den Gentleman aus Hamburg, der so schön lachen konnte, wenn das Eis erst einmal gebrochen war.

Am 10. Mai 1940 hatte mit dem Überfall auf Holland der Krieg im Westen begonnen. Die beiden Liebenden konnten nur mit Feldpostbriefen Kontakt halten. Jetzt, eineinhalb Jahre später, war Fritz aus Rußland zurück. Für ihn stand fest, daß Agnes die Frau war, die ihm seine Söhne schenken sollte.

Es war Krieg, und niemand wußte, wie lange die Gnadenfrist für Fritz Haerlin dauern würde. Ein Federstrich würde genügen, und er müßte zurück an die Front. Die beiden Verliebten beschlossen, ganz schnell zu heiraten. Das Aufgebot wurde bestellt und der Termin für die Hochzeit auf den 4. April 1942 in Krefeld festgesetzt.

Fritz war inzwischen wieder nach Hamburg gefahren und hatte seine Verlobte eingeladen, als Volontärin das Leben vor und hinter den Kulissen des Hotels kennenzulernen. Sie nahm das Angebot voller Neugierde an. Das «Vier Jahreszeiten» in Hamburg – das versprach Luxus und einen Hauch weite Welt.

Statt großer Empfänge und Bälle fanden an der Alster in dieser Zeit allerdings bescheidenere Veranstaltungen statt. Zum

Beispiel Spendenessen, um Geld für die Bedürftigen zu sammeln. So offerierte das «Restaurant Haerlin» etwa am Sonntag, den 8. Februar 1942, von zwölf bis siebzehn Uhr ein «Eintopfgericht zum Besten des Winterhilfswerkes»: Weiße Bohnen «Hausfrauenart» mit Wursteinlage (50 Gramm Fleischmarken) oder «Hamburger National» (100 Gramm Fleischmarken). Von den 2,20 Mark für die Portion gingen 1,20 an die Winterhilfe, 80 Pfennig kostete der Eintopf, und 20 Pfennig waren Bedienungsgeld.

Bei einer seiner Frühbesprechungen im Büro diskutierte Fritz Haerlin mit seinem Vertrauten Willy Wenckstern über die jüngsten Aktivitäten der «Deutschen Arbeitsfront». Die Funktionäre von Robert Ley wollten dem berühmten Hotel das sogenannte «Gaudiplom» für besondere Leistungen verleihen. Einzige Bedingung: Das «Vier Jahreszeiten» sollte eine Sammlung von NS-Literatur in die Hausbibliothek übernehmen und den Gästen zur Verfügung stellen. Die Bücher sollten sogar kostenlos geliefert werden.

Haerlin lehnte das merkwürdige literarische Geschenk ab, ebenso das Gaudiplom. «Wenckstern, ich will in meinem Haus keine NS-Auszeichnungen sehen.»

Er wollte überhaupt nicht über Politik sprechen. Viel lieber wollte er seinen Vertreter in seine privaten Pläne einweihen. Es war ohnehin Thema beim Kulissengeflüster des Personals, daß ein Fräulein Knoops aus Krefeld sich intensiv im Hotel umsah. Sie war Assistentin in der Wäscherei. Neugierig beäugt von den Bediensteten, die sich zuraunten: «Das ist die Verlobte vom Chef.»

Haerlin erklärte Wenckstern, daß er Anfang April heiraten würde. Der Vertreter beglückwünschte seinen Chef zu dem Entschluß und lobte dessen gute Wahl. Das junge Fräulein sei wirklich ausnehmend hübsch und erfrischend natürlich. Haerlin freute sich über dieses Lob, nur einen Haken hatte die ganze Sache: Als Angehöriger der SS benötigte er eigentlich die Zustimmung des Rasse- und Siedlungshauptamtes in Berlin. Der Führer wollte sichergehen, daß seine Getreuesten auch wirklich und hundertprozentig reinrassige Arierinnen heirateten, und Haerlin wußte, welch umständliche und aufwendigen Prozeduren es mit sich brachte, die nötigen Informationen über die Vorfahren zu sammeln und von der SS-Bürokratie prüfen zu lassen. Darauf wollte er nicht warten.

«Wenckstern, darüber mußt du schweigen, aber ich werde mich über diese Vorschrift hinwegsetzen. Ich bin Hauptmann der Wehrmacht, und mit meinem Soldbuch als Ausweis werde ich mich trauen lassen.»

Genauso fand die Eheschließung auf dem Standesamt von Krefeld auch statt. Trauzeuge war Dr. Georg Linsemeyer, ein Freund von Fritz, der in Düsseldorf das exklusive Hotel «Breidenbacher Hof» besaß. Nach der Zeremonie fuhr die Hochzeitsgesellschaft in Richtung Düsseldorf, wo in Linsemeyers Hotel eine festliche Tafel gedeckt war.

Sechs Wochen später holte der frischgebackene Ehemann die versäumte Prozedur nach. Auf seinem privaten Briefpapier mit dem schlichten Briefkopf «Fritz Haerlin jr., Hamburg, Hotel Vier Jahreszeiten» schrieb er am 18. Mai 1942 in gestochen schöner Handschrift: «Dem SS-Heiratsamt teile ich amtlich mit, daß ich am 4. April d. J., während eines 3wöchigen Urlaubs von der Wehrmacht – der ich seit Herbst 1939 zuletzt als Hauptmann und Abteilungsführer im Art.Regt. 30 an der Ostfront angehöre – mit Fräulein Agnes Knoops in Krefeld kriegsgetraut worden bin.

Wegen der Kürze der zur Verfügung stehenden Zeit war es mir leider nicht möglich, die Heiratserlaubnis vom dortigen

Amt einzuholen. Da ich jetzt für längere Zeit von der Wehrmacht beurlaubt bin, möchte ich dies nachholen, und bitte gehorsamst um Mitteilung, welche Unterlagen von meiner Braut bezw. jetzigen Frau und mir zu diesem Zweck verlangt werden.

SS-Brigadeführer Mörschel vom SS-Oberabschnitt Nordsee, dessen Stab ich angehöre, hat mich an die dortige Dienststelle verwiesen. Heil Hitler, Fritz Haerlin, SS-Hauptsturmführer.»

Der Chef des Heiratsamtes der SS in der Berliner Helsemannstr. 24 antwortete prompt am 26. Mai. Der Brief ist eine groteske Mischung aus NS-Bürokratismus und nationalsozialistischem Größenwahn: «Ihr weiterer Verbleib in der Schutzstaffel ist von der Erteilung der nachträglichen Heiratsgenehmigung abhängig, da Sie am 4.4.1942 ohne Genehmigung des Rasse- und Siedlungshauptamtes geheiratet haben. Anliegend erhalten Sie sämtliche zu Ihrem nachträglichen Heiratsgesuch erforderlichen Vordrucke. Dieselben sind sorgfältig ausgefüllt mit den Urkunden bis 1.1.1750 ein Jahr nach Kriegsende einzureichen.»

Mit den Urkunden bis 1750 meinte das Heiratsamt Geburtsurkunden und Auszüge aus alten Kirchenbüchern, mit deren Hilfe die arische Abstammung bis in die Mitte des 18. Jahrhunderts belegt werden mußte. An die Weisung aus Berlin hat sich Haerlin strikt gehalten. In seiner SS-Personalakte findet sich keine Antwort auf den Brief des Heiratsamtes.

An den von Goebbels' Propaganda-Maschine gebetsmühlenartig prophezeiten glorreichen Endsieg glaubten immer weniger Menschen. Wer aber daran zweifelte und dies auch nur im kleinsten Kreis äußerte, mußte mit immer drakonischeren Strafen rechnen, wenn er denunziert wurde. Im Februar 1940 war in Hamburg ein Gastwirt vom «Hanseatischen Sondergericht» zu fünf Jahren Zuchthaus verurteilt worden, weil er

«Feindsender» gehört und dessen Nachrichten unter seinen Gästen verbreitet hatte.

1942 war dasselbe Delikt tödlich. Der siebzehnjährige Hamburger Helmuth Hübner war in Berlin beim Hören von BBC ertappt worden. Todesurteil wegen «Wehrkraftzersetzung». Am 27. Oktober wurde der junge Mann im Zuchthaus Fuhlsbüttel mit dem Fallbeil enthauptet.

Selbst spezielle Vorlieben für Musik wurden von der Gestapo genau beobachtet und verfolgt. In Hamburg hatten sich kurz vor dem Krieg junge Leute zu «Swing Cliquen» zusammengeschlossen. Keine festgefügten Vereine, sondern Tanzbegeisterte, die die Musik von Benny Goodman, Louis Armstrong und Teddy Stauffer liebten. Diese Musiker waren aber als «Neger- und Juden-Musiker» verfemt, ihre Songs verboten. Die «Swinger» trafen sich trotzdem zu Feten im «Alsterpavillon» am Jungfernstieg, dem «Kleinen Fährhaus» an der Alster und in der «Caricata-Bar» in den Großen Bleichen und tanzten zum Swing. Die Gestapo sah darin eine besonders abgefeimte Art des Protests. Über vierhundert Jugendliche wurden zeitweise verhaftet, über vierzig kamen in Konzentrationslager. Um den Jugendlichen ihren prominentesten Treffpunkt zu nehmen, mußte der «Alsterpavillon» ab Ende Juni 1942 jeden Tag schon um siebzehn Uhr schließen. Einen Monat später waren solche bürokratischen Maßnahmen nicht mehr nötig, da lag der beliebte Kaffee- und Tanzpalast in Schutt und Asche.

Ausreisewillige Juden gab es im «Vier Jahreszeiten» längst nicht mehr als Gäste. Seit 23. Oktober 1941 war ihnen die Auswanderung verboten. Seit Mitte September mußten sie den «Judenstern» tragen. Und am 20. Januar war auf der geheimen «Wannseekonferenz» in Berlin die industrielle Ausrottung der europäischen Juden beschlossen worden. Jetzt rollten die Güterzüge täglich Richtung Auschwitz. Von den etwa 10000 Menschen jüdischen Glaubens, die 1939 noch in Hamburg wohnten, überlebten 600 den Krieg.

Die Briten verschärften im Sommer 1942 ihren Bombenkrieg. Hunderte Zivilisten starben. Tausende Hamburger wurden obdachlos. In den Luftschutzbunkern gab es Stände, an denen Steckrübensuppe ausgegeben wurde. Die Rationen für Brot, Fleisch und Milch wurden weiter gekürzt. Kartoffeln und Gemüse gab es kaum noch. Es war die hohe Zeit der Ersatzstoffe, neben Ersatzkaffee und Ersatzhonig kam auch Ersatzeiweiß in die Läden.

Im «Vier Jahreszeiten» wurden im Winter die Tanzabende im Souterrain verboten. Angesichts der sich abzeichnenden katastrophalen Niederlage der 6. Armee in Stalingrad waren Lustbarkeiten solcher Art nun unerwünscht. Außerdem wurde der «Jahreszeitenkeller» immer häufiger als Luftschutzkeller benötigt. Die Tanzbar war mit Sandsäcken vor den Fenstern, Stützbalken unter der Decke und Feuerlöschern luftschutztauglich gemacht worden.

Herbert Kröger, inzwischen im dritten Lehrjahr und als Kellner im Service tätig, wurde wie seine Mitlehrlinge zum täglichen Luftschutz-Bereitschaftsdienst eingeteilt. Sowie draußen in der Stadt die Sirenen losheulten, mußte er sich die tragbare Sirene um den Hals hängen. Das war ein Eisenrohr mit eingebauter Turbine, die mit einer Kordel verbunden war. Wenn Kröger daran zog, gab es einen schauerlichen Heulton. Damit mußte er über die Flure laufen, die Hotelgäste aus den Zimmern holen und in den Luftschutzkeller führen.

Hier saßen Gäste und Personal oft stundenlang und warteten auf den lang anhaltenden Heulton der Sirenen, der «Entwarnung» signalisierte. Häufig flüchteten sich auch Angestellte aus den umliegenden Büros und Passanten in den «Jahreszeitenkeller». Der Spruch, daß dies eben in allen Lebenslagen und Zeiten ein beliebter Treffpunkt sei, machte die Runde.

Die tägliche tödliche Bedrohung wurde langsam normal. Aus dem Lautsprecher des Volksempfängers kamen ständig die neuesten Meldungen über die Luftlage. Die Nachrichten vom Oberkommando der Wehrmacht ließen sich kaum noch in Erfolge ummünzen. Die deutschen Soldaten waren überall auf dem Rückzug. Die Stimmung im Luftschutzkeller wurde von Tag zu Tag düsterer, man lauschte, ob irgendwo die Bomben einschlugen oder das Pfeifen der Luftminen zu hören war, und hoffte darauf, verschont zu bleiben. Es war ein Leben zwischen Luftalarmen.

Fritz Haerlin kümmerte sich liebevoll um seine junge Frau Agnes. Wenn sie mit im Luftschutzkeller saß, machte er sich besonders große Sorgen. Sie war mittlerweile hochschwanger. Der Arzt hatte ausgerechnet, daß sie ihr erstes Kind in der vierten Märzwoche zur Welt bringen würde. In die Vorfreude des Vaters auf den Erben mischte sich die Furcht, welche Zukunft dieses Kind zu erwarten hätte.

Während der langen Wartestunden wurde zwischen den Angestellten darüber diskutiert, welche Chancen sie hatten, den Krieg zu überleben. Parteigenossen hatte es immer wenige unter ihnen gegeben, und auch die waren inzwischen an die Front abkommandiert worden. Im «Vier Jahreszeiten» arbeiteten jetzt vor allem Frauen, alte Männer, Kriegsversehrte und die Lehrlinge.

Es war kein Geheimnis, daß im Hotel auch «Feindsender» gehört wurden, der «Londoner Rundfunk» mit seinem markanten Pausenzeichen – vier dumpfe Paukenschläge. Seine Nachrichten zu hören war ebenso brisant wie lebensgefährlich.

Hotelchef Haerlin, der merkwürdige Parteigenosse, der nach übereinstimmenden Aussagen seiner Leute nie ein Parteiabzeichen trug, schritt auch da nicht ein. Dabei machten altgediente Gewerkschafter und erklärte NS-Gegner wie der schwerkriegsbeschädigte Fensterputzer Carl Sellhast, der schon knapp zwanzig Jahre im Hotel arbeitete, aus ihren Herzen keine Mördergrube. Sellhast schimpfte häufig auf den «Führer» und andere NS-Bonzen, die das Volk ins Unglück stürzten.

«Fritz Haerlin hat mir deswegen nie Vorhaltungen gemacht. Im Gegenteil, ich hatte immer sein persönliches Wohlwollen.» In der Mannschaft des «Vier Jahreszeiten» gab es zu seinem Glück auch keinen Spitzel, der solche kritischen Bemerkungen weitermeldete.

Fritz und Agnes Haerlin warteten auf die Geburt ihres ersten Kindes. Für den Vater war klar, wie der Junge heißen sollte: Friedrich Haerlin wie sein berühmter Großvater, wie sein Urgroßvater, der Bäckermeister und Gastwirt aus Gaisburg, wie sein Ur-Urgroßvater, der Ökonom aus Hildrighausen und wie sein Ur-Ur-Urgroßvater, der Magister und Stadtpfarrer aus Stuttgart.

Es war wirklich ein Schock für ihn, als er am 23. März zum ersten Mal sein Kind in die Arme gelegt bekam: Es war ein Mädchen. Er konnte seine Enttäuschung auch vor Ehefrau Agnes nicht verbergen, die sofort das Gefühl hatte, versagt zu haben.

In der Reformierten Kirche in der Ferdinandstraße wurde die Tochter schließlich auf den Namen Thekla Clara Haerlin getauft. So konnten sie zumindest das Andenken an die gerade verstorbene Mutter wachhalten. Der Name Clara stammte von deren Schwester, die 1891 so heftig von einer Heirat mit Friedrich Haerlin abgeraten hatte.

Thekla Clara Haerlin war gerade vier Monate alt, als über Hamburg ein wahrer Feuersturm hereinbrach. Vom 25. Juli bis zum 3. August dauerte die «Operation Gomorrha», mit der der britische Luftmarschall Arthur T. Harris die Rüstungsbetriebe der Hansestadt ebenso wie die Wohnviertel der Arbeiter zerstören wollte. Die Bevölkerung sollte total demoralisiert werden.

Am 25. Juli um 0.33 Uhr gab es Fliegeralarm. Es war eine schöne warme Sommernacht, der Himmel war sternenklar. Auch im «Vier Jahreszeiten» gingen Gäste und Personal wieder in den Luftschutzbunker. Um 0.57 Uhr fielen die ersten Bomben. 791 britische Bomber luden ihre tödliche Fracht über der Stadt ab. Die deutsche Flugabwehr, die dank radargesteuerter Kanonen bislang eine Menge feindlicher Maschinen abgeschossen hatte, war diesmal blind. Denn aus den Bombern fielen zahllose lange Stanniolstreifen, die langsam zu Boden flatterten und die Radargeräte außer Gefecht setzten. Ganze Stadtviertel wurden verwüstet, und zum erstenmal fegten orkanartige Feuerstürme durch die Trümmerstraßen. Tausende Menschen, die in den Kellern Schutz gesucht hatten, starben an Kohlenmonoxidvergiftungen.

In der Nacht vom 3. August ging der letzte «Gomorrha»-Angriff über Hamburg hinweg, bei dem die Staatsoper in der Dammtorstraße ausbrannte. Vor allem die östlichen Stadtviertel waren dem Erdboden gleich gemacht. Hammerbrook wurde zur «toten Zone» erklärt. Wie riesige Skelette standen die Reste der Kontorhäuser in der Innenstadt. Feuerwehrleute und Technisches Hilfswerk bargen mehr als 30000 Leichen aus den Ruinen und Trümmern. Ein Drittel aller Wohnhäuser Hamburgs war zerstört. Das potemkinsche Dorf, das zum Tarnen und Täuschen über die Binnenalster gebaut worden war, existierte nicht mehr. Aber das «Vier Jahreszeiten» hatte auch diese Schreckenstage überstanden.

«Ich würde Hitler die Augen auskratzen»

Das Dauerbombardement hatte auch beim Personal des Hotels heftige Debatten darüber ausgelöst, was Hitler und seine Führungsclique dem Volk noch weiter zumuten wollten, ehe sie einen Krieg beendeten, der ganz offensichtlich nicht mehr zu gewinnen war. Besonders heftig machte Martha Krause ihrer Empörung Luft. Eine ältere Frau, klein und eher unscheinbar. Seit 1924 im Hotel. Sie war die Königin der Kaffeeküche. Morgens war sie schon eine halbe Stunde vor Dienstantritt auf ihrem Posten, damit um sechs Uhr der Kaffee auch wirklich perfekt und in ausreichenden Mengen parat wäre. Wen sie mochte, der wurde von ihr verwöhnt. Wer sie von oben herab behandelte, bekam ihr schnelles, scharfes Mundwerk zu spüren.

Als sie wieder einmal eine Durchhalterede des «Führers» gehört hatte, erklärte sie in der Küche lautstark: «Für mich ist Hitler der größte Massenmörder aller Zeiten. Wenn ich den jetzt vor mir hätte, würde ich ihm die Augen auskratzen.»

Leider bekam eine NS-Krankenschwester, die gerade an der Alster einquartiert war, den Wutausbruch von Martha Krause mit. Sie lief in das Büro von Fritz Haerlin, berichtete von dem Vorfall und verlangte, daß die Kaffeeköchin sofort entlassen und als «Volksschädling» angezeigt würde. Es kostete Haerlin viel diplomatisches Geschick und lange Gespräche mit der empörten Nazifrau, ehe er sie davon überzeugt hatte, daß Martha Krause wegen der großen Nervenbelastung der letzten Wochen gar nicht mehr bei Sinnen sei und nicht wisse, was sie überhaupt sage. Er würde mit ihr reden. Er kenne sie, sie sei eine verläßliche Frau.

Das Wunder geschah, die NS-Schwester gab sich damit zufrieden. Die Sache blieb in den Wänden des Hotels. Nach dem Krieg bedankte sich Martha Krause bei Haerlin für seinen Einsatz. Erst nun sei ihr klargeworden, in welcher Gefahr sie geschwebt habe. «Sie haben mich damals vor dem Schlimmsten bewahrt.»

Noch im August 1943 bekam Fritz Haerlin neue Mieter in seinem unversehrten Hotel. Die Hauptverwaltung der Konsumgenossenschaft «Produktion» war in Schutt und Asche gelegt worden, und das Büropersonal zog in die dritte Etage des Hotels ein, die ohnehin leer stand. Die Kaufleute blieben dort bis zum Ende des Krieges und bescherten Fritz Haerlin völlig unerwartet hohe Einkünfte. Von 1942 auf 1943 verdoppelten sich die Einnahmen auf 48 538 Reichsmark. Und 1944 konnte er mit 87 711 Reichsmark das mit Abstand höchste Einkommen registrieren, seitdem er die Leitung des «Vier Jahreszeiten» übernommen hatte.

Die Führung der Wehrmacht in Berlin schien von dem Flächenbombardement in Hamburg völlig unbeeindruckt zu sein. Offenbar glaubte man in den Führungsetagen noch immer an den «Endsieg». Im September bestellte die Kriegsmarine bei der «Deutschen Werft AG» fünfzig U-Boote vom Typ XXVIII. Und im November ging bei «Blohm + Voss» der Auftrag mit 108 U-Booten vom Typ XXI ein, der größte Auftrag in der Marinegeschichte. In den bombensicheren Spannbetonbunkern am Hafen wurde an den Booten noch gearbeitet, als die Engländer schon auf Hamburg vorrückten.

Im November 1943 mußte Fritz Haerlin Abschied nehmen von seiner Frau Agnes, Tochter Thekla und seinem Hotel. Die Wehrmacht brauchte jetzt jeden Mann. Schon im Februar waren 15jährige Schüler in Uniformen gesteckt worden, die von nun an als Flakhelfer die Luftverteidigung verstärken sollten.

Die Alliierten waren in Sizilien gelandet. Wenig später kapitulierte Hitlers Verbündeter Italien. Die sowjetischen Truppen rückten nach dem Sieg bei Stalingrad unaufhaltsam nach Westen vor. Bei der Konferenz von Teheran sagten US-Präsident Roosevelt und der britische Premier Churchill ihrem Kriegspartner Stalin zu, im folgenden Sommer mit einer Invasion an der französischen Kanalküste eine zweite Front im Westen zu eröffnen.

Haerlin hatte in dieser Situation unvorstellbares Glück. Er, der Artillerieoffizier, mußte nicht zurück zu seinem Regiment, das noch immer an der Ostfront stand und in verlustreiche Rückzugsschlachten verwickelt war. Sein letzter Vorgesetzter, Major Wüstenhagen, unter dem er bis Februar 1942 in Rußland als Chef einer Batterie gedient hatte, war inzwischen in die «Komandantur Paris» versetzt worden. Wüstenhagen sorgte dafür, daß sein Kriegskamerad in die französische Hauptstadt beordert wurde. Er brauchte jemanden, der den Hotelzimmernachweis für die Wehrmachtsoffiziere organisierte. Es war leicht zu begründen, daß Haerlin dafür der ideale Mann sei. Sein neuer Dienstsitz wurde das Hotel «Maurice».

Bis Ende Januar 1944 konnte er das Leben in der Etappe genießen. In Paris war von Krieg nichts zu spüren bis auf die Tatsache, daß deutsche Soldaten das Straßenbild beherrschten. Die Schaufenster der Geschäfte waren gut gefüllt. Hier gab es noch alles zu kaufen, von dem man zu Hause nur noch träumen konnte. Fritz Haerlin packte Päckchen mit Schokolade für die kleine Thekla und Seidenstrümpfe und Pralinen für Ehefrau Agnes.

Als wohlhabender Mann konnte er das Leben in der Seine-Metropole ausgiebig genießen. Zusammen mit seinem Patensohn Hans Ravenborg, der mit seiner Artillerieeinheit in der Nähe von Reims stationiert war, besuchte er die Revuen im «Folies Bergère» und im «Lido» und tafelte in den besten Restaurants. Onkel Fritz sorgte dafür, daß Hans zum Wochenende häufig Parisurlaub bekam.

Fritz Haerlin war bei den Pariser Gastronomen ein bekannter Mann, den es zu verwöhnen galt. Man schickte ihm hübsche Frauen in die Loge und wollte ihn auch nicht bezahlen lassen. Er lehnte solche «Mätzchen» ab. «Wenn ich hier keine Rechnung kriege, komme ich nicht wieder.» Ravenborg: «Er war einfach ein Weltmann, der sich nicht einfangen lassen wollte.»

Bei ihren Treffen sprachen die beiden über die ständig hoffnungsloser werdende Lage an der Front und natürlich auch über die mörderische Verfolgung der Juden. Fritz Haerlin habe das sehr bedrückt, sagt Hans Ravenborg. Er habe geholfen, wo immer er konnte, «weil er die Verpflichtung fühlte, dieses schreckliche Unrecht ein bißchen zu lindern. Nach dem Krieg aber hat er es strikt abgelehnt, über die NS-Zeit zu sprechen.»

Keine Liebesnacht für den U-Boot-Kapitän

Unter den Militärs, die seit Kriegsbeginn im Hotel die Szene beherrschten, war auch ein General, der die Oberaufsicht über die Kriegsgefangenenlager hatte. Dort waren vor allem britische Soldaten interniert, die der Wehrmachtsverwaltung ziemliches Kopfzerbrechen machten. Immer wieder unternahmen Soldaten und Offiziere Fluchtversuche, und das bedeutete

Großalarm, Großfahndung und eine Menge Papierkrieg. Der General spülte seinen Frust in der Kellerbar herunter.

Page Herbert Kröger war vor allem beeindruckt vom militärischen Brimborium, das den Mann begleitete. Er selbst schlief in einer Suite mit Alsterblick. Seine achtköpfige Leibwache war im Keller des Gepäckmeisters untergebracht. Jeden Morgen, wenn der General zu seinen Dienstgeschäften aufbrechen wollte, brüllte der Anführer der Wachmannschaft: «Wache raustreten!» Dann stellten sich die Soldaten vor dem Hotel auf, präsentierten das Gewehr, und ihr Vorgesetzter machte seinem Chef Meldung, daß nichts zu melden sei. Kröger empfand dies als Kaspertheater angesichts der schrecklichen Nachrichten von der Front und angesichts der mörderischen Bombardements.

Doch nicht nur der General legte Wert auf militärische Etikette. Im Hotel wohnte auch Baron von Bauer, hochdekorierter Fliegeroffizier aus dem 1. Weltkrieg, der nun in Hamburg für die Tarnung wichtiger Betriebe und öffentlicher Bauten gegen alliierte Bomber zuständig war. Ein äußerst lebenslustiger Mann, der dem Filmschauspieler Gustav Fröhlich zum Verwechseln ähnlich sah. Doch was den Komment anging, kannte er keine Gnade.

Eines Abends hatte Kröger Fahrstuhldienst. Er stand mit Baron Bauer im Lift, als ein junger Rekrut in Uniform dazutrat. Kröger erkannte ihn als Sohn des bekannten Privatbankiers Donner, der schon häufiger Gast im «Vier Jahreszeiten» gewesen war und sich jetzt wieder während eines Heimaturlaubs einquartiert hatte. Kröger begrüßte ihn mit einem freundlichen «Guten Abend, Herr Baron».

Bauer, offenbar irritiert von der Anwesenheit eines einfachen Soldaten in dem Luxushotel, schnauzte den Pagen an: «Was heißt hier Baron? Das ist Schütze Donner, merken Sie sich das!»

Die strengen Regeln des Hotel galten für alle, für Offiziere wie für Schützen. Das hatte Kröger gelernt, als im September 1941 der als Kriegsheld gefeierte U-Boot-Kommandant Engelbert Endrass ins «Vier Jahreszeiten» einzog. Als erster Wachoffizier hatte er den legendären Günther Prien im Oktober 1939 bei der spektakulären Feindfahrt nach England begleitet. An allen Seesperren vorbei war U 47 in die Bucht von Scapa Flow gelangt und hatte das britische Schlachtschiff «Royal Oak» versenkt. Prien, Endrass und die gesamte Mannschaft wurden in Berlin mit einem Triumphzug begrüßt. Hitler empfing die Mannschaft zum Mittagessen in der Reichskanzlei. Prien wurde mit dem Ritterkreuz dekoriert.

Kapitänleutnant Endrass sollte nun in Hamburg ein neues U-Boot übernehmen, das bei «Blohm + Voss» gebaut worden war. Es dauerte knapp sechs Wochen, bis alle Probeläufe und technischen Prüfungen auf der Werft abgeschlossen waren. Die Pagen bewunderten den berühmten Soldaten, nicht zuletzt deswegen, weil er ein Frauentyp war und stets die hübschesten Mädchen am Arm hatte. Chefportier Carl «Charlie» Braun wachte von seiner Loge aus mit Argusaugen darüber, daß auch zu Kriegszeiten Sitte und Moral im «Vier Jahreszeiten» nicht untergingen. Fremde Frauen hatten auf den Zimmern nichts zu suchen.

Eines Nachmittags kündigte Endrass beim Portier an, daß sein Boot nun zum Auslaufen bereit sei und er am nächsten Morgen ausziehen werde. Charly Braun bedauerte diese Mitteilung zutiefst und wünschte dem «verehrten Herrn Kaleu» viel Glück für die nächste Feindfahrt. Der bedankte sich und sagte dem Portier, daß er packen gehe. Die Jungen auf der Pagenbank registrierten, daß das BDM-Mädel hinreißend aussah, das Endrass begleitete.

Braun winkte den Pagen Kröger zu sich und gab ihm einen

delikaten Auftrag: «Geh da mal hinterher. Guck mal, was da los ist.» Kröger, der über die Schnüffelorder gar nicht begeistert war, folgte den beiden und sah sie zusammen in einem Zimmer verschwinden. Mit dieser Nachricht ging er zu Braun. Der griff zum Hörer und rief oben an. Als Endrass sagte, die junge Dame helfe ihm beim Packen, erwiderte Braun nur, dafür gebe es Zimmermädchen, die Dame müsse sofort herunterkommen. Kurz darauf verließ die junge Frau das Hotel. Kröger: «Wahrscheinlich haben wir Endrass um seine letzte Liebesnacht gebracht. Denn mit seinem neuen U-Boot U 567 ist er am 21. Dezember 1941 nordöstlich der Azoren versenkt worden.»

Im «Vier Jahreszeiten» versuchte man sich also weiter in Normalität. In der Küche gab es zwar schon längst keine Delikatessen mehr, aber was gekocht wurde, mußte erste Klasse sein. So war es nur zu verständlich, daß der kommandierende General im Luftgau XI, Hubert Weise, bei den Köchen sehr beliebt war, schaffte er doch für seine zahlreichen Feste per Flugzeug Sachen heran, die sie schon lange nicht mehr gesehen hatten. Zu seinem Kommando gehörte seit 1940 auch das besetzte Dänemark. Von dort hatte er zu einer dieser Parties einen großen Karton mit lebenden Hummern einfliegen lassen. Die galten damals als absolute Rarität. Sous-Chef Hans-Jürgen Wohlrab war für die Zubereitung der Krustentiere zuständig. Er bat die Kellner inständig, entgegen üblicher Gepflogenheiten keinesfalls die Hummerschalen wegzuwerfen. «Alles wieder zurück in die Küche, da mache ich noch eine wunderbare Hummersuppe draus.»

Nachdem der Hummergang beendet war, stapelten sich auf dem Arbeitstisch von Wohlrab die leeren roten Schalen. Doch ehe er damit beginnen konnte, daraus eine Suppe zu kochen, trat Küchenchef Hahn auf den Plan und befahl, die Reste wegzuwerfen. Es war auch in schweren Zeiten ein ehernes Gesetz: Was der Gast auf seinem Teller liegenließ, war tabu. Essensreste kamen in die «Drank-Tonne» und wurden als Schweinefutter verwendet, anderes kam in den Müll.

Hotelchef Haerlin sah es als Kündigungsgrund an, wenn er bei seinen Inspektionsgängen einen Kellner erwischte, der sich von den abservierten Tellern einen Brocken in den Mund schob. Besonders für die hungrigen Lehrlinge war das stets eine große Versuchung.

Für Fritz Haerlin war das schöne Leben in Paris im Februar 1944 zu Ende. Doch noch einmal hatte er Glück, er mußte nicht an die Front. Die Wehrmacht wollte den Batteriechef zur Verteidigung der französischen Kanalküste einsetzen.

In der Bretagne und Normandie waren inzwischen riesige Bunkeranlagen mit weitreichenden Kanonen gebaut worden. Damit sollte die erwartete Invasion der Alliierten abgewehrt werden, die mit einer Armada von Kriegsschiffen versuchen würden, in Frankreich zu landen. Um für diese Aufgabe gerüstet zu sein, mußte Haerlin einen Speziallehrgang an der «Küstenartillerieschule» im norwegischen Bergen absolvieren. Gut drei Monate sollte das dauern, eine neue Atempause, diesmal an den Fjorden.

Ein weiteres Glück: Auf dem Weg von Paris nach Norwegen konnte er in Hamburg Station machen, seine Frau und seine Tochter Thekla in die Arme schließen und auch im «Vier Jahreszeiten» nach dem Rechten sehen.

Es wurde nur ein kurzer Aufenthalt. Fritz Haerlin fuhr durch die Stadt und war geschockt über die wachsende Trümmerwüste. Angesichts dieser Zerstörungen fragte er sich, wer denn in Hamburg noch an die Parolen vom Endsieg und von der sagenumwobenen Wunderwaffe glaubte. Als wirkliches

Wunder empfand er es, daß sein Hotel noch immer von den Bomben verschont worden war. Es wirkte fast wie eine Fata Morgana zwischen den Ruinen.

Direktor Willy Wenckstein hatte als gute Nachricht die erfreuliche Mitteilung zu bieten, daß die Konsumgenossenschaft pünktlich ihre Miete überwies. Ansonsten war die Versorgungslage schlechter denn je, und vom großen Mitarbeiterstab des «Vier Jahreszeiten» war nur noch eine Rumpfmannschaft übriggeblieben. Fast das gesamte männliche Personal war zur Wehrmacht eingezogen worden.

In seinem Büro im Souterrain des Hotels beriet Haerlin mit seinem Vertrauensmann, wie man denn für den Fall der Fälle vorsorgen könnte. Die beiden beschlossen, daß bei einem Heranrücken der Alliierten die besten Weine und Spirituosen, aber vor allem das wertvolle Silber, Bestecke, Kerzenleuchter, Tischaufsätze und Tabletts versteckt werden müßten. Am besten eingemauert in den großen Zwischenräumen unter dem Hoteleingang. In diese Aktion sollten nur die vertrauenswürdigsten, langgedienten Angestellten eingeweiht werden.

«An den Mädchen fehlt einfach ein Stück»

Zu Hause in der Hansastraße 7 empfing Ehefrau Agnes ihren Fritz mit einem festlichen Essen. Die kleine Thekla, inzwischen fast ein Jahr alt, krabbelte auf dem Teppich im Salon herum und krähte zur Freude des Vaters laut «Papa, Papa». Der erinnerte sich in diesen glücklichen Stunden daran, daß es noch immer keinen Stammhalter gab, der später einmal das

Hotel übernehmen könnte. Daß eine Frau dazu in der Lage sein könnte, war für ihn undenkbar.

Als neun Monate später, am 2. November 1944, sein zweites Kind geboren wurde, war es wieder eine Tochter. Hauptmann Haerlin erhielt einen kurzen Fronturlaub, reiste nach Hamburg und nahm ziemlich enttäuscht die kleine Annemarie in den Arm.

Im Hotel wurde der frischgebackene Vater von seinen Leuten beglückwünscht. Die altgediente Wäschebeschließerin Wedel, die schon seit zwanzig Jahren Dienst in der «Leinenstube» machte, schüttelte dem Junior, wie sie ihn nannte, bewegt die Hand. Haerlin bedankte sich mit unzufriedener Miene: «Mensch, Frau Wedel, die Mädchen sind ja ganz prima. Aber es fehlt einfach ein Stückchen daran.» Und dabei spreizte er Daumen und Zeigefinger der rechten Hand. Die Frau war über diese Geste ihres Chefs so betroffen, daß sie noch Jahre später im vertrauten Kollegenkreis davon erzählte und sich besorgt fragte: «Was soll bloß mal mit den Mädchen werden?»

Das Leben auf der Küstenartillerieschule im norwegischen Bergen war vergleichsweise beschaulich gewesen. Doch als Fritz Haerlin dort im Februar 1944 zur Spezialausbildung antrat, hatte der Naziverbündete Vidkun Quisling gerade verkündet, daß er 75 000 junge Norweger als deutsche Hilfssoldaten für die Ostfront mobilisieren wolle. Die Bevölkerung war in großer Unruhe, die Widerstandsbewegung verstärkte ihre Aktionen und versenkte vor der Küste einen deutschen Truppentransporter. Im Gegenzug beschränkte der deutsche Reichskommissar Josef Terboven die Bewegungsfreiheit der Norweger erheblich. Das Land wurde in Zonen aufgeteilt, nur mit einer Sondergenehmigung durften die Bewohner von einer

Zone in die andere reisen. Zahlreiche Widerstandskämpfer wurden hingerichtet.

Fritz Haerlin erlebte, wie am 20. April 1944 die historische Altstadt von Bergen in Flammen aufging. Bei Reparaturarbeiten auf dem niederländischen Frachter «Voorbode», der tonnenweise Dynamit geladen hatte, setzte ein Schweißgerät die hochexplosive Fracht in Brand. Die gesamte Ladung explodierte. Hundert Norweger und hundert Deutsche wurden getötet, mehr als viertausend Menschen wurden schwer verletzt. Angesichts der Katastrophe entspannte sich das Verhältnis zwischen Norwegern und Besatzern kurzfristig. Die deutschen Soldaten in Bergen halfen unermüdlich bei der Bergung und medizinischen Versorgung der Zivilbevölkerung.

Im Juni war Fritz Haerlin wieder bei der Truppe, diesmal als Verpflegungsoffizier beim Artilleriekommandeur 482, Oberst Babinger in Belgien. Hier lernte er einen anderen Hamburger kennen, Henry Rachow einen stattlichen Mann, der stolz darauf war, im Schatten der Nikolaikirche am Hopfenmarkt geboren worden zu sein, überaus selbstbewußt, schlagfertig und von trockenem Humor. Er hatte es bis zum Oberleutnant gebracht, war mit dem Eisernen Kreuz 1. und 2. Klasse, dem Kriegsverdienstorden und dem Sturmkampfabzeichen dekoriert worden. Die Orden versenkte er bei Kriegsende in einer Latrine, seine stramme militärische Haltung behielt er sein Lebtag bei.

Als Nachrichtenmann hatte er in Süditalien dem Stab von Generalfeldmarschall Rommel angehört und war später an die französische Atlantikküste verlegt worden. Nach der Invasion der Alliierten in der Normandie am 6. Juni war er nach Belgien gekommen.

Briten und Amerikaner machten mit ihren überlegenen

Waffen schnelle Geländegewinne. Bei der Wehrmacht gab es hohe Verluste. Die Zahl der Toten ging in die Zehntausende.

In der Heimat, zu Hause in Hamburg, tobte der Krieg nicht weniger heftig. Am 17. Januar 1945 warfen 250 amerikanische Bomber am hellichten Tag ihre Bomben auf den Hafen und auf die Fabriken im südlichen Stadtteil Harburg. Mit diesen und den folgenden Luftschlägen sollten die letzten Industrieanlagen der Hansestadt zerstört werden, die noch für die Wehrmacht arbeiteten.

Lebensmittel und Energie waren inzwischen so knapp geworden, daß die «Hamburger Zeitung» am 25. Januar dazu aufrief, jeden Tag zum Spartag für Kohle, Gas und elektrischen Strom zu machen. Wegen Papiermangels war die «Hamburger Zeitung» das einzige Blatt, das noch erschien. Nur der Rundfunk war noch überall in der Stadt zu empfangen. Das Radio sendete die aktuellen Luftlagemeldungen und Erfolgsberichte über siegreiche Abwehrkämpfe gegen die Alliierten. Merkwürdig war nur, daß die «Siege» immer näher rückten.

Manchmal meldete sich Gauleiter Karl Kaufmann zu Wort, der inzwischen Reichsverteidigungskommissar für Hamburg geworden war. Am 16. April versprach er der Bevölkerung: «Ich werde bei Euch bleiben, komme, was da kommen mag, und Hamburg nicht verlassen. Ich weiß, daß Sie mir vertrauen.»

Zwischen Militärs, SS und Parteiführung war längst ein Machtkampf um die Frage entbrannt, ob Hamburg gegen die Engländer «bis zur letzten Patrone» zu verteidigen wäre oder kampflos an die Briten übergeben werden sollte.

Am 22. April wurde die Stadt offiziell zur «Festung» ernannt. Oberster Befehlshaber war nun Kampfkommandant Generalmajor Alwin Wolz. Der hatte sich heimlich mit Kaufmann darauf geeinigt, zu kapitulieren und die Stadt zu übergeben.

Im Hotel «Vier Jahreszeiten» lief derweil die Aktion «Maurermeister». Aus dem Weinkeller wurden Tausende Flaschen Bordeaux, Burgunder und Champagner in das Versteck unter dem Hoteleingang gebracht. Dazu der Silberschatz des Hauses und alte Cognacs und Portweine. Die Haushandwerker zogen eine Mauer hoch, die anschließend gepinselt wurde. Davor wurde ein alter Büroschrank gerückt. Agnes Haerlin überwachte die Arbeiten und besprach dann mit Willy Wenckstein, was geschehen würde, wenn die Engländer Hamburg besetzten. Man konnte sich ausmalen, daß sie das «Vier Jahreszeiten» beschlagnahmen würde. Viele Alternativen gab es in der Ruinenstadt nicht mehr. So lange wie möglich sollte der Betrieb im Hotel weitergehen. Danach mußte man sehen, wie der Schaden für das Haus begrenzt werden könnte.

Am 27. April kam die Meldung, daß Bremen nach heftigen Kämpfen erobert worden war. Zwei Tage später setzten die Briten bei dem Dorf Artlenburg östlich von Geesthacht über die Elbe. Am Abend desselben Tages sprach Reichsstatthalter Kaufmann wieder im Rundfunk. Er rief zur Ruhe auf und warb um Vertrauen: «Der Weg, den mir Herz und Gewissen vorschreiben, ist klar.» Zu der Zeit hatte er sich in einem Befehlsstand im Stadtteil Pöseldorf nahe der Alster verschanzt. Er befürchtete, daß SS-Einheiten ihn als «Wehrkraftzersetzer» suchen könnten.

Zwei Parlamentäre, die durch die britischen Linien gegangen waren, brachten am Nachmittag des 1. Mai die Aufforderung der Engländer mit, zu kapitulieren.

Hamburg wurde zur «offenen Stadt» erklärt, die Einheiten

der Wehrmacht bekamen den Befehl, nicht mehr zu schießen und sich zurückzuziehen. Am Mittag des 2. Mai klebte am Gänsemarkt an der Geschäftsstelle der «Hamburger Zeitung» der Aufruf zur Kapitulation, unterzeichnet von Karl Kaufmann. Die Hamburger sollten bis zum Einmarsch der Briten nicht mehr aus ihren Häusern gehen.

Am Nachmittag des folgenden Tages rückten Soldaten der 7. Panzerdivision mit ihren Tanks über die unzerstörten Elbbrücken nach Hamburg ein. An den Trümmerfeldern im Stadtteil Hamm vorbei fuhren sie durch die Mönckebergstraße zum Rathausmarkt. Vor dem Portal wartete General Alwin Wolz im Kreis seiner Getreuen. Um 18.25 Uhr übergab er salutierend die Stadt an den britischen Brigadegeneral Douglas Spurling.

Treffpunkt «Four Seasons Club»

Auch vor dem «Vier Jahreszeiten» fuhren die britischen Panzer vor. Die letzten deutschen Offiziere hatten das Hotel tags zuvor verlassen, jetzt zogen englische Offiziere ein. Der Neue Jungfernstieg wurde mit Tanks weiträumig abgesperrt. General Spurling schlug in dem Hotel sein Hauptquartier auf, er war vorläufig auch «Civil Administrator». In den Abendstunden bezog auch Major Morrison als «Leading Officer of Military Government» eine Suite an der Alster. Wenig später löste ihn Brigadier Armytage ab, der als erster Chef der britischen Militärregierung bis August 1946 in Hamburg blieb und sich einen Namen als eisenharter Mann machte.

Die Kellner, Köche, Zimmermädchen, Pagen und Portiers wurden dienstverpflichtet. Sie hatten künftig für die Besatzungssoldaten zu arbeiten. Neben den Zimmern mit allem Mobiliar wurden auch sämtliche Vorräte in den Kühlräumen und Kellern beschlagnahmt. Der linke Teil des Hotels wurde von den Offizieren genutzt, hier richteten sie sich auch den legendären «Four Seasons Club» ein. Für die hohen Militärs des «Hauptquartiers der Britischen Rheinarmee» wie später für die Männer der «Kontrollkommission für Deutschland (britisches Element)», früher Militärregierung, wurde der Club bevorzugter Treffpunkt.

Der rechte Teil des «Vier Jahreszeiten» wurde zum sogenannten «Transittrakt» erklärt. Dort logierten die einfachen Soldaten, die auch ihre eigenen Bars und Speiseräume bekamen.

Gut abgeschirmt von der deutschen Bevölkerung, feierten sie ihren Sieg. Am 8. Mai 1945 hatte die deutsche Wehrmacht endgültig kapituliert. Das «tausendjährige Reich» Adolf Hitlers hatte aufgehört zu existieren.

Das «Vier Jahreszeiten» war wie alle Militärquartiere in der Stadt scharf gesichert. Vertreter der Hamburger Behörden, die von den Briten mit der Verwaltung der Stadt beauftragt wurden, brauchten spezielle Passierscheine, um zu ihren Gesprächspartnern zu gelangen. Statt der Portiers saßen nun Soldaten und Militärpolizei am Empfang. Sie kontrollierten die Papiere, telefonierten mit den entsprechenden Offizieren, und wenn der Besuch erwünscht war, wurden die Besucher, von Soldaten eskortiert, zum Treffpunkt gebracht und wieder abgeholt. Dann hatten sie ihren mit Uhrzeit und Unterschrift versehenen Besucherzettel wieder abzuliefern.

Die Beziehungen zwischen Deutschen und Briten wurden zunehmend frostiger, nachdem Marschall Bernard Law Montgomery am 10. Juni, angesichts der Massenmorde und Greueltaten in den Konzentrationslagern, in seiner «zweiten Botschaft» an die Bevölkerung eine Periode der «Non-Fraternisation» ausgerufen hatte. Sein erklärtes Ziel war es, damit den Deutschen sowohl «das Übel des Nationalsozialismus» vor Augen zu führen sowie «ihre eigene letztendliche Verantwortung für die Verbrechen des Naziregimes». Zwar wurde dieses Verdikt durch Montgomery selbst einen Monat später wieder zurückgenommen, aber Brigadier Armytage fuhr in Hamburg weiter seinen harten Kurs.

Zwei Drittel des Hamburger Wohnraums war durch die Bombenangriffe zerstört worden. 152000 Hamburger hausten in Notquartieren, in Kellern, Gartenhäusern, Luftschutzbunkern, Baracken und Nissenhütten. Gleichwohl wurden von der Militärverwaltung großzügig Häuser und Wohnungen requiriert. Den Bewohnern war es nicht erlaubt, «irgendwelche Möbel oder Hausrat herauszunehmen». Ausgenommen davon waren etwa Kochgeräte, Kleidung und Bettzeug. Es kam zu Protesten der betroffenen Familien.

Anfang 1946 schrieb deshalb der von den Briten eingesetzte Bürgermeister Rudolf Petersen einen höflichen Beschwerdebrief an Brigadier Armytage. «Ich kann nicht helfen zu erwähnen, daß diese neuen Beschlagnahmen, besonders die Beschlagnahmen von Wohnungen in Eppendorf, beachtlichen Ärger, um nicht zu sagen Unwillen, unter der Bevölkerung verursacht haben. Solche Maßnahmen würden notwendigermaßen die Arbeit schwieriger machen, die ich und der Senat bemüht sind auszuführen, um die Mühen und Gefahren des Winters zu bewältigen.»

Fünf Tage später antwortete Armytage. Petersen möge sich klarmachen, «daß meiner Meinung nach das deutsche Volk keinerlei Recht hat, weder erbittert noch ungehalten zu sein, wenn es dem britischen Besatzungspersonal Platz machen muß.» Schließlich habe das deutsche Volk die ganze Welt in Untergang und Elend gestürzt. «Die Behandlung, die dem deutschen Volk von Seiten der Besatzungsmächte zuteil wird, ist nicht nur weit davon entfernt, hart zu sein, sondern ist außerordentlich milde und gerecht. Lassen Sie mich nicht noch mehr von diesem Unsinn hören!»

Agnes Haerlin erlebte die Kapitulation Hamburgs mit ihrer Tochter Thekla und dem Baby Annemarie in dem weitgehend ausgebrannten Haus in der Hansastraße 7. Notdürftig waren Zimmerdecken und Fenster geflickt, damit wenigstens einige Räume bewohnbar waren. Als Glück erwiesen sich nun die benachbarte Gärtnerei und die Gewächshäuser. Von dort konnte sie zumindest frisches Gemüse für die Kinder bekommen. Mit Angst und Sorgen wartete sie auf die Rückkehr ihres Mannes, von dem sie schon wochenlang keine Nachricht mehr erhalten hatte.

Fritz Haerlin war es gelungen, sich in der Nähe von Koblenz von seiner Truppe abzusetzen. Die meisten seiner Kameraden, auch sein Freund Henry Rachow, wurden von der US-Armee gefangengenommen. In langen nächtlichen Fußmärschen schlug Haerlin sich nach Norden durch. Immer in Gefahr, vom letzten Aufgebot der Feldjäger – die von den Soldaten wegen der großen Blechschilder auf der Brust «Kettenhunde» genannt und wegen ihrer Härte gefürchtet wurden – als Deserteur aufgegriffen und standrechtlich erschossen zu werden.

Eine Bäuerin im Bergischen Land hatte Mitleid mit dem Flüchtling. Er war ihr sympathisch, weil er einiges von der Landwirtschaft und noch mehr von Pferden verstand. Fritz wußte Rat, wie der einzig verbliebene, aber lahmende Gaul auf dem Hof zu kurieren war. Als Dank durfte er seine Hauptmannsuniform gegen Arbeitshose, Filzjacke und Halbschuhe tauschen. Eine Schirmmütze vervollständigte die Verwandlung des Soldaten in einen Landmann.

Als dann der Krieg zu Ende war, mußte Fritz Haerlin sich vor den englischen Soldaten vorsehen. So kurz vor dem Ziel wollte er auf keinen Fall in einem Kriegsgefangenenlager landen. Er kam tatsächlich unentdeckt bis zur Elbe. Hier allerdings war Endstation, denn die Briten hatten alle Elbbrücken für Zivilisten gesperrt. Die Blockade wurde erst Ende Juli wieder aufgehoben. Doch Fritz hatte wieder Glück. Er fand Unterschlupf bei einem Schlachtermeister im Alten Land, der ihn aus der Vorkriegszeit kannte. Hier konnte er sich einige Tage versteckt halten, bis die Ausgangssperre von der Militärregierung gelockert wurde. Dann setzte er, als Fleischer verkleidet, per Boot über die Elbe und kam glücklich zu Frau und Kindern zurück.

Die Wiedersehensfreude währte nur kurz. Die Briten suchten nach alten Nazis. Besonders SS-Leute hatten sie im Visier. Der Totenkopf-Orden war inzwischen zur verbrecherischen Organisation erklärt worden. Ihr mörderisches Unwesen in den Konzentrationslagern hatte die alliierten Soldaten entsetzt, als sie die Lager befreiten und Leichenberge, Vergasungsanlagen, Verbrennungsöfen entdeckt und Zehntausende fast verhungerte Häftlinge gefunden hatten.

Fritz Haerlin wurde im Juli 1945 verhaftet und in das «Zivilinternierungslager Neuengamme» eingeliefert. Hier im Süden Hamburgs hatte die SS am 13. Dezember 1938 ein Konzentrationslager errichtet, in dem vor allen Dingen Klinkersteine produziert werden sollten. Im September 1942 waren im «Bunker» des Lagers 450 russische Kriegsgefangene mit Zyklon B vergast worden. Insgesamt kamen während der NS-Herrschaft in Neuengamme etwa 50 000 Häftlinge ums Leben. Sie wurden von der SS ermordet oder starben an Hunger, Seuchen und den Folgen körperlicher Überanstrengung, von den Nazis zynisch «Vernichtung durch Arbeit» genannt.

Koch im Internierungslager

Im «No. 6 Civilian Internment Camp» in Neuengamme saßen Nazibonzen, Offiziere von SS und Waffen-SS sowie hohe Würdenträger des Dritten Reiches, aber auch Studienräte und Reichsbahnbeamte. Insgesamt etwa 6000 Häftlinge. Sie alle sollten darauf überprüft werden, ob sie Kriegsverbrechen begangen hätten und wie weit sie in den SS-Staat verstrickt wären. Neben Strafverfolgung ging es den Alliierten auch um Entnazifizierung. Justiz, Polizei, Verwaltung und Wirtschaft sollten von Nazis gereinigt werden. Damit sich kein Verantwortlicher diesen Untersuchungen entziehen könnte, hatte die Militärregierung «Compulsory Arrest Categories» erlassen, in denen verbindlich geregelt wurde, welche Personen festzunehmen seien. In einem Anhang «A – Para-Military-Organisations» hieß es unter «2. Allgemeine SS – All Officers down to including the rank of Unterscharführer».

Fritz Haerlin war SS-Hauptsturmführer gewesen. In Neuengamme traf er unter anderem einen alten Bekannten, den Neurologen Dr. Wilhelm Müller-Jensen, der wie er früh in die SS eingetreten war. 1939 war er als Militärarzt zur Wehrmacht eingezogen worden, hatte an allen Fronten Dienst gemacht und war Anfang 1944 als Lazarettarzt nach Hamburg versetzt worden. Hier hatte er auch den Einmarsch der Briten erlebt. Müller-Jensen, mit einer Dänin verheiratet und Vater zweier Söhne und zweier Töchter, war zunächst festgenommen, verhört und wieder freigelassen worden. Nach Erlaß der «Arrest Categories» wurde er erneut verhaftet, ins Gefängnis Altona gebracht und nach vier Wochen ins Lager Neuengamme transportiert.

«Zunächst wurde das Lager von Belgiern bewacht, die ein grobes Regiment führten. Ich werde es nie vergessen, daß ich nachts in unserem großen Schlafraum auf dem Fußboden zur Toilette robben mußte, weil sofort geschossen wurde, wenn sich in den Baracken etwas bewegte. Die Zustände haben sich schlagartig verbessert, als die Engländer das Camp übernahmen. Es herrschte zwar strenge Zucht und Ordnung. Jeden Morgen mußten alle Häftlinge in Reih und Glied zum Appell antreten und die Namen nennen. Es gab nicht viel zu essen, häufig stahlen sich die Häftlinge gegenseitig das Brot. Aber es gab keine Schikanen mehr.»

Der harte Nachkriegswinter war für alle schwierig. Die Hamburger Bevölkerung versuchte, sich mit Kohlenklau und Bäumefällen durch die kalte Zeit zu retten. Im Camp No. 6 gab es monatelang überhaupt kein Heizmaterial. Die einzige Hoffnung für jeden einzelnen war, bald das Entnazifierungsverfahren zu überstehen und entlassen zu werden. Auch Fritz Haerlin füllte in Neuengamme seinen ersten Fragebogen aus. Aber die Verfahren zogen sich hin.

Immer wieder versuchten einzelne Häftlinge aus dem in viele Sektionen aufgeteilten und mit mehreren Stacheldrahtzäunen gut gesicherten Lager auszubrechen. Sei es aus Furcht vor Strafverfahren, sei es aus Verzweiflung über die endlos scheinende Haftzeit.

Die spektakulärste Flucht gelang einem jungen Berliner. Dem britischen Lagerkommandanten Lt. Col. R.T. Appleby hinterließ er einen Abschiedsbrief, der heute im «Public Record Office» in London archiviert ist:

«Herr Lagerkommandant,

ich bedauere, Ihnen persönlich Schwierigkeiten machen zu müssen. Aber mir bleibt kein anderer Weg. Und es wäre sinnlos, nach mir zu fahnden, wenn ich geflohen bin; denn ich habe nicht die Absicht, mich draussen illegal zu bewegen und mich der Militärregierung zu widersetzen. Ich will lediglich meine Braut wiedersehen, und sei es nur für wenige Tage.

Ich versichere, daß ich das Lager nicht verlasse, weil ich etwas verbrochen habe oder irgendetwas zu fürchten hätte. Nein: Ich habe als Deutscher gelebt und als Soldat gekämpft.

Außerdem bin ich sehr jung. Hinter mir liegen zwanzig Jahre, vor mir noch ein ganzes Leben. Und seit Jahren wartet ein Mädchen auf mich. Wenn Sie nun so jung wie ich und so unschuldig wie ich wären, Herr Appleby: Würden Sie sich dann jahrelang ungerechtfertigt einsperren lassen ohne Aussicht und Hoffnung auf ein schnelles Ende und eine objektive Gerechtigkeit? Würden Sie da nicht lieber alles auf eine Karte setzen und sich selbst Gerechtigkeit zu schaffen versuchen?

Ich jedenfalls tue es!

Wolfgang Venohr.»

Venohr kam durch, arbeitete später als Journalist, leitete die Filmproduktionsfirma «Stern TV» und schrieb als promovierter Historiker mehrere vielbeachtete Bücher.

Nach solchen Fluchten gab es umfangreiche Nachforschungen und Zeugenbefragungen, lange Protokolle wurden geschrieben. Auf der anderen Seite sorgten diese Ereignisse auch dafür, daß es Ausnahmen im strengen Lagerreglement gab.

Fritz Haerlin arbeitete in der Lagerküche. Er war zwar kein

Koch, aber als gelernter Serviermeister und Hotelier sicher der beste Mann im Lager für diesen Posten. Müller-Jensen: «Wir haben uns im Lager alle geduzt. Und ich kannte ihn ja auch schon von vor dem Krieg als Gast des ‹Vier Jahreszeiten›. Haerlin war in die Küche gesteckt worden. Er kochte auch für die Engländer, die waren sehr zufrieden. Für uns hat er das Essen so gut gemacht, wie es eben ging. Einmal hat er uns sogar ein Dessert gezaubert. Wenn ich ihn getroffen habe, habe ich mich bei ihm bedankt: ‹Wie schön, daß du so gut für uns arbeitest!› Ich glaube, er hat versucht, auch in dieser Situation einfach Gastronom zu sein.»

Im August 1946 wurde Fritz Haerlin aus dem Lager Neuengamme entlassen.

In Hamburg blühte der Schwarzhandel. Die «Ami»-Zigarette hatte längst die Reichsmark als Währung ersetzt. Die Polizei kämpfte mit Großrazzien gegen die Schieber, die zu Wucherpreisen Lebensmittel verkauften. Zehntausende gingen in total überfüllten Zügen mit Rucksäcken auf dem Rücken auf Hamsterfahrten. Bei den Bauern im Umland tauschten sie Schmuck, Teppiche, Silber, Kleidung, Möbel gegen Butter, Würste, Mehl und Speck. Die offizielle Kalorienration für den Normalverbraucher lag bei täglich 1236 Kalorien. Ein Untersuchungsbericht des Senats stellte fest, daß die Schulkinder im Durchschnitt acht Kilogramm Untergewicht hatten.

Um Brennstoff zum Kochen und Heizen zu beschaffen, plünderten Tausende die mit Kohle und Briketts beladenen Züge, obwohl auf Kohlenklau drakonische Strafen standen. Sie legten häufig die Signale der Bahn auf Halt und zwangen so die Lokführer zum Stoppen. Im fast vollständig zerstörten Hafen liefen nur noch wenige Schiffe ein. Der Außenhandel wurde von der Militärregierung kontrolliert. Der einzige Lichtblick in dieser dunklen Zeit: Es gab wieder eine freie Presse und einen freien Rundfunk in Hamburg. Zwar entschieden die Briten, wer eine Lizenz zur Herausgabe einer Zeitung bekam, sie kontrollierten auch die Arbeit der Redaktionen, aber die Zensur war milde im Vergleich zu der totalen Unterdrückung jeder unabhängigen Berichterstattung im «Dritten Reich».

Kurz nach seiner Entlassung bekam Fritz Haerlin Besuch von Henry Rachow. Der hatte nach seiner Gefangennahme erst bei den Amerikanern im Camp gesessen, dann war er in ein französisches Kriegsgefangenenlager bei Paris gekommen. Anfang 1946 war er entlassen worden. Stolz berichtete er seinem Freund Fritz, daß er auch schon wieder Arbeit gefunden habe. Hamburger müßten eben zusammenhalten. Seinen neuen Arbeitgeber hatte er im Lager kennengelernt. Nun war der gelernte Fernmeldetechniker als technischer Angestellter bei der Firma Herthel untergekommen, die Großküchen für die Gastronomie herstellte.

Rachow und Haerlin redeten über ihre gemeinsamen Kriegserlebnisse, über die Gefangenschaft und ihre Zukunftspläne. Haerlin beklagte sich darüber, daß ihm die Engländer wegen seiner politischen Vergangenheit verboten hätten, sein Hotel zu betreten. Er bekäme zwar monatlich Miete für das Haus, doch viel lieber hätte er natürlich selbst das «Vier Jahreszeiten» geführt und überwacht, was sich dort abspielte. Seine Aussichten aber wären miserabel, zunächst müßte er die Entnazifizierung überstehen.

Mit den Entnazifizierungsverfahren hatten die Alliierten gleich nach dem Kriegsende begonnen, weil sie verhindern wollten, daß Hitlers Helfer wieder an die Hebel der Macht kommen könnten. Bis Ende 1947 wurden mehr als 300 000 Hamburger überprüft.

Seinen ersten Fragebogen hatte Fritz Haerlin ja schon im

Mai im Lager Neuengamme ausgefüllt. Nun suchte er Unterlagen und Zeugen dafür, daß er während des «Dritten Reiches» kein fanatischer Nazi gewesen und daß er aus sportlichen Gründen Mitglied in der Reiter-SS geworden war. Mit großer Akribie beantwortete er das zwölfseitige Papier der «Military Government of Germany».

Als Anlage 1 fügte er eine Seite Schreibmaschinentext bei, auf der er erklärte, weshalb er sich schon 1933 zur Reiter-SS gemeldet hatte:

«Seit 1924 habe ich mich intensiv und mit grosser Begeisterung dem Reitsport gewidmet und stand in den Jahren 1929–1939 in der Spitzengruppe der deutschen Amateur-Dressur-Reiter. Als 1933 die SS damit begann, den deutschen Reitsport zu beherrschen, mußte ich mich entscheiden, entweder den mir zur Passion gewordenen Sport aufzugeben, oder auf Turnieren in SS-Uniform zu reiten. Ich wählte das Letztere, trat im Sommer 1933 der SS-Reiterei bei, und wurde ohne mein Zutun in die Turniergruppe der Hauptreitschule München eingereiht. Ohne je ein Amt irgendwelcher Art innegehabt zu haben, ohne politische Bindung oder Schulung, ohne Vereidigung auf den Führer, wurde mir ausschließlich auf Grund meiner turniersportlichen Erfolge 1935 der Rang eines Untersturmführers, 1936 eines Obersturmführers und 1938 eines Hauptsturmführers gegeben ... Ich betone nochmals, daß mein Beitritt zur Reiter-SS aus keinerlei politischen, sondern ausschließlich sportlichen Motiven erfolgte.»

Ein Jahr lang suchte Fritz Haerlin Zeugen und Unterlagen. 61 ehemalige Hotelangestellte unterschrieben zum Beispiel eine Liste, die besagte, daß der Chef sein Haus von Nazipropaganda freigehalten hätte. Der Chef des Flora-Theaters, August Battmer, bot sich als Zeuge dafür an, daß NS-Offizielle ihm gegenüber abfällig über Haerlin gesprochen hätten. Der würde nie das «Gaudiplom» für sein Hotel bekommen, «denn er sei politisch nicht zuverlässig und habe sich geweigert, irgendwelche Konzessionen der Partei oder der Arbeitsfront gegenüber zu machen».

Am 9. Oktober 1947 reichte Fritz Haerlin seine Unterlagen zur Entnazifizierung ein. Anfang Dezember stellte der «Beratende Ausschuß» fest: «Genaue Erkundigungen auch bei Angestellten, welche Jahrzehnte im Betrieb von Haerlin tätig sind, ergaben, daß H. sich jeder Aktivität im nationalsozialistischen Sinne fernhielt. Seine Zugehörigkeit zur Reiter-SS ist nur sportlich zu werten.» Diesem Votum schloß sich der «Fachausschuß» an und stufte ihn am 6. Dezember in die Kategorie V («Entlastete») ein. Die Reiter-SS war vom Internationalen Gerichtshof in Nürnberg als einzige SS-Formation nicht als «verbrecherische Organisation» eingestuft worden.

Haerlin hatte nun einen blütenreinen Persil-Schein. Aber in sein Hotel an der Alster kam er trotzdem nicht. Immerhin konnte er im Hamburger Rathaus erreichen, daß ihm die Konzession zum Betrieb eines Restaurants erteilt wurde. Und so pachtete er im Frühjahr 1948 im «Hamburger Hof» in den Großen Bleichen Nr. 8 das «Weinrestaurant Halali». Schon nach kurzer Zeit hatte es den Ruf, neben «Schümanns Austernkeller» das beste Speiselokal der Stadt zu sein. Die Telefon-Nummer 354545 stand in den Notizbüchern vieler Feinschmecker. Man aß im Restaurant oder in der Bar, in der an zwanzig Tischen Tellergerichte serviert wurden. Die mächtigen Holzpfeiler waren hier mit geschnitzten Jagdszenen verziert. Vor dem elegant geschwungenen Bartresen standen mit Leder gepolsterte Hocker. Üppige Blumensträuße sorgten für ein freundliches Ambiente.

Das mit dunklem Holz getäfelte Restaurant hatte Fritz Haerlin mit einem großen, alten Gobelin geschmückt, der den

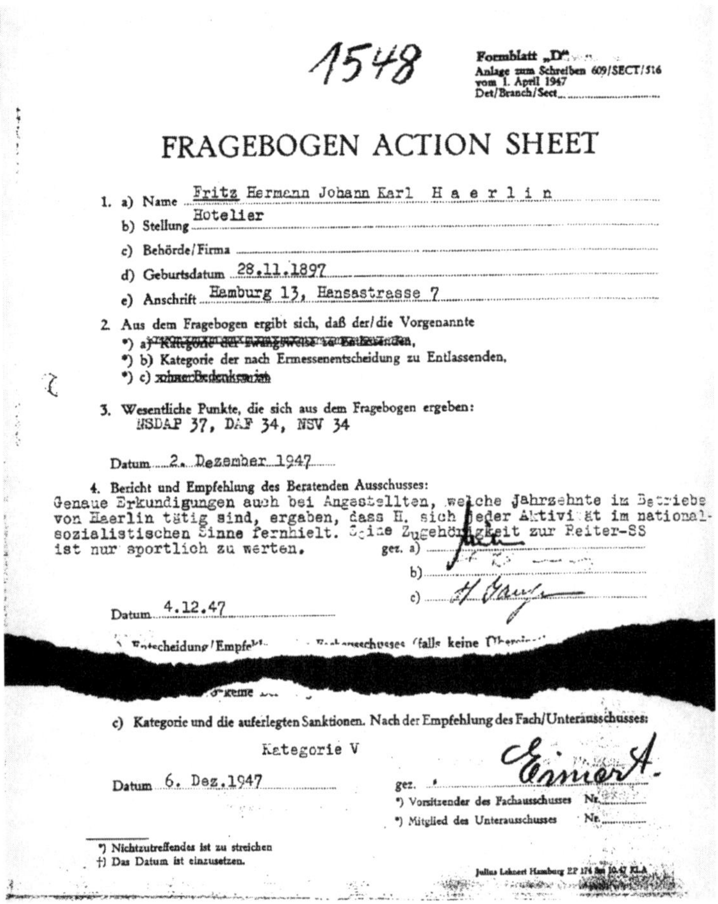

1548

Formblatt „D"
Anlage zum Schreiben 609/SECT/516
vom 1. April 1947
Det/Branch/Sect.

FRAGEBOGEN ACTION SHEET

1. a) Name Fritz Hermann Johann Karl H a e r l i n
b) Stellung Hotelier
c) Behörde/Firma
d) Geburtsdatum 28.11.1897
e) Anschrift Hamburg 13, Hansastrasse 7

2. Aus dem Fragebogen ergibt sich, daß der/die Vorgenannte
*) a) ~~Kategorie der Zwangsweise zu Entlassenden,~~
*) b) Kategorie der nach Ermessensentscheidung zu Entlassenden,
*) c) ~~ohne Bedenken ist~~

3. Wesentliche Punkte, die sich aus dem Fragebogen ergeben:
NSDAP 37, DAF 34, NSV 34

Datum 2. Dezember 1947

4. Bericht und Empfehlung des Beratenden Ausschusses:
Genaue Erkundigungen auch bei Angestellten, welche Jahrzehnte im Betriebe von Haerlin tätig sind, ergaben, dass H. sich jeder Aktivität im nationalsozialistischen Sinne fernhielt. Seine Zugehörigkeit zur Reiter-SS ist nur sportlich zu werten.

gez. a) [illegible]
b)
c) [illegible]

Datum 4.12.47

[illegible] Entscheidung/Empf[illegible] ausschusses (falls keine Überein[illegible]

[illegible]

c) Kategorie und die auferlegten Sanktionen. Nach der Empfehlung des Fach/Unterausschusses:

Kategorie V

Datum 6. Dez.1947 gez. [illegible]
*) Vorsitzender des Fachausschusses Nr.
*) Mitglied des Unterausschusses Nr.

*) Nichtzutreffendes ist zu streichen
†) Das Datum ist einzusetzen.

Julius Lehnert Hamburg EP 174 [illegible] 10.47 KLA

Eine blütenreine Weste:
Im Dezember 1947 ordnete die Entnazifizierungs-Kommission Fritz Haerlin in die «Kategorie V» – unbelastet – ein

Krieg in einem Scheunenversteck überdauert hatte. Aus alten Beständen waren auch die eleganten, mit Samt bezogenen Stühle, die Damasttischtücher, Servietten, Silberbestecke und Kristallgläser. Für die damalige Zeit ein ungewöhnlicher Luxus.

Es wurde auch wieder Musik gemacht bei Fritz Haerlin. Am 19. November 1949 war der Pianist Hans Klanke nach fünfeinhalb Jahren sowjetischer Kriegsgefangenschaft aus Ostsibirien nach Hamburg zurückgekehrt. Morgens um halb sechs war er am Hauptbahnhof angekommen und dann in seine Wohnung an der Eppendorfer Landstraße gefahren.

Gegen halb elf klingelte das Telefon. Fritz Haerlin war am Apparat. Klanke war sprachlos.

«Woher ich das weiß? Man trägt mir eben alles zu», sagte Haerlin. «Herzlich willkommen. Kannst du heute abend wieder spielen?» Klanke lehnte dankend ab. Nach den Strapazen und Entbehrungen in den russischen Lagern wollte er erst einmal vier Wochen Ferien mit seiner Frau machen und sich erholen.

Ab Mitte Dezember saß Klanke dann auf einer kleinen Empore im Restaurant «Halali» am Flügel. Neben ihm sein Freund, der ungarische Geiger Richard Salzmann.

Dem äußeren Rahmen angemessen war der Service im «Halali». Bei Kellnern und Köchen war eine Stelle in der «Kadettenanstalt» gleichermaßen begehrt wie gefürchtet. Das «Halali» war das Exerzierfeld für das Hotel. Irgendwann würde das «Vier Jahreszeiten» ja wieder freigegeben, dann würde Fritz Haerlin eine perfekte Mannschaft brauchen. Am liebsten engagierte er ehemalige Offiziere, die sein Restaurantchef Hans-Peter Littig – er führte später das Wiener Luxushotel «Imperial» – zu einer Spitzentruppe trimmte.

«Es herrschte ein unglaublicher Drill», erinnert sich Rudolf Botor, der 1950 im «Halali» anfing. Er hatte im berühmten Berliner Hotel «Adlon» seine Kellnerlehre beendet, anschließend im Anglo-German-Club an der Alster gearbeitet und kam nun mit den besten Empfehlungen zu Fritz Haerlin. Der empfing den jungen Mann mit dem Rat, unermüdlich Einsatz zu zeigen, wenn er es zu etwas bringen wolle. «Und merken Sie sich: Aus meinem Haus fliegen Sie schneller raus, als Sie reingekommen sind.»

Das Restaurant war immer gut besucht, die Kellner mußten sich heftig drehen. Und den Wink eines Gastes hatte man auch zu spüren, wenn man ihm gerade den Rücken zuwandte.

Die Gäste im «Halali» waren ebenso prominent wie verwöhnt. Das Lokal war das teuerste der Stadt. Künstler und Politiker verkehrten hier genauso wie die Hamburger Kaufmannschaft. Die vier großen Fruchtimporteure Udo Bey, August Stier, Richard Lehmann und Willy Bruns trafen sich fast täglich hier zum Mittagessen. Auch Berthold Beitz, damals noch Angestellter der «Iduna»-Versicherung, ließ sich gern bei Fritz Haerlin bewirten.

Für die Servierbrigade hieß das, täglich Spitzenleistungen zu bringen. Fehler wurden genau registriert und sofort bestraft. Wenn zum Beispiel im Gläserschrank ein Kristallglas mit Flecken oder gar mit einem Fingerabdruck entdeckt wurde, mußte die gesamte Mannschaft nach Lokalschluß antreten und alle Gläser neu polieren.

Wie damals üblich wurde an sechs Wochentagen gearbeitet. Botor und seine Kollegen freuten sich deshalb, daß es in der Pfingstwoche 1951 mit dem Pfingstmontag einen zweiten freien Tag geben würde. Die Gesichter wurden lang, als der Chef verkündete, für diesen Tag sei Großreinemachen im «Halali» eingeplant. Köche und Kellner hatten zum Putzen anzutreten. Aufmüpfigkeiten erstickte der Chef im Keim: «Wem das nicht paßt, der kann ja gehen.»

Die Adresse für Feinschmecker:
Da sein Hotel besetzt war, eröffnete Fritz Haerlin 1948
in der Innenstadt das «Weinrestaurant Halali»
mit angeschlossener «Herrenbar»

Alle Angestellten traten zum kostenlosen Feiertags-Einsatz in den Großen Bleichen an. Der Hauspianist Hans Klanke war auch im Einsatz. Er mußte die Putzkolonnen mit flotten Weisen bei Laune halten. Und noch eine Belohnung hatte sich der Chef ausgedacht: An diesem Tag gab es für alle ein kostenloses Mittagessen. Zum ersten und zum letzten Mal durften die Angestellten im Restaurant essen. Normalerweise gab es abends für 50 Pfennig das «Nachtbrot» – eine heiße Suppe und ein Wurstbrot –, das auf den Treppenstufen zur Küche eingenommen werden mußte, weil es keinen Extraraum fürs Personal gab.

Ein V-Mann bei den Engländern

Mit dem «Halali» hatte Fritz Haerlin zwar großen Erfolg, das Restaurant wurde als Perle der hanseatischen Gastronomie gelobt, doch für ihn hatte es von Anfang an nur ein Ziel gegeben. Er wollte so schnell wie möglich wieder Hausherr im «Vier Jahreszeiten» werden. Als kühlem Geschäftsmann war es ihm allerdings zunächst darum gegangen, das Hotel und das Inventar darin bestmöglich zu sichern. Und da er selbst auf absehbare Zeit sein Hotel nicht würde betreten können, hatte er schon früh nach einem Vertrauten gesucht, der an seiner Stelle nach dem Rechten sehen könnte. Der richtige Mann war ihm dann zufällig auf dem Jungfernstieg wieder in die Arme gelaufen: Sein Kriegskamerad aus Belgien, Henry Rachow.

Haerlin hatte den alten Bekannten in die «Halali»-Bar gelotst und ihm bei einem guten Essen erklärt, was für eine Strategie er sich ausgedacht hätte. Rachow war von der Idee angetan. Quasi als «U-Boot» des berühmten Hamburger Hoteliers bei den englischen Besatzern zu arbeiten, das war nach dem Geschmack von Henry Rachow, der im Krieg jahrelang bei der Nachrichtentruppe gedient hatte.

Zur großen Freude von Haerlin ging der Plan auf. Henry Rachow wurde von den britischen Militärbehörden als Techniker für das «Four Seasons» engagiert.

Von nun an bekam Fritz Haerlin täglich einen Report darüber, was im Hotel vor sich ging. Noch immer war das Haus geteilt, die linke Hälfte gehörte der «NAAFI», den «Navy, Army and Air Force Institutes», und war für die Offiziere reserviert. Sie hatten zwei Etagen des Hotels belegt, und der «Four Seasons Club» hatte einen excellenten Ruf als Stätte vorzüglicher Gastlichkeit. In der Küche arbeiteten allein 37 Köche und Kaltmamsells für das leibliche Wohl der Soldaten.

Im sogenannten Transit-Trakt rechts waren die einfachen Soldaten einquartiert. «Wie alle Soldaten waren das Rowdies», erinnert sich Rachow. Es gab wüste Trinkgelage und Schlägereien, manch Möbelstück ging dabei zu Bruch. Und was gefiel, wurde als Souvenir mitgenommen.

Die ehemalige Hausdame Marie Neidhardt erinnerte sich später, wie die ersten englischen Soldaten in das Hotel kamen. «Wir hatten, wie wir das gewohnt waren, überall neue Bettwäsche aufgezogen und frische Handtücher in die Zimmer gehängt, weil wir ja gar nicht mit Kampftruppen gerechnet hatten. Die haben sich dann aber die eigenen Matrazen mitgebracht und mit sechs bis acht Mann in den Zimmern kampiert, weil sie mehr Angst vor uns hatten als wir vor ihnen.» Bei den ausgelassenen Parties der Soldaten wurde auch schon mal ein Wandleuchter beschossen, und beliebt war es, mit den Kronleuchtern zu schaukeln.

Die Engländer hatten das Hotel 1945 mit allem Inventar übernommen. Auch die eingemauerten Weine, Schnäpse und das Hotelsilber hatten die Briten ziemlich schnell entdeckt. Nun wurde diskutiert, ob man den kaufmännischen Leiter des Hotels vor ein Militärgericht bringen sollte. Die Offiziere vor Ort beschlossen, daraus keinen Fall zu machen. Offiziell beschlagnahmte Waren hätten sie bei der Zentralverwaltung abliefern müssen. So wurde der Fund auf dem kleinen Dienstweg abgewickelt – kein Skandal, dafür ein schöner Wein- und Spirituosen-Vorrat für die «Four Seasons»-Besatzung.

Henry Rachow machte sich nun gemeinsam mit mehreren Haerlin-Vertrauten daran, planmäßig Silber, Porzellan, Teppiche, Stoffballen, Bettwäsche, Handtücher und Antiquitäten aus dem Hotel zu schleppen. Durch ein Dachfenster wurden die in Kartons und in Weidenkörben verstauten Kostbarkeiten aus dem Hotel geschmuggelt und über die Flachdächer zum «Haus Württemberg» geschleppt – Marie Neidhardt: «Wir mußten immer aufpassen, daß nicht gerade der Mond schien» –, von dort zu Haerlins Grundstück in der Werderstraße transportiert und in zwei großen Garagen gelagert. «Wir waren damals eine verschworene Gemeinschaft, einer hat dem anderen geholfen. Das kann man sich heute gar nicht mehr vorstellen», sagt Rachow.

Auch zum «Amt für Kriegsschäden und Besatzungskosten» bei der Hamburger Finanzbehörde unterhielt Rachow gute Beziehungen. Dessen Beamte hatten direkten Kontakt zu den britischen Besatzungsbehörden, sie konnten auch konfiszierte Villen und Bürgerhäuser in Augenschein nehmen. Wenn sie dabei auf Mobiliar trafen, das mit einem Brandzeichen «4 J» gekennzeichnet war, bekam Rachow einen Tip und konnte meist erreichen, daß die betreffenden Tische, Schränke, Stühle und Sessel wieder ins «Vier Jahreszeiten» kamen. Die Brandzeichen hatte Hotelgründer Friedrich Haerlin im ersten Kriegsjahr in weiser Voraussicht von den Tischlern des Hotels in alle Möbelstücke einbrennen lassen.

Ebenso wurde bei Silber verfahren, das das Hotelwappen trug. «Das war eine gute Zusammenarbeit, damals haben die Deutschen noch zusammengehalten», kommentiert Rachow heute die damalige Zeit. Sogar ein General mußte eine kostbare Schlafzimmereinrichtung wieder herausgeben, die aus dem Hotel in eine beschlagnahmte Elbchausseevilla entführt worden war.

Besonders pfiffig sicherte Rachow auch die vier großen Porzellanfiguren, die Frühling, Sommer, Herbst und Winter symbolisieren und die heute im Restaurant Haerlin stehen. Fritz Haerlin hatte 1934 die wertvollen Stücke aus der Nymphenburger Porzellan-Manufaktur gekauft. Nun standen sie in einem Innenhof des Hotels und verdreckten langsam. Mit dem Argument, die Figuren müßten endlich mal geputzt werden, durfte Rachow sie von ihren Sockeln nehmen. Sie wurden nicht gesäubert, sondern versteckt. Der neue Kommandant, der kurz darauf ins Hotel eingezogen war, vermißte sie nicht.

Das Geld, das Fritz Haerlin als Miete für das Hotel überwiesen bekam, war nicht viel wert. Und so investierte er, wie schon sein Vater während der Inflation in den zwanziger Jahren, in Sachwerte. Der Junior kaufte keinen Wein, sondern Wäsche, Gläser, Geschirr. Bei der Möbelfirma Behr, die schon vor dem Krieg das «Vier Jahreszeiten» beliefert hatte, wurde ebenfalls bestellt. Alle Lieferungen kamen in die Werderstraße. Fritz Haerlin wartete auf den Tag X und wollte gut vorbereitet sein.

Zuerst aber kam der 20. Juni 1948, der Tag der Währungsreform, die Geburtsstunde der D-Mark. Von der Landeszentralbank wurde das neue Geld zu dreizehnhundert Verteilstellen in der Stadt gebracht. Von 7 bis 18 Uhr konnte sich jeder

Einwohner sein «Kopfgeld» abholen – vierzig Deutsche Mark. Am 21. Juni waren die Schaufenster der Stadt mit Waren gefüllt, die es jahrelang nur auf dem Schwarzmarkt gegeben hatte: Würste und Schinken, Schuhe und Seidenstrümpfe, Kleidung und Haushaltswaren. Bitter war die Währungsreform für Leute mit hohen Bank- und Sparguthaben, die wurden im Verhältnis zehn zu eins abgewertet. Bei Bargeld war die Quote noch schlechter: Für hundert Reichsmark gab es fünf D-Mark.

Gewinner der Währungsreform waren Immobilienbesitzer und Eigentümer von Sachwerten. Fritz Haerlin war auf der Gewinnerseite. Sein Hotel blieb zwar requiriert, er bekam seine Miete jetzt aber in harter Mark.

Am 19. Oktober 1949 meldete der Präsident des Amtes für Besatzungskosten Hannemann dem Finanzsenator, welche Hotels noch von den Briten beschlagnahmt waren und wieviel monatliche Vergütung seine Behörde an die Eigentümer zahlte. Unter Punkt sieben der Liste war das «Vier Jahreszeiten» mit monatlich 27666,61 DM aufgeführt.

Fritz Haerlin kämpfte um sein Hotel. Fast täglich telefonierte er mit dem Rathaus, mit dem Amt für Besatzungskosten und nahm erste Kontakte mit der englischen Verwaltung auf. Von seinem «Spion» Rachow wußte er, daß sein Hotel inzwischen nur noch zu einem Drittel ausgelastet war.

Voller Ingrimm mußte er erleben, wie das «Atlantic», die große Konkurrenz an der Außenalster, im Februar 1950 von den Briten teilweise geräumt und am 1. März für das zivile Publikum wiedereröffnet wurde. Ein Jahr später waren die Engländer dort ganz ausgezogen. Die Stadt zahlte sogar einen Zuschuß, damit das «Atlantic» ordentlich renoviert werden könnte. Hotelbetten waren in Hamburg, das sich langsam wieder zur Handelsmetropole entwickelte, inzwischen mehr als knapp.

Um seine eigene Sache zu fördern, lud Haerlin wichtige Beamte zu «Arbeitsessen» in sein «Halali» ein und gab ihnen vertrauliche Informationen mit auf den Weg. Anfang 1951 sollte endlich Bewegung in die Sache kommen. Am 7. Februar verhandelte Bürgermeister Max Brauer mit dem Chef der Militärverwaltung, Sir John K. Dunlop, unter anderem auch über das «Vier Jahreszeiten». Sein Mitarbeiter Schönewald hatte für die Besprechung eine umfängliche Aktennotiz vorbereitet. Unter Punkt sechs hieß es darin: «Hotel Vier Jahreszeiten. Wie mir Herr Haerlin mitgeteilt hat, ist ihm von Seiten der NAAFI gesagt worden, daß man eine Teilung des Hotels durchaus für möglich halte, da die Bewirtschaftung in der jetzigen Form zu kostspielig und auf die Dauer nicht tragbar sei. Eine solche Teilung würde wahrscheinlich die Verlegung des Transithotels bedingen. Ist eine Verschmelzung dieses Transithotels mit dem Streits Hotel möglich ...?»

Die Verhandlungen endeten zunächst in einer Sackgasse. Dunlop, der die Rückgabe befürwortet hatte, wurde zurückgepfiffen. Sein Vorgesetzter schrieb mit energischer Handschrift auf den Vermerk: «He was not authorized to make this statement which is only therefore his opinion.»

Langsam war Haerlin davon überzeugt, daß er aus unerfindlichen Gründen besonders abgestraft würde. Überall sonst standen die Zeichen auf Normalisierung und Abbau von alliierten Beschränkungen. Ab Februar durften die deutschen Seeschiffe die schwarz-rot-goldene Flagge der Bundesrepublik hissen. Bis dahin war die Signalflagge «C» (blau, weiß, rot, weiß, blau) die offizielle Flagge gewesen.

Ab April durften die Hamburger Werften wieder Frachter bauen, im Hafen waren alle Schiffe über die Toppen geflaggt, und alle Kinder bekamen aus diesem Anlaß schulfrei.

Mitte Mai wurden die Sonderabteile für Alliierte in der

S-Bahn abgeschafft, Deutsche und Engländer fuhren fortan gemeinsam zur Arbeit. Und im Sommer durften zum erstenmal wieder auf den Plätzen an der Rothenbaumchaussee auch Deutsche Tennis spielen. Die Normalisierung war so weit entwickelt, daß Hamburg seinen ersten Steuerflüchtling zu vermelden hatte. Der Hamburger Kaufmann Alfred Tauszky setzte sich mit 400 000 Mark Steuerschulden ins Ausland ab.

Ein Silberstreif zeichnete sich ab, als bekannt wurde, die «Oberkommission» der britischen Militärverwaltung habe drastische Sparmaßnahmen angeordnet. Behörden sollten zusammengelegt, liebgewordene Quartiere aufgegeben werden. Die «Hamburger Freie Presse» meldete schließlich am 24. November, das «Vier Jahreszeiten» solle Ende Januar 1952 «wieder in deutsche Hände zurückgegeben» werden.

Fritz und Agnes Haerlin stießen mit Henry Rachow in ihrer Villa in der Hansastraße auf die frohe Botschaft an. Endlich, nach sieben Jahren, würden die Haerlins ihr Hotel wieder betreten dürfen. Nur Thekla und Annemarie, inzwischen acht und sieben Jahre alt, waren an der Hand von Rachow am Neuen Jungfernstieg gewesen und hatten das Hotel neugierig inspiziert.

Wieder eigener Herr im Haus

&

Von nun an saßen Haerlin und Rachow jeden Tag zusammen und bereiteten die große Schlacht vor, die an ihrem Tag X beginnen sollte. Es war klar, daß das Haus in den vergangenen Jahren schwer gelitten hatte. Nie war renoviert, nichts war investiert worden. Haerlin entschied, daß nicht nur das Nötigste getan, sondern das Haus von Grund auf erneuert und auf den modernsten Stand der Technik gebracht werden sollte: eine neue Telefonanlage, moderne Küchentechnik, Fahrstuhlanlagen. Ein Teil der Halle sollte umgestaltet werden.

Und Agnes Haerlin hatte ihren Mann davon überzeugt, daß sie die Dekoration der Zimmer übernehmen würde. «Ich will jeden Raum so einrichten, als ob ich selbst darin wohnen möchte.» Es war ihre erste große Aufgabe im «Vier Jahreszeiten», und auf diese Rolle blieb sie die nächsten vierundzwanzig Jahre festgelegt.

Mit seinem Patensohn Hans Ravenborg führte Fritz Haerlin ernste Gespräche. Er wollte ihn als jungen Mann an seiner Seite ins Hotel holen. Immer wieder bekniete er ihn, doch der lehnte das eigentlich verlockende Angebot ab, «weil ich Auto-Mann bin». Er baute dann auch die Firma Dello zum großen Opel-Haus mit vielen Filialen aus.

Haerlin und Rachow besprachen mit dem Architekten die Umbaupläne und stellten einen Zeitplan auf. Länger als zwei Monate sollte die Aktion nicht dauern. Es würde ein gigantischer Kraftakt werden. Allein die Arbeiten der gut zweihundert Handwerker zu koordinieren würde eine Sisyphusarbeit sein. Als Haerlin einen Strich unter die zu erwartenden Kosten zog, standen dort 1,6 Millionen Mark. Eine damals riesige Summe, die auch seine Möglichkeiten überstieg. Als gewiefter Geschäftsmann mit guten Beziehungen wußte er aber einen Ausweg. Er nahm Kontakt zu der ihm gut bekannten Vereinsbank auf und schlug ein Geschäft nach dem Motto «Eine Hand wäscht die andere» vor: Die Bank suchte Geschäftsstellen in prominenter Lage, der Hotelier suchte günstiges Geld. Ergebnis: Die Bank durfte im Hotel eine Filiale einrichten, Haerlin bekam einen zinslosen Kredit über 500 000 Mark.

Am 30. Januar 1952 erschien im «Hamburger Abendblatt» eine kurze Notiz unter der Überschrift: «Vier Jahreszeiten frei. Das Hotel ‹Vier Jahreszeiten› am Neuen Jungfernstieg wurde heute morgen von der britischen Besatzungsmacht wieder dem Besitzer, Herrn Fritz Haerlin, übergeben ... Man rechnet mit der Wiedereröffnung im April.»

Zwei Monate später, am 3. April gab es einen großen Empfang am Neuen Jungfernstieg. Über den roten Teppich lief die Hamburger Prominenz in das neue Hotel «Vier Jahreszeiten» – die Reeder, Kaufleute, Senatoren, Banker, Künstler, Zeitungsverleger. Wer hier nicht geladen war, mußte sich fragen, ob er noch zur Hautevolee der Hansestadt gehörte. Halle, Treppen, Restaurant, Grill und die Festsäle waren mit zahllosen Blumengeschenken dekoriert. Die Kellner spotteten, daß hier wohl ein Staatsbegräbnis stattfände.

Hausherr Fritz Haerlin begrüßte seine Gäste mit einer knappen Ansprache. Er bat sie, dem Haus die Treue zu halten. Er und die gesamte Mannschaft würden alles tun, um an die guten Traditionen des «Vier Jahreszeiten» anzuknüpfen, das uneingeschränkte Wohl der Gäste sei sein Ziel. Beifall. Pianist Hans Klanke, Geiger Richard Salzmann und die anderen Musiker des Hauses spielten eine Polonaise, die Festversammlung ging zu Tisch, und ganze Heerscharen von Kellnern servierten das Premieren-Menü.

Es wurde charmant geplaudert, von Aufbruch war viel die Rede, von der braunen Vergangenheit, von SS und solchen alten Geschichten wenig. Es fragte schon längst niemand mehr danach, ob jemand NSDAP-Mitglied gewesen war. Der kalte Krieg hatte begonnen, niemand wollte sich mehr erinnern.

Höhepunkt der Feier war der Auftritt von Neffe Olof Haerlin. Der damals 13jährige kam in Schiffsjungenuniform mit

Die Nachkriegs-Premiere:
Am 3. April 1952 überreichte Haerlin-Neffe Olof
bei der Einweihungsfeier Onkel Fritz und Tante Agnes
eine mit Blumen und Früchten
geschmückte Viermastbark

Käppi in den Saal. Auf der Schulter ein Segelschiff. Die vier Masten waren mit Blumen und Früchten so geschmückt, daß sie Frühjahr, Sommer, Herbst und Winter symbolisierten. Und dann trug der Junge das Eröffnungs-Gedicht vor:

«Vier Jahreszeiten segelklar:
Hiew Anker auf!
Schier sieben Jahr
lag es uns auf,
das stolze Schiff.
In Raum und Back, Kajüt', an Deck,
da fehlte alles, Schliff und Pfiff,
der rechte Trimm von Bug bis Heck.
Nun trat der alte Fahrensmann
aufs Neue sein Kommando an.
Acht Wochen wurde hier gepöhnt
und umgebaut – und so geschönt
ist seeklar in bewährter Weise
das Schiff erneut für seine Reise
zum alten Ziel: In allen Breiten
ein Inbegriff: Vier Jahreszeiten.»

Jubel. Gerührt drückte Tante Agnes den Neffen an die Brust. Musik. Die Kellner servierten das Dessert. Im Haus lief schon der normale Hotelbetrieb. Gut sechzig Stammgäste hatten es nicht abwarten können und waren einen Tag vor der offiziellen Eröffnung eingezogen.

Der 4. April verlief ähnlich turbulent. Restaurant und Grill waren ausgebucht. Die 210 Zimmer mit 320 Betten waren zur Hälfte belegt. Bei Portier Carl Braun stapelten sich die Reservierungen.

Der Drill im «Halali» trug seine Früchte – bei der Premiere

gab es keine Pannen. Eine private vielleicht. Im Eröffnungstrubel ging unter, daß Agnes und Fritz Haerlin an diesem Tag zehn Jahre verheiratet waren.

Mit dem «Vier Jahreszeiten» hatte Hamburg ein Stück Identität zurückgewonnen. Es gab für Kaufleute, Rechtsanwälte und Politiker wieder einen noblen Treffpunkt, eine Nachrichtenbörse, einen Platz, wo man Geschäfte anbahnen oder besiegeln, vor allem aber neue Kontakte knüpfen und unter sich sein konnte. Es herrschte damals Gründerstimmung in der Stadt. Überall wurde gebaut. Die hunderttausendste Neubauwohnung war einzugsbereit, Geschäftshäuser wurden in der Innenstadt hochgezogen. Und Hamburg mauserte sich langsam zur Medienstadt. Der NWDR begann aus dem Bunker auf dem Heiligengeistfeld mit der ersten Fernsehsendung. Irene Koss sagte am 25. Dezember das Fernsehspiel «Stille Nacht, Heilige Nacht» an, und tags darauf begann um 21 Uhr die Sendung «Eine nette Bescherung» mit dem legendären Peter Frankenfeld. Drei Jahre später trat er zum erstenmal in der Quizsendung «1:0 für Sie» auf. Der Mann mit den großkarierten Sakkos wurde zum Dauerbrenner auf den Bildschirmen.

Henri Nannen gab seinen «Stern» in Hamburg heraus, und im Oktober 1952 zog auch sein Freund Rudolf Augstein mit seinem Magazin «Der Spiegel» von Hannover nach Hamburg. Im Juni hatte der Verleger und Haerlin-Freund Axel Springer die Deutschen mit einer Tageszeitung ganz neuer Art überrascht. Mit einer Startauflage von 250000 Exemplaren erschien die «Bild»-Zeitung. Eine Boulevard-Zeitung für zehn Pfennig, auf deren Vorder- und Rückseite ausschließlich Fotos mit knappen Bildtexten erschienen. Die «Tagesillustrierte» wurde ein Millionenerfolg. Der Verleger, 1912 in Altona geboren, gehörte selbstverständlich auch zu den Stammgästen des

«Vier Jahreszeiten». Er hatte inzwischen auch eine besondere Beziehung dorthin. Seit 1953 war er in dritter Ehe mit seiner Frau Rosemarie verheiratet. Rosemarie Springer, geborene Lorenz – die Tochter von Haerlins Freund Werner Lorenz.

Die «Ehe» zwischen Krupp und Beitz

Manchmal wurde im «Vier Jahreszeiten» sogar Industriegeschichte geschrieben. So zum Beispiel, als Alfried Krupp im Jahre 1952 Berthold Beitz engagierte. Die Geschichte hatte damit begonnen, daß der Essener Bildhauer und Maler Jean Sprenger bei seinen Sylturlauben im damals noch exklusiven Dorf Kampen Berthold Beitz kennenlernte. Beitz war vom Vizepräsidenten des Hamburger «Aufsichtsamt für Privatversicherungen» zum Generaldirektor der Iduna-Germania-Lebensversicherung aufgestiegen. Er liebte moderne Kunst, und als für die hochmoderne Hauptverwaltung der Iduna ein passendes Kunstwerk gesucht wurde, gab es Beitz bei Sprenger in Auftrag – eine 2,70 Meter hohe unbekleidete Frauenstatue.

Im Sommer 1952 reiste der Versicherungschef nach Essen-Bredeney, wo Sprenger im Dachgeschoß einer Villa sein Atelier hatte. Der Iduna-Chef war von der wohlproportionierten Bronzedame beeindruckt und lobte den Künstler, der gleich so begeistert war, daß er Beitz zum Abendessen in den «Essener Hof» einlud. Das Hotel gehörte zum Krupp-Konzern. Und da Berthold von Bohlen in derselben Villa wie Sprenger wohnte, luden sie ihn gleich mit ein. Es wurde ein fröhlicher Abend, und von Bohlen fragte Beitz, ob er Interesse habe, seinen Bru-

Spaziergang mit Folgen:
Bei einem Treffen im «Vier Jahreszeiten»
im September 1952 machte der Stahlindustrielle
Alfried Krupp von Bohlen und Halbach den damaligen
Versicherungsmanager Berthold Beitz zum
Generalbevollmächtigten in seinem Konzern

der Alfried Krupp kennenzulernen. Beitz war sehr interessiert: «Schließlich war ich jung, und der Name Krupp hatte einen magischen Klang für mich.» Man lernte sich kennen und fand sich sympathisch.

Alfried Krupp, 1948 wegen Ausplünderung besetzter Gebiete und Beschäftigung von Arbeitssklaven zu zwölf Jahren Gefängnis verurteilt, war Anfang 1951 vom amerikanischen Hochkommissar für Deutschland, John McCloy, begnadigt worden. Sein beschlagnahmtes Vermögen war unter der Auflage freigegeben worden, daß er seine Stahlwerke und Kohlegruben verkaufte. In dieser Situation suchte er einen Manager, der frei von Krupp-Traditionen war und das Unternehmen in eine neue Richtung führen konnte.

Beitz erschien ihm in jeder Weise dafür geeignet. Er war nie in der NSDAP gewesen und hatte im Krieg als freigestellter Wehrmachtssoldat für die Royal Dutch Shell deren Erdölfelder im besetzten Galizien verwaltet. Dabei hatte er mit großen Mut viele Polen und Juden mit dem Argument aus Todeszügen geholt, er brauche sie als Arbeiter auf seinen Ölfeldern. Und daß der pommersche Dickschädel die Iduna-Versicherung mit einer aggressiven Werbestrategie in die Führungsriege der Versicherungswirtschaft geboxt hatte, imponierte Krupp ebenso.

Wenige Wochen später lud Krupp seinen Kandidaten zum Abendessen ein. Ort des Treffens: das «Vier Jahreszeiten». Es war der 25. September 1952, der Abend vor dem 38. Geburtstag von Berthold Beitz. An diesem Tag goß es in Hamburg wie aus Kübeln. Beitz fand es deshalb etwas absonderlich, daß Krupp ihm nach dem Menü vorschlug, einen Spaziergang rund um die Alster zu machen. Er hatte sich natürlich vorher überlegt, was der Stahlindustrielle von ihm wollen könnte. «Offen gestanden», erzählte Beitz später, «ich dachte, er wollte wegen einer Anleihe anfragen.» Das hätte durchaus Sinn gemacht, denn Krupp brauchte, wie alle Firmen, Geld für den Wiederaufbau, und die Versicherungen suchten gute Anlagemöglichkeiten.

Das nächtliche Vieraugengespräch dauerte lange, die Schuhe von Berthold Beitz weichten durch, die Beine seiner Flanellhose waren schon naß, als Krupp endlich zur Sache kam: «Ich glaube, Sie und ich könnten gut zusammenarbeiten. Wollen Sie nach Essen kommen und mir helfen, meine Firma wiederaufzubauen?»

Beitz war gleichermaßen überrascht wie erfreut über das Angebot. Den Rest des Weges handelten die beiden den Vertrag aus. Beitz sollte Krupps Generalbevollmächtigter mit uneingeschränkter Entscheidungsfreiheit werden und ein fürstliches Gehalt bekommen. Zurück im «Vier Jahreszeiten», gingen die zwei in die Bar, um den Pakt zu begießen. Es war inzwischen nach Mitternacht. Die Kapelle spielte einen Tusch für das Geburtstagskind und dann sein Lieblingslied «The man I love».

Von 1953 bis zum Tode von Krupp 1967 war Beitz dessen Generalbevollmächtigter. Danach übernahm er den Vorsitz in der «Alfried-Krupp-von-Bohlen-und-Halbach-Stiftung».

In das Hotel, in dem seine große Karriere ihren Anfang nahm, ist er immer wieder zurückgekehrt. Der Grandseigneur, der später auch Mitglied des Internationalen Olympischen Komitees wurde, beeindruckte Portiers und Kellner durch sein gewinnendes Wesen («nie von oben herab»), seinen guten Geschmack und die überaus hübschen und charmanten Frauen, die er von seinen Syltreisen mit nach Hamburg brachte.

Anfang 1955 erlebte die Stadt einen märchenhaften Besuch. Das persische Kaiserpaar reiste an und gab im «Vier Jahreszeiten» einen großen Empfang. Der Schah Resa Pahlawi und Soraya Esfandjari – das Traumpaar, das sie Herzen höher schlagen

Ein märchenhafter Besuch:
Im Februar 1955 gaben der Schah von Persien und seine Frau Soraya im «Vier Jahreszeiten» einen glanzvollen Empfang

ließ und ein so schönes Stück heile Welt darstellte, obwohl Soraya nun schon vier Jahre mit dem Schah verheiratet war und noch immer keinen Stammhalter für den Pfauenthron zur Welt gebracht hatte. Das Herrscherpaar wohnte zwar bei der Konkurrenz im «Atlantic». Aber der Empfang und ein Essen fanden im «Vier Jahreszeiten» statt. Fritz Haerlin hatte einen großen Perserteppich vom Hotel zur Fahrbahn ausbreiten lassen, damit der Kaiser und die Kaiserin darauf zu ihren Limousinen schreiten konnten. Eine Postenkette von Polizisten mit Tschakos hielt die begeisterten Massen zurück, die sich vor dem Hotel versammelt hatten, um einen Blick von der Märchenprinzessin zu erhaschen. Im weiten Nerzmantel, auf hohen Pumps strebte sie auf ihr cremefarbenes Cabrio zu, begleitet von den Verbeugungen der Hoteldirektoren und bewacht von berittener Polizei. Drei Jahre später kam die Scheidungsnachricht aus Teheran.

Neuer Glanz durch den Tankerkönig

Ein Mann, der sich ebenfalls in die Geschichte des «Vier Jahreszeiten» einschrieb, war der griechische Reeder Aristoteles Onassis. Vor dem 2. Weltkrieg hatte er eine Flotte mit 46 Frachtern und Tankern aufgebaut, die er an die Alliierten vercharterte, und damit ein Vermögen gemacht. In der Nachkriegszeit legte er dann richtig los und wurde weltweit als Tankerkönig bekannt. Das Geschäft mit den Öltransporten war, so Onassis, «eine Art San-Francisco-Goldrausch» geworden. Schon im Februar 1949 kam er mit Ehefrau Tina nach Hamburg, um eine leistungsfähige Werft für seine großen Pläne zu finden. Auf die Menschen in der zerstörten Stadt wirkte die Reisegruppe wie eine Delegation vom Mars: Tina im weiten Nerzmantel und einer großen Ladung Louis-Vuitton-Koffern und Hutschachteln. Die Herren in eleganten Anzügen, langen Mänteln, breitkrempigen Hüten und feinen englischen Schuhen. Onassis besichtigte die Werften Blohm + Voss und die Howaldtswerke und gab dann einen ersten Auftrag: Bei den Howaldtswerken in Kiel sollte ein Tanker in einen Walfänger umgebaut werden, weil Onassis auch in dieses Geschäft einsteigen wollte.

Die Deutschen arbeiteten so schnell und präzise und waren so freundlich zu dem Reeder, daß er beschloß, sie mit Großaufträgen zu belohnen. 1950 begann sein Verhandlungsmarathon mit den Werftmanagern. Der Grieche überraschte sie mit unkonventionellen Praktiken. Er verhandelte nicht hinter verschlossenen Türen, er lud seine Gesprächspartner in Fritz Haerlins Weinrestaurant «Halali» ein, war großzügig bei der Bewirtung, aber knallhart beim Preispoker. Wenn sie sich dann nach dem Menü und vielen Flaschen Champagner seiner Lieblingsmarke Dom Perignon aus den Vorräten von Fritz Haerlin endlich handelseinig geworden waren, fingen die Debatten am nächsten Tag erneut an, weil Onassis mit irgendeiner Vertragsklausel doch nicht einverstanden war.

Seinem Vertrauten, dem Hamburger Ingenieur Dr. Kurt Reiter, sagte er einmal: «Wenn Sie das durchgemacht haben, was ich erlebt habe, wissen Sie, daß jeder darauf aus ist, Sie zu betrügen.»

Der mißtrauische Grieche faßte zu den Hanseaten allerdings so viel Vertrauen, daß er insgesamt 16 Tanker in Hamburg und Kiel bestellte. Er wurde als Lokalheld gefeiert, als der Mann, der den deutschen Schiffbau rettete und die Zuversicht stärkte, daß es in Deutschland wieder mit Macht bergaufgehe.

Sobald das «Vier Jahreszeiten» neu eröffnet hatte, wurde es sein Wohnsitz, sooft er in Hamburg war. Und er kam nun häufig, auf jeden Fall zu den Stapelläufen, die jedesmal Anlaß zu üppigen Festen waren. Der große Stratege erwies sich bei den Vorbereitungen als detailversessener Planer, der mit Wonne Andenken aussuchte – Feuerzeuge, Spitzentaschentücher, Broschen, auf denen Name und Abbildung des neuen Schiffes zu sehen sein mußte.

Die spektakulärste Schiffstaufe fand am 25. Juli 1953 in Hamburg statt. Hier hatte er den größten Tanker der Welt bestellt. Bei den Howaldtswerken wurde der 236 Meter lange und über elf Meter breite Supertanker gebaut. Kosten damals mehr als 25 Millionen Mark.

Zum Stapellauf war Onassis gemeinsam mit Ehefrau Tina, Sohn Alexander und Tochter Christina an die Elbe gekommen. Die Tochter sollte Taufpatin der «Tina Onassis» sein. Die Familie und der Stab des Reeders hatten mehrere Suiten im «Vier Jahreszeiten» belegt. Der Stapellauf war nicht nur ein Glanzpunkt für den Wirtschafts- und Schiffbaustandort Hamburg, er war genauso ein gesellschaftliches Ereignis, bei dem kein Prominenter fehlen wollte.

Onassis genoß das Leben im «Vier Jahreszeiten» und überraschte das Personal mit seinen Marotten und skurrilen Einfällen. Er war ein Nachtmensch, der nie vor Mitternacht in sein Zimmer ging. Mit dem Nachtportier Heinz Reinecker hielt er ab und zu ein Schwätzchen. Reinecker, ein Kieler, der jahrelang auf Yachten reicher US-Amerikaner als Steward gefahren war, sprach perfekt Englisch und war ein großer Spaßvogel. Ein Unikum, der einen guten Draht zu den Gästen hatte und sie mit einem schier unerschöpflichen Vorrat an Witzen amüsierte.

Eines Abends, es war schon nach Mitternacht und das Restaurant hatte geschlossen, saß Reinecker in seiner Loge, hatte es sich gemütlich gemacht und seine Butterstullen ausgepackt. Überraschend tauchte Onassis in der Halle auf. Mit einem Schwung beförderte Reinecker seine Brote unter den Tresen. Essen im Dienst war schwer verpönt, besonders vor den Gästen. Doch zu spät, Onassis hatte etwas mitbekommen und wollte nun wissen, was Reinecker da vor ihm versteckte. Der holte mit roten Ohren sein Brotpaket hervor. Der Grieche, der in die Halle gekommen war, um irgendwo noch etwas zu essen, fragte: «Darf ich mal beißen?» Er durfte und war begeistert: «Sag deiner Frau, solange ich in Hamburg bin, möchte ich jeden Abend auch so ein Brot für mich.» Der Wunsch wurde selbstverständlich erfüllt.

Jeden Abend zur Gespensterstunde trafen sich Reeder und Portier an dessen Loge. Der Milliardär nahm seine Butterstulle in Empfang, aß sie mit Vergnügen und war fit für seine ausgedehnten Spaziergänge um die Alster, die er zwischen zwei und drei Uhr nachts mutterseelenallein unternahm.

Bei diesen einsamen Wanderungen ließ er jedesmal den vergangenen Tag Revue passieren und überlegte, ob ihm bei den Verhandlungen wichtige Details entgangen wären. Getreu seinem Motto: «Man fällt nicht über seine Fehler. Man fällt immer über seine Feinde, die diese Fehler ausnützen.» Bei seinen Managern und seinen Partnern waren diese Mitternachtsexkursionen gefürchtet.

Wann immer Onassis in Hamburg war, brachte er seinen Beraterstab mit, sechs bis acht würdige Herren – «sein Kabinett», frotzelten die Portiers. Mit denen verfuhr der Reeder allerdings eher wie mit Leibeigenen, und es machte ihm einen unbändigen Spaß, sie zu kujonieren. Er studierte die Einkaufslisten seiner Schiffe und führte dann wütende Debatten, warum denn der Tanker im Hafen nicht den gesamten Eiervorrat gebunkert hätte, wo sie doch dort so billig gewesen wären. Oder er verlangte eine Erklärung dafür, weshalb auf einem Schiff doppelt so viele Glühlampen verbraucht würden wie auf einem anderen.

Manchmal stellte er seine Mitarbeiter auch mit Vergnügen bloß. Rudolf Botor, der 1957 als Oberkellner wieder bei Haerlin angefangen hatte, erhielt davon ein paar Kostproben. Eines Abends tafelte Onassis in großer Runde mit seinen Beratern und deren Frauen im «Grill». Sie hatten die schönsten Plätze mit Blick auf die Binnenalster. Plötzlich erhob sich der Grieche und entschuldigte sich, er mußte offenbar zur Toilette. Überrascht registrierte die Tischgesellschaft, daß ihr Gastgeber auf der Straße vor dem Hotel auftauchte. Er überquerte die Fahrbahn und stellte sich an das Gitter am Rand des Wassers. Völlig konsterniert erlebten sie, wie Onassis an seiner Hose herumnestelte und dann in hohem Bogen ins Wasser pinkelte. Gut gelaunt und erleichtert kehrte er in den «Grill» zurück, setzte sich an den Tisch und weidete sich an den schockierten Gesichtern.

Ähnliches erlebte auch die kleine, aber feine Gästeschar, die sich nach dem Stapellauf eines Onassis-Tankers in Kiel zum Diner in einem Festsaal des «Vier Jahreszeiten» versammelt hatte. Der Begrüßungschampagner war ausgetrunken, die Gesellschaft setzte sich an die festlich geschmückte Tafel, der erste Gang wurde serviert. Nur Onassis stand noch am Kamin und rauchte seine Zigarette zu Ende. Plötzlich griff er sich in den Schritt, kraulte sich voller Wohlbehagen und rauchte. Die Damen der Kieler und Hamburger Gesellschaft erstarrten. Botor und seine Kellner servierten weiter, als sei nichts geschehen. Die Versammelten hatten sich offenbar unausgesprochen darauf geeinigt, eine Fata Morgana gesehen zu haben und die Provokation zu ignorieren. Immerhin hatte Onassis im Laufe der Jahre Schiffe im Wert von mehr als 300 Millionen Mark bei deutschen Werften bestellt. Der Mann war ein fleischgewordenes Konjunkturprogramm. Dafür hätten ein paar Hanseatinnen sogar in Ohnmacht fallen können.

Schließlich konnte Onassis ja auch der perfekte Gastgeber sein. Seine Bälle waren berühmt. In den Sälen des Hotels wurden Buden wie auf dem Jahrmarkt aufgebaut, es gab Lose, Schießbuden und Hau-den-Lukas. Onassis ließ Show- und Schlagerstars zu seinen Festen einfliegen oder verpflichtete die besten Varieté-Künstler der Welt mit ihren Programmen.

Die Kaufkraft und Lebenslust des Griechen erfreute nicht nur die Schiffbauer und den Hotelier Fritz Haerlin. Auch der Hamburger Einzelhandel profitierte von seinen Besuchen. Onassis liebte es, Streifzüge durch die Geschäftsstraßen der Innenstadt zu unternehmen und nach Geschenken Ausschau zu halten. Wenn er etwas gefunden hatte, was ihm gefiel, durfte sich der Ladeninhaber glücklich schätzen, denn Onassis kaufte fuderweise. So bei einem Großeinkauf in der Adventszeit, bei dem ihn ein Portier des Hotels begleitete. In einem Schaufenster entdeckte er einen Weihnachtsengel aus dem Erzgebirge. Er wollte davon nicht einen, nicht zehn, er bestellte fünfhundert. Beglückt über das gute Geschäft, gepeinigt von der Frage, woher so viele Engel nehmen, akzeptierte der Ladenbesitzer. Wenige Tage später wurden tatsächlich fünfhundert Engel, sauber in Kartons verpackt, im «Vier Jahreszeiten» angeliefert.

Ein Fest des berühmten Griechen im «Vier Jahreszeiten» wird für immer zusammen mit einem politischen Verbrechen im Gedächtnis bleiben, das die Hoffnungen von Millionen Menschen auf eine bessere Weltordnung mit einem Schlag zunichte machte.

Am Abend des 22. November 1963 feierte Onassis in großer Runde einen Stapellauf, als er einen Anruf aus Amerika bekam. Rudolf Botor begleitete ihn zur Telefonzentrale und wurde Zeuge, wie Onassis erst sehr ernst und dann leichenblaß wurde.

Fassungslos berichtete er Botor, daß sein Freund, der amerikanische Präsident John F. Kennedy, von einem Attentäter in Dallas durch Schüsse schwer verletzt worden und dann im Krankenhaus gestorben sei. Ausgerechnet sein Freund, der noch kurz zuvor mit seiner Frau Jackie zu Gast auf seiner Yacht im Mittelmeer gewesen war. Zu diesem Zeitpunkt war der Tod des Präsidenten noch nicht von den Agenturen gemeldet worden. Der völlig verstörte Onassis nahm Botor das unsinnige Versprechen ab, über das Gehörte zu schweigen. «Don't talk about it.» Wenig später ging die Schreckensnachricht um die Welt.

In der Gästekartei des Hotels soll über Onassis festgehalten worden sein, daß er ein Freund von Gurkenscheiben gewesen sei und deshalb auch immer frisch geschnittene grüne Ware serviert bekommen habe.

Die Legende beruht – auch das passiert im «Vier Jahreszeiten» – auf einem Hörfehler. Um ein bißchen Erzählstoff für ein Presseinterview zu haben, fragte ein Direktionsassistent bei Oberkellner Botor an, ob der nicht ein paar Schrullen von Prominenten erzählen könne, harmlose natürlich, nichts aus den Tiefen des Nähkästchens. Botor konnte: Wann immer Aristoteles Onassis sich im «Restaurant Haerlin» an den Tisch setzte, holte er aus der Tasche seines Jacketts eine Handvoll Sonnenblumenkerne und deponierte sie in einem Aschenbecher. Während er die Speisekarte las und Botor dem prominenten Gast Empfehlungen dazu gab, knackte er unablässig Sonnenblumenkerne, kaute auf dem weichen Inneren herum und verstreute die leeren Schalen auf dem Tischtuch.

Ein Tycoon und eine Diva:
Der griechische Reeder Aristoteles Onassis
und die große Sängerin Maria Callas

Beim Interview wurden aus den Sonnenblumenkernen Gurkenkerne. Im Laufe der Zeit mutierten die Gurkenkerne zu Gurkenscheiben, und so leben sie fort in den Zeitungsarchiven und mit ihnen der Gurkenfan Onassis.

Vier Jahre zuvor hatte sich eine große Liebesgeschichte im weißen Haus an der Binnenalster abgespielt. Ein Weltstar besuchte Hamburg – die Diva aller Diven, die göttliche Maria Callas. Am 15. Mai 1959 trat sie zum erstenmal in Deutschland auf mit einem großen Galaabend in der Musikhalle. Der Start ihrer Deutschlandtournee. Sie wohnte im Hotel «Atlantic».

Zur selben Zeit reiste Aristoteles Onassis an, obwohl kein Schiff vom Stapel lief. Die gewitzten Portiers registrierten, daß Onassis auch keinen Konferenzservice für vertrauliche Besprechungen in seiner Suite buchte und auch keinen kleinen Saal für ein Arbeitsessen mit Geschäftsfreunden.

Plötzlich tauchte die Callas am Neuen Jungfernstieg auf. Den guten Beobachtern in der Loge wurde klar, welches Stück auf der großen Bühne des Hotels gerade gegeben wurde: Grieche sucht Griechin.

Kurz zuvor hatten sich die beiden auf dem Ball der Gräfin Castelbanco in deren prächtigem venezianischen Palast kennengelernt. Maria Callas war der Ehrengast des Abends gewesen, und Aristoteles Onassis, der mit Ehefrau Tina geladen war, hatte sie nicht aus den Augen gelassen.

Das Konzert in der Hamburger Musikhalle mit dem NDR-Symphonie-Orchester unter dem Dirigenten Nicola Resgino wurde zum Triumph für die Callas. Bei ihrem «Una voce poco fa» aus Rossinis «Der Barbier von Sevilla» hielt es die Hanseaten nicht mehr auf den Sitzen.

Wie sehr Onassis seine Freundin hier noch feierte, blieb, jedenfalls für die Öffentlichkeit, geheim.

Zum internationalen Skandal, der von der Boulevardpresse genüßlich ausgebreitet wurde, geriet die Affäre dann in London nach der «Medea»-Premiere im Royal Opera House am 17. Juni. Für 23.15 Uhr hatte Onassis 160 Gäste aus Industrie, Politik, Showbusineß und Royal Family ins vornehme Hotel «Dorchester» eingeladen – zu Ehren von Maria Callas. Onassis lag der Diva zu Füßen. Ehefrau Tina registrierte es mißmutig. Doch Aristoteles war nicht zu bremsen. Er rief den Hotelkapellmeister, drückte ihm ein dickes Trinkgeld in die Hand und bestellte eine Serie Tangos, weil die Callas einen hatte hören wollen. Ehemann Meneghini machte gute Miene zum bösen Spiel. Nach einer gemeinsamen Reise auf der Onassis-Luxusyacht «Christina» sagte sie ihm: «Es ist alles aus mit uns. Ich liebe Ari.»

Neun Jahre lang lebten die Primadonna und der Tankerkönig zusammen. Sie reisten viel, und als Maria Callas am 16. März 1962 wieder in der Hamburger Musikhalle sang, wohnten die beiden natürlich im «Vier Jahreszeiten», und Ari gab seiner Maria ein großes Essen im «Restaurant Haerlin».

Sie war auch dabei, als am 22. November 1963, dem Tag des Mordes am Kennedy, der glückliche Stapellauf des Tankers «Olympic Chariot» mit einem Festmenü begangen wurde. Die Diva im schlichten schwarzen Kleid mit fünfreihiger Perlenkette war Glanzpunkt des Abends, aber die Kellner behielten wohl eher das schreckliche Ereignis im Gedächtnis.

Der großzügige Reeder hatte als Vorspeise Kaviar Malossol aus der Kilodose auffahren lassen. Zum Schrecken der Ober langten die Hanseaten dermaßen zu, daß zum erstenmal im Hotel die Kaviarvorräte zur Neige gingen.

Die Leute im «Vier Jahreszeiten» haben die große Maria keineswegs als zickige Primadonna in Erinnerung, die ihre Launen am Personal abreagierte. Ganz im Gegenteil. Rudolf Botor: «Sie war sehr angenehm, eine natürliche, warmherzige Frau. Ich habe sie nur einmal kribbelig und nervös erlebt. Das war die Zeit, als sie sich mit einer Art Punktediät ihre Pfunde abhungerte. Sie wollte wohl ihrem Ari damit mehr gefallen. Sie aß damals Unmengen von Fleisch ohne alle Beilagen. Oder ein halbes Pfund Tatar. Dazu trank sie einen Cognac zur besseren Verdauung.»

Die Pfunde hatte sie tatsächlich verloren, aber Onassis konnte sie nicht halten. Als sie ein letztes Mal in Hamburg war, um am 25. Oktober 1973 im Kongreßzentrum ihre weltweite Abschiedstournee zu eröffnen, war Onassis schon seit fünf Jahren mit Jackie Kennedy verheiratet.

Die Callas hatte die Hochzeit so kommentiert: «Jackie tat recht daran, ihren Kindern einen Großvater zu geben. Ari ist so schön wie Krösus.»

«Wer reich werden will, muß Strom sparen»

Das «Vier Jahreszeiten» florierte. Neben den alten Hamburger Familien kamen nun auch die Neureichen des Wirtschaftswunders. Man sah und wurde gern gesehen.

Nur einer betrat die Bühne äußerst selten – Hotelchef Fritz Haerlin. Er lenkte sein Haus von seinem Büro im Souterrain aus und agierte hinter den Kulissen. Wenn es allerdings nötig war, erschien er blitzartig auf der Szene. Zu diesem Zweck hatte er, rechts neben dem Treppenaufgang zur Halle, eine verspiegelte schmale Tür einbauen lassen. Dahinter war eine

Treppe, die direkt zu seinem Büro führte. Wenn bekannte Stammgäste wie Heinz Rühmann, Bankier Hermann Josef Abs oder der Bielefelder Puddingkönig und Reeder Rudolf August Oetker zu begrüßen oder zu verabschieden waren, drückten die Portiers einen Klingelknopf, und der Chef war zur Stelle.

Normalerweise aber waren ihm die Gänge durch die Halle lästig, da bestand doch immer die Gefahr, von Gästen angesprochen zu werden. Und das mochte er überhaupt nicht, selbst dann nicht, wenn es sich um harmlose Begegnungen handelte und nicht um peinliche wie die mit einem Mann, der zu ihm trat und sagte: «Hallo, Fritz, erkennst du mich nicht? Wir waren doch gemeinsam in Neuengamme. Wie geht es dir?» Angewidert drehte Haerlin sich um und ließ den ehemaligen Lagerkameraden stehen. Beim Personal machte der Satz die Runde: «Der Alte verdrängt die Nazizeit total. Der will keine Fragen beantworten.» Das allerdings war keine Besonderheit Haerlins. In den Aufbaujahren der Ära Adenauer wurde gern und gründlich verdrängt. Vorwärtsblicken hieß die Parole.

Wenn er auf keinen Fall angesprochen werden wollte, entwickelte Fritz Haerlin erstaunliches schauspielerisches Talent. Tagelang hatte sich zum Beispiel ein Hotelier aus Rio vergebens um einen Gesprächstermin mit dem Jahreszeitenchef bemüht. Der hatte die Parole «abwimmeln» ausgegeben, und die Portiers mußten sich ständig neue Geschichten ausdenken, weshalb der Inhaber bedauerlicherweise auch heute nicht im Hause sei. Die Pagen hatten mitbekommen, wie dringlich der Brasilianer den Chef sprechen wollte. Als Haerlin zufällig zur selben Zeit wie der Gast aus Südamerika erschien, stürzte ein Page diensteifrig auf diesen zu und sagte: «Das ist der Chef.» Überglücklich lief der Mann aus Rio auf Haerlin zu und überschüttete ihn mit einem Redeschwall. Seelenruhig hörte Haerlin zu und sagte dann, ohne eine Miene zu verziehen: «Sie irren sich, mein Herr. Ich bin nicht Fritz Haerlin.» Und ging.

Natürlich gab es Begegnungen, denen sich der Chef nicht entziehen konnte. Aber weil ihm der Small talk auch mit guten Bekannten auf die Nerven ging, hatte er mit seinen Portiers ein Notsignal ausgemacht, und die taten gut daran, dieses SOS-Zeichen peinlich genau zu beachten: Sobald sich Fritz Haerlin mit der Hand ans Revers seiner Anzugjacke griff, mußte ihn jemand mit wichtigem Gesichtsausdruck und noch wichtigerem Anliegen aus den Fängen seines Gesprächspartners befreien. Wenn das nicht zügig klappte, war der Chef tagelang sauer auf den Schuldigen. Auch Chefportier Hermann Lepke mußte sich einmal eine Gardinenpredigt anhören. Er hatte beobachtet, wie Haerlin von jemandem an dem großen Tisch, der gegenüber der Loge stand, buchstäblich festgenagelt wurde. Griff zum Revers; Lepke meldete ein wichtiges Telefonat; der Chef kam, erledigte das «Telefonat» und putzte Lepke dann herunter: «Lepke, da hast du einen Fehler gemacht. Warum hast du mich nicht zu einer Besprechung gerufen. Jetzt muß ich wieder zu dem hingehen.» In der Tat hatte sich der Gesprächspartner nicht von der Stelle gerührt.

Der menschenscheue Fritz Haerlin fiel noch durch eine andere Marotte auf. Er hatte ein ganz besonderes Verhältnis zum Geld. Es machte ihm viel Vergnügen, es zu verdienen, bereitete ihm aber Pein, sich wieder davon zu trennen. Er war nicht nur sparsam, er war knickerig.

Die Geschichten über den Geiz des großen Hoteliers sind ebenso zahlreich wie skurril. Von der Leichtigkeit, der Lebenslust des jungen Haerlin war bei dem inzwischen knapp 60jährigen nichts mehr zu spüren, er lebte nun die Vergnügungen eines Pfennigfuchsers, der Genuß daran findet, einen Verschwender zu erwischen.

Der ehemalige Chefportier Gerhard Beyer, der Jahrzehnte in der Loge stand, weiß ein Lied davon zu singen. Eines Morgens wurde er in das Büro des Chefs im Souterrain gerufen. Fritz Haerlin thronte hinter seinem Schreibtisch. Vor ihm lagen mehrere Papierstreifen, die sich als Straßenbahnfahrscheine entpuppten. Die hatte der Page abgerechnet, der häufig als Bote zur Villa des Chefs in der Hansastraße eingesetzt wurde. Am liebsten wäre es Haerlin gewesen, der Junge wäre die Strecke kostenfrei gelaufen. Nun wollte er genau wissen, wo der Page in die Bahn steige. Natürlich an der nächsten Haltestelle am Gänsemarkt. Darauf Haerlin, der alle seine Angestellten duzte: «Beyer, weißt du denn nicht, daß zwischen Gänsemarkt und Stephansplatz eine Zahlgrenze ist? Wenn er da einsteigt, sparen wir 5 Pfennig.»

Bei seinen Streifzügen durch das Hotel kontrollierte Haerlin alles mit dem Verschwendungs-Röntgenblick. In der Portiersloge stand eine alte Schirmlampe, damit wichtige Papiere gut zu lesen waren. Eines Tages, draußen schien die Sonne, baute sich Haerlin vor Beyer auf und fragte ihn: «Sag mal, Beyer, möchtest du nicht auch mal so ein vermögender Mann werden wie ich?» Beyer, der den verschrobenen Humor seines Chefs gut kannte, antwortete: «Sicher, Herr Haerlin, deshalb bin ich ja hier.» Daraufhin haute Haerlin mit der flachen Hand auf den Schalter im Lampenfuß und machte das Licht aus. «Wenn du reich werden willst, mußt du Strom sparen.»

Stromsparen war eine seiner Obsessionen. Wenn er über die Flure ging, schaltete er alle Lampen aus, die ihm überflüssig erschienen. Um keine Energie zu verschwenden, gab es im «Vier Jahreszeiten» einen Beleuchtungsplan, in dem festgelegt war, zu welcher Tageszeit welche Lampen im Empfang, in den Restaurants und den Fluren aus- und einzuschalten waren.

Als Haerlin diese «Leuchtzeiten» eines Tages noch weiter einschränken wollte, bekam er heftigen Krach mit seiner Hausdame Alwine Hollekamp, der Herrscherin über die Hotelzimmer: «Wenn Sie das machen, dann müssen wir den Gästen unten am Empfang aber Taschenlampen mitgeben.» Das Argument der resoluten Frau reichte. Über den Supersparplan wurde nie mehr gesprochen.

Statt dessen widmete der Chef seine Aufmerksamkeit wieder dem Empfang. Als Jahre nach der Eröffnung der Tresen renoviert werden mußte, fand sich am Boden hinter der Rückwand ein Berg Büroklammern, die im Laufe der Zeit durch eine Ritze gerutscht waren. Haerlin wurde Zeuge dieser Szene und ordnete angesichts der Vergeudung an, daß der Empfang ein Jahr lang keine neuen Büroklammern mehr ordern dürfe. Und als nach einem Neujahrsessen Schleifen und Dekorationen auf dem Boden lagen, bückte er sich, nahm sie und gab sie zum Aufbewahren. «Wenn wir die hier dreimal verkauft haben, ist das schon wieder ein netter Gewinn.»

Aber nicht nur im Geschäft achtete er höllisch auf sein Geld, auch für sich selbst gab er so wenig wie möglich aus. Selbstverständlich erschien er jeden Tag im korrekten dunkelgrauen oder dunkelblauen Anzug, weißes Hemd und Krawatte in gedeckten Farben – die Uniform der leitenden Angestellten. Doch plötzlich fiel jemandem auf, daß die Tasche für das weiße Einstecktuch bei Haerlin statt wie normal auf der linken nun auf der rechten Seite war. Des Rätsels Lösung: Der Chef trug gewendete Anzüge.

Und so manches private Geschenk landete auf dem Servierwagen des Hotels. Zum Beispiel schickte ihm ein Freund aus der Schweiz jedes Jahr ein Paket mit Käsespezialitäten. Rudolf Botor: «Wenn plötzlich der Tête de Moine auf unserem Käsewagen lag, dann wußten wir, das Paket war wieder angekommen, und wir verkauften das Geschenk.» Genauso wie die Weinflaschen, die von Weinlieferanten an die Oberkellner und den Sommelier zum Probieren geschickt wurden. Die landeten nie beim Adressaten. Solche «Bestechungsgeschenke» kamen in den Keller und wurden verkauft.

Gute Geschäfte mit der neuen Oper

Das Jahr 1955 brachte zwei Ereignisse, die sich äußerst positiv auf die Entwicklung des Hotels auswirkten: Im Juni eröffnete die Deutsche Lufthansa ihren Liniendienst zwischen Hamburg und New York. Und im Oktober wurde die neue Hamburger Staatsoper glanzvoll eröffnet.

Die neue Flugverbindung über den Atlantik verkürzte eine Reise von Deutschland nach Amerika von 7 Tagen per Schiff auf 14 Stunden in der viermotorigen Super Constellation von Lockheed, dem ersten Langstreckenflieger in der Lufthansa-Flotte. Eine schnelle Verbindung, die neue Gäste, vor allem Geschäftsleute, nach Hamburg bringen würde. Die ersten Passagiere dieser Route von New York nach Hamburg wohnten selbstverständlich im «Vier Jahreszeiten», 15 Journalisten und Bürgermeister amerikanischer Großstädte, denen gezeigt werden sollte, wie schön Hamburg und Umgebung wieder wären, und wie lohnend eine Reise in den deutschen Norden. Dafür war ein aufwendiges Viertageprogramm mit Stadtrundfahrten in Hamburg und Lübeck, Reeperbahnbummel, Spielbankbesuch in Travemünde, Cocktailparty beim US-Generalkonsulat und Besichtigung der Lufthansa-Werft am Hamburger Flughafen vorbereitet worden. Die Amerikaner waren besonders angetan von den Annehmlichkeiten und dem Service des «Vier Jahreszeiten», was die Journalisten später in ihren Berichten lobend erwähnten.

Als die Reisegruppe nach einem zweitägigen Abstecher nach Bayern am 8. Juni mit dem offiziellen Eröffnungsflug wieder nach Hause reiste, saß Fritz Haerlin als einer von sechs Ehrengästen in der Maschine. Zehn Jahre nach Kriegsende war er endlich wieder in der Stadt, in der er so viel gelernt und in der man ihn als kommenden Mann der deutschen Hotellerie gefeiert hatte. Diesmal war er Gast im «Waldorf Astoria», wo er 33 Jahre zuvor serviert und Gemüsekisten geschleppt hatte.

Am 15. Oktober war die erste Premiere in der neuen Hamburgischen Staatsoper. Bundespräsident Theodor «Papa» Heuss war aus diesem Anlaß angereist und im «Vier Jahreszeiten» abgestiegen. «Die Zauberflöte» von Wolfgang Amadeus Mozart stand auf dem Programm. Der fünf Millionen Mark teure Neubau war zum großen Teil durch Spenden finanziert worden. Nach der Einweihung hatte Intendant Günther Rennert gut zu tun, den kühlen Betonbau zu verteidigen. Besonders die Logen, die wie Luftschaukeln in den Zuschauerraum ragten, erregten die Gemüter. Für Rennert war die Architektur «die sachlich-künstlerische Aussage zu den von der Zeit gestellten Aufgaben».

Für Fritz Haerlin war die neue Oper ein prima Geschäft. Sein Hotel lag keine drei Minuten zu Fuß entfernt. Die Künstler konnten sogar durch den Hinterausgang direkt zum Bühneneingang gelangen. Eine Möglichkeit, die von Dirigenten und Sängern geschätzt und genutzt wurde. Wer in der Opernwelt Rang und Namen hatte, wohnte im «Vier Jahreszeiten».

Als Rolf Liebermann im August 1959 die Leitung der Oper

übernahm, erreichte das Haus bald Weltruhm. Liebermann holte alle Stars an die Elbe: Luciano Pavarotti, Joan Sutherland, Teresa Berganze, Mirella Freni sangen, Placido Domingo begann hier als Cavaradossi in Puccinis «Tosca» seine Weltkarriere, Wieland Wagner und Walter Felsenstein führten bei Liebermann Regie, Hans Werner Henzes Oper «Der Prinz von Homburg» wurde hier uraufgeführt.

Die Stars fühlten sich im weißen Haus an der Binnenalster bestens aufgehoben, sie wurden rund um die Uhr umsorgt und vor zudringlichen Fans und der Presse perfekt abgeschirmt.

Luciano Pavarotti war beim Personal besonders beliebt. Er war gut gelaunt und wußte immer einen Witz zu erzählen. Nur einmal erlebte Chefportier Hasso Schlage den berühmten Tenor fassungslos.

Pavarotti hatte schon damals die Angewohnheit, ständig einen gut zwei Meter langen, gelben Schal zu tragen. Er war gleichzeitig Markenzeichen und Marotte. Motto: Nicht ohne meinen Schal! An einem heißen Sommertag entschloß er sich allerdings, einen Spaziergang in die Stadt ohne den Halswärmer zu machen, und gab ihn deshalb in der Portiersloge mit der Bitte ab, das geliebte Kaschmirstück auf sein Zimmer bringen zu lassen. Ein Page wurde damit beauftragt. Am Abend, kurz vor der Aufführung erschien Pavarotti aufgeregt in der Halle – kein Schal im Zimmer. Schlage setzte eine Suchmannschaft in Marsch – nichts. Er rief den Pagen zu Hause an, der schwor, den Schal korrekt abgeliefert zu haben. Ja, das Zimmer hatte Alsterblick.

Inzwischen kamen besorgte Anrufe aus der Oper, wo denn der Star des Abends bliebe. Der stand noch immer völlig aufgelöst in der Halle und weigerte sich, auch nur einen Schritt ohne seinen Schal zu gehen. Endlich kam jemand auf die glorreiche Idee, daß der Page die Zimmernummer verdreht haben könnte. Und siehe da, der gelbe Schal hing an der Tür eines Zimmers, das sich in einem anderen Stockwerk befand und keineswegs einen Alsterblick hatte. Der Maestro war besänftigt und der Opernabend in letzter Minute gerettet.

Zu den werbewirksamen Geschichten des Hotels gehört die, daß für den schwergewichtigen großen Sänger stets ein 2,40 Meter langes, besonders stabiles Bett bereitstehe. Tatsache ist, daß Pavarotti in einem besonderen Bett geschlafen hat. Zunächst in dem französischen Bett der Hotelierstochter Thekla, das immer aus deren Wohnung im hinteren Trakt in die Suite zur Alster hin geschleppt wurde, wenn Pavarotti sich angesagt hatte. Später bekam der Startenor dann seine Spezialanfertigung, denn zeitweise wohnte er jeden Monat mehrere Tage im Hotel.

Doch seit den siebziger Jahren war es aus damit. Bei einem Diner im «Restaurant Haerlin» mit dem Repräsentanten seiner Plattenfirma beobachtete Pavarotti, wie eine Maus durch den Speisesaal lief. Er rief den Kellner und wollte den Direktor sprechen. Da es schon ziemlich spät war, erschien der Empfangssekretär als «Direktor vom Dienst». Als er hörte, was vorgefallen war, erklärte er mit einem mokanten Lächeln: «Mäuse im Vier Jahreszeiten? Bei uns doch nicht, Herr Pavarotti.» Der so Abgelederte ward nicht wieder gesehen.

Nicht nur die Sängerprominenz wohnte im «Vier Jahreszeiten», sondern auch die Creme der Dirigenten und Komponisten. Zum Beispiel Igor Strawinsky, der auf Einladung von Rolf Liebermann nach Hamburg kam und mit seiner Frau die Annehmlichkeiten des Hotels genoß. Kaum saß er im «Grill» am Tisch, hatte er einen doppelten Bommerlunder vor sich stehen, den er als Aperitif schätzte.

Zu seinem 80. Geburtstag am 17. Juni 1962 kam Strawinsky

mit Ehefrau Vera aus Rom nach Hamburg. Liebermann, Sänger und Tänzer empfingen den großen alten Mann am Flughafen und begleiteten ihn zum «Vier Jahreszeiten».

Eine Woche später, am 24. Juni, wurde zu seinen Ehren in der Staatsoper eine große Gala gegeben. Strawinsky dirigierte sein Ballett «Apollon Musagète». Der Meister wurde mit Ovationen überschüttet.

Anschließend zog man ins «Vier Jahreszeiten» um. Strawinsky und seine Frau saßen im «Ovalen Raum» hinter dem «Grill» und nahmen das Defilee und die Huldigungen entgegen. Die Damen in Galaroben, die Herren in Frack und Smoking. Die Hautevolee der Hansestadt stand geduldig in Reih und Glied und wartete. Alle Damen hielten Rosensträußchen in der Hand, die später Teil einer floristischen Komposition wurden.

Oper und Hotel hatten zusammen eine große Tafel mit Löchern vorbereitet, die als Noten angeordnet waren. Tänzerinnen der Oper trugen sie in den Saal, die Damen steckten ihre Rosen hinein, und allmählich wurden die ersten Takte seiner Ballettmusik «Der Feuervogel» erkennbar.

Man feierte bis tief in die Nacht. Auch Strawinsky, der fleißig Autogramme schreiben mußte, zog sich erst gegen halb zwei Uhr erschöpft zurück.

Strawinsky war es auch, der einen speziellen Service des Hauses in Anspruch nahm: Als er im Frühjahr 1963 eine Konzertreise durch Europa plante, buchte Portier Hans-Jürgen Porzelt zwei Flüge erster Klasse: Hamburg – Amsterdam – Budapest – Belgrad – Zagrab – Paris – Kopenhagen – Oslo – Bergen – Oslo – London – Dublin – London – Hamburg – Stockholm – Kopenhagen – Mailand. Die Kosten der Tickets, damals stolze 6054 Mark, legte Porzelt aus und bat um Überweisung auf sein Konto. Strawinsky quittierte: «Tickets received».

Mit seinem «Reisedienst» machte Porzelt gute Umsätze und hatte einen schönen Nebenverdienst. Daß er sich damit im Hotel selbständig machte – Fritz Haerlin unterstützte diese sehr moderne Idee des Shop-in-Shop –, scheiterte nur am Widerstand des benachbarten Reisebüros, das eine IATA-Lizenz hatte und die drohende Konkurrenz mit einem Veto abblockte. Es war noch die Zeit funktionierender Kartelle. So blieb Porzelt angestellter Portier und machte trotzdem weiterhin gute Geschäfte.

Zu seinen besten Kunden gehörte ein ausländischer Botschafter mit Sitz in Paris. Der hatte als Gast des «Vier Jahreszeiten» Porzelts Dienste kennen- und schätzengelernt und buchte nun von der Seine aus alle seine Reisen dort. Auf die erstaunte Frage Porzelts, wie er denn zu der Ehre käme, sämtliche Dienst- und Privatreisen des Diplomaten zu organisieren, hatte der eine überraschende Erklärung: «Wissen Sie, Paris ist eine so geschwätzige Stadt. Wenn ich dort buche, spricht sich schnell herum, wann ich wohin verreise. Und weil ich das nicht will, rufe ich Sie an. Denn bei Ihnen geht es verschwiegen zu.»

Servicedenken, Menschenkenntnis und Humor sind die drei wichtigsten Gebote erfolgreicher Portiers, und im «Vier Jahreszeiten» gab es eine ganze Generationenreihe davon. Urvater war Carl «Charly» Braun, «der mir sozusagen das Gehen und Stehen beigebracht hat», wie sich Hermann Lepke erinnert. «Ein sehr netter, menschlicher Mann, der immer den richtigen Ton für die Gäste fand. Selbst die schwierigen hat er mit dem richtigen Scherz aufgeheitert und zum Lächeln gebracht.»

Lepke scheint diesen Ton von seinem Mentor geerbt zu haben. Denn er war, so seine Kollegen, ein echter Spaßvogel, der gern auch mal Plattdeutsch sprach. Eines Tages erschien bei ihm ein Gast aus Japan und sagte nur ein Wort: «Musikhalle.»

Freundlich wie immer erklärte Lepke dem Mann aus Fernost anhand des Stadtplans auf englisch, wie er zu Fuß am besten dorthin käme. Der Japaner verbeugte sich und bedankte sich ebenfalls in Englisch. Als er zur Tür ging, sagte Lepke halblaut auf platt: «So, mein Jung, nun renn mal nicht so schnell, sonst läufst du gegen einen Hydranten.» Der Japaner drehte sich auf dem Absatz um, lächelte und sagte: «Jawohl, nicht schnell laufen – das habe ich verstanden, aber was ist bitte ein Hydrant?» Lepke hatte einige Mühe, die Fassung wiederzugewinnen.

Geistesgegenwart und gute Nerven sind immer von größtem Nutzen in dieser Position. Jeden Gast mit seinem Namen anzusprechen gehört zum Standard im «Vier Jahreszeiten». Früher lag die Zimmerliste mit den Namen hinter dem hohen Tresen, und so konnten die Portiers, wie heute die Fernsehsprecher vom Teleprompter, ihren Text ablesen, mit geübtem Blick nach unten sehen, wenn jemand den Schlüssel für 403 verlangte. Den bekam er dann mit einem strahlenden «Selbstverständlich, Herr Meier».

Genauso passierte es, als ein Gast mit einem Blumenstrauß erschien und den für ein paar Stunden deponieren wollte. «Selbstverständlich gern, Herr Meier, kein Problem.» Es herrschte Hochbetrieb, und der Portier beförderte das Bukett unter den Tresen neben den Papierkorb, um gleich einen Pagen zu beauftragen, die Blumen in eine Vase zu stellen. Doch es blieb bei dem Vorsatz. Der Gast kam von seinem ausgedehnten Spaziergang in die Halle zurück und verlangte nach seinem Strauß. Die Kollegen in der Loge erstarrten, weil sie alle sahen, wo die Blumen lagen. Der Portier ließ sich nicht aus der Ruhe bringen und sagte, er müsse noch eben die Küche informieren. Damit beugte er sich unter den Tresen. «Hallo, Küche, gebt mal die Blumen rauf von heute mittag. Hallo, nun mach doch mal eben, es eilt.» Dann griff er den wohlverpackten Strauß und

Die Hotel-Legende:
Der Chefportier Carl «Charly» Braun (rechts)
arbeitete fünfzig Jahre im «Vier Jahreszeiten».
Neben ihm Hans-Jürgen Porzelt

überreichte ihn mit strahlendem Lächeln. Die Blumen hatten die trockenen Stunden offenbar gut überstanden, jedenfalls gab es keine Beschwerden.

Anfang der sechziger Jahre arbeiteten im Hotel nicht nur 18 Pagen, sondern auch noch 18 Hausdiener. Es wurde noch wenig geflogen, sondern Bahn gefahren, und es gehörte zum Service des «Vier Jahreszeiten», daß die Portiers einen Hoteldiener mit dem Gepäck zum Dammtor- oder Hauptbahnhof schickten. Auf dem Bahnsteig warteten sie am richtigen Wagen auf die Gäste und trugen dann die Koffer ins Abteil.

Mit einem solchen Auftrag war ein Hoteldiener auf dem Weg zum Hauptbahnhof. Auf der Lombardsbrücke legte der Mann eine Zigarettenpause ein. Dazu stellte er den Koffer auf einen Brückenpfeiler, zündete sich die Zigarette an und wischte dabei mit einer unglücklichen Bewegung den Koffer von der Brücke. Der klatschte in die Alster und versank. Der Mann rettete die Situation auf seine Weise. Er ging zum Hauptbahnhof und fing im Gewühl des Bahnsteigs plötzlich lauthals an zu schreien: «Halt, Hilfe, Polizei. Man hat mir den Koffer gestohlen. Polizei!» Die Bahnpolizei erschien. Der Lieferservice des Hotels war bekannt, der Hausdiener trug die «Vier Jahreszeiten»-Uniform und spielte seine Rolle so perfekt, daß Hotelgast und Beamte von dem Diebstahl überzeugt waren und eine Anzeige aufnahmen. Die Sache wäre nie herausgekommen, wenn der gewitzte Mann seine Geschichte nicht Jahre später einem Kollegen offenbart hätte. Im Hotel wurde gelacht. Der Hoteldiener war inzwischen längst in Pension.

Der arme Schuster Rühmann

Hamburg war inzwischen eine Filmmetropole geworden, was ganz entscheidend zwei Leuten zu verdanken war: Walter Koppel und Gyula Trebitsch. Die beiden hatten 1947 die «Real Film»-Gesellschaft gegründet. Koppel als Kaufmann, Trebitsch als Produktionschef. In einer alten Villa in Wandsbek, Tonndorfer Hauptstraße 90, die erst Offizierscasino und anschließend Lazarett gewesen war, machten sie 1948 ihr erstes Atelier auf und bauten die Firma nach und nach aus. In zwölf Jahren produzierten sie hier 126 Filme. Einer ihrer großen Stars war der Schauspieler Heinz Rühmann.

Rühmann hatte es nach dem Krieg schwer gehabt, wieder ins Geschäft zu kommen. Viele Leute aus der Branche nahmen es ihm übel, daß er während der Nazizeit bis zuletzt Filme gedreht hatte. Seine eigene Produktionsfirma, nach dem Krieg gegründet, war pleite gegangen, er mußte mit seinem Partner sieben Jahre lang 1,5 Millionen Mark Schulden abbezahlen. Da war es für ihn wie ein Wunder, daß er von Trebitsch in Hamburg die Hauptrolle für den Streifen «Keine Angst vor großen Tieren» angeboten bekam. Der Film kam Ende Mai 1952 in die Kinos, war ein Kassenschlager und der Beginn von Rühmanns zweiter Karriere.

Drei Jahre später war er wieder in der Hansestadt. Der Regisseur Helmut Käutner wollte Carl Zuckmayers «Der Hauptmann von Köpenick» verfilmen. Heinz Rühmann, und niemand anders, sollte den haftentlassenen Schuster Voigt spielen. Leichter gesagt als getan, denn Rühmann hatte gerade einen mehrjährigen Exklusivvertrag bei der Berliner Konkur-

Stille Proben in Zimmer 447:
Der Schauspieler Heinz Rühmann arbeitete
wie ein Besessener an der Rolle seines Lebens,
dem «Hauptmann von Köpenick»

renzfirma «Berolina» unterschrieben. Nach einigem Hin und Her bekam er eine Ausnahmeerlaubnis, durfte nach Hamburg fahren und sogar seinen Lieblingsmaskenbildner Freddy Arnold mitnehmen. Der konnte wie kein anderer Perücken und Haarteile knüpfen. «Watt denn, für die paar Pudelhauben müssen Se extra een mitnehmen?» hatte Produzent Ulrich erst ungläubig gefragt, dann aber nachgegeben.

Kaum im «Vier Jahreszeiten» angekommen, wo der Star natürlich wohnte, begannen lange Diskussionen zwischen Rühmann, Käutner und Zuckmayer. Sie berieten stundenlang über Entwürfe der Dekorationen, über das Drehbuch und darüber, wie die Rolle des Schusters Voigt anzulegen sei, der nie eine Chance hatte und erst als vermeintlicher Offizier den Triumph seines Lebens feierte.

Heinz Rühmann war kurz zuvor in der Komödie «Charlys Tante» erfolgreich gewesen. Aber er wollte weg vom Komiker, vom Spaßvogel – hin zum Charakterdarsteller. In langen Debatten gelang es ihm, einzelne Passagen des Drehbuchs nach seinen Wünschen abzuändern.

Regisseur Käutner: «Der Zug zum Nachdenklichen, Menschlichen, Stillen, Tragikomischen war für ihn immer eine Sehnsucht.»

Rühmann wußte, daß der «Hauptmann von Köpenick» seine große Chance war. Wie ein Besessener bereitete er sich auf seine Rolle vor. Er schloß sich in sein Hotelzimmer ein und übte tagelang seine Rolle in allen Einzelheiten, jeden Satz, jede Szene, jede Einstellung. Im Restaurant oder in der Halle ließ er sich nicht blicken. Seine Mahlzeiten bekam er auf dem Zimmer serviert.

Bald machte bei den Kellnern der Satz die Runde: «Der Rühmann hat einen Vogel.» Was in jeder Hinsicht stimmte. Um nicht ganz in Einsamkeit und Melancholie zu versinken, hatte er sich einen Dompfaff gekauft, der nun in seinem Käfig dem großen Mimen bei seinen Proben zusah. Wenn Rühmann eine Pause machte, holte er den Vogel aus dem Bauer, setzte ihn sich auf die Schulter, und der pfiff die Melodie: «Fröhlich kehrt ein Wandersmann zurück.»

Wenn Rühmann ins Filmstudio mußte, versorgte er den Vogel morgens liebevoll mit Futter und Wasser. Niemand vom Hotelpersonal durfte das übernehmen. Abends ließ sich Rühmann dann vom Dompfaff, der auf seiner Schulter saß, wieder das Lied vorpfeifen.

Als er einmal viele Jahre später von einer New-York-Reise zurück nach Hamburg ins «Vier Jahreszeiten» kam, packten ihn heimatliche Gefühle: «Die Straßen schienen enger und die Häuser kleiner geworden. Aber die Binnenalster mit ihrem Lichtermeer war die gleiche, vertraute Kulisse. Wir waren zu Hause. Schön.»

Der «Hauptmann» wurde im Rekordtempo gedreht. Nach weniger als zwei Monaten fiel die letzte Klappe. Am 16. August war die Uraufführung. Die Kritik überschlug sich. «Es ist die Glanzrolle für den schon totgesagten Komödianten Heinz Rühmann, seine beste Interpretation seit Jahren», schrieb etwa die «Neue Ruhrzeitung». Und die Zuschauer stürmten die Kinos. Bis Jahresende sahen zehn Millionen Menschen den armen Schuster Rühmann. Der Schauspieler war nun ein gemachter Mann. Sein Streifen wurde in 53 Länder verkauft.

Rühmann drehte Film auf Film, viele davon waren erfolgreich, viele entstanden in Hamburg. Er wurde Stammgast im «Vier Jahreszeiten» und wohnte stets in Zimmer 447. Doch er war kein einfacher Gast, er grantelte und galt beim Personal als abweisend und verschlossen. Die Nachkriegsjahre hatten ihn bitter gemacht. Schon der Regisseur von «Keine Angst vor großen Tieren», Ulrich Erfurth, hatte seine liebe Not mit ihm gehabt. «Er schluckte alles in sich hinein. Ein paarmal überkam es mich einfach, ich habe ihn geschüttelt und gebrüllt: ‹Nun lach doch endlich!› Aber Rühmann stand dann ganz still und klein vor mir und meinte nur leise: ‹Sie sind halt ein anderes Temperament.›»

Der als Privatmensch schwierige Publikumsliebling war für die PR des Hotels hochwillkommen. Die Zimmermädchen hingegen hatten unter einer Marotte des Stars sehr zu leiden. Wenn der Gast von 447 abreiste, mußten sie schnell das Zimmer inspizieren. Der Schauspieler hatte es sich zur Gewohnheit gemacht, etwas mitgehen zu lassen – ein Bild, einen Wandteller, eine lederne Schreibmappe. Vermutlich hatte er das Gefühl, bei den gesalzenen Preisen des «Vier Jahreszeiten» wäre das «Geschenk» inbegriffen. Jahrelang spielte sich dasselbe Ritual ab: Die Mädchen meldeten die Verluste telefonisch an der Kasse, der jeweilige Betrag wurde kommentarlos auf die Rechnung gesetzt – und ebenso kommentarlos bezahlt.

Viele prominente Gäste entwickelten eigenartige Ticks, wenn es um Hoteleigentum ging. Eine berühmte Tänzerin zum Beispiel, die häufig im Hotel wohnte, aß grundsätzlich auf ihrem Zimmer. Wenn der Etagenkellner das Menu wieder abräumte, fehlte jedesmal ein Stück vom Silberbesteck. Jeder Löffel, jede Gabel kam auf die Rechnung.

Weitaus komplizierter war die Aktion, die die Hausdame Alwine Hollekamp in Gang setzen mußte, um eine wertvolle Perserbrücke wieder zu beschaffen. Ein amerikanischer Popsänger hatte mit seiner Gruppe im «Vier Jahreszeiten» gewohnt und war durch sein Auftreten angenehm aufgefallen. Als aber nach seiner Abreise ein Teppich vermißt wurde, war es schlagartig vorbei mit dem guten Ansehen.

Die nächste Station der Gruppe war Frankfurt am Main, und so telefonierte Frau Hollekamp mit den Kollegen vom «Frankfurter Hof». Wie unter den großen Hotels üblich, waren die gerne bereit zu helfen. Allerdings mit mäßigem Erfolg. Zwar schickten die Frankfurter die ledernen Schreibmappen nach Hamburg zurück, die sich im Gepäck der Musiker fanden. Doch der Teppich war nicht aufzutreiben. Er lag offensichtlich in einem Koffer mit Zahlenschloß, das nicht zu öffnen war.

Frau Hollekamp alarmierte den Kriminalbeamten, der für Probleme in Hotels zuständig war, zeichnete nach dem Gedächtnis das Muster des Teppichs auf und gab die Maße an: 1,20 Meter mal 80 Zentimeter. Diese Informationen gingen an den britischen Zoll.

Als der Sänger in Southampton von Bord des Schiffes ging, wurde er von Zollbeamten angehalten und gebeten, seinen blauen Samsonite-Koffer zu öffnen. Es kam zu einer hitzigen Debatte, die Zöllner blieben hart. Der Sänger gab nach. Die Beamten zogen einen Teppich aus dem Koffer, drehten ihn um und hielten dem Sänger das eingestickte Etikett «Vier Jahreszeiten Hamburg» unter die Nase.

«Wollen Sie den Teppich hergeben, oder sollen wir den Fall der Polizei übergeben?» Der Künstler entschied sich für Alternative eins, und vierzehn Tage später konnte Alwine Hollekamp ihr gutes Stück in der Asservatenkammer im Hamburger Polizeipräsidium wieder in Empfang nehmen.

Teures Bier für Theo Lingen

&

Ein anderer Star des deutschen Nachkriegskinos, Franz Theodor Schmitz, als Star bekannt unter seinem Künstlernamen Theo Lingen, arbeitete vor allem mit der Nr. 2 im damaligen Filmgeschäft zusammen, mit der Firma «Junge Film-Union» im Heidedorf Bendesdorf vor den Toren Hamburgs. Gemeinsam mit seiner Frau Marianne wohnte er deshalb häufig monatelang an der Binnenalster. Lingen war im Hotel hoch angesehen, nicht zuletzt deshalb, weil er sich während der Nazizeit immer zu seiner Ehefrau bekannt hatte, die als Halbjüdin verfemt und gefährdet war. Lingen wußte, daß Propagandaminister Josef Goebbels ihn zwar nicht leiden konnte, aber auf den «Reichsclown» Lingen auch nicht verzichten mochte – der einzige Grund, warum dem Paar unter dem NS-Mörderregime nichts geschehen war.

Lingen war ein Frühaufsteher und Liebhaber druckfrischer Zeitungen. Wenn in der Hotelhalle gegen sieben Uhr die Morgenblätter angeliefert wurden, wartete er schon. Perfekt angezogen im grauen Anzug, weißen Hemd und Krawatte. Er ging hinter den gläsernen Zeitungsstand, nahm mit weißen Handschuhen «Die Welt» und las. Als sparsamer Mensch faltete er sie anschließend korrekt wieder zusammen und steckte sie zurück. Bei diesem liebenswerten Dauergast wurde so ein Spleen gern übersehen.

Eines Morgens, Lingen hatte sich wie üblich in sein Lieblingsblatt vertieft, erschien ein anderer Gast und verlangte ein Exemplar der «Welt». Lingen reichte dem Mann eine Zeitung, der sah ihn verblüfft an, Lingen kassierte das Geld, und der Gast ging kopfschüttelnd zum Frühstücken ins «Restaurant Haerlin». Während Oberkellner Rudolf Botor ihm den Kaffee eingoß, sagte er: «Sagen Sie mal, Ihr Zeitungsverkäufer da draußen sieht aber verdammt nach Theo Lingen aus!» Botor antwortete: «Das ist Theo Lingen.» Der frühe Gast blickte mißbilligend auf Botor und sagte kein Wort mehr. Er fühlte sich augenscheinlich auf den Arm genommen. Dabei hätte dem Mann klar sein müssen, daß ein Hotel Lingens liebste Bühne war. Unzählige Male hat er im Theater und in Filmen Kellner oder Diener gespielt.

Der große Schauspieler sah sehr auf den Pfennig und war deshalb glücklich, als ihm ein Verehrer aus Salzburg versprach, ihn lebenslang kostenlos mit Bier aus seiner Brauerei zu beliefern. Er besprach die Sache mit Botor, und als der nichts dagegen hatte, daß Lingen sein eigenes Bier trinken wollte und nur eine Art Korkengeld verlangte, bekam er zum Essen sein Spezialbier serviert, was ihm hervorragend schmeckte.

Nach einem Monat fand Lingen eine stolze Summe für Bierservice auf seiner Rechnung. Halb geschockt, halb verärgert kam er damit zu Botor und sagte: «Ist das Ihr Ernst? Sie berechnen mir für mein eigenes Bier ein paar hundert Mark?» Botor erklärte dem Schauspieler, was es mit dem Geschenk auf sich hatte. Zunächst mußte das Hotel die Frachtkosten für die Bierkästen von Salzburg nach Hamburg bezahlen. Bei den schweren Flaschen eine saftige Rechnung. Außerdem mußte das Bier getrennt von anderen Sorten gelagert und in ausreichender Menge griffbereit gekühlt werden.

Lingen verstand sofort, welch kostspieliger Aufwand da für ihn betrieben wurde, und reagierte auf seine Weise. Drei Abende später winkte er Botor an seinen Tisch und sagte

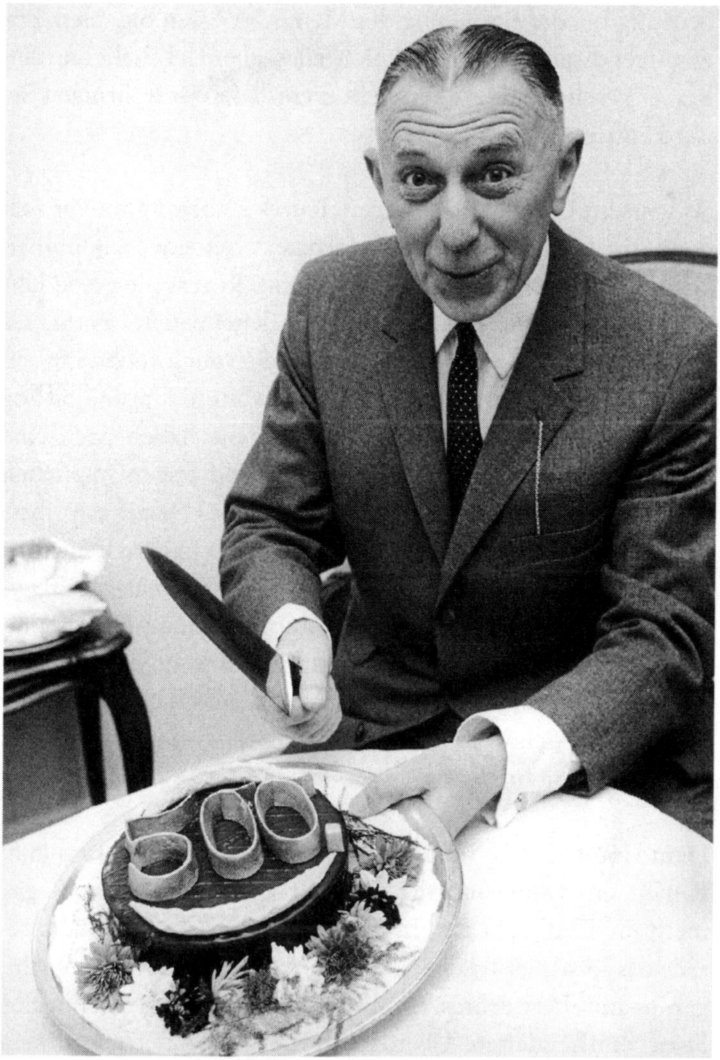

Ein Komiker auch im Leben:
Der Schauspieler und Regisseur Theo Lingen
bekam 1967 zu seiner fünfhundertsten Übernachtung
eine Jubiläumstorte serviert

beiläufig bei der Bestellung des Menüs: «Wissen Sie, Herr Botor, irgendwann trinkt man sich alles über. Ich habe an den Brauer geschrieben, daß er nicht mehr liefern soll. Bringen Sie mir künftig ein Beck's.»

So sparsam Lingen auch war, ein teures Hobby leistete er sich dennoch: Eines Abends kam er, korrekt gekleidet wie immer, zum Abendessen. Am Knopfloch seines Revers hing eine Uhrenkette, die in der Brusttasche des Jacketts endete. Botor, der mit Lingen auf freundschaftlichem Fuße stand, fragte ihn, ob daran eine Uhr hänge. «Natürlich», antwortete Lingen und zog eine goldene Taschenuhr hervor. «Aber Sie haben doch eine Armbanduhr um. Warum denn zwei?» Mit seinem typischen verschmitzten Lächeln antwortete Lingen: «Damit ich überprüfen kann, ob das Ding auch richtig geht.» In dem folgenden Gespräch stellte sich heraus, daß der Komiker einen regelrechten Uhrentick hatte. Er trug nicht nur links eine Armbanduhr, sondern häufig auch rechts noch eine. Und wenn er einen Anzug mit Weste anhatte, steckte dort links und rechts noch eine Taschenuhr. «Ich weiß immer, was die Stunde geschlagen hat», klärte er Botor auf.

Dem Hotel blieb er mehr als zwanzig Jahre treu. Er kam zum Filmen, er spielte häufig Theater in Hamburg, er führte Regie, meist im Thalia-Theater. Im Dezember 1967, er hatte dort gerade das Lustspiel «Halbe Wahrheiten» auf die Bühne gebracht, gab es im «Vier Jahreszeiten» für ihn eine spezielle Ehrung. Seine fünfhundertste Übernachtung wurde mit einer großen Jubiläumstorte gefeiert, die Lingen sofort anschnitt.

Der Scheich und Heidi aus Kiel

Im Sommer 1961 reiste ein Mann in Hamburg an, der im Haus an der Binnenalster ziemlichen Wirbel machte, einem Mädchen aus Kiel den Kopf verdrehte und schließlich ein Jahr lang die Schlagzeilen beherrschte – von der «Frankfurter Rundschau» über den «Stern» bis hin zur Regenbogenpresse. Der Mann hieß Scheich Abdullah al-Jaber as-Sabah. Er war ein Nachkomme der biblischen Königin von Saba, ein Vetter des Scheichs von Kuwait, Erziehungs- und Justizminister und Millionär. Er hatte eigentlich alles auf der Welt. Aber der Scheich suchte Ablenkung. Sein 30jähriger Sohn war gerade bei einem Autounfall ums Leben gekommen. Nach kurzer Trauerzeit hatte er seine Koffer gepackt und war mit seinem Sekretär Mohammed Beshir Khaf nach Deutschland geflogen. Dessen deutsche Ehefrau Ruth bekam den heiklen Auftrag, dem Mitglied der Herrscherfamilie eine deutsche Braut zu beschaffen. «Sie muß groß sein und blaue Augen haben. Und natürlich aus einer hohen Familie stammen.»

Frau Ruth und Ehemann Beshir suchten in Frankfurt, Bad Homburg und Köln. Alles vergebens. Schließlich kam die Reisegruppe nach Hamburg und mietete mehrere Suiten im «Vier Jahreszeiten». Scheich al-Jaber as-Sabah gab die Order, seine Zimmer wie eine Oase herzurichten. Es wurden so viele Kübel mit Palmen, Gummibäumen und anderen Grünpflanzen angefahren, bis der Mann aus der Wüste sich wohl fühlte. Er saß in seinem Sessel, ließ seine Gebetskette durch die Finger gleiten und besah sich die jungen Damen, die Ruth mit Hilfe mehrerer Heiratsinstitute aufgetrieben hatte. Die Damen waren zu klein, zu dünn, zu dick oder zu doof, fand der Scheich. Alle nicht nach seinem Geschmack.

Während oben im Hotel weitere Damen zur Vorstellung antraten, hatten unten die Portiers alle Hände voll zu tun, um diplomatische Verwicklungen zwischen der Bundesrepublik und dem Scheichtum Kuwait zu vereiteln. Al-Jaber as-Sabah war nämlich mit einem roten Cadillac Sedan am Neuen Jungfernstieg vorgefahren, der ein Nummernschild mit zwei gekreuzten Krummschwertern hatte. Dem Schutzpolizisten, der seinerzeit noch Dienst auf der verkehrsreichen Kreuzung Esplanade/Neuer Jungfernstieg machte, war dieses ungewöhnliche Kennzeichen beim Weg in sein Revier aufgefallen. Er bestand nun gegenüber den Portiers darauf, daß der Cadillac das amtliche, ovale Zollkennzeichen bekommen müsse: «Ob Scheich oder nicht, ohne richtiges Nummernschild darf das Auto nicht am Straßenverkehr teilnehmen.»

Der herbeigerufene Sekretär des Scheichs lehnte es selbstverständlich ab, das schöne Schild aus dem Morgenland gegen das Blechei aus Deutschland zu tauschen. Daraufhin begannen die Verhandlungen der Portiers mit der Senatskanzlei, die immer zu einer Sondergenehmigung führten, mit der der Scheich mit seinem Wagen und den gekreuzten Schwertern herumfahren durfte. Aktuell brauchte der Scheich seinen Straßenkreuzer allerdings nur für eine Fahrt zum Flughafen. Denn al-Jaber as-Sabah wollte nun in Stockholm nach einer passenden Frau suchen. Die Schwedenmädel sollten so verführerisch sein, hatte man ihm erzählt. Die Grünpflanzen blieben, wo sie waren, weil der Scheich ja nur einen kurzen Abstecher machen wollte.

Eine Woche später waren al-Jaber as-Sabah und sein Sekretär wieder zurück und mit ihnen eine junge, hübsche, blonde Frau. Keine Schwedin – die Brautschau im hohen Norden hatte sich als Schlag ins Wasser erwiesen –, sondern Adelheid Margarethe Bernhardine Gräfin von und zu Tiefenau. Die hatte der Scheich in der «Tennisbar» von Bad Homburg kennengelernt, als er völlig frustriert von Stockholm nach Frankfurt geflogen war. Scheich und Sekretär hatten Trost bei einem guten Whisky in der berühmten Bar gesucht und waren dabei auf eine Geburtstagsrunde gestoßen, zu der auch die Gräfin Tiefenau und deren Schwester gehörte. Der Scheich hatte sich als zweiundvierzigjähriger Witwer vorgestellt, und es war Liebe auf den ersten Blick gewesen. Eine Tatsache, die mit einer Flasche «Jahrgangschampagner» gebührend gefeiert worden war. Der Scheich, ein Mann von großer Entschlußkraft, entschied alsbald, wieder in den Norden aufzubrechen, um protokollgemäß den Schwiegereltern in ihrem Schloß an der Kieler Förde einen Besuch abzustatten und um die Hand ihrer Tochter anzuhalten.

Das «Vier Jahreszeiten» war das Basislager für diese Exkursion. Der Scheich hatte die beiden Gräfinnen in seiner Suite vor der Reise zu Tisch gebeten. Gräfin Adelheid, genannt Heidi, aß ihr Lieblingsmenü: Hummercocktail und Filetspitzen à la Stroganoff. Schwester Barbara bestellte Gänseleberpastete und Filetsteak. Der Scheich konnte vor lauter Aufregung gar nichts essen, er trank nur Wasser, diesmal ohne Whisky, und spielte nervös mit seiner Gebetskette. Beshir Khaf blies zum Aufbruch. Vor dem «Vier Jahreszeiten» gab es einen Menschenauflauf, als der Scheich mit Gräfin Heidi am Arm und dem restlichen Gefolge den roten Cadillac bestieg.

Die Fahrt nach Kiel verlief um so einsilbiger, je näher sie der Förde kamen. Schließlich konnte Gräfin Barbara die Spannung nicht mehr ertragen. Sie beichtete, daß eigentlich nur ihre Mutter Gräfin sei, ihr Vater aber bürgerlich und sie beide deshalb auf den schönen Namen Dichter hörten. Der Scheich nahm diese überraschende Enthüllung wie ein Mann. Vielleicht auch deshalb, weil er ebenfalls in ein paar Kleinigkeiten die Wahrheit etwas zurechtgebogen hatte. So hatte er zum Beispiel durchaus nicht 42, sondern schon reife 64 Lenze hinter sich.

Das Grafenschloß in Kiel enttäuschte die Erwartungen des Scheichs gewaltig. Es war ein schmuckloses Eckhaus aus der Gründerzeit, in dem sich ein Restaurant und das Bierlokal «Gambrinus» befanden. Über dessen Tresen hing der schöne Spruch:

Als Moses an den Felsen klopfte,
Wasser aus demselben tropfte.
Ein größ'res Wunder findst du hier:
Wenn du hier klopfst, bekommst du Bier.

Als der Scheich die ausgetretenen Treppenstufen zur Wohnung der Brauteltern im obersten Stock des Hauses hinaufstapfte, sagte er tapfer zu Heidi: «Und wenn mein Stiefvater Straßenfeger wäre, so hätte ich kein Recht, mich seiner zu schämen.»

Vater Karl Dichter, Pensionär und ehemaliger Marine-Stabsoberfeldwebel, empfing den Schwiegersohn im dunklen Anzug, Mutter Marie hatte ein seidenes Kleid mit Blumenmuster an. Für den hohen Gast hatte sie ein kaltes Buffet mit Roastbeef, Gänsebrust, Katenschinken und Käse vorbereitet. Hoheit nahmen ein paar Käsewürfel, nippten am Sektkelch, entdeckten das braungelackte Klavier im Wohnzimmer und baten Heidi, in die Tasten zu greifen. Die hatte erst Hemmungen, spielte dann aber den «Liebestraum» von Liszt. Mama Maria kommentierte das mit den Worten: «Ja, Hoheit, Heidi wäre fast Konzertpianistin geworden. Der Herr Professor hat so gedrängt.» Das hatte zwar nicht geklappt, aber immerhin hatte sie ihre Prüfung als Anwaltsgehilfin bestanden.

Kurz darauf erklärte sich Scheich al-Jaber as-Sabah bereit, seine Braut Heidi am nächsten Tag zu heiraten. Die Eltern gaben bei einem Notar zu Protokoll, daß sie mit der Eheschließung ihrer minderjährigen Tochter einverstanden seien. Dann plötzlich neue Probleme: Dem Standesbeamten fehlte das «Ehefähigkeitszeugnis» des Scheichs. Da konnte nur der Oberlandesgerichtspräsident in Schleswig mit einer Ausnahmegenehmigung noch helfen. Im Cadillac war die Reise schnell erledigt. Der Herr Präsident stellte gegen zweihundert Mark das begehrte Papier aus, obwohl der Scheich die Frage nach seinem Geburtstag nicht befriedigend beantworten konnte.

Zurück in Kiel, vollzog der Chef des Standesamtes I die ungewöhnliche Trauung. Der Scheich schenkte Vater Karl eine goldene Rolex, Mutter Marie eine goldene Uhr mit Brillanten, und Schwester Barbara bekam ein goldenes Armband.

Am nächsten Tag zogen der Scheich und Prinzessin Heidi in die Suite im «Vier Jahreszeiten».

Inzwischen hatte die Presse Wind von der Märchenhochzeit aus 1001 Nacht bekommen. Das junge Paar wurde überallhin von Reportern und Fotografen verfolgt, ob sie in den Geschäften am Jungfernstieg einen Einkaufsbummel unternahmen oder Heidi zu einem Frisiersalon in der Dorotheenstraße fuhr, um sich nach den Wünschen ihres Gatten die Haare schneiden zu lassen. Es wurde langsam ungemütlich, und deshalb ließ al-Jaber as-Sabah, nachdem er auch im Rathaus zu einem kurzen Besuch empfangen worden war, die Koffer packen.

Die Mannschaft des Hotels nahm ungern Abschied von dem Scheich, hatte er doch die noble Angewohnheit, sich jeden Morgen an der Kasse vier, fünf Rollen Fünfmarkstücke zu besorgen, die er in den Taschen seines Burnus versenkte und tagsüber an die Angestellten verteilte. So hielt er es auch beim

Abschied. Während Heidi schon im Cadillac saß und ungeduldig darauf wartete, über Mailand und Rom endlich in die neue Heimat zu fliegen, verteilte ihr Mann in der Hotelhalle großzügig seine Trinkgelder. Fritz Haerlin, der zur Verabschiedung des hohen Gastes erschienen war, bekam auch ein Geldstück, was er ungerührt einsteckte.

Mit Anteilnahme und Interesse verfolgte man im «Vier Jahreszeiten» den weiteren Weg von Prinzessin Heidi. Die Geschichten aus dem Morgenland waren aber alles andere als erfreulich. Zunächst war der Scheich allein nach Hause gefahren und hatte Heidi mit einem Kreditbrief über zehntausend Mark zu ihren Eltern nach Kiel geschickt. «Kuwait ist im Sommer viel zu heiß für dich.» Als nächstes meldete sich ein Mann bei einem Journalisten. Er kenne den Scheich sehr gut. «Ich kann Ihnen versichern, daß er mehrfach verheiratet ist.» Heidi war seine fünfte Ehefrau. Drei lebten im Palast in Kuwait, die vierte – die schöne Prinzessin Leila al Maraabi – in Beirut.

Und Leila war gar nicht erfreut, als sie in der Zeitung ein Foto ihres Mannes mit seiner jungen deutschen Frau sah. Mit Hilfe eines libanesischen Journalisten lancierte sie einen Zeitungsartikel, der in Deutschland nachgedruckt wurde. Angeblich hatte al-Jaber as-Sabah erklärt, er habe Heidi nur aus Mitleid geheiratet und sei zu Leila zurückgekehrt. Als Heidi das las, erlitt sie einen Nervenzusammenbruch. Die Zeitungen titelten: «Liebe machte sie blind!» und «Das Ende einer Märchenehe».

Der Scheich war außer sich vor Wut, verstieß seine Leila und flehte Heidi an, nach Kuwait zu kommen. Mitte Juli reisten Mutter Marie, Tochter Heidi und ihr Rechtsanwalt auf die Arabische Halbinsel. Es wurde nachgeholt, was im Eifer des Kieler Hochzeitsgefechts vergessen worden war – der Ehevertrag wurde ausgehandelt. Wichtigster Punkt: «Für den Fall der Scheidung» sollte Heidi rund 800 000 Mark erhalten. Reportern erklärte sie: «Ich liebe al-Jaber as-Sabah und bin glücklich mit ihm.»

Im September war sie wieder in Hamburg, wohnte ein letztes Mal im «Vier Jahreszeiten» und unternahm einen ausgedehnten Einkaufsbummel durch die Stadt. «Ich habe Sehnsucht nach meinen Eltern und nach der kühlen reinen Luft des Nordens.» Dann kamen wieder böse Nachrichten aus dem Palast in Kuwait: Der Scheich prüfe ständig Heidis Gewicht und mäste sie mit Schokolade, weil sie viel zu dünn sei.

Es kam, wie es kommen mußte: Im März 1962 wurde sie von ihrem Scheich geschieden, kassierte ihre Abfindung und fand im Libanon einen armen, aber arbeitsamen Moslem, mit dem sie in Beirut ein Bierlokal aufmachte.

«Wohnt bei Ihnen Herr Direktor X?»

Daß auch deutsch-deutsche Ehen filmreife Stoffe bieten, konnte Empfangschef Franz-Josef Brühl aus eigener Anschauung erleben, selbst wenn dieser Fall mit aller Diskretion behandelt wurde und deshalb keine Schlagzeilen machte.

Jahrelang kam ein Fabrikant aus Westfalen mit seiner Frau ins «Vier Jahreszeiten». Die beiden reisten stets im großen Mercedes mit Chauffeur an, bezogen ihre Suite und erfreuten das Personal mit großzügigen Trinkgeldern. Tagsüber ging der Ehemann seinen Geschäften nach, die Ehefrau erledigte mit dem Fahrer ihre Einkäufe. Abends dinierte das Paar im «Restaurant Haerlin», und jedesmal standen ein oder zwei Opernbesuche auf dem Programm. Brühl: «Es gab keinen Zweifel, die beiden waren ein glückliches Paar. Daß sie noch immer so verliebt waren, hat uns sehr imponiert.»

Eines Abends, die beiden waren in die Staatsoper gegangen, erschien bei Brühl in der Halle eine ihm unbekannte Dame und fragte: «Wohnt bei Ihnen Herr Direktor X?» Als Brühl das bestätigte, verlangte die Frau den Zimmerschlüssel. Mit aller gebotenen Höflichkeit lehnte der Empfangschef ab. «Ich bin seine Frau!» erwiderte die Unbekannte und legte zur Bekräftigung ihren Personalausweis auf den Tresen. Ein Zweifel war ausgeschlossen, die Situation wurde brenzlig. Brühl rettete sich mit dem Hinweis: «Gnädige Frau, das geht nicht. Es könnte ja sein, rein theoretisch natürlich, daß Sie mit Ihrem Mann in Scheidung leben, dann wäre es Ihrem Gatten bestimmt nicht recht, wenn ich Sie auf sein Zimmer ließe.»

Die Frau sah das ein, verließ kurz das Hotel und brachte einen Mann mit in die Halle, der draußen vor dem Eingang im Auto gesessen hatte. Die beiden nahmen auf der Couch Platz, beobachteten interessiert das Treiben in der Halle und warteten. Brühl dachte verzweifelt darüber nach, wie er die Situation noch retten könnte. Doch die Katastrophe war nicht aufzuhalten.

Nach eineinhalb Stunden betrat das Liebespaar beschwingt die Halle, ging auf Brühl zu, sah zur Couch und erstarrte. Beide waren unfähig, ein Wort zu sagen. Dafür übernahm die betrogene Ehefrau die Regie: «Da bist du überrascht, mein Lieber. Das hättest du mir nicht zugetraut, daß ich dich hier finde.» Und zur Geliebten gewendet: «Na, liebste Bridge-Freundin, Pech für dich, man darf sich eben nicht erwischen lassen.» Darauf scheuchte sie ihren verstörten Gatten mit dem Befehl nach oben, seine Koffer zu packen.

Der Begleiter der Ehefrau – wie sich herausstellte, handelte es sich um den gehörnten Ehemann – hatte sich inzwischen vor Brühl aufgebaut und stieß ihm mit dem Zeigefinger gegen die Brust: «Sie, ich brauche Ihre Personalien.» Dann zeigte er in Richtung seiner Frau und sagte: «Das da drüben ist meine Frau. Das stimmt doch, oder? Sehen Sie, sie widerspricht nicht. Ich werde Sie als Zeugen dafür in meinem Scheidungsprozeß aufrufen lassen.» Nach dieser Ankündigung verließ er wortlos das Hotel.

Als nächstes erschien der Chauffeur auf der Szene und versank beim Anblick seiner Chefin fast im Boden. Die handfeste Westfalin herrschte ihn an: «Über diesen Fall unterhalten wir uns ausführlich, wenn wir wieder zu Hause sind. Jetzt holen Sie das Auto aus der Garage und dann das Gepäck.» Nach dem Abgang des Fahrers fragte sie ihre Freundin: «Wie kommst du denn nach Hause? Dein Mann ist ja wohl weg. Hast du genügend Fahrgeld für die Bahn, oder war er wie üblich knickerig?»

Der erwischte Ehemann kam sehr blaß die Treppe herunter und legte zerstreut den schweren Messingschlüssel auf den Tresen.

«Du darfst nicht vergessen zu bezahlen, Liebling», mahnte die Ehefrau. Als auch das erledigt war, entschied sie huldvoll: «Ich habe es mir überlegt, meine Liebe, ich nehme dich im Auto mit. Aber diesmal sitzt du vorn beim Chauffeur.»

Das Trio verschwand. Das Hotel hatte zwei Stammgäste verloren, aber Brühl eine perfekte Theaterinszenierung erlebt.

Hotelchef Fritz Haerlin achtete stets darauf, daß seine Angestellten Etikette und Kleidervorschriften peinlich genau einhielten. Er hatte eine regelrechte Bannmeile von einem Kilometer um die Binnenalster gezogen, in der die leitenden Angestellten des Hauses nur in ihrer Dienstkluft erscheinen durften. Begründung: «Kein Gast unterscheidet, ob ihr im Dienst seid oder nicht. Aber sie erkennen euch, und Schlampereien fallen dann auf das Hotel zurück.» Haerlin ließ auch keinen Zweifel daran aufkommen, daß er seine Anweisungen auch kontrollieren würde. Jeder wußte, daß der Chef zu unterschiedlichen Zeiten seine Inspektionsgänge rund um das «Vier Jahreszeiten» unternahm und genau registrierte, ob alles seine Ordnung hatte.

Von der gegenüber liegenden Straßenseite aus blickte er manchmal auf das große weiße Haus und freute sich, daß ihm dieses Schmuckstück gehörte. Eines Tages beobachtete er, wie ein Hotelgast mit seiner Limousine am Haupteingang vorfuhr, ausstieg, die Koffer ausladen ließ und dem Doorman die Autoschlüssel gab. Der alarmierte den Wagenmeister in der Garage. Es dauerte eine Weile, dann kam gemächlich ein Mann in «Vier Jahreszeiten»-Uniform den Neuen Jungfernstieg entlang. Haerlin machte wilde Handzeichen, um den Mann ein bißchen anzutreiben. Der ließ sich jedoch nicht beeindrucken, und als Haerlin empört neben ihm stand, erklärte er dem ihm bislang unbekannten Chef: «Ich laufe nur, wenn es etwas zu essen gibt oder wenn einer hinter mir her ist.» Der frisch eingestellte Garagenwart, ein kleiner dicker Mann, wurde sofort entlassen.

Von seinen Leuten wurde Haerlin respektiert und gefürchtet. Respektiert, weil er mit Herz und Seele Hotelier war, weil er wußte, wovon er sprach, weil er vorlebte, was er unter Service verstand. Wenn er zum Beispiel sah, daß Koffer in dem Lift transportiert werden sollten, den er gerade benutzen wollte, stieg er sofort aus: «Der Gast geht immer vor.» Die Leute begriffen, daß sein Motto «Mein Hotel ist mein Leben» keine Floskel war. Er war sich keineswegs zu fein, hinter den Kulissen mitanzupacken, wenn Not am Mann war.

Als es wieder einmal bei einem großen Empfang hoch herging, zog Fritz Haerlin seine Anzugjacke aus und schickte seinen Oberkellner mit den Worten in den Saal: «So, nun geh mal rein zu deinen Gästen. Die Geschirrberge hier draußen räume ich schon auf.» Serviermeister Fritz hat eben nie vergessen, wie die Praxis im Gastgewerbe aussieht.

Gefürchtet war er, weil er bissig und verletzend sein konnte und mit schneidender Stimme kritisierte. Fand er irgendwo eine defekte Glühbirne, schnauzte er den Nächstbesten wütend an: «Mensch, warum siehst du das nicht?» Bei Einstellungsgesprächen brachte er den Bewerber gern dazu, etwas aus seiner Brieftasche zu holen. Wenn der dann darin nervös herumfummelte und das Gesuchte nicht auf Anhieb fand, war der Fall beendet. «Wenn Sie schon in Ihrer Brieftasche nicht Bescheid wissen, dann sind Sie später auch in meinem Betrieb nicht orientiert.»

Ein Lob kam allerdings nur ganz selten von ihm, auch wenn im Hotel alles perfekt lief. Als eines Vormittags sein Empfangschef glücklich meldete, Bankier Hermann Josef Abs sei gerade höchst zufrieden abgereist, knurrte Haerlin: «Das interessiert mich nicht. Sag mir nur Bescheid, wenn er sich beschwert hat.»

Rudolf Botor fragte seinen Chef einmal, warum er nie zufrieden sei, selbst wenn alles so gemacht würde, wie er es wolle. Antwort von Fritz Haerlin: «Wen der Herr liebt, den züchtigt er.»

Affenfett und Schweineohren

Sogar seine Direktoren lebten in der Furcht des Herrn. Wenn sie sich pünktlich um zwölf Uhr zum Mittagessen in einem kleinen Saal hinter dem Restaurant trafen, redete der Chef, und wenn er seine Mahlzeit beendet hatte, wurde die Tafel aufgehoben. Es ging ein wenig zu wie im Offizierskasino, und niemanden wunderte es, daß zu Einstellungsgesprächen die Standardfrage gehörte: «Haben Sie gedient?»

Einer seiner Direktoren bekam offenbar als Strafe eine Zeitlang das normale Essen für die Angestellten serviert, und das war alles andere als eine Delikatesse. Es war gewissermaßen gute Tradition, daß das Personalessen schlecht war. Besonders gefürchtet war das «Affenfett», eine undefinierbare Masse aus alten Bratenfettresten, die in der Kantine in einer großen Schüssel als Brotaufstrich offeriert wurde. Auch Rührei, das aus tiefgefroreren Eiern hergestellt wurde, regte nicht gerade den Appetit an. Kritik ließ Küchenchef Heinz Behrmann, der für seine Menüs im Restaurant hoch gelobt wurde, in der Kantine gar nicht erst aufkommen. Das Personal murrte, aber aß und zahlte noch dafür.

Zum Aufstand kam es erst, als Caspar von Tangen-Jordan, ein norwegischer Adliger, im «Vier Jahreszeiten» arbeitete.

Eines Mittags stand mal wieder ein «Spezialgericht» auf dem Speisezettel, ein Eintopf aus Kartoffeln, Schweineschwänzen und Schweineohren. Die Kantinenmamsell Karla Ulrich füllte dem Norweger mit der großen Kelle eine Portion davon auf einen tiefen Teller. Aus der Suppe guckte ein Schweineschwanz mit weißen Borsten hervor. Von Tangen-Jordan fragte: «Das soll ich essen?» Frau Ullrich, eine durchaus grobe Herrscherin der Kantine, antwortete: «Das sollst du nicht essen, das sollst du fressen!» Wortlos nahm Tangen-Jordan seinen Teller und marschierte die Treppe hoch, hin zu dem kleinen Saal, in dem das Direktorium speiste. Er riß die Tür auf, ging auf Fritz Haerlin zu, hielt ihm den Teller unter die Nase und fragte: «Würden Sie das essen, Herr Haerlin?»

Dem Patron war diese Demonstration äußerst peinlich, er haßte es, so bedrängt zu werden. Küchenchef Heinz Behrmann mußte antreten. Es gab ein Donnerwetter. Das Essen wurde danach spürbar besser. Die Kollegen waren beeindruckt von der Zivilcourage des jungen Mannes. Ein Betriebsrat, der solche Probleme hätte regeln können, war im «Vier Jahreszeiten» damals unbekannt.

Krumm genommen hat Fritz Haerlin dem Norweger seinen Auftritt nie. Wann immer er ihn traf, begrüßte er ihn mit einem freundlichen «Guten Tag, mein Sohn, wie geht es dir?». Und Caspar von Tangen-Jordan denkt noch heute gern an sein Jahr im «Vier Jahreszeiten» zurück. «Fritz Haerlin hat mir damals gesagt: ‹Komm zu uns, danach kannst du dich in der ganzen Welt sehen lassen.› Er hatte recht, es war die beste Schule meines Lebens.»

Im Restaurant, im «Grill» und in den Festsälen wurden die kulinarischen Köstlichkeiten von Heinz Behrmann und seiner Kochbrigade nicht aufgetragen, das Essen wurde zelebriert. Wann immer Stapelläufe, Hochzeiten, Jubiläen, Jahrestagungen im «Vier Jahreszeiten» groß gefeiert wurden, übernahm der langjährige Bankettchef Uwe Hering das Kommando. Der Mann mit dem Spitznamen «Hektor» – nach dem trojanischen Helden – überließ nichts dem Zufall. Stunden vor dem Start der Veranstaltungen übte er mit seinen oft sechzig Kellnern und Kellnerlehrlingen zwischen den Tischreihen Schritte, Drehungen und Handreichungen an der Tafel. «Das war kein Drill, aber ich mußte es den jungen Leuten schon eintrichtern, das Wichtigste war jedoch, daß es auch ihre Herzen erreichte. Sie mußten es einstudieren, behalten und weitergeben an die Jüngeren.»

Jeder Ablaufplan wurde genau durchgespielt. Zeitpunkt und Dauer der Reden, genaue Abstimmung mit der Küche, Menüfolge, Weinservice, Tischdekoration mit Kerzen, Bändern und Blumen. Wenn eine Tischrede zu Ende war, gab Hering ein Zeichen, die Türen öffneten sich, und seine Servicetruppe marschierte mit den silbernen Tabletts ein. Mit kurzem Kopfnicken nach links oder rechts dirigierte Hering aus dem Hintergrund seine Kellner. Ganz selbstverständlich mußten die Teller so heiß sein, daß sie auch beim Nachservice noch warm waren.

Die Kellner haben im «Vier Jahreszeiten» immer weiße lange Schürzen getragen. Damit wollte schon Gründer Friedrich Haerlin dem Service alles Hastige nehmen: «Die Leute sollen nicht rennen, sondern schreiten.» Und Hering legte großen Wert darauf, daß seine Männer über Teppichboden gingen. «Fußgetrappel ist äußerst störend. Service darf man sehen, aber nicht hören.» Genau, akkurat, zügig und freundlich, so sollten seine Leute arbeiten. «Das ist hier wie beim Ballett. Die Choreographie muß stimmen.»

Wie im Theater ging auch im «Vier Jahreszeiten» mal eine Vorstellung daneben. Bei einem Essen im großen Festsaal sollte es als dritten Gang Hohe Rippe geben. Die Köche trugen mehrere Bretter mit den Hochrippen in den Saal und präsentierten sie den Gästen. Unterdessen bauten die Kellner in Windeseile die nötigen Klapptische zum Tranchieren auf und legten Tischdecken darüber. Einer aber war offensichtlich nicht korrekt aufgeklappt worden. Als ein Koch begann, das Fleisch aufzuschneiden, neigte sich der Tisch im Zeitlupentempo zur Seite, und die Bretter mit den Filets gingen zu Boden. Ein Aufschrei. Dann der Wink, alles abzuservieren. In der Küche wurden neue Hochrippen gebraten und mit etlicher Verspätung serviert. Der Gastgeber war beeindruckt von der Selbstverständlichkeit, mit der dieses Malheur behoben wurde.

Prinz Philip, der Ehemann der britischen Königin, faßte seine Zufriedenheit mit der Hering-Crew bei einem seiner Hamburgbesuche in dem Satz zusammen: «Sie könnten morgen den Service im Buckingham Palace übernehmen.»

Rudolf Botor, der 1957 im «Vier Jahreszeiten» begonnen hatte, brachte aus Berlin eine besondere Art von Service mit. Er hatte von 1946 bis 1948 im legendären Hotel «Adlon» seine Lehre absolviert. Das Haus war nach dem Krieg zu zwei Dritteln abgebrannt, aber Teile des Silbers, des Geschirrs und der Gläser waren gerettet worden. Und obwohl das «Adlon» nun im sowjetisch besetzten Sektor lag, hatten Hotelchef Georg Behlert und seine Mannschaft noch versucht, die Gastronomie der alten Schule hochzuhalten. Ein alter Kellner, den alle «Seine Majestät» nannten, weil er noch Kaiser Wilhelm II. bedient hatte, gab dazu die Anweisungen. Für jeweils zehn Gäste waren drei Kellner zuständig – ein Chef de rang, ein Commis de rang und ein Chasseur. Für zwanzig Gäste wurde die Mannschaft verdoppelt und ein spezieller Weinkellner beigeordnet. Diese Brigade umsorgte die Tischgesellschaft perfekt, ihr entging nicht der leiseste Wink. Botor war fasziniert und taufte diese personalintensive Dienstleistung «Kaiserservice».

Bei seinem ersten Gespräch mit Fritz Haerlin fragte der Chef, welche neuen Ideen Botor denn mitbringe. Der neue Mann präsentierte seinen «Kaiserservice», und Haerlin war einverstanden, dies in den Bankettsälen auszuprobieren. Premiere war das Treffen der Kavallerieoffiziere, die sich einmal im Jahr im «Vier Jahreszeiten» versammelten. Ein erblindeter Offizier aus dem 1. Weltkrieg hielt zwischen Vorspeise und Hauptgang eine Rede auf den Kaiser, was die Kellner zwar ein bißchen altmodisch, aber angesichts ihrer Übung doch für angemessen hielten.

Nach dem gelungenen Auftakt wurde dieser Service Jahrzehnte so beibehalten.

Manche Gäste im «Restaurant Haerlin» waren kompliziert, andere wieder überaus liebenswürdig, alle aber konnten sich darauf verlassen, perfekt bedient zu werden. Zu denjenigen, die über Jahre hinweg immer wieder im Hotel wohnten, gehörte Professor Papavramides aus Athen, der in Deutschland studiert hatte und akzentfrei Deutsch sprach. Er freute sich jedesmal, Botor zu sehen, und fragte ihn eines Abends, ob er nicht einmal eine Delikatesse aus seinen Studententagen bekommen könnte – eine geräucherte Makrele, aber direkt aus dem Papier.

Botor versprach, das zu regeln, auch wenn dieses Spezialmenü im Restaurant natürlich nicht serviert werden konnte. So saß dann der Grieche abends mutterseelenallein in einem Nebenraum, und Botor servierte Makrele in Papier mit Besteck. Der Professor genoß den Räucherfisch mit wachsendem Wohlbehagen und schwelgte in den schönsten Erinnerungen an seine Studentenzeit.

Eine andere Kreation kam durch ein Versehen zustande, aber wie so häufig in der Küche sind es die Fehler, die die Kochkunst weiterbringen. Ein Ehepaar hatte bei Botor zweimal Hummer Thermidor bestellt. Dem Praktikanten aus Bayern, der die Schalentiere aus der Küche abholte, wurde vom Koch aufgetragen, auf jeden Fall diese verdammten Eier mitzunehmen.

Das war eine Portion Spiegeleier mit Speck, die ein Amerikaner bestellt hatte. Der junge Mann rätselte, was er mit den Eiern machen sollte, und entschloß sich dann, die Portion zu teilen und damit die Hummer zu drapieren. So kamen sie auf den Tisch und wurden gegessen. Als Botor später fragte, ob alles zur Zufriedenheit gewesen sei, antwortete der Mann: «Ja, ganz fabelhaft, besonders der Hummer mit den Eiern, wunderbare Idee. Wie nennen Sie das Gericht?» Botor mußte erst mal schlucken, dann sagte er: «Das ist Homard bavaroise. Eine Spezialität des Hauses.»

Der Mann war wenige Wochen später erneut Gast bei Rudolf Botor und erzählte ihm eine komische Geschichte aus Paris. Im «Tour d'Argent» habe er den Hummer bayerisch bestellt, und ob Botor es nun glaube oder nicht, ausgerechnet in diesem Gourmettempel hätten alle mit dem Kopf geschüttelt. Er hätte den Leuten den guten Tip gegeben, sich bei den Kollegen in Hamburg in Sachen feine Küche einmal sachkundig zu machen. Ein Anruf aus Paris kam allerdings nie.

Was das Trinkgeld für den guten Service betraf, waren nicht alle so großzügig wie damals Scheich al-Jaber as-Sabah. Ein kuwaitischer Prinz hat sogar ein geflügeltes Wort geprägt, ohne es zu ahnen. Ehe der Mann aus dem Morgenland seine Suite bezog, mietete sich sein Vorauskommando ein. Der Sekretär und seine Leute aßen im «Restaurant Haerlin», und der Fremde wußte offenbar, daß in Deutschland Trinkgelder üblich waren. Denn jedesmal verabschiedete er sich mit einem vielsagenden Blick und den Worten: «I see you when the prince comes.» Der Prinz kam, aber keine Trinkgelder. Die Hoffnung richtete sich auf die Abreise des hohen Gastes. Der Prinz kam auch tatsächlich zu Botor, bedankte sich, verabschiedete sich per Handschlag und deutete auf seinen Sekretär. Der kam dann auf Botor zu, schüttelte ihm ebenfalls die Hand: «Was nice to see you!» Und weg war er. Seitdem war dies das Codewort für einen knauserigen Gast: «I see you when the prince comes.»

Curd Jürgens, der Pfarrer von St. Pauli

Der Schauspieler Curd Jürgens hatte mit dem 1955 in Hamburg produzierten Streifen «Des Teufels General» den internationalen Durchbruch geschafft. Bis in die siebziger Jahre drehte er immer wieder in Hamburg. Er war ein Weltstar, ein Arbeitstier, ein Mann, der aus dem vollen lebte, der gern sehr gut aß und viel vom Guten trank. «Lieber den Jahren mehr Leben geben als dem Leben mehr Jahre» war sein Motto. Einem Freund schickte er einmal folgendes Geburtstagstelegramm: «Lache gut, lebe gut, mache Deine Sache gut.»

Sein erster Auftritt im «Vier Jahreszeiten» war eine Premiere mit Hindernissen, was aber nichts daran änderte, daß er doch Stammgast an der Alster wurde. Seinen Besuch kündigte der Portier eines Luxushotels an der Côte d'Azur an, nicht ohne zu erwähnen, daß der große Schauspieler, Whiskey- und Wodka-Freund wieder einmal sein Zimmer auseinandergenommen hätte. (Der Erfahrungsaustausch über einzelne Gäste ist zwischen den internationalen Hotels durchaus üblich.) Im «Vier Jahreszeiten» tagte eine Krisenkonferenz: Sollte man Jürgens aufnehmen – ein solcher Name schmückte das Haus natürlich –, oder sollte «das Hotel bedauerlicherweise total ausgebucht» sein? Die Direktion entschied sich für das Risiko, und Curd Jürgens erwies sich als liebenswerter Besucher.

Daran änderte auch eine Episode nichts, die vom Empfang mit aller nötigen Diskretion bereinigt wurde: Eines Morgens wurde auf dem Flur, wo Jürgens sein Zimmer hatte, ein massives altes Messingtablett vermißt. Es lag dort normalerweise auf einem Klappständer, darauf eine Vase mit frischen Blumen. Die stand nun auf dem Fußboden. Beim Versuch, den Kasus zu rekonstruieren, erinnerte sich ein Page daran, daß er am Vorabend für den berühmten Gast ein großes, recht schweres Paket zum Taxi getragen habe. Der Taxifahrer wurde gesucht und gefunden. Er konnte sagen, daß er Jürgens zur Geburtstagsparty eines damals sehr bekannten TV-Produzenten gebracht hatte. Vorsichtige Nachfragen beim Geburtstagskind ergaben, daß Jürgens ihm ein sehr schönes antikes Tablett verehrt hätte. Der Mann war selbstverständlich sofort bereit, das «geliehene» Geschenk zurückzugeben, und so landete es ebenso unauffällig, wie es verschwunden war, wieder an seinem angestammten Platz. Der Schauspieler hat nie etwas davon erfahren.

Jürgens entwickelte eine große Liebe zu Hamburg und besonders zu St. Pauli. Zuerst spielte er den «Arzt von St. Pauli», dann einen abgemusterten Seebären in dem Streifen «Auf der Reeperbahn nachts um halb eins», für den auch schon Hans Albers vor der Kamera gestanden und mit seinem unnachahmlichen Sprechgesang den gleichnamigen Titelsong zum Evergreen gemacht hatte. Dann war Jürgens der unbestechliche Kommissar in «Das Stundenhotel von St. Pauli» und spendete als «Der Pfarrer von St. Pauli» seinen Segen am Originalschauplatz, in der katholischen Barockkirche St. Joseph an der Großen Freiheit. Diesen Film stufte die katholische Filmkommission ausnahmsweise als «ab 14 Jahre» möglich ein. Das letzte St.-Pauli-Melodram von Jürgens hieß «Käpt'n Rauhbein aus

St. Pauli», dabei kämpfte sich der blonde Curd durch den südamerikanischen Urwald.

Vom Streß der Dreharbeiten erholte er sich im «Vier Jahreszeiten», wo er bei Rudolf Botor als Aperitif stets einen großen Wodka bestellte. Oft traf er sich hier mit seinen Freunden Gunther Sachs und Claus Jacobi, dem langjährigen Chefredakteur der «Welt am Sonntag». Später brachte er auch seine fünfte Frau Margie mit.

Margie hatte er am 21. März 1978 auf den Bahamas geheiratet. Sie war die große Liebe seines Lebens. Jahrelang hatten sie glücklich zusammengelebt, bis die Einladung der Queen nach London kam. Bei dem Empfang durfte Margie nicht neben ihm stehen, weil sie nicht verheiratet waren. Danach hatte Jürgens heimlich die Hochzeit in Nassau vorbereitet. Es wurde sein geflügeltes Wort: «Ich hatte beschlossen, sie zu meiner Witwe zu machen.»

Seine schnodderige Bemerkung wurde dann schneller wahr, als Jürgens vorhergesehen hatte. Er erkrankte schwer an Krebs, 1980 wurde er operiert, heimlich, niemand sollte ihn bemitleiden. Und direkt angesprochen werden wollte er schon gar nicht. Zu Rudolf Botor sagte er: «Es ist große Scheiße, aber es soll keiner merken. Vor allem den Halunken von der Presse gönne ich das nicht. Botor, wann immer ich komme, dann stellen Sie wie üblich den Bottich mit Eis auf den Tisch und stecken zwei Flaschen Wodka rein. Aus denen servieren Sie mir vor und nach dem Essen je hundert Gramm. Aber in den Flaschen ist bitte Wasser.» So wurde es gemacht, und der große Curd spielte weiter das trinkfeste Rauhbein.

Das zweite große Restaurant des Hotels, der «Grill», war das Reich von Herbert Kröger. 1955 war er wieder im «Vier Jahreszeiten», wo er zwei Jahre später die Leitung des «Grill» übernahm. Fritz Haerlin schickte ihn mit dem Motto an die Arbeit: «Kröger, mach den Grill so, daß ich ihn dir, wenn es mir plötzlich einfällt, verpachten könnte.»

Für Kröger war das eine Herausforderung. Sein Ehrgeiz war es, die 106 Plätze mittags und abends komplett zu verkaufen. «Das Geschäft lief wie die Feuerwehr. Vom Umsatz her war der ‹Grill› nach dem Bettenverkauf die zweitgrößte Abteilung», sagt Kröger, der 1990 pensioniert wurde, noch heute mit Stolz. Er tat alles dafür, daß «sein» «Grill» florierte. Seine Kundschaft beschreibt ihn als einen Mann mit phänomenalem Gedächtnis und mit der Fähigkeit, auch Dinge zu spüren, die sich in seinem Rücken abspielten. Er ahnte förmlich, was seine Gäste wollten. Bei ihm mußte niemand mit den Armen rudern, damit er am Tisch erscheine. Hinter vorgehaltener Hand wurde er «das Falkenauge vom Grill» genannt.

Auch Besucher, die nach Monaten oder selbst Jahren wieder im «Grill» aßen, überraschte Kröger mit der Begrüßung: «Für Ihre Frau einen Bourbon und für Sie einen Scotch?! Und heute stehen frische Krebse auf der Karte.» Des Rätsels Lösung für dieses erstaunliche Erinnerungsvermögen waren eine Reihe von Oktavheften, in die Kröger alle Wünsche, Vorlieben und Eigenheiten seiner Kundschaft notierte. Zunächst sortierte er diese Notizen nach Namen, später nach Branchen wie Versicherungen, Banken, Verlage, Schiffsmakler, Reeder, nach Städten, Ländern und Erdteilen.

Manchmal schrieb er auch ein besonderes Erkennungszeichen dazu: «Herr T., rundes Gesicht, spricht sächsisch. Nachtisch: Ananas flambé.» Oder «Playboyinvestor, immer Tisch 70.» Das ist der Tisch auf der Empore mit der besten Aussicht auf die Alster. Die Eintragungen darunter lauteten: «Schwarzbrot, Austern, keine Platzteller, Sektquirl». – «Austern ‹Sonderklasse ohne Bart›, Stubenküken». – «Crepes spezial. Wie

C. suzettes mit Erdbeeren, Vanille-Eis, auf dem Teller flambiert.»

Der Komponist und Opernintendant Rolf Liebermann aß gern «Kaviar original». Das bedeutete, daß Kröger aus der Kilodose vorlegte, die vor- und nachher in der Küche gewogen wurde.

Von einer Dame mit dem Codenamen «Königinmutter» war ihr Lieblingsspruch notiert: «Eine Portion Kaviar – aber nicht zu geizig.»

Kröger hatte in seinen Kladden auch vermerkt, wer so lange Beine hatte, daß er auf keinen Fall einen Tisch mit breitem Rahmen unter der Platte bekommen dürfte, und wem selbstverständlich ein Fußkissen unaufgefordert untergeschoben werden sollte.

Es gab viele Geschäftsleute, die fast jeden Tag bei Herrn Kröger aßen, bei denen brauchte er keinen Blick in die Bücher zu werfen. Zu seinen Dauergästen gehörte etwa Wilhelm Biesterfeld, Seniorchef der gleichnamigen Chemikalien-Handelsgesellschaft. Ein alter Herr, der täglich mit seinem Neffen zum Mittagessen erschien. Die beiden reichen Hamburger waren alles andere als verschwenderisch. Onkel und Neffe aßen eine Suppe, ein Tellergericht, das sie sich manchmal teilten, und tranken ein Mineralwasser.

An einem klaren Wintertag, es war draußen extrem glatt, kam Biesterfeld senior wie immer, allerdings allein. Auf die besorgte Frage von Kröger, warum er denn bei dem gefährlichen Glatteis nicht zu Hause geblieben sei, antwortete der: «Gefährlich? Glatteis finde ich fabelhaft. Ich verkaufe doch das Salz dafür.»

So wie Kröger seine kulinarischen Notizen führte, so zeichnete Pianist Hans Klanke die musikalischen Vorlieben der Gäste auf. Er war inzwischen als Solist an den Steinwayflügel im «Restaurant Haerlin» umgezogen. Da saß er stundenlang im dunklen Anzug, weißen Hemd und silbergrauer Krawatte und sorgte mit seiner Musik für gute Stimmung. Bevor er zum Flügel ging, studierte er zunächst die Reservierungsliste. Eine gute Hilfe für Klanke, weil die meisten Tische vorgebucht wurden. So konnte er sich mit einem Blick in sein Buch auf den für diesen Abend aktuellen Stand bringen. Wenn dann der Zementindustrielle Horst Herbert Alsen das Restaurant betrat, wurde er mit seinem Lieblingssong begrüßt: «Parlez-moi d'amour».

Klankes Notizbuch liest sich wie das «Who is who?». Der Kaffeeröster Darboven senior erfreute sich an «Dr. Schiwago» und «Spanish Eyes», der Dichter Peter Bamm liebte das Wiener Lied «I hab zwei harbe Rappen». Abdullah Prinz von Kuwait lauschte gern Peter-Kreuder-Melodien, der Traber-König Hans «Hänschen» Frömming dem Lied «Es hängt ein Pferdehalfter an der Wand». Der Versicherungsmagnat Hans Gerling fand «Ciao, ciao, bambina» besonders schön, und den Zigarettenfabrikanten Philip F. Reemtsma versetzte die Barcarole aus «Hoffmanns Erzählungen» in gute Stimmung. Axel Springer war bei «Limelight» und «La mer» so gerührt, daß er Klanke großzügig mit einem 100-Mark-Schein bedachte. Und den Verleger John Jahr senior begrüßte der Pianist mit den Songs «Oh, mein Papa» und «Strangers in the Night». – Jahr hatte die schöne Angewohnheit, seine Chefredakteure und alle ihre Kinder am Mittag des Heiligen Abend zum Essen ins «Vier Jahreszeiten» einzuladen, damit deren Frauen ungestört das Weihnachtsfest vorbereiten könnten.

«Cinderella de luna» spielte Hans Klanke, wenn ein Kind des Wirtschaftswunders den Saal betrat – der Titelhändler Konsul

Hans-Hermann Weyer, groß, blond, braun gebrannt und immer wie aus dem Ei gepellt, weshalb er von seinen Freunden auch der «schöne Konsul» genannt wurde. Er war 1956 nach Hamburg gekommen und hatte sein erstes Geld mit dem Import von marokkanischen Ledersitzkissen gemacht. Weyer fuhr stets mit einem Bentley oder seinem Mercedes 600 am Neuen Jungfernstieg vor und brachte den Doorman mit einem saftigen Trinkgeld dazu, seinen Wagen nicht in die Garage zu fahren, sondern vor dem Hoteleingang stehenzulassen. Er erwarte auf seinem Autotelefon einen dringenden Anruf des paraguayischen Staatschefs Alfredo Stroessner. Dann müsse er sofort aus dem Restaurant gerufen werden. Der Diktator aus Asunción rief natürlich nie an, aber Weyer liebte solche Auftritte. Wenn er seine neuen Opfer erwartete, die durch ihn Doktor, Professor, Graf, Konsul oder gar Generalkonsul werden wollten, stellte er gern einen kleinen Wimpel des Landes, um das es gerade gehen sollte, zur Tischdekoration. Das gab der Besprechung dann etwas Offizielles.

Im «Grill» bei Herbert Kröger lernte Weyer auch eine Witwe aus Bremen kennen. Eine hübsche blonde Frau mit zwei anmutigen Töchtern, die schon seit Wochen im Hotel wohnten. Die Mutter war ganz entzückt über den vollendeten Kavalier mit den guten Manieren. Und der hatte bei diskreten Erkundigungen erfahren, daß es sich bei der Witwe um einen ganz besonders lohnenden Fall handelte. Er lud die Damen zum Essen ein und stellte sich als Konsul von Bolivien vor. Schon nach dem Zwischengang machte er einen Vorschlag: «Sie, gnädige Frau, sollten Ihren schönen Namen eigentlich mit dem Titel Konsulin schmücken.» Die Witwe war begeistert. Als die Rechnung serviert wurde, übernahm sie das Bezahlen und behielt diese noble Geste auch in Zukunft bei. Selbst wenn Weyer an einem anderen Tisch dinierte. Dann kam der Ober und reichte ihm auf dem silbernen Tablett eine Visitenkarte. Auf der Rückseite stand: «Schon erledigt. Liebe Grüße, Ihre Konsulin.»

Weyer bedanke sich mit einer Kußhand und führte sie abends noch auf einen Drink ins Künstlerlokal «Die Insel» aus.

Als er erfahren hatte, daß die Witwe eine strenggläubige Katholikin war, hatte er eine ganz besondere Spezialität für sie in seinem Angebot – eine Audienz im Vatikan. Nicht beim Papst direkt, nein, aber beim zweiten Mann im Kirchenstaat, dem erzkonservativen Kardinal Alfredo Ottaviani. Der fast blinde Professor für Zivil- und Kirchenrecht war ein Vertrauter von Weyer. Der schöne Konsul brachte ihm die zahlungskräftigen Schäfchen, der Kardinal spendete den Segen, und dann teilten die beiden.

Weyer: «Die Witwe und ich trafen uns in Rom, ich führte sie zur Privataudienz. Sie war glücklich und zitterte vor Aufregung. Statt den Ring des Kardinals küßte sie gleich dessen ganze Hand. Ottaviani sagte: ‹Konsul Weyer ist mein Freund. Und wenn er Euch zu mir gebracht hat, mußt du eine liebe Frau sein!› Wie in Trance schob sie ihm einen Umschlag mit zwanzigtausend Mark zu. Der Kardinal hob segnend seine Hand, strich über ihr Haar. Das war's.» Bleibt nachzutragen, daß auch diese Summe brüderlich geteilt wurde.

Die Witwe wurde plötzlich als Stammkundin im «Vier Jahreszeiten» vermißt. Aus Bremen hieß es, die enge Verbindung zu Konsul Weyer sei ihr finanziell nicht gut bekommen.

Der Ruin des Willy Schlieker

Ein Gast, der sowohl in Krögers Menü- als auch in Klankes Musik-Guide verzeichnet steht, war Willy H. Schlieker, Arbeitersohn aus Hamburg-Eppendorf, der nach dem Krieg als Stahlhändler Millionen gemacht hatte und sich dann seinen Jugendtraum verwirklichte: An der Stelle, wo sein Vater noch als Kesselschmied bei Blohm + Voss gerackert hatte, stand nun die modernste Werft Europas. Auf den Schwimmdocks und hoch am Helgen war in weißen Buchstaben zu lesen: «Schlieker Werft».

Über den bulligen Selfmademan – den das amerikanische Nachrichtenmagazin «Time» zum «Wirtschaftswunder-Knaben Nr. 1» gekürt hatte – stand im Notizbuch von Herbert Kröger: «Sie: kleines Besteck, Kalbssteak, Spargel. Er: Kalbsbries.» Der Liebhaber guten Essens kam gern und oft mit Ehefrau Marga ins Restaurant. Pianist Hans Klanke spielte dann für ihn «Oh, mein Papa», «Kopenhagen» und Melodien aus «My Fair Lady».

Die Geschichte vom Aufstieg des Blumenmädchens Eliza Doolittle zur Dame der Gesellschaft gefiel Schlieker besonders. Er kannte das ja aus eigener Anschauung. Von ganz unten hatte er sich nach ganz oben geboxt. Er hatte jetzt einen Butler namens Heinrich und eine Villa an der Elbchaussee. Das große Haus hatte ihm 1959 Cäsar Pinnau gebaut, der berühmte Architekt, von dem sich alle reichen und einflußreichen Leute ihre Villen und Landhäuser entwerfen ließen. Fürst Bismarck, Konsul Kühne, der Verleger John Jahr, Scheich Mubarak al-Sabah von Kuwait, Rudolf August Oetker. Aristoteles

Onassis hatte sich von ihm seine Yacht «Christina» auf das edelste einrichten lassen.

Willy Schlieker war also in bester Gesellschaft, obwohl die von ihm überhaupt nichts wissen wollte – von dem Zwei-Zentner-Mann, der als 28jähriger für Rüstungsminister Albert Speer die kriegswichtige Stahlproduktion koordiniert hatte und auf dessen Werft jetzt nach den modernsten Methoden produziert wurde. Schlieker-Arbeiter setzten pro Kopf und Jahr 47 800 Mark um, bei Blohm + Voss waren es 27 500 Mark.

An der Elbchaussee rümpfte man die Nase über diesen Proleten, der die schönsten Traditionen durcheinanderbrachte. Bei einer Schiffstaufe ließ er zum Beispiel eine bayerische Trachtenkapelle aufspielen, und die Gäste bekamen zur Erinnung an den Stapellauf einen Bierseidel in die Hand gedrückt. Auf den Probefahrten präsentierte er sich in bester Stimmung am Ruder der Schiffe, und zu Weihnachten verteilte Schlieker eigenhändig an seine Angestellten und Arbeiter Gänse.

Nur im «Vier Jahreszeiten» konnte sich Schlieker als Gleicher unter Gleichen fühlen. Ob er nun mit Marga zum Spargelessen kam oder einen Stapellauf in großer Runde feierte, er wurde wie jeder Gast zuvorkommend bedient.

Wie sehr er in seiner Heimatstadt Außenseiter war und blieb, merkte er zum erstenmal, als von der Bundesregierung Kredite über 400 Millionen Mark an die notleidenden Schiffbauer verteilt wurden. Das Geld ging an Werften, bei denen große Konzerne beteiligt waren. Selfmademan Schlieker ging leer aus – und kam immer mehr in die Finanzklemme. Ende Juli 1962 fehlten ihm drei Millionen Mark, um seine viertausend Hamburger Beschäftigten bezahlen zu können. Der Hamburger Senat verweigerte ihm eine Bürgschaft. Der damalige Finanzsenator Herbert Weichmann sagte über Schlieker: «Ich halte nichts von ihm. Ich habe von ihm auch niemals eine

Einladung angenommen. Was sind denn sieben Millionen Mark Lohnsteuer im Jahr?! Die bekommen wir morgen auch, wenn die Arbeiter woanders beschäftigt sind.»

Den letzten Akt in diesem Wirtschaftsdrama erlebte Franz Josef Brühl mit, der wenig später als Empfangschef ins «Vier Jahreszeiten» wechselte.

Das entscheidende Gespräch mit den beteiligten Großbanken fand Anfang August morgens im Krupp-Hotel «Essener Hof» statt. Die Portiers hatten registriert, wie nach und nach die Creme der bundesdeutschen Finanzwelt durch die Halle lief und sich zu einer Konferenz in einem Salon versammelte. Der legendäre Deutsche-Bank-Chef, Hermann Josef Abs, war ebenfalls angereist. Als letzter erschien Willy Schlieker, mißgelaunt und mit verschlossener Miene. Franz Josef Brühl ging auf ihn zu und sagte ihm, wo die Bankiers auf ihn warteten. Dann fragte er, ob er ihm den Mantel abnehmen dürfe. Schlieker warf seinen Mantel auf den Fußboden und schnauzte Brühl an: «Sie können mir alles nehmen, auch meinen Mantel!»

Tage nach dieser Konferenz ging Willy Schlieker zum Amtsgericht Hamburg und stellte einen Vergleichsantrag. Nachdem alle Rettungsversuche gescheitert waren, wurde am 10. August 1962 das Konkursverfahren über das Schlieker-Imperium eröffnet. Der Aufsteiger hatte alles verloren.

«Die dürfen nicht wissen, daß sie reich sind»

1962 war für Hamburg ein denkwürdiges Jahr. In der Nacht vom 16. auf den 17. Februar hatte eine gewaltige Sturmflut viele Deiche in Hamburg weggerissen. Das Hochwasser überschwemmte ganze Stadtteile. Der Sturm «Vincinette» war über die Stadt hinweggefegt und hatte 317 Hamburgern den Tod gebracht. Im gesamten Stadtgebiet brach die Stromversorgung zusammen, die Telefone funktionierten nicht mehr. Eine Woche später nahmen auf dem Rathausmarkt hunderttausend Menschen Abschied von den Opfern der Flut.

Am 13. April eröffnete in einem ehemaligen Kino an der Großen Freiheit 39 der «Starclub». Am ersten Abend stand die Popgruppe «The Beatles» auf der Bühne. Die damals noch weitgehend unbekannten Musiker begannen in Hamburg ihre Weltkarriere. Die Pilzköpfe aus Liverpool wurden zum Idol einer ganzen Generation.

Am 26. Oktober rückten im Auftrag des Generalbundesanwalts Hamburger Polizisten in die Redaktionsräume des Nachrichtenmagazins «Der Spiegel» ein. Unter dem Vorwurf des Landesverrats wurden «Spiegel»-Chef Rudolf Augstein und leitende Redakteure verhaftet. In einer Titelgeschichte mit der Überschrift «Bedingt abwehrbereit» hatte das Magazin kritisch über die Bundeswehr beim Nato-Manöver «Fallex 62» berichtet. Die Aktion der Justiz löste im In- und Ausland heftige Proteste gegen diesen Angriff auf die Pressefreiheit aus. Der Verteidigungsminister Franz Josef Strauß mußte seinen Posten räumen, weil er das Parlament über seine Rolle in der Affäre belogen hatte. Mehr als drei Monate saß Augstein in Untersuchungshaft, ehe er am 7. Februar 1963 wieder entlassen und das Ermittlungsverfahren eingestellt wurde. Die Spiegel-Affäre hatte die Republik verändert, das Magazin seinen Ruf als «Sturmgeschütz der Demokratie» begründet.

Im «Vier Jahreszeiten» begann 1962 der letzte große Neubau. Die Häuser Große Theaterstraße 5 bis 12 wurden abgerissen und ein langgestrecktes Wohn- und Geschäftshaus errichtet, das den Namen «Haus Bremen» bekam. Eine Erinnerung an Thekla Haerlin senior, die einst als Fräulein Toussaint aus Bremen ihren Friedrich kennen- und liebengelernt hatte.

Bei der Grundsteinlegung im Sommer 1963 war die gesamte Familie angetreten: Hotelchef Fritz im seidig glänzenden dunklen Anzug, Ehefrau Agnes, inzwischen fülliger geworden, im geblümten Seidenkleid und als flotte Teenager in Rock und weißer Bluse Thekla und Annemarie. Die Fotos zeigen eine strahlende Familie. Solche Dokumente trauten Glücks gibt es wenige bei den Haerlins. Der Vater regierte auch im Privaten mit harter Hand.

Die Haerlins lebten sehr zurückgezogen, die Rheinländerin Agnes hatte es schwer, mit den Hanseaten warm zu werden. Sie sprach den Dialekt vom Niederrhein, lachte laut und liebte grobe Scherze. Sie duzte wahllos Leute, die ihr über den Weg liefen. Es konnte dem Gesprächspartner auch passieren, daß ihm Agnes vor Begeisterung auf die Schulter haute, oder sie vertraute einer neugewonnenen Freundin ihren Trick an, wie sie die Trinkgelage in einer Männerrunde überstand, bei denen in kurzen Abständen ein kleines Bier und ein Schnaps serviert wurden: Das Bier halb austrinken, den Schnaps hineingießen und so abservieren lassen. Das falle im Getümmel gar nicht auf.

Die Freundin registrierte nur, daß sich Agnes Haerlin selbst an ihr gutes Rezept nicht so recht hielt. Schon Werner Lorenz der alte Freund von Fritz Haerlin, hatte den nach der ersten Begegnung gefragt: «Wo hast du bloß die rheinische Frohnatur aufgetrieben?» Und die Lorenz-Tochter Rosemarie Springer erinnert sich: «Wir sind im Boden versunken, wenn Agnes den Mund aufmachte.»

Zu den wenigen Freunden der Familie gehörten der Versicherungsunternehmer Dr. Friedrich Homann, ein Reiterkamerad aus der aktiven Dressurreiterzeit von Fritz, Edgar Jarchow mit Familie, seinerzeit Deutschlandchef von «Campari», und der Hotelier Hermann Kroepels («Intercontinental» Hamburg) mit Ehefrau Grete. Nur wenige Male traf man sich zu Feiern im Hotel. Der zurückhaltende Fritz lud lieber nach Hause in die Hansastraße ein.

Finanziell hielt Fritz Haerlin seine Agnes kurz. Im Hotel machte die Geschichte die Runde, daß sie sich dagegen eine neue Taktik ausgedacht hatte. Wenn sie etwa neues Geschirr wollte und Fritz das für unnötig hielt, dann nahm sie die Teller und ließ sie fallen. So passierte es auch mit dem alten Volksempfänger, den der sparsame Fritz wie seinen Augapfel hütete. Erst als der zerbrochen auf der Erde lag, gab es ein neues Radio.

Die Töchter wurden vom Vater ebenso streng behandelt. Sein Motto: «Die Mädchen dürfen nicht wissen, daß sie reich sind.» Wenn sie Rollschuhe geschenkt bekamen, waren es gebrauchte. Nach der Schule kamen sie häufig zum Essen ins Hotel. Sie spielten und halfen in der Küche oder in der Patisserie. Die Hotelhalle aber war absolut tabu für sie. Taschengeld bekamen sie sehr wenig, und wenn sie Straßenbahn fahren wollten, gingen sie zu Henry Rachow und liehen sich dort ein paar Groschen.

Der Vater hatte es nie verwunden, daß seine Erben keine

Söhne waren. Nach einem Praktikum im Bremer «Parkhotel» und im Düsseldorfer «Breidenbacher Hof» schickte er die Töchter auf die Hotelfachschule in Heidelberg und dann zum Fremdsprachenunterricht nach Lausanne und London.

Zurück in Hamburg, wurden sie zunächst in der Bankettabteilung eingesetzt und mußten Essensreste von den Tellern kratzen. Sie sollten den Beruf zumindest von der Pike auf lernen. Erst später arbeitete Anne im Empfang, und Thekla übernahm die Condi. Und immer noch wurden sie kurz gehalten. Als damals Pelzbesatz an Mantelkragen und an Säumen in Mode kam, lehnte Vater Fritz es ab, solche Kinkerlitzchen zu bezahlen. «Verdient euer Geld selbst, dann könnt ihr euch das leisten», belehrte er die Töchter vor versammelter Mannschaft.

Gereist wurde grundsätzlich 2. Klasse Bundesbahn. Die jungen Damen lösten heimlich hinter Vaters Rücken Zusatzbilletts für die 1. Klasse bei den Portiers und bezahlten das aus der eigenen Tasche. Als sie schließlich den VW Käfer der Familie mitbenutzen durften, standen sie ständig unter Kontrolle. Ein Buchhalter mußte regelmäßig den Kilometerstand ablesen. Wenn sie zuviel gefahren waren, wurden sie vom Vater zum Rapport bestellt.

Der gewaltige Altersunterschied machte sich deutlich bemerkbar. Als Thekla ihren zwanzigsten Geburtstag feierte, war Vater Fritz schon 66 Jahre alt. Ein leitender Mann des Hotels formulierte das Problem so: «Die Töchter waren ganz tüchtig, aber der Vater hat sie nie laufen lassen, weil er ihnen zuwenig zutraute. Und sie haben nie dagegen rebelliert.»

Fritz Haerlin hatte auch nicht das Gefühl, seine Töchter in die Hamburger Gesellschaft einführen zu müssen. Die beiden Mädchen aus der berühmten Hoteliersfamilie wuchsen ziemlich isoliert auf – kein Hockey-, kein Tennis-, kein Reitclub.

Und als sie ins heiratsfähige Alter kamen, fand keiner der möglichen Schwiegersöhne vor den Augen des Vaters Gnade.

Trotz alledem hingen beide Töchter an ihm. Zwischen Mutter und Töchtern hingegen herrschte niemals Herzlichkeit, die Kinder hatten die Konflikte der sehr unterschiedlichen Eltern wohl zu hautnah mitbekommen. Die Schwestern ketteten sich aneinander wie die siamesischen Zwillinge und führten ihre Scharmützel mit der robusten Mutter gemeinsam. Und Agnes Haerlin stellte ihre Töchter, so berichten es Augenzeugen, vor dem Personal ohne Hemmungen bloß: «Meine Töchter können das nicht!» war ein stereotyper Satz. Je älter die Töchter wurden, desto heftiger wurden die Grabenkämpfe mit der Mutter.

Der starke Mann im Hintergrund war seit dem Neubeginn 1952 Henry Rachow, der Kriegskamerad. Er war der einzige, der öffentlich dem Chef Paroli bot, ohne sofort dafür abgestraft zu werden. Ihm ließ Haerlin Dinge durchgehen, für die andere gekündigt worden wären. Vom Hotelgewerbe und von der Spitzengastronomie verstand er nichts, konnte keine Fremdsprache, genoß aber Narrenfreiheit. Im Laufe der Zeit bekamen die Leute den Eindruck, «die beiden haben gemeinsam einen Knochen vergraben». Eine andere, unsinnige Spekulation lautete, Rachow sei der uneheliche Sohn von Fritz Haerlin und könne sich deshalb so viel herausnehmen.

Offiziell nannte sich Rachow «Betriebsleiter», er war für Technik, Personal, Einkauf und Verwaltung verantwortlich. Das Personal hieß bei ihm nach alter Tradition noch «Gefolgschaft». Er residierte in einem Büro, von dem er durch eine breite Fensterscheibe das angrenzende Großraumbüro im Blick hatte.

Anfangs hatte es im «Vier Jahreszeiten» zwei gleichberechtigte Direktoren gegeben, Betriebsleiter Rachow und Hoteldirektor Littig, der schon das Kommando im Restaurant «Halali» gehabt hatte. Littig verließ 1957 das Hotel und sagte zum Abschied zu Portier Lepke: «Man hat mir einen schlimmen Streich gespielt. Ich kann mich nicht dagegen wehren.» Littig ging ins Hotel «Imperial» in Wien und wurde dort der erste Mann. Seitdem war Rachow an der Alster der Herrscher neben Fritz Haerlin. Daß er noch heute als diktatorischer Poltergeist und Strippenzieher vielen im Gedächtnis ist, läßt den vierschrötigen, großen Mann kalt.

«Im Hotel gibt es ja über zwölf Lehrberufe», sagt der 1976 pensionierte Hamburger. «Jeder will der Beste sein, jeder hält seine Sparte für die wichtigste. Da ist es die Aufgabe des Direktors, das auszugleichen oder auch anzutreiben. Freunde macht man sich damit nicht. Aber wenn einer überall beliebt ist, dann taugt er nichts.» Er habe nie die Öffentlichkeit gesucht. «Für die Gäste hatte ich ja meine Unterdirektoren.» Er habe sich strikt an den Satz von Fritz Haerlin gehalten: «Paß auf, daß hinten alles in Ordnung ist, dann brauchst du dich vorn um nichts zu kümmern.»

Trinkgelder vom «Sonnenkönig»

Bei den leitenden Angestellten gab es zunehmend Zweifel, ob hinter den Kulissen wirklich alles stimmte. Ein Punkt war ihre Bezahlung. In der Gastronomie und Hotellerie war es lange Tradition, das Servicepersonal entsprechend dem Umsatz zu bezahlen. Auf Restaurant- und Hotelrechnungen wurden fünfzehn Prozent Bedienungsgeld aufgeschlagen, und dieses Geld mußte in einen speziellen Topf, den sogenannten Tronk, eingezahlt werden. Am Monatsende wurde die eingenommene Summe nach einem speziellen Punktesystem als Lohn ausgeschüttet. Der Wert der Punkte und damit die Höhe des Gehalts schwankte stark. Der Wunsch nach einem geregelten Festeinkommen wurde immer lauter.

Inzwischen war den Leitern der einzelnen Abteilungen aufgefallen, daß auch bei gleichbleibenden oder gar steigenden Umsatzzahlen die Punktwerte fielen. Sie beschlossen, der Sache auf den Grund zu gehen, und trafen sich in vertraulicher Runde. Bettenverkauf, «Restaurant Haerlin», «Grill», Condi, Bankett, Zimmerservice, Bar – jeder Chef eines Servicebereichs kannte seine Monatsumsätze ziemlich genau, sie hatten allerdings noch nie alles zusammengezählt. Als sie das nun endlich taten, kamen sie zu dem Schluß, daß erhebliche Teile des Umsatzes und demnach der Bedienungsgelder nicht im Tronk gelandet waren. Der Prozentsatz, der offenbar umgeleitet worden war, lag zum Teil bei mehr als 30 Prozent. Hieb- und stichfeste Beweise hätte erst ein genauer Blick in die Buchhaltung liefern können. Ein Recht, diese Zahlen einzusehen, hätte ein Betriebsrat gehabt. Den gab es aber im «Vier Jahreszeiten» noch immer nicht.

Ausgestattet mit ihren Zahlen, ging eine fünfköpfige Verhandlungsdelegation zu Henry Rachow, den Fritz Haerlin beauftragt hatte, dieses Problem zu lösen. Kurz vor der Konferenz hatte einer der Abgeordneten noch den vertraulichen Tip aus der Verwaltung bekommen, daß die vermuteten Zahlen sehr nahe an der Realität wären. Auf die Frage, wo denn das Geld aus dem Tronk geblieben sei, reagierte Rachow kühl. Die Sache sei ganz einfach: «Wenn viel Geld im Topf ist, halten wir einen Teil davon zurück, um schlechte Umsatzmonate damit auszugleichen. Seid froh, daß wir das so machen. Denn es gibt viele, die würden ihr Geld versaufen. Die freuen sich, wenn sie auch in schwachen Monaten ihr Geld bekommen.»

Rudolf Botor und Portier Hermann Lepke, die der Verhandlungskommission angehörten, drohten, den Fall vor das Arbeitsgericht zu bringen, um Einsicht in die Buchhaltungsunterlagen zu erstreiten. Außerdem kündigten sie an, umgehend einen Betriebsrat zu wählen.

Diese Absicht löste bei Hotelchef Haerlin Alarmstimmung aus. Betriebsrat, das klang in seinen Ohren nach Kommunismus und Hotelbesetzung durch rote Räte wie 1918. Als er aber begriff, daß er die Wahl nicht verhindern konnte, drehte er den Spieß um und griff in die Aufstellung der Kandidaten ein.

Zu Botor sagte er: «Du mußt kandidieren, da müssen vernünftige Leute rein.» Botor antwortete: «Ich habe dazu keine Lust.» Haerlin: «Es geht hier nicht um Lust, du machst das!» Botor: «Ich will nicht als Betriebsrat bekannt werden. Ich will Karriere machen.» Da holte der Hotelchef zum großen Schlag aus: «Wenn du dich weiter weigerst, dann ist das ein Affront.»

Botor wußte, wenn Fritz Haerlin etwas als Affront empfand, dann endete das stets mit einem Rausschmiß. Er kandidierte und wurde mit neunzig Prozent der Stimmen in den Betriebsrat gewählt.

Erster Vorsitzender wurde Hermann Lepke, der nun besondere Erfahrungen mit Henry Rachow machte. Der Direktor versuchte alles, um Lepke und seine Mitstreiter mit formalen Mätzchen klein zu halten. Wie beim Militär ließ er etwa Lepke stets vor seinem Schreibtisch stehen, bot ihm nie einen Stuhl an.

In der Sache mußte die Hotelleitung allerdings nachgeben. Um peinliche Prozesse zu vermeiden, die unweigerlich negative Schlagzeilen für Hamburgs Renommierhotel bedeutet hätten, einigten sich Chef und Betriebsrat in zähen Verhandlungsrunden auf feste Gehälter, die sich am durchschnittlichen Umsatz orientierten. Auf diese Summe kam dann noch eine Art «Strafzuschlag» von zehn Prozent, um die gröbsten Ungerechtigkeiten der Vergangenheit auszugleichen.

Nach außen wurde diese Maßnahme als fortschrittliche soziale Tat verkauft: Ab Februar 1970 wurden an Portiers, Kellner, Zimmermädchen, Telefonisten und Fahrstuhlführer feste Gehälter gezahlt.

Hoch geschätzt, nicht nur wegen seiner Trinkgelder, war ein Holländer, der im Hotel «unser Sonnenkönig» genannt wurde, weil sein Lebensstil an Ludwig XIV. erinnerte. Dr. P. H. Le Clercq war Chef der Deutschen Philips. Als er nach einem Aufenthalt in Argentinien im Juni 1959 seinen Posten in Hamburg übernahm, wohnte er zunächst mehrere Monate im «Vier Jahreszeiten», ehe er an der Elbchaussee eine passende Villa gefunden und umgebaut hatte. Ganz gegen sein übliches Verhalten suchte Fritz Haerlin den Kontakt zu Le Clercq, die beiden freundeten sich an. In diesem Fall gingen persönliche Zuneigung und Erwerbssinn eine wunderbare Symbiose ein, denn Le Clercq veranstaltete die aufwendigsten und prächtigsten Feste, die im «Vier Jahreszeiten» je gefeiert wurden. Er hatte dafür extra einen Maître de plaisier angestellt, der Jubiläen, Abschiedsfeiern für verdiente Führungskräfte oder Faschingsbälle zu organisieren hatte. Le Clercq war es auch gestattet, die Bankettsäle mit Dekorationen total umzugestalten.

Jedes Fest stand unter einem bestimmten Motto. Zum runden Geburtstag eines Managers zum Beispiel, der ein eingefleischter Fußballfan war, wurde der große Saal in ein Stadion verwandelt, und alle Tische bekamen rasengrüne Decken. Es wurden weiße Linien, Strafräume und Ecken aufgeklebt und Tore auf der Tafel montiert. Bevor das Menü serviert wurde, begann an eigens aufgestellten Tischen ein Tischfußballturnier mit hohen Prämien für die Sieger.

«Eine Nacht in Venedig» lautete das Motto eines Balles, für den das Panorama der Lagunenstadt in Pappmaché nachgebaut wurde. Gondeln rollten durch die Säle. Die Damen und Herren tanzten in prachtvollen Kostümen aus dem Theaterfundus und trugen Masken.

Ein anderer Abend war dem damals sehr populären Peter Beil gewidmet. Der durfte über Stunden seine Leistungen als Trompeter, Geiger, Pianist, Sänger und Entertainer präsentieren. Die Feste gingen meist erst weit nach Mitternacht zu Ende. Aber der Maître de plaisier hatte von Le Clercq die Anweisung, die besonderen Leistungen des Personals mit großzügigen Trinkgeldern zu honorieren.

Um so mehr fiel auf, daß die Servierbrigade leer ausging, wenn Le Clercq in kleinerer Runde zum Essen einlud und die Rechnung in diesen Fällen an die Firma geschickt wurde. Zum Schluß des Abends bedankte sich der Philips-Chef per Handschlag bei dem altgedienten Kellner Herbert Kind und sagte: «Es ist alles wie beim letztenmal, lieber Herr Kind.» Dann zwinkerte er dem Kellner zu und sagte mit seinem drolligen Akzent: «Also bis zum näkstemal!» Kind fragte sich jedesmal, was dieses merkwürdige Ritual sollte. Nach vielen Näkstemal faßte er sich ein Herz und sprach Le Clercq darauf an. Nun erfuhr er, daß der Holländer jedesmal mit dem Rechnungsbetrag auch eine stattliche Summe für die Kellner überwiesen hatte, die bei denen allerdings nie gelandet war.

Die Freundschaft mit Fritz Haerlin erlitt danach einen heftigen Knacks, denn als Geizkragen wollte Le Clercq auf keinen Fall dastehen. Er regelte fortan seine Dinge mit den Kellnern direkt, kam weiterhin gern, bis er im Dezember 1964 in den Vorstand nach Holland berufen wurde.

Im «Vier Jahreszeiten» verabschiedete sich Le Clercq mit dem ihm eigenen Humor – er würde in die Zentrale wechseln und «Mitglied im Elferrat von Eindhoven» werden

«Hotel-Ruth» und Annette von Habsburg

Wann immer im «Vier Jahreszeiten» ein Kriminalist gebraucht wurde, trat Adolf Schoop auf den Plan. 1951 hatte er als junger Beamter auf der Polizeiwache Hohe Bleichen seinen Dienst begonnen. Seit 1952 die Engländer aus- und Fritz Haerlin und seine Mannschaft wieder in das Hotel eingezogen waren, war Schoop der Mann für knifflige Fälle. Er blieb es bis zu seiner Pensionierung. Hotelchef Haerlin wußte die diskrete, aber durchaus zupackende Art seines Hauspolizisten zu schätzen. «Solange ich hier etwas zu sagen habe, ist Essen und Trinken für dich frei», bestimmte der Patron.

An einem Sommerabend 1964 wurde Schoop wieder einmal zu Hause alarmiert. Aus dem Zimmer eines Holländers waren Schmuckstücke im Wert von vierzigtausend Mark gestohlen worden – Platin- und Goldringe, fünf antike Broschen, zwölf goldene Armbänder und eine goldene Uhr. Zimmermädchen und Etagenkellner konnten nur eine vage Beschreibung der möglichen Täterin geben: Eine dunkelhaarige Frau Mitte 30, die nicht Gast des Hotels war, besonderes Kennzeichen: hochschwanger. Im Album mit Hoteldiebinnen, das Schoop dem Personal vorlegte, konnte niemand die Unbekannte entdecken. Schoop aber hatte einen vagen Verdacht.

Sieben Tage zuvor war «Hotel-Ruth» aus der Untersuchungshaft entlassen worden, um in einer Frauenklinik ihr Kind zur Welt zu bringen. Sie war jedoch in keinem Krankenhaus zu finden. Schoop bat die Angestellten, besonders wachsam zu sein.

Drei Wochen lang passierte nichts. Dann plötzlich sah der Etagenkellner, wie im ersten Stock eine schwangere Frau in einer Suite verschwand. Er alarmierte den Empfang, dieser Schoop, der das Kommando ausgab: «Festhalten! Ich komme.»

Tatsächlich, es war «Hotel-Ruth». Am Finger hatte sie den Platin-Diamantring aus dem Besitz des Holländers, sehr hübsch sahen auch die kostbaren Ohrringe bei ihr aus. Auf der Wache legte die Frau dann ein Geständnis ab. Ja, sie sei bei den Diebestouren dabeigewesen, aber der Haupttäter sei ein Mann, dessen richtigen Namen sie nicht kenne, sie gab gleich sieben zu Protokoll. Dann setzten die Wehen ein, und «Hotel-Ruth» kam mit Martinshorn und Blaulicht in die Klinik, wo sie einen gesunden Jungen zur Welt brachte, der Michael getauft wurde.

Sechs Tage später wurde Schoop mit der Nachricht aus dem Bett geholt: «Ruth ist weg.» Die junge Mutter hatte ihrer Bettnachbarin Kleid und Mantel gestohlen und war geflüchtet. Den Säugling hatte sie zurückgelassen.

Schoop hatte inzwischen recherchiert, daß Ruths Komplize der 44jährige «Juwelen-Harald» sein müßte. Bei seinen Nachforschungen fand er heraus, daß die «Vier Jahreszeiten»-Diebin in einem Hotel am Hauptbahnhof gewohnt hatte. Dort lag ein Fotoapparat herum. Auf dem Film gab es mehrere Aufnahmen eines Autos mit Hannoveraner Kennzeichen. Die Spur wurde verfolgt, mehrere Hehler ermittelt, schließlich fand sich die Beute im Keller eines Privathauses unter einem Kohlehaufen.

«Hotel-Ruth» ging Schoop ins Netz, als er mittags durch die belebten Straßen der Innenstadt von Hannover fuhr. An einer

Straßenbahnhaltestelle entdeckte er eine Frau, die ihm bekannt vorkam. Eine sehr elegante Erscheinung im teuren Kostüm. Er trat auf die Bremse. Es war tatsächlich Ruth: «Wenn ich sie nicht einmal selbst vernommen hätte, ich hätte sie nie erkannt, so perfekt hatte sie sich verändert.» Der ungebetene Gast des «Vier Jahreszeiten» wurde zu einer langen Gefängnisstrafe verurteilt.

Etwa zur selben Zeit spielt die Geschichte zweier Dänen, die mit großem Gepäck im Hotel abgestiegen waren und im Restaurant von Rudolf Botor ausgiebig getafelt hatten. Nach einer Woche waren sie verschwunden, ohne die Rechnung über zehntausend Mark zu bezahlen. Niemand hatte Verdacht geschöpft, denn die zwei großen schweren Koffer standen noch in ihren Zimmern. Schoop wurde gerufen. Er ließ die Koffer öffnen, sie waren randvoll mit Pornoheften aus Dänemark. Die heißen Hefte waren seinerzeit in Deutschland noch verboten. Auf dem schwarzen Markt hätte jedes Exemplar 30 Mark gebracht. Wie sich herausstellte, waren es mehr als tausend Stück. Die Hotelrechnung wäre vom Erlös leicht gedeckt gewesen. Leider wurde die Ladung als Schmuggelgut beschlagnahmt. Die unbezahlte Rechnung mußte als Verlust abgebucht werden.

Daß man mit einer Dame ihres Ranges jemals Schwierigkeiten bekommen würde, hatte in der Portiersloge niemand geahnt. Eine leibhaftige Prinzessin, zwanzig Jahre jung, hübsch und ausgesucht schick gekleidet. Standesgemäß war sie im Dezember 1961 in einem Mercedes 300 am Neuen Jungfernstieg vorgefahren, am Steuer der Limousine saß ein Chauffeur in Livree. Die blonde Dame mit den großen blauen Augen hatte sich als «Annegret von Hohenzollern-Siegmaringen» eingetragen und ein schönes Zimmer mit Alsterblick bezogen. Der Hoteldirektor ließ es sich nicht nehmen, sie zu begrüßen und «Hoheit einen angenehmen Aufenthalt» zu wünschen, was die Prinzessin mit Wohlwollen registrierte.

Tagsüber ließ sie sich in ihrer Limousine durch Hamburg fahren, abends aß sie mit gutem Appetit im Restaurant. Als sie eines Morgens allerdings darauf bestand, daß ein kleiner Blumenstrauß zur Dekoration des Wagens beschafft werden sollte, kamen Chefportier Gerhard Beyer ernste Bedenken. Diesen Wunsch fand er einfach zu albern. Und war ihr Auftreten nicht auch ein bißchen zu affektiert für einen Sproß aus deutschem Uradel?

Beyer betrachtete den Meldezettel und grübelte darüber, ob sich «Siegmaringen» tatsächlich mit «ie» schriebe. Ein Gotha war nicht zur Hand, aber er war ziemlich sicher, daß sich die Kreisstadt an der oberen Donau, der Stammsitz des Geschlechts, Sigmaringen schrieb.

Da die Außenstände des Adelsfräuleins schon beträchtlich waren, informierte Beyer die Hoteldirektion. Gemeinsam wurde entschieden, auch in diesem Fall zu einem bewährten Mittel zu greifen, gewissermaßen zum Lackmustest für die Bonität von Gästen: Man schickte eine Zwischenrechnung. Prinzessin Annegret war darüber so empört, daß sie sich weigerte, das Papier entgegenzunehmen, und sich statt dessen in ihrem Zimmer verbarrikadierte.

Die Polizei wurde alarmiert. Adolf Schoop ging mit dem Hoteldirektor zum Zimmer der jungen Dame. Der versuchte es zum letztenmal mit Güte: «Hoheit wollen jetzt bitte öffnen!» Vergebens. Nun klopfte Schoop: «Damit Sie Bescheid wissen, hier ist die Polizei. Wenn Sie nicht sofort aufschließen, lasse ich die Tür auf Ihre Kosten aufbrechen.» Der Schlüssel wurde umgedreht.

Für Schoop war sehr schnell klar, was es mit der Prinzessin auf sich hatte. Bei der Vernehmung stellte sich heraus, daß Annegret tatsächlich Annegret hieß, allerdings weder Habsburg noch Hohenzollern-Sigmaringen. Als uneheliches Kind einer Arbeiterin war sie in Bonn zur Welt gekommen. Die Mutter war früh gestorben und Annegret in Waisenhäusern aufgewachsen, ehe ihre Großmutter Annemarie das Mädchen zu sich nahm.

Als Achtzehnjährige war sie mit ihrer Großmutter nach Australien ausgewandert. Doch Sydney war eine große Enttäuschung gewesen, der neue Lebensgefährte der Oma hatte sich als Schwindler erwiesen. Annegret mußte ihr Geld als Hausmädchen verdienen.

Als die Großmutter wieder nach Hause fuhr, gab Annegret ihren kräftezehrenden Job auf und begann eine neue Karriere. Sie mietete sich in einem vornehmen Hotel als Annette S. ein, schickte sich aber alsbald einen großen Blumenstrauß mit einer Karte an «Prinzessin Annette». Dem entzückten Hotelmanager offenbarte sie unter dem Siegel der Verschwiegenheit, daß sie in Wahrheit Prinzessin Annette von Habsburg sei.

Solch eine Sensation war selbstverständlich nicht geheimzuhalten. Die Reporter kamen, und sie erzählte, daß ihre Eltern ihr nach einem glänzend bestandenen Examen eine Weltreise geschenkt hätten und sie nun in Australien Station mache. Der Bürgermeister lud sie zum Lunch ins Rathaus ein, sie bekam ein Auto mit Chauffeur gestellt und zog in ein noch feineres Hotel um. Dann platzte der Schwindel. Annegret wurde als Hochstaplerin verurteilt und in Richtung Deutschland abgeschoben. Nach einem Aufenthalt in Rom, einer Vier-Tage-Ehe in Kuwait war sie endlich in Düsseldorf gelandet. Dort buchte sie über ein großes Hotel das Zimmer im «Vier Jahreszeiten» und mietete den schönen Mercedes 300, der sie so komfortabel nach Hamburg gebracht hatte.

Vier Monate saß Annegret in Untersuchungshaft, ehe sie wegen Paßfälschung zu einem Jahr Gefängnis auf Bewährung verurteilt wurde. Gerhard Beyer und seine Kollegen lasen ab und an noch etwas über das hübsche Mädchen mit den großen blauen Augen in den Zeitungen. Etwa daß sie als Tochter des israelischen Botschafters von sich reden gemacht und sich eigens für diese Rolle einen Davidsstern auf den linken Oberschenkel hatte tätowieren lassen.

Der Millionär mit dem Safetrick

Ein Mann, der seine Rechnung nicht zahlen konnte, ohne eigentlich Zechpreller zu sein, zeigte den Hotelchefs auf ganz besondere Weise, wie hoch das Ansehen des «Vier Jahreszeiten» war.

Der Mann war schon mehrfach gemahnt worden, hatte nicht gezahlt. Nun mußte der Hoteldirektor sich um den saumseligen Menschen kümmern. Er klopfte an die Tür, es wurde ihm sofort aufgemacht. Der Mann hatte die Hemdsärmel aufgekrempelt, die Krawatte gelockert, im Aschenbecher waren viele Zigaretten, eine glühende hielt er in der Hand. Auf dem Tisch stand eine Schreibmaschine mit eingespanntem Bogen, daneben lagen etliche fertige Briefe.

In aller Offenheit erklärte der Geschäftsmann, daß er zur Zeit völlig abgebrannt sei, auf der anderer Seite aber große Außenstände habe. Doch mit der Zahlungsmoral sei es nicht weit her, das wisse der Direktor ja selber. Mit diesen Worten reichte er ihm einen der Mahnbriefe. Der Hotelmanager las verblüfft, wie pfiffig der Mann den guten Namen des Hotels als Druckmittel eingesetzt hatte. Er erinnerte seine Geschäftspartner an die Schulden und schilderte dann seine prekäre Lage, in die er durch ihre Schuld gekommen sei. Wenn sie nun nicht umgehend zahlten, sähe er sich gezwungen, dem Hotel gegenüber die Namen der Schuldigen preiszugeben.

Dem Hoteldirektor waren mehrere der Adressaten als Stammgäste des «Vier Jahreszeiten» gut bekannt. Er fand die Methode des Gastes, Geld einzutreiben, so kreativ, daß er ihn ausziehen ließ, ohne vorher zu kassieren. Beim «Vier Jahreszeiten» in Mißkredit zu geraten muß eine starke Drohung gewesen sein. Denn nach nur einer Woche war der Gast in der Lage, seinen offenen Rechnungsbetrag zu überweisen.

Auch mit vermögenden Stammgästen kann es manchmal Probleme geben. Einen besonders vertrackten Fall hatte Schoops Kollege Ronald Matzik zu lösen. Ein Millionär, der schon häufig im «Vier Jahreszeiten» gewohnt hatte, wollte kurz vor seiner Abreise seine Brieftasche mit sehr viel Geld im Hotelsafe deponieren. Er habe noch einen wichtigen Termin in der Stadt, da wolle er das viele Bargeld nicht mitnehmen.

Der Portier schickte eine junge Frau vom Empfang mit dem Hauptschlüssel in den Tresorraum im Keller. Sie schloß den Tresor auf, der Gast öffnete mit seinem Schlüssel sein Schließfach. Während er seine Brieftasche dort deponierte, füllte die Empfangsdame diskret das Safebuch aus. Schließfach und Geldschrank wurden verschlossen. Der eilige Mann drückte dem erstauten Chefportier den Safeschlüssel in die Hand: «Legen Sie den in mein Fach, ich bin bald zurück.» Das war zwar ein merkwürdiges Verhalten, aber immerhin war der Mann Stammgast.

Nach zwei Stunden fuhr der Geschäftsmann am Neuen

Jungfernstieg vor, ließ das Taxi warten, stürmte in die Hotelhalle, verlangte seinen Safeschlüssel und eilte mit der Empfangsdame zum Tresor. Großer Schreck: Das Schließfach war leer, die Brieftasche mit 50000 Mark verschwunden. Der empörte Gast beschuldigte die Hotelangestellten, mit dem beim Portier deponierten Schlüssel das Schließfach ausgeräumt zu haben.

Matznik wurde alarmiert, hörte sich die Geschichte an und schöpfte Verdacht gegen den Gast. Er beschuldigte ihn, in dem unbeobachteten Augenblick im Keller seine Brieftasche wieder weggesteckt und das leere Schließfach abgeschlossen zu haben. Im übrigen sei es äußerst unglaubwürdig, daß er überhaupt soviel Bargeld mit sich herumgetragen habe. Das sei doch viel zu riskant. Der so Beschuldigte lachte dem Kommissar ins Gesicht: «Für Sie vielleicht, nicht für mich.» Damit zog er aus der Manteltasche einen Bankbeleg, der bewies, daß er am Tag zuvor tatsächlich 50000 Mark in bar von seinem Konto abgehoben hatte. Es kam zu heftigen Diskussionen mit der Direktion. Der Mann drohte, die Sache als Skandal in die Presse zu bringen. Schließlich einigte man sich darauf, den Schmerz zu teilen. Das Hotel zahlte dem Gast 25000 Mark.

Matzik war überzeugt, daß er es mit einem raffinierten Betrüger zu tun hatte. Er informierte alle großen Hotels über den Mann und seinen Safetrick.

Tatsächlich versuchte derselbe Mann seine Masche wenige Wochen danach im Hotel «Atlantic», wo er ebenfalls häufiger abgestiegen war. Gewarnt, lehnten sie ab, sein Geld zu verwahren, und komplimentierten den seltsamen Millionär aus dem Hotel.

Der Kriminalbeamte recherchierte an dessen Heimatort und fand heraus, daß er dort ein überaus erfolgreicher und angesehener Geschäftsmann war. Mit dem Safetrick verschaffte er sich offenbar einen ganz speziellen Lustgewinn, das Hochgefühl, clevere Hoteliers und Polizisten hereinlegen zu können.

Es gibt aber auch ganz andere Anlässe, bei denen Hotel und Polizei aufs engste zusammenarbeiten. Wann immer gekrönte Häupter oder hochrangige Politiker anreisen, macht nicht nur das Hotelpersonal Überstunden. Sicherheitsbeamte in Zivil kontrollieren schon Tage zuvor die Lage. Im Hamburger Polizeipräsidium liegen exakte Baupläne des «Vier Jahreszeiten» und anderer Hotels mit allen Ein- und Ausgängen, Kellerverbindungen, Fluren, Treppen und Zimmern. Alle strategischen Punkte können im Ernstfall nach Plan besetzt werden.

Im Juni 1967 war es wieder einmal soweit: Kaiserbesuch. Der Schah von Persien war angesagt, diesmal mit seiner Frau Farah Diba. Anders als 1955 war der Empfang am 3. Juni 1967 in Hamburg nicht so freundlich. Am Tag zuvor war es in Berlin bei studentischen Protestversammlungen gegen das autoritäre Regime des Schahs zu Prügelattacken von Schah-Anhängern gekommen. Und vor der Deutschen Oper hatte ein Polizist am Abend den Studenten Benno Ohnesorg erschossen. Mehrere tausend Demonstranten waren deshalb auf den Beinen, um gegen Mohammed Resa Pahlawi zu protestieren. Bevor Farah Diba und der Schah an der Hamburger Oper vorfahren konnten, hatte berittene Polzei die Dammtorstraße freigeräumt.

Der Schah-Besuch war auch in Hamburg der Auftakt zur Studentenrevolte gegen Bildungsnotstand und zum Kampf der «Außerparlamentarischen Opposition» (APO) gegen das Establishment. Die feierliche Rektoratsübergabe in der Hamburger Universität am 9. November wurde zum Skandal. Der Einzug des alten und des neuen Rektors ins Audimax wurde von

Sprechchören und Pfiffen begleitet. Die beiden Studenten Albers und Behlmer trugen den beiden Professoren im vollen Ornat ihr legendäres Spruchband voran: «Unter den Talaren Muff von 1000 Jahren».

Fünf Monate später entlud sich in vielen Städten die Wut der rebellierenden Jugend, als am 11. April 1968 der APO-Führer Rudi Dutschke bei einem Pistolenattentat in Berlin lebensgefährlich verletzt worden war. Ziel der Attacken war der Springer-Verlag, dessen Zeitungen die Proteste der Jugendlichen und Studenten mit scharfer Polemik bekämpft und verunglimpft hatten.

Stille Revolution in der Nobelherberge

Die «Revolution» am Neuen Jungfernstieg vollzog sich 1968 unbemerkt und leise. Am 15. Oktober trat ein 28jähriger Mann an, der das «Vier Jahreszeiten» gründlich auf den Kopf stellte, gleichzeitig die Traditionen des Familienhotels bewahrte und das Haus schließlich an die Weltspitze brachte.

Fritz Haerlin hatte den Revolutionär in Nadelstreifen im «Vier Jahreszeiten» München entdeckt und genau beobachtet. Zurück in Hamburg, berichtete er Ehefrau Agnes begeistert und schickte sie an die Isar. Sie sollte sich über den Kandidaten ebenfalls eine Meinung bilden. Als normaler Gast getarnt, saß sie an zwei Tagen mehrere Stunden in der Hotelhalle und sah Gert Prantner auf die Finger. Sie war von seiner freundlichen, ruhigen, professionellen Art angetan.

Fritz Haerlin warb ihn in München ab und machte den jungen Mann zum Empfangschef und seinem persönlichen Assistenten. Mit Gert Prantner hatte Fritz Haerlin ganz offensichtlich seinen lang vermißten Sohn gefunden. Er selbst war jetzt siebzig Jahre alt. Seine Töchter schieden für ihn als Hotelchefinnen aus. Er bangte um den Fortbestand seines Hauses, das er von seinem Vater übernommen hatte und das auch sein Lebenswerk geworden war. Mit Prantner wäre das «Vier Jahreszeiten» in der nächsten Generation zu führen.

Der junge Mann saß lange vor dem verabredeten Termin zum Vorstellungsgespräch im gegenüber liegenden «Alsterpavillon» und trank mit Lampenfieber seinen Kaffee. Es war ein schöner Sommertag, die weiße Fassade des «Vier Jahreszeiten» strahlte in der Sonne. Prantner dachte darüber nach, welche Position er in diesem berühmten Hotel wohl erreichen könnte. Empfangsdirektor und stellvertretender Hoteldirektor wäre gut, alles andere ohnehin utopisch.

In Mailand war Prantner 1940 geboren worden, im Südtiroler Brixen aufgewachsen und zur Schule gegangen. Er war das jüngste von sechs Kindern. Im Krieg war sein Vater als Pilot in Rußland abgeschossen und später für tot erklärt worden. Die Mutter lebte mit ihren Kindern in ärmlichsten Verhältnissen. 1948 kehrte der Vater plötzlich zurück. Er hatte den Flugzeugabsturz überlebt und war nun aus der Gefangenschaft entlassen worden. Für den kleinen Gert war er ein Fremder, an den er sich erst langsam gewöhnen konnte.

Die Enge der Bischofsstadt Brixen, die Enge der Familie, das Pauken auf dem örtlichen Christianeum, das war zuviel für den freiheitsliebenden Jungen. Als er vierzehn Jahre alt war, teilte er seinem Vater mit, daß er im Sommer für sechs Monate als Page im Hotel «Bristol» in Meran arbeiten werde. Der Vater konterte, wenn er das mache, brauche er nicht wiederzukommen, bis er mit einundzwanzig Jahren volljährig sei. Gert

Prantner packte seine Koffer, bekam fünfzig Mark und zog wie einst Friedrich Haerlin zu Hause aus, um in der Welt sein Glück zu machen.

Er arbeitete in den besten Hotels Europas. Nach dem «Bristol» in Meran ging er ins «Baur-Grünwald» in Venedig, danach ins «Grandhotel La Pace» in Montecantini, ins «Excelsior» nach Rom, ins Londoner «Savoy Hotel» und ins «Ritz» in Paris.

Prantner aber wollte nach ganz oben und wußte, daß er dafür auch hervorragende Kenntnisse in Betriebswirtschaft, Finanzwesen und Controlling brauchte. Da war die beste Hotelhochschule der Welt gerade gut genug. Sechs Jahre lang verbrachte er seinen gesamten Urlaub als Student an der Cornell University in Ithaca (USA).

An seinen ersten Posten erinnert sich Gert Prantner so: «Ich war mit vierzehn Jahren auf eine Weltbühne gestellt. Ich erlebte Prominente und Stars, ich sah sie in ihren Höhen und Tiefen. Mein Glück war: Niemand beobachtete den Pagen.»

Er war beeindruckt von dem Reichtum, der ihn plötzlich umgab. Die Gäste im Meraner «Bristol» reisten mit eigenem Personal und riesigen Schrankkoffern an. Als Etagenkellner lernte er, daß er für die meisten Gäste gar nicht existierte. Leute mit großen Namen setzten ihre Streitgespräche ungeniert fort, wenn er servierte, oder liefen nackt durchs Zimmer.

Im Hotel «Villa Scaccia-Pensieri» in Siena wurde er Augenzeuge der besonderen Schrullen einer weltbekannten Lady. Die Amerikanerin Barbara Hutton, bekannt für ihre Vorliebe für junge Männer, reiste mit dem Sohn eines Industriellen an und quartierte sich für zwei Wochen ein. Tagsüber blieb das Pärchen auf seinem Zimmer, abends kam die Hutton mit ihrem Begleiter herunter, stieg in einen Cadillac und ließ sich bei Nacht die Toskana zeigen. Bei Tagesanbruch kehrten sie in ihre Suite zurück. Nach vierzehn Tagen reiste Barbara Hutton ab;

Vom Pagen zum Hoteldirektor:
Im Alter von vierzehn Jahren fing Gert Prantner
als Page im Hotel «Bristol» in Meran an. 1968 wurde
er von Fritz Haerlin entdeckt

sie verteilte großzügig Trinkgelder und schob den völlig mitgenommenen Liebhaber in ihren Straßenkreuzer.

Er erlebte aber auch, wie hektisch im Hotel auf einen toten Gast reagiert wird. Eines Abends holte ihn der Nachtportier aus dem Fahrstuhl. Er müsse ihm helfen, einen kranken Mann über die Personaltreppe in die Garage zu bringen. Oben angekommen, war ihm sofort klar, daß der Mann tot war. Der Portier packte ihn an den Beinen, Prantner trug ihn an den Armen die Treppe hinunter. Immer wieder schlug der Kopf des Toten gegen die Stufen. Am nächsten Morgen wurde Prantner zum Generaldirektor gerufen, belobigt und vergattert, die ganze Sache zu vergessen. Zur Belohnung gab es ein Eis. Später erfuhr er, daß so etwas in Fachkreisen «Kalte Abreise» genannt wurde.

In einer internationalen Hotelkette hätte Prantner sicherlich Karriere machen können. Doch was er da an Schwerfälligkeit, an quälenden Debatten und Konsensgesprächen erlebte, schreckte ihn ab. Deshalb sagte er mit Freuden zu, als die Offerte von Fritz Haerlin kam.

Die Abhöraffäre

Bei aller gegenseitigen Sympathie gab es nun heftige Diskussionen zwischen Prantner und dem Chef. Haerlin war anfangs kaum bereit, von seinem Arbeitsstil zu lassen. Das ganze Hotel war auf ihn zugeschnitten, er war der unumstrittene Patron, letztlich hatte nur er den ganzen Überblick. Information selbst der Führungskräfte wurde klein geschrieben. Die echten Zahlen notierte der Chef in sein schwarzes Notizbuch. Klar umrissene Etats für die einzelnen Abteilungen und Etatverantwortung der Abteilungsleiter waren unbekannt. Fritz Haerlin wollte von so «neumodischem Kram» nichts wissen.

Der Mann im Hintergrund, der Kriegskamerad Henry Rachow, merkte gleichwohl, daß ihm in Prantner eine Konkurrenz heranwuchs. Ein Profi mit Selbstbewußtsein, der keinem Konflikt aus dem Weg ging, wenn Rachow mit direkten Anweisungen in den Hotelalltag eingreifen wollte. Wenn Prantner nicht dabei war, sprach Rachow von ihm verächtlich als «dem Italiener».

Dem Neuen fiel auf, daß Rachow erstaunlich gut über alles informiert war, was im Hotel vor sich ging; über Besprechungen, an denen er nicht beteiligt war, manchmal sogar über Vorgänge, die nur am Telefon besprochen worden waren. Er spickte die Leute mit seinem Wissen und spielte sie gegeneinander aus. Ein Zufall brachte ans Tageslicht, auf welchem Wege Rachow an manche seiner Informationen kam:

Ein Reeder, der eine Woche im Hotel gewohnt und eine ziemlich hohe Zeche gemacht hatte, wollte abends abreisen und die Rechnung später überweisen. Prantner verlangte von dem Gast eine Sicherheit. Der antwortete, da müsse er eben mal telefonieren, er bekomme von einer Hamburger Firma noch eine Menge Geld, die würden das sicher bestätigen. Danach ließ er sich von der Telefonzentrale verbinden. Prantner sah das von ferne mit an und sagte zu dem Nachtelektriker, der gerade in der Halle stand: «Wenn ich da jetzt Mäuschen sein könnte, da gäbe ich was drum.» Der Handwerker sah ihn groß an und sagte: «Das können Sie haben.»

Damit führte er Prantner in den Relaisraum der Telefonanlage und drückte ihm einen Hörer in die Hand. Der verdutzte Prantner konnte das Telefonat verfolgen und sich davon überzeugen, daß der Gast die Wahrheit gesagt hatte. Beruhigend für die Hotelkasse, beunruhigend für Personal und Hotelgäste, ein Skandal, wenn so etwas herauskäme. Er wies den Techniker an, die Abhöranlage sofort abzubauen. In dem Moment begriff der Mann, daß er einen Fehler gemacht und unfreiwillig ein Geheimnis gelüftet hatte.

Am nächsten Morgen wurde Prantner in das Büro von Rachow gebeten, der die Vorhänge vom Fenster zum Großraumbüro zugezogen hatte, was er immer tat, wenn es Vertrauliches zu bereden gab. «Sie haben also gestern Anweisungen gegeben in einem Bereich, für den Sie gar nicht zuständig sind.»

«Ja, ich habe Geld fürs Hotel gerettet. Aber das Ding ist jetzt weg. Weiß Herr Haerlin eigentlich, daß hier abgehört wird?»

Rachow lächelte, und Prantner kündigte ihm an, daß er den Hotelchef umgehend informieren würde. Als er in dessen Büro im Souterrain kam, wartete Fritz Haerlin schon auf ihn: «Ich weiß, was Sie sagen wollen, Herr Prantner. Lassen wir es. Es ist ja vorbei.» Er ließ bei Prantner keinen Zweifel daran, daß selbst er belauscht worden war. Für Henry Rachow hatte die Affäre dennoch keine Folgen. Alle Eingeweihten wurden zu absolutem Stillschweigen verpflichtet, und damit war der Fall erledigt.

Henry Rachow kann sich heute an diese Affäre nicht erinnern. «Eine Abhöranlage hat es nie gegeben. Das hätte ich doch bemerkt. Ich bin doch gelernter Fernmeldetechniker.»

In diesen Jahren tauchten zum erstenmal Gerüchte auf, Fritz Haerlin wolle sein Traditionshotel verkaufen. Er hatte zwar nie die Absicht, aber die Spekulationen sorgten jedesmal für Unruhe beim Personal und für besorgte Nachfragen der Stammgäste. Es war die Zeit, in der die großen Hotelketten überall identische Bettenburgen bauten und den Gast genau in Tarifgruppen einsortierten. Wer einmal die Hotelhalle betreten hatte, wußte nicht mehr, ob er in Hamburg, München oder Berlin war.

Ein international renommiertes Familienhotel, das vom Inhaber selbst geleitet wurde, galt als Anachronismus. Zwar war das «Vier Jahreszeiten» 1966 Mitglied im exklusiven Club der «Leading Hotels of the World» geworden und war damit an dessen weltweites Buchungssystem angeschlossen, aber es gab keine Standardsuite, keine Standardzimmer, kein von der Konzernzentrale gesteuertes «Menü des Monats». Im «Vier Jahreszeiten» wurde alles noch per Hand gemacht. Die Pralinen als Gute-Nacht-Gruß wurden in der Patisserie hergestellt. Die Blumen kamen aus der Gärtnerei in der Werderstraße. Eier, Gemüse und Fleisch bezog die Küche vom «Friedrichshof», dem Gut, das sich Fritz am Stadtrand von Ahrensburg gebaut hatte. Dort hatte er seine Ponys und Pferde, dort hielt er zeitweise 2500 Hühner, trieb Ackerbau und Viehzucht, und dort verbrachte er viele Wochenenden.

Wenn das Hotel nicht gewesen wäre, so vertraute er sich Freunden an, wäre er am liebsten Landwirt geworden. Ehefrau Agnes hatte für die Wochenenden auf dem Bauernhof nichts übrig, Haushälterin Emmi, die schon Friedrich und Thekla Haerlin die Wirtschaft geführt hatte, versorgte den Hotelchef.

Der war außer sich, wenn wieder einmal ein Verkaufsgerücht die Runde machte. Angeblich wollte er sein Haus einmal an eine Kaufhauskette verkaufen. Am nächsten Tag druckten die Zeitungen sein entschiedenes Dementi: «Luxushotel bleibt im Familienbesitz» – «Gerüchte über Verkauf sind frei erfunden». Das nützte allerdings nicht allzu viel. Gerüchte halten sich. Einmal bekam Fritz Haerlin sogar aus Südamerika einen Brief. Der Stammgast hatte aus angeblich sicherer Quelle die Information, daß Haerlin sein Haus an die Karstadt AG verkaufen wolle. «Wenn das stimmt, verlieren Sie meine Hochachtung bis an mein Lebensende.»

Zwecklos, darüber zu rätseln, wer diese Meldungen streute.

Möglicherweise ein Konkurrent, der selbst Interesse an dem Haus an der Binnenalster hatte. Zu orten war die Quelle nie. In dem Fall des Briefschreibers griff Fritz Haerlin zum Sarkasmus und antwortete: «Sehr geehrter Herr, das Gerücht, das Ihnen zu Ohren gekommen ist, ist abenteuerlich. Die Nachricht ist falsch. Ich werde mein Hotel nie verkaufen, schon gar nicht an Karstadt. Das Gegenteil ist richtig. Ich überlege mir, ob wir Karstadt kaufen sollten.»

Anfang 1971 kämpfte Fritz Haerlin monatelang gegen das Gerücht, er müsse wegen enorm gestiegener Kosten seinen Betrieb schließen. Ständig trafen Briefe und Telefonate im Hotel ein. Haerlin verfaßte ein schriftliches Dementi am Schwarzen Brett für sein Personal und ging wieder in die Presse. «Wer dieses Gerücht in die Welt gesetzt hat, wissen wir nicht. Wir wissen nur, daß es dem Ruf unseres Hauses schadet.»

Drei Jahre später erneut Finalmeldungen. Diesmal erklärten Fritz und Agnes Haerlin gemeinsam: Kein Wort wahr, «es bleibt alles beim alten».

Zur spektakulärsten Aktion griff 1985 Gert Prantner, als er schon lange Chef des Hotels geworden war. Damals wurde er ständig von internationalen Maklern, Abgesandten von Hotelkonzernen und Geldanlegern aus New York, Tokio und London mit Offerten bombardiert. In Hamburg reisten Delegationen an, die mit Prantner Verkaufsverhandlungen führen wollten. Um diesen nervenaufreibenden Spuk zu beenden, setzte er am 2. Dezember 1985 eine Anzeige in die angesehene «International Herald Tribune». Der Text: «We are happy and proud to continue the Haerlin family tradition of the past four generations. THE HOTEL VIER JAHRESZEITEN HAMBURG is NOT FOR SALE. Gert Prantner, Managing Director.»

Ironie der Geschichte: Hinter dem Rücken von Hoteleignerin Agnes Haerlin und ihrem Direktor wurden schon längst Pläne geschmiedet, die beiden umzustimmen. Sie ahnten nicht einmal etwas davon.

Ein Terrier mit Goldzähnen

&

1974 hatte Fritz Haerlin also wieder einmal dementiert. Die Mannschaft wußte, daß man sich darauf verlassen konnte. Business as usual war angesagt. Obwohl das normale Geschäft im «Vier Jahreszeiten» alles andere als gewöhnlich war. Dafür waren die Gäste viel zu ungewöhnlich.

Das Thema Hunde im Hotel war schon seit den Tagen des Komponisten Eugen d'Albert ein heißes Eisen. An dem Verbot scheiterten nicht nur Elizabeth Taylor oder O.W. Fischer, auch eine bekannte Baronin konnte die Portiers nicht erweichen. Die hatte für ihre betagte Mutter und sich Zimmer bestellt und reiste mit ihrem stattlichen Boxerrüden an. Diskussion am Empfang, das übliche Garagenangebot mit Füttern und Gassiführen inklusive. Die Gräfin lehnte dieses Ansinnen indigniert ab und verlangte, den Direktor zu sprechen. Der kam und erklärte wortreich, daß es ihm leid tue. Er sei ganz untröstlich, aber er könne unmöglich gegen die Regeln des Hotelchefs verstoßen. In diesem Augenblick kam ein Ehepaar mit zwei Kindern die Treppe zur Halle herunter. Das kleine Mädchen hüpfte die letzten Stufen herab. Die Baroneß drehte sich herum, sah das fröhliche Kind und sagte verbittert: «So ist das hier also. Hunde nehmen Sie nicht auf. Aber Kinder – Kinder dürfen hier sein. Ein Skandal ist das.»

Eine Witwe aus Dänemark wußte mit dem Tabu besser umzugehen. Sie war eine kleine, blonde Dame, 65 Jahre alt, elegant gekleidet. Nach dem Tod ihres Mannes hatte sie Fabriken, Immobilien und Landsitze in der Schweiz, England und Frankreich geerbt. Sie war eine witzige und charmante Gesprächspartnerin, hatte aber wenig Gelegenheit, dies zu beweisen. Jeden Abend kam sie in die Bar zu Jürgen Prill, der ihr sofort ein Glas Champagner und einen Fernet Branca servierte.

Stets hatte sie eine größere goldene Handtasche bei sich, die sie sehr hütete. Zu fortgeschrittener Stunde setzte sie sich aus Versehen einmal darauf, es quietschte fürchterlich. Bleich vor Schrecken öffnete die Witwe die Tasche und holte einen Yorkshireterrier hervor, dessen Haupthaar mit einer rosa Schleife zu einem Büschel zusammengebunden war. «Nicci» hatte die Attacke seines Frauchen gottlob heil überstanden. Die spendable Dänin konnte Prill davon überzeugen, daß der Hund ein Bar-Geheimnis blieb.

Selbstverständlich wollte sie sich auch nachts nicht von dem Terrier trennen. Vorschriftsgemäß wurde er erst in der Garage deponiert und dann von einem Hoteldiener mit Herz für Hunde der Witwe heimlich in die Suite gebracht und morgens wieder abgeholt.

Viel später, als die Dänin noch mal für längere Zeit an der Alster abgestiegen war, erfuhr Prill ein weiteres Geheimnis. Wegen der vielen Leckerli, die «Nicci» ständig zugeschoben bekam, hatte der Hund miserable Zähne. Der Mangel war von einem Zahnarzt in Genf behoben worden, für 60000 Schweizer Franken.

Ein anderer Stammgast in der Bar war ein ehemaliger britischer Oberst, der seinen Dienst quittiert hatte und nun im Ölbusineß tätig war. Der Mann fiel auf, weil er sehr krumme Beine und eine mächtige Glatze hatte, ständig telefonierte und immer großen Durst hatte. Seine Gespräche ließ er sich stets in eine der Telefonzellen im Parterre stellen. Mit den Kellnern der Halle hatte er die Verabredung, daß sie auf seinen Wink hin an verabredeten Stellen jeweils ein Glas Whiskey hinzustellen hatten. Wenn er dann von seinem Telefonat durch die Halle zurück zu seinem Sessel ging, folgte er mit Genuß der Scotchpiste.

Daß die Bar auch ein Ort war, an dem nach erbitterter Fehde Frieden geschlossen wurde, erlebte eines Morgens Portier Hermann Lepke. Ein Stammgast aus Südamerika, ein deutschstämmiger Bolivianer, stand am Empfang und beugte sich über den Tresen, weil er die Rechnung überprüfen wollte. In diesem Augenblick erschien ein anderer Mann in der Halle, ein Arzt aus Schweden. Der beobachtete die Szene, wippte auf den Absätzen, rannte dann von hinten auf den anderen zu und trat ihn zum Entsetzen von Lepke in den Hintern. Es folgte ein unglaublicher Tumult, die Portiers und der herbeigeeilte Direktor hatte ihre liebe Not, die Kampfhähne zu trennen. Als die erste Wut verraucht war, lud der Schwede zu einem Versöhnungsdrink in die Bar ein. Der Bolivianer nahm Entschuldigung und Einladung an. Es war morgens um zehn Uhr. Gegen sieben Uhr abends erschienen die beiden wieder in der Halle. Total betrunken, aber friedlich lächelnd, Arm in Arm. Es war der Anfang einer langen Freundschaft.

Anfang 1973 begann eine Geschichte, die lange Zeit nicht zum besten stand, diesmal ging es um das Glück einer Haerlin-Tochter. Annemarie war frischverliebt aus einem Skiurlaub zurückgekommen. Voller Freude erzählte sie Alwine Hollekamp: «Ich habe einen tollen Mann kennengelernt, blendend aussehend, sportlich und charmant. Aber Papa ist noch nicht begeistert. Für ihn ist es nicht der richtige Mann. Er ist Glasermeister.»

Der Glasermeister hieß Joachim Ulrich. Dessen Vater war Fritz Haerlin als Rotarier verbunden. Man traf sich jeden Mittwoch im «Vier Jahreszeiten». Der Schwiegersohn in spe schmeckte dem alten Fritz allerdings gar nicht. Ein Handwerksmeister? Immerhin war es ein renommierter Betrieb. Dazu kam, daß der Auserwählte seiner Tochter noch verheiratet war. Das Liebespaar versprach auch dieses Hindernis schnell zu beseitigen. Allerdings ging die Scheidung nicht ohne erhebliche Schrammen ab. Konkurrierende Detektive spielten während des Prozesses eine Hauptrolle. Außerdem stellte sich dabei heraus, daß der Ehekandidat ein Kind hatte, von dem bislang nie die Rede gewesen war. Starker Tobak für Fritz Haerlin. Schließlich aber gab er nach.

Am 29. November 1973 war Hochzeit, ganz en famille. Nur kein Aufsehen, war immer das Rezept von Fritz Haerlin gewesen. Das Paar bezog eine schmucke Villa im vornehmen Stadtteil Hochkamp.

Die ältere Schwester Thekla hingegen hatte wenig Glück mit Männern. Die meisten, die sie kennenlernte, waren verheiratet. In einem Fall ging die Liaison über mehrere Jahre und endete dann doch unglücklich, weil der Geliebte sich nicht scheiden lassen konnte und wollte.

Die Angestellten bekamen dieses Drama fast zwangsläufig mit, denn Thekla Haerlin wohnte noch immer im «Haus Württemberg» hinter dem Hotel. Und bald waren in dem Korb, der ihr regelmäßig vom Hotel gebracht wurde, neben Essen oder Lebensmitteln eine oder zwei Flaschen Gin. In der Hotelbar war sie auch oft zu sehen. Immer hübsch angezogen und mit schwerem Schmuck an den Händen. Wenn sie mit dem Ring einmal auf den Tisch klopfte, war dies das Signal für Barkeeper Prill, eine Bestellung aufzunehmen. Zweimal klopfen hieß: Aschenbecher wechseln.

Viele Abendstunden verbrachte Thekla mit Hausdame Alwine Hollekamp, die, wie damals üblich, im Hotel wohnte. Besonders für Thekla war sie im Laufe der Zeit zu einer Art Ersatzmutter geworden, bei der sie ihr Herz ausschütten, mit der sie ihre Probleme und Nöte besprechen konnte. Bis tief in die Nacht saßen sie oft zusammen und spielten «Reversi» – eine Art Halma, bei dem es darum geht, vom Gegner möglichst viele Plastiktaler zu erobern.

«Holle, ich bin sehr froh darüber, daß du dich so um Thekla kümmerst», lobte Fritz Haerlin den Einsatz seiner Hausdame einmal.

Trauriger Abschied vom Patron

Allmählich fiel auf, daß der Hotelchef immer seltener seine Kontrollgänge im und ums Haus machte. Schon 1973 hatte er sich zur Unterstützung einen alten Reiterkameraden und Rechtsanwalt als Generalbevollmächtigten ins Hotel geholt. Zu Botor und den anderen Abteilungsleitern sagte er: «An den müßt ihr euch wenden, wenn ich nicht da bin. Mit den Töchtern läuft das nicht.» Der neue Mann brachte als kaufmännischen Direktor einen EDV-Spezialisten mit, der die elektronische Datenverarbeitung im «Vier Jahreszeiten» einführen sollte. Versuche von Henry Rachow, dieses Problem mit einem Mann seines Vertrauens zu lösen, hatten sich als extrem teurer Flop erwiesen.

Im zweiten Anlauf ging die Sache nicht viel besser, denn nun bremste Rachow die neue Konkurrenz aus, wo er konnte. Als der Neue ihm die Vorzüge einer EDV-gedruckten Rechnung schmackhaft machen wollte – von allen Restaurants, den Etagenkellern bis hin zu den Telefongesprächen wären alle Ausgaben des Gastes blitzschnell auf dem Rechner an der Kasse –, winkte Rachow gelangweilt ab: «Die Gäste im Hotel ‹Vier Jahreszeiten› wünschen handgeschriebene Rechnungen. Und damit basta.»

Es wurde also weiter im Raum hinter dem Empfang in mächtigen Kästen, jedes Zimmer hatte ein Fach, jeder Beleg gesammelt, sortiert, abgelegt, wieder herausgeholt und dann die Rechnung geschrieben. Wenn eine Abteilung schlampte und die Unterlagen zu langsam ablieferte, mußten die Angestellten den Verlust ersetzen. Denn Rechnung war Rechnung. Wenn ein Posten fehlte – Pech fürs Personal. Nachforderungen an die Gäste wurden nicht gestellt.

Der Generalbevollmächtigte und sein EDV-Experte verloren gleichermaßen die Lust, ihre Energie für zähe Debatten und Grabenkämpfe zu verschwenden. Kurz nacheinander nahmen sie ihren Abschied. Henry Rachow war wieder der Platzhirsch.

Doch jetzt schlug die Stunde von Gert Prantner. Fritz Haerlin traf seine letzte große Personalentscheidung und ernannte seinen Ziehsohn zum Direktor.

Sein Testament hatte er längst gemacht, aber wie ein Geheimnis gehütet. Ehefrau Agnes sollte allein das letzte Wort im «Vier Jahreszeiten» haben, wenn er einmal sterben würde. An ihrer Seite sollte aber ein tüchtiger junger Mann mit weitgehenden Vollmachten stehen. Außerdem sollte der Vertrag sehr lange laufen, um Kontinuität und Bestand des Hauses selbst bei Krisen zu garantieren. Der Pakt wurde bei einem Essen in der Stadtvilla Hansastraße ausgehandelt und besiegelt.

Seit Frühjahr 1975 ging es Fritz Haerlin gesundheitlich immer schlechter. Der 78jährige tauchte jetzt öfter unrasiert und nachlässig gekleidet in der Halle auf oder lief orientierungslos durch sein Hotel. Manchmal blieb er verzweifelt an der Anrichte bei der Kantine stehen, wo das Personal nach dem Essen sein Geschirr abstellte, und wenn er sah, daß auf einem der Teller noch eine Frikadelle halb aufgegessen lag, sagte er wütend: «Hier wird mein Geld zum Fenster hinausgeschmissen.»

Zwei Tage bevor Fritz Haerlin ins Krankenhaus eingeliefert wurde, kam es im «Vier Jahreszeiten» zu einer symbolträchtigen Begegnung. Rudolf Botor war ihr Augenzeuge, und die Szene ist ihm nie mehr aus dem Kopf gegangen. Der Chef lief durch die Hotelflure und traf in einem Etagendienstraum auf einen jungen Mann, der gerade im Hotel angefangen hatte. Der Junge sagte freundlich guten Tag und arbeitete weiter. Fritz Haerlin herrschte ihn an: «Kennen Sie mich nicht?» Der junge Mann verneinte das verlegen. Darauf klopfte ihm der Chef gegen die Brust und sagte: «Ich bin Fritz Haerlin!» Dann machte er mit seinen Armen eine weite Bewegung, als ob er die Welt in die Hände nehmen wollte. «Das alles hier gehört mir. Alles. Nur mir.»

Kurz darauf kam Haerlin ins Heidberg-Krankenhaus. Am 22. Oktober kam von dort die Nachricht, daß der Chef gestorben sei.

Bei den meisten Angestellten herrschte gedrückte Stimmung. Viele Altgediente hatten Tränen in den Augen. Die Gäste erfuhren vom Tod des Patriarchen erst aus der Zeitung. Der Betrieb im «Vier Jahreszeiten» ging weiter wie gewohnt. Die große Bühne wurde auch aus solchen Anlässen nicht geschlossen.

Thekla Haerlin, die besonders an ihrem Vater gehangen

hatte, kam kurz vor achtzehn Uhr zu Alwine Hollekamp und sagte ihr unter Tränen: «Papa ist tot.»

Nachdem die Hausdame Thekla lange getröstet hatte, sagte sie: «Du mußt jetzt nach Hause zu deiner Mutter. Die braucht dich.» Das lehnte die Tochter vehement ab. «Ich gehe auf keinen Fall nach Hause.» Sie sträubte sich lange, in dieser Stunde ihrer Mutter gegenüberzutreten.

Es wurde eine schlichte Trauerfeier in der Reformierten Kirche an der Ferdinandstraße auf der gegenüber liegenden Seite der Binnenalster. Etwa einhundert Trauergäste versammelten sich zum Gottesdienst. Bekannte Männer aus der Wirtschaft waren erschienen und viele von Haerlins langgedienten Hotelangestellten. Witwe Agnes stützte sich, das Gesicht mit einem schwarzen Schleier verhüllt, auf ihre Töchter Thekla und Anne.

Am 4. November wurde Fritz Haerlin in dem Familiengrab auf dem Ohlsdorfer Friedhof beigesetzt. Das hatte Familienchef Friedrich Haerlin nach dem 1. Weltkrieg errichten lassen als würdige Gedenkstätte für die Söhne Otto und Wilhelm. Inzwischen ruhten hier neben den Söhnen auch Friedrich und Thekla Haerlin, sein Neffe, der Maler Will Haerlin, und der Vater von Agnes Haerlin, Otto Knoops. Der Kohlenhändler aus Krefeld war mit seiner Frau Aenne nach Hamburg gezogen, um hier seinen Lebensabend zu verbringen. Die Beziehungen zu Schwiegersohn Fritz waren allerdings immer getrübt geblieben. Haerlin hatte erfahren, daß die Schwiegermama von ihm abfällig als von einem «Zimmervermieter» gesprochen hatte.

III
Agnes Haerlin

Der König ist tot, es lebe die Königin!

Die Testamentseröffnung war für Thekla und Annemarie eine herbe Enttäuschung. Vater Fritz hatte als vorausschauender Kaufmann dafür gesorgt, daß Erbstreitigkeiten ausgeschlossen sein sollten, durch die das «Vier Jahreszeiten» womöglich in seiner Existenz bedroht worden wäre. Die beiden Eheleute hatten auf Grund eines Ehevertrages in einer Gütergemeinschaft gelebt. Alles, was sie besaßen, war ihr gemeinschaftliches Vermögen. Und das fiel beim Tode des einen in die alleinige Verwaltung des überlebenden Ehegatten. Die weiteren Erben hatten nicht die Möglichkeit, da mitzureden. Auch steuerlich waren die Dinge aufs beste geregelt. Die Witwe brauchte für den stattlichen Grundbesitz und das Kapitalvermögen nur rund 1,5 Millionen Mark Erbschaftssteuern zu bezahlen. Doch schon diese Summe muß die neue Hotelchefin empfindlich geschmerzt haben.

Im November 1975 war sie in das Büro ihres Mannes eingezogen. Ein Foto von Fritz hing nun neben dem Ölbild seines Vaters Friedrich. Beim ersten Gespräch mit den Abteilungsleitern des Hauses – Motto: Der König ist tot, es lebe die Königin –, gab sie die Parole aus, daß sich im «Vier Jahreszeiten» etwas ändern müsse. Sie wolle in die Zimmer investieren und das Personal verjüngen. Über Gehaltserhöhungen zum Jahreswechsel wolle sie gar nicht sprechen: «Jetzt müssen wir erst mal Erbschaftssteuer zahlen.»

Erstaunte Frage von Rudolf Botor, der inzwischen zum Betriebsratsvorsitzenden gewählt worden war: «Wir? Haben wir denn mitgeerbt?»

Agnes Haerlin quittierte diese Bemerkung mit einem strafenden Blick. Sie merkte sich den aufmüpfigen Oberkellner.

Agnes Haerlin war jetzt fünfundfünfzig Jahre alt, eine stattliche Matrone, die auf die neunzig Kilo zustrebte. Jahrzehntelang hatte sie im Schatten ihres Mannes gestanden und unter seiner Knauserigkeit gelitten. Eine Nordmeer-Schiffsreise zur Silberhochzeit war der Höhepunkt des privaten Luxus gewesen. Jetzt wollte sie die Welt sehen, Versäumtes nachholen, genießen. Und sie wußte auch mit wem. Als Reisebegleiter und Fremdenführer hatte sie sich zwei Männer ausgesucht, die zwanzig Jahre jünger waren als sie und die ihr verstorbener Mann beide sehr geschätzt hatte. Der erste war Gert Prantner. Ihr Direktor nahm die Chefin zu allen Geschäftsreisen und auf Kongresse mit, denn nun repräsentierte ja sie das Familienhotel an der Alster. Daß Agnes im Gegensatz zum polyglotten Fritz Haerlin nur mäßig Englisch sprach, konnte Prantner geschickt kaschieren. Er dolmetschte auf italienisch, französisch und englisch. Wichtig war, die Hoteleignerin leibhaftig präsentieren zu können, ein Vorteil gegenüber den gesichtslosen Hotelkonzernen.

Der andere Mann an ihrer Seite war der Chef des «Intercontinental» an der Außenalster. Sie kannte Fred Peelen schon lange. Fritz Haerlin hatte einige Zeit erwogen, ihn zum Direktor in seinem Haus zu machen, sich dann aber doch für Prantner entschieden. Der unverheiratete Mann wurde nun ihr liebster Begleiter.

Ein unterschiedlicheres Pärchen war kaum vorstellbar. Sie leicht stämmig, robust mit manchmal derbem Witz, aber auch ein wenig gehemmt und provinziell. Er jung, elegant, gutaussehend, weitgereist, weltgewandt, mit den besten Manieren.

In der Hamburger Gesellschaft wurde das bemerkenswerte Duo bespöttelt. Agnes Haerlin bemerkte das nicht, oder es war ihr gleichgültig. Einer Freundin vertraute sie an: «Du darfst nicht glauben, daß wir etwas miteinander haben, aber es ist so wunderbar, mit ihm zu reisen.» Und Jahre später erzählte sie derselben Freundin: «Die Reisen mit ihm – das war die schönste Zeit meines Lebens.»

Die Töchter Annemarie und Thekla verfolgten das Treiben ihrer Mutter mit wachsendem Argwohn. Paris, London, New York, Rom, Venedig, Miami, Bahamas und Hongkong. Die besten Hotels, Flüge 1. Klasse, das alles war bislang nicht die Art der Haerlins gewesen. Es wäre nicht das erste Mal, sagten sie sich, daß eine Witwe das Vermögen mit einem jugendlichen Liebhaber durchbringt.

Thekla hatte als Vorerbe zwar ein stattliches Mietshaus in der Papenhuder Straße im schönen Stadtteil Uhlenhorst bekommen und Anne den «Friedrichshof» in Ahrensburg. Aber das waren Peanuts im Vergleich zum gesamten Besitz.

Gert Prantner mußte bei den Töchtern lange um Verständnis für den Lebenshunger der Mutter werben. Kam sie nicht jedesmal wieder mit neuen Ideen für das Hotel zurück, mit neuen Stoffen und Antiquitäten, um das «Vier Jahreszeiten» noch schöner zu machen? Baute sie nicht Etage für Etage um? Zimmer wurden zu Suiten zusammengelegt und viel Geld in moderne Technik und schöne Bäder investiert. Agnes Haerlin war in ihrem Element als Innenarchitektin.

Die neue Herrscherin:
Nach dem Tode ihres Mannes im Oktober 1975
übernahm Agnes Haerlin das «Vier Jahreszeiten».
Ihre Töchter Annemarie (links) und Thekla präsentierte
sie gern bei PR-Terminen

Fritz Haerlins altem Weggefährten Henry Rachow schmeckte die ganze Richtung schon lange nicht mehr. Jetzt wurden zwanzig Zimmer auf einmal auf den neuesten Stand gebracht und ganze Flure blockiert. Fritz hingegen hätte zwanzigmal ein Zimmer renoviert, die restlichen neunzehn wären derweil vermietet worden.

Agnes Haerlin hatte alsbald genug von den Nörgeleien und den Krächen mit dem alten Offizier. Am 31. Mai 1976 wurde er mit Hummer-Cocktail, Schildkrötensuppe, Schwetzinger Stangenspargel und Holsteiner Katenschinken in den vorzeitigen Ruhestand verabschiedet. Zum Toast wurde ein 1971er Eitelsbacher Karthäuser Hofberg Spätlese serviert. Der Abgang wurde ihm mit einer satten Betriebsrente versüßt. Er war der einzige, der diese Zusatzversorgung ausgehandelt hatte. Seine spezielle Beziehung zu Fritz Haerlin hatte den Ausschlag gegeben. Rachows Sekretärin war schlechter dran, sie mußte ebenfalls gehen. Und einmal in Kündigungslaune, entließ Agnes auch den Kellermeister, den Personalchef und den Magazinverwalter.

Nach einer Auseinandersetzung mit der neuen Chefin um sein Honorar klappte Pianist Hans Klanke vernehmlich den Deckel des Steinwayflügels im «Restaurant Haerlin» zu und quittierte seinen Dienst. Für sein Oktavheft mit den Lieblingsmelodien der Gäste bot man ihm Geld an, er lehnte aber ab. Den Favoriten der Hotelchefin «The Man I Love» spielte er zum Abschied nicht.

Auch mit ihrem leitenden Oberkellner legte sie sich an. Alles begann mit einem Streit über das richtige Hummerbesteck. Nach einem Besuch im «Interconti»-Restaurant bei Fred Peelen ordnete Agnes Haerlin an, daß zukünftig auch im Restaurant des «Vier Jahreszeiten» nicht mehr Fischbesteck und Hummergabeln, sondern normales Besteck zu servieren wären.

Rudolf Botor versuchte vergebens, die Chefin davon zu überzeugen, daß im «Interconti» ein Fehler passiert sei. Als das nichts fruchtete, wurde Botor förmlich. Als Prüfungsmeister der Handwerkskammer könne er den Kellnerlehrlingen im Hotel unmöglich etwas beibringen, was er bei der Gesellenprüfung als falsch werten müsse. Die jungen Leute würden ihn für verrückt erklären. Die Hummer behielten ihr Fischbesteck, und Botor bekam seinen nächsten Minuspunkt.

Der Besteckaffäre zweiter Teil folgte wenig später. Es war ein lästiges Dauerproblem, daß beim Abstreifen der abservierten Teller kleine Löffel oder Dessertgabeln, die unter Essensreste gerutscht waren, mit diesen in der sogenannten «Dranktonne» landeten. Die Bauern, die diese Tonnen regelmäßig abholten, um mit den Abfällen ihr Vieh zu füttern, brachten die Silberteile ebenso regelmäßig beim nächsten Mal wieder zurück.

Eines Morgens rief Agnes Haerlin Botor in ihr Büro und warf ihm ein schmutziges Handtuch hin, aus dem einige Besteckteile kullerten. Sie hielt ihm die Löffel und Gabeln hin und sagte erregt: «Das ist also der leitende Oberkellner! So behandelt der mein Silber. Das mußt du mir ersetzen!»

Aus dem Magazin erfuhr Botor dann, daß die Chefin angeordnet hatte, zahlreiche Bestecke neu versilbern zu lassen, und zwar auf seine Kosten. Einwände der Magazinangestellten, dies sei doch nicht nötig, hatte sie barsch vom Tisch gewischt: «Wenn ich sage versilbern, dann wird versilbert.»

Botor lieh sich gegen Quittung einen der angelaufenen Löffel aus und hielt ihn in seinem Office zur Hälfte in ein Silberbad. Ergebnis: Die getauchte Hälfte glänzte makellos. Seinen Testlöffel gab er am nächsten Morgen wieder ab, nicht ohne die Bestätigung, daß die Versilberung keinen Schaden genommen hatte. Die Magazinleute bekamen einen gewaltigen Rüffel von der Chefin, und Botor wurde von der Leitung des «Restaurants Haerlin», das gerade renoviert worden war und neu eröffnet werden sollte, entbunden.

Als diese Maßnahme ruchbar wurde, versammelte sich die Mannschaft des Restaurants auf dem Hof. Sprechchöre: «Botor rein! Botor rein!» wurden laut. Dann zogen die aufgeregten Kellner in die Cafeteria des nahen Kaufhauses Alsterhaus am Jungfernstieg und diskutierten über einen Proteststreik gegen die Willkür der Chefin. Botor dankte für die Unterstützung, überzeugte seine Leute aber davon, die Streikidee fallenzulassen. Er würde seine Sache allein durchkämpfen. Öffentliche Aktionen könnten dem Ruf des Hauses nur schaden. Wenig später hatte er seine alte Position wieder und stieg noch zum Wirtschaftsdirektor auf.

Sogar mit ihrem Direktor Prantner geriet Agnes Haerlin über Kreuz. Einmal auf dem Chefsessel, teilte sie nur ungern die Macht und gab Kompetenzen ab. Prantner kündigte und wurde zu besseren Konditionen weiterbeschäftigt, weil die Chefin dann doch nicht auf ihn verzichten mochte. Sie wußte schließlich von seinen in die Zukunft weisenden Ideen, was Budgetplanung, Marketing und Tourismusmanagement betraf.

Prantner war klar, daß für mehr internationale Geschäftsreisende geworben werden mußte, daß große Firmen das «Vier Jahreszeiten» mit «special rates» in ihre Hotellisten aufnehmen mußten. Neue Gästegruppen mußten geworben werden. Große Familien, die sich wochenlang an der Binnenalster einquartierten, gab es nämlich immer weniger. Er wollte das Haus ganz an die Spitze der weltbesten Hotels bringen. Und das, obwohl es noch nicht einmal einen Swimmingpool besaß. Getreu dem Spruch von Fritz Haerlin: «Meine Gäste brauchen das nicht, die haben ihre Schwimmhalle zu Hause.»

Auf dem Weg zur Weltspitze

Prantner erstellte eine Analyse über die Konkurrenzsituation auf dem Hamburger Hotelmarkt. Als Fazit für das, was das «Vier Jahreszeiten» bieten mußte, galt: Absolute Perfektion in einem klassischen Privathotel, wo jeder Gast wie ein Mitglied der Familie aufgenommen wird. Service, Sauberkeit und Preiswürdigkeit als Grundlagen für den Erfolg, dazu geteilte Verantwortung, selbständige Führung der einzelnen Abteilungen nach dem Qualitätskonzept, das alle akzeptieren.

Um den wirtschaftlichen Erfolg zu garantieren, stellte Prantner das Rechnungswesen auf ein hotelgerechtes Computerprogramm um. Jede Abteilung bekam ein eigenes Budget und eine eigene Kostenstelle. Per Knopfdruck konnten Abteilungschef und Hotelleitung nun jeden Tag überprüfen, ob Planungsdaten und Realität übereinstimmten, welche Bereiche im Vergleich zum Vorjahr plus oder welche minus machten, wie die Kosten sich entwickelten und welcher Gewinn übrigblieb.

Es begann eine Erfolgsgeschichte ohnegleichen. Der Umsatz des «Vier Jahreszeiten» verdreifachte sich von 12 Millionen Mark 1975 auf 35 Millionen 1989.

Die höchstangesehene Hitliste der Hotellerie ist die Bewertung in der New Yorker Monatszeitschrift «Institutional Investor». Die Redaktion befragt jedes Jahr einhundert weitgereiste Bankiers und Finanzexperten nach ihren Erfahrungen und läßt sie Punkte zwischen 1 und 100 verteilen. Diese Liste anzuführen war Prantners Ziel. Er motivierte die Mannschaft und trimmte alle Abteilungen neu auf Service. Was der Gast wünscht, soll er auch bekommen: Frühstück aufs Zimmer nachmittags 16.30 Uhr? Kein Problem. Maiglöckchensträuße im November? Natürlich. Die Wäsche soll nachts um drei Uhr noch abgeholt werden, damit sie morgens frisch gebügelt wieder abgeliefert wird? Nichts ist unmöglich im «Vier Jahreszeiten». Komfort wie zu Hause? Selbstverständlich. Im Bad zum Beispiel fehlt es an nichts, Waage, Fön, Bademantel, Kleenextücher, Nagelfeile, Zahnbürste, Zahncreme und Badethermometer.

Und als die «Bild»-Zeitung einen Restaurant-Test unter der Überschrift «Packen Sie den Rest für Heinrich ein» machte, schnitt das «Vier Jahreszeiten» bestens ab: «Hier gab's ein vorzügliches Chateaubriand (59,–) und herrliche Nußtörtchen (7,50). Und der Rest wurde liebevoll einzeln eingepackt, dann in eine große Tragetüte gesteckt. Wer allerdings seinen Hund mit ins ‹Vier Jahreszeiten› bringt, muß ihn in der Garderobe abgeben. Gegen ein Trinkgeld wird er gern ‹Gassi› an die Alster geführt – bis Frauchen mit ihrem Essen in Ruhe fertig ist.»

1982 war das Haus zum erstenmal das beste Hotel in Europa und das viertbeste der Welt. 1989 war es nach dem «Oriental» in Bangkok weltweit die Nummer zwei.

Agnes Haerlin hatte die Bedingung von Prantner akzeptiert, die Gewinne wieder in das Haus zu investieren. Gegen die wachsende Konkurrenz setzten sich die «Reederin und ihr Kapitän» – wie Prantner das gern nannte – mit ihrem vom Eigner geführten Luxushotel durch. Er gab der Chefin seine Ideen gern auf Reisen mit. Denn er wußte, daß sie jeden Punkt mit Freund Fred Peelen diskutieren würde. Von dem ausgewiesenen Fachmann erhoffte er professionelle Unterstützung seiner Vorschläge. Die Rechnung ging stets auf.

Anfang der achtziger Jahre begannen internationale Blätter, wahre Elogen über das «Vier Jahreszeiten» zu veröffentlichen.

Die «Reederin» und ihr «Kapitän»:
Agnes Haerlin und Direktor Gert Prantner,
der das Haus an die Weltspitze führte

Der englische Schriftsteller Christopher Matthew widmete ihm sogar ein Kapitel seines Buches «Eine andere Welt». Dort hieß es: «Dann und wann, aber nur wirklich dann und wann, betritt man ein Hotel und weiß sofort, fast instinktiv, lange bevor man in seinem Bett gelegen oder im Restaurant gegessen oder nach dem Zimmerservice geläutet hat, daß man in einem von ungefähr einem Dutzend in Europa übriggebliebener Hotels angekommen ist, die eine Klasse für sich sind. Das ‹Vier Jahreszeiten› in Hamburg ist ein solches Hotel ... Den zwei Chefportiers ist es zur zweiten Natur geworden, die Namen aller Hotelgäste zu kennen und sie jedesmal, wenn sie sie sehen, namentlich zu grüßen. Ich bin nur in wenigen Hotels überall auf der Welt gewesen, wo ich die pausenlosen Bemühungen von Personal und Hotelleitung, mein Vergnügen, meinen Komfort und meine Bequemlichkeit zu jeder Tages- und Nachtzeit sicherzustellen, stärker gespürt hätte.»

Die Verlegerin des internationalen Hotelmagazins «First Class», Tina Schildt, unterzog das Hotel einem ganz speziellen Sauberkeitstest: «Nirgends ein Fleckchen, nirgends ein Stäubchen zu entdecken, so sehr ich mir auch jedesmal Mühe gebe, die Makellosigkeit ins Wanken zu bringen, den Waschtisch von unten inspiziere – mit dem Zeigefinger in die Falten der Lampenschirme fahre, ob da nicht doch der Staub sei? – bäuchlings auf dem Teppich liegend unter Bett und Nachtkasten schaue, ob da nicht doch etwas vergessen wurde? Nichts.»

Im Ullstein «Gourmet Journal» war 1982 nachzulesen: «Das ‹Vier Jahreszeiten› ist eine Weltanschauung für sich. Ihre ideologische Spitze, den Gast auch auf republikanisch wie einen König erscheinen zu lassen. Nicht devot wie in der feudalen Zopfzeit, doch umsorgend vom Kommen bis zum Gehen. Die wechselseitige Hochachtung zwischen Gast und Personal macht ein Stück der Atmosphäre aus.»

Und die Autorin der «New York Times», Mimi Sheraton, urteilte kurz und bündig: «Das beste Hotel Europas.» Der Lobgesang endete mit dem ebenso ungläubigen wie begeisterten Ausruf: «Gott sei Dank, kein Schwimmbad!»

Eine Kuhherde für Bin Kalife

&

Daß der Service im «Vier Jahreszeiten» wirklich keine Grenzen kannte, dafür lieferten die Portiers im Herbst 1982 einen eindrucksvollen Beweis. Zu dieser Zeit hatte sich in den Suiten 108, 109 und 111 ein regierender Scheich aus Dubai samt Ehefrau und Sohn eingemietet. Außerdem hatte er Hofdame, Sekretär und Leibwächter mitgebracht. Anlaß der Reise nach Hamburg war eine komplizierte Augenkrankheit des achtjährigen Sohnes, der jeden Tag in der Universitätsklinik behandelt wurde. Scheich Mohammed Bin Kalife al Maktoum begleitete als treusorgender Vater den Jungen stets ins Krankenhaus.

Anfang Oktober wurde der Empfang des Hotels mit einem ungewöhnlichen Wunsch des Herrschers aus Arabien konfrontiert: Er wolle eine Kuhherde kaufen, sagte er, beste norddeutsche Milchkühe. Ein Fall für Portier Hans-Jürgen Porzelt, der wohnte nämlich vor den Toren Hamburgs im Dorf Holm-Seppensen. Sein Freund, der Bürgermeister Richard Heuer, hatte den richtigen Draht zum Chef der Raiffeisengenossenschaft in Tostedt, Claus Wiedenroth. Nach zwei Tagen stand das Programm für den Staatsbesuch bei den besten Kuhställen der Nordheide.

Es war ein sonniger Herbsttag, als der Chauffeur des Scheichs Punkt elf Uhr am Haus von Porzelt vorfuhr. Das war als Treff-Punkt ausgemacht. Da er selbst Dienst im Hotel hatte, mußte seine Ehefrau den hohen Gast empfangen.

Dem Auto entstieg ein hochgewachsener Mann im Burnus, seine beiden verschleierten Begleiterinnen blieben im Wagen sitzen. Lore Porzelt bat Mohammed Bin Kalife ins Haus und servierte ein Glas Orangensaft. Der Scheich entpuppte sich als überaus freundlich, erkundigte sich nach der Anzahl ihrer Kinder und wie sie denn in der Schule vorankämen. Als dann auch der Bürgermeister eintraf, konnte die Rundreise losgehen.

Man besuchte die von Wiedenroth als beste Züchter ausgewählten Landwirte in Welle, Ruschwedel-Harsefeld und Königsmoor. Scheich Bin Kalife suchte «frischmelkende» Kühe, also Tiere, die gerade gekalbt hatten. Er erklärte, daß er erforschen wolle, ob diese Kühe auch im heißen Klima von Dubai ihre guten Leistungen bringen würden. Sie sollten auf Weiden gehalten werden, die zum Schutz gegen die sengende Sonne überdacht worden waren.

Für Wiedenroth war die Fahrt «ein ganz tolles Erlebnis», denn der Scheich erwies sich als außerordentlich sachkundiger Mann, der mit sicherem Blick die besten Kühe aus den Herden heraussuchte. Er interessierte sich dafür, wie die exakte Milchleistung der Tiere sei und welches Futter sie bekämen, und las die Herdbuchunterlagen über die Abstammung der Kühe. Seine Erkenntnisse diskutierte er dann jeweils mit seiner Frau und deren Hofdame, die sich im Schador verhüllt abseits von den Deutschen hielten.

Mit einigen Bauern gab es Probleme, weil sie ihre besten Kühe, die der Scheich ausgesucht hatte, doch nicht hergeben wollten. Es dauerte also ein wenig, bis endlich die Herde von zehn Tieren komplett war. Dann bedankte sich Bin Kalife und ließ sich zurück an die Alster chauffieren.

In den folgenden Tagen wurden die Kühe in Tostedt gesammelt, gewaschen, geschoren, genaue Dokumentationen mit Fotos der Tiere zusammengestellt, tierärztliche Gutachten eingeholt, Zollformalitäten erledigt und ein Lufttransport von Frankfurt nach Dubai organisiert. Der Scheich ließ sich stets über den Stand der Dinge auf dem laufenden halten. Dann wurde Wiedenroth zum Abrechnen am 10. Oktober ins «Vier Jahreszeiten» bestellt.

Es wurde ein beeindruckendes Treffen. Der Scheich empfing ihn in seiner Suite, man unterhielt sich in freundlicher Atmosphäre. Bin Kalife erzählte von seinem Studium in England und von seiner Arbeit als Landwirtschaftsminister von Dubai. Schließlich erkundigte er sich nach dem Gesamtpreis der Tiere. Wiedenroth übergab alle Dokumente und die Rechnung über zehn Kühe à 5500 Mark, also 55000 Mark. Der Scheich schnippte mit den Fingern. Der Sekretär brachte einen ledernen Aktenkoffer und öffnete ihn. Er war voll gebündelten Bargelds. Wiedenroth bekam fünfundfünfzig Tausender in die Hand geblättert. Der Scheich forderte ihn auf, das Geld nachzuzählen, schließlich sei es ja nicht für ihn, sondern für die Bauern bestimmt.

Am Schluß wurde Wiedenroth nach Dubai eingeladen, damit er sehen könne, wie dort die Kühe untergebracht würden. Damit war der Handschlaghandel beendet. Keine Quittung, kein Papierkrieg, alles bar und direkt.

Portier Porzelt konnte sich über ein hübsches Trinkgeld freuen, als Scheich Bin Kalife abreiste.

Selbstverständlich zu Diensten war auch Portier Hermann Lepke, als ihm ein spät abreisender Gast aus Dänemark ein Paket in die Hand drückte. Er habe nun lange genug vergebens auf seinen Geschäftsfreund gewartet. Wenn er jetzt nicht aufbreche, würde er das letzte Flugzeug nach Kopenhagen nicht mehr erwischen. «Mein Partner wollte bis sechs Uhr hier sein. Jetzt ist es schon nach sieben. Nach acht kommt er auf keinen Fall. Dann nehmen Sie die Sachen mit nach Hause und lassen Sie es sich schmecken.»

Lepke hatte Spätdienst. Es wurde acht, es wurde halb neun. Der Mann erschien nicht. Neugierig machte Lepke das Paket auf und sah hinein. Er entdeckte – luftdicht in dicke Plastikfolie eingeschweißt – drei appetitlich gebratene Hähnchenkeulen und drei Hähnchenbrüste. Diese Art von Verpackung war ihm neu. Er zog sich kurz zurück, öffnete die Folie eines Schenkels mit der Schere und probierte. Wunderbar, ganz delikat. Als der Nachtportier die Loge übernommen hatte, packte Lepke das unverhoffte Geschenk in seine Aktentasche und nahm es mit nach Hause. Seine Frau legte die Köstlichkeiten in den Kühlschrank. Ein schönes Mittagessen für den nächsten Tag.

Hermann Lepke stand morgens wieder auf seinem Posten. Am späten Vormittag erschien ein Herr in der Hotelhalle und fragte nach dem Paket des Dänen. Als Lepke beichtete, bekam der Fremde einen Tobsuchtsanfall: «Menschenskind, das darf doch nicht wahr sein. Ich muß dringend nach New York. Das sind Warenmuster. Eine ganz neue Sache. Ein großes Geschäft. Und Sie essen das auf.»

Voller Unruhe griff Lepke zum Telefon und rief zu Hause an: «Anne, hast du die Hähnchen schon gegessen?» Die Ehefrau hatte gottlob nicht. Ein Page wurde in Marsch gesetzt. Der genervte Geschäftsmann bekam pünktlich vor dem Abflug nach Amerika sein Geflügel. Die Ehre des «Vier Jahreszeiten» war wiederhergestellt.

Karl Böhm als Trophäe

Wenn es um die Betreuung von Mitwirkenden an der Oper ging, kannte die Hotelchefin Agnes Haerlin keine Grenzen. Nach dem Tode ihres Fritz hatte sie nämlich eine Leidenschaft für das Musiktheater entdeckt. Dies war wohl weniger ihrer frühen musikalischen Ausbildung an der Volkshochschule Krefeld zuzuschreiben als den Bemühungen eines Hamburger Bankers, der zum wachsenden Freundeskreis der lustigen Witwe zählte. Er nahm sie mit in die nahe Staatsoper, zu dem Arbeitsplatz so vieler prominenter Hotelgäste. Er fuhr mit ihr nach Salzburg zum Mozart-Festival. Er erklärte ihr in Bayreuth die Schönheit der Musik Richard Wagners, die jeden wahren Fan vergessen läßt, wie hart und unbequem die Stühle sind und wie lange die Opern dauern. Agnes Haerlin interessierte sich nun für Dirigenten, Sänger und Musiker.

Als erstem Gast wurde Karl Böhm die besondere Fürsorge der Hotelchefin zuteil. Der weltberühmte Dirigent und Interpret von Mozart, Strauß und Wagner war Stammgast im «Vier Jahreszeiten», wenn er in der Staatsoper gastierte. Wegen seiner großen Verdienste um die hanseatische Musikszene – Anfang der 30er Jahre war er Opernchef in Hamburg gewesen – wurde er 1976 zum Ehrenmitglied des Philharmonischen Staatsorchesters ernannt.

Chefportier Gerhard Beyer, selbst passionierter Klassikfan und mit vielen Künstlern bekannt, beobachtete, mit welcher Verve Agnes den «Herrn Professor» in der Halle begrüßte. Böhm, der gern seine Ruhe hatte, war das laute Hallo lästig. Er ließ jedoch die Anhänglichkeit seiner neuen Verehrerin über

Ein Musikkenner in der Loge:
Chefportier Gerhard Beyer war
ein beliebter Gesprächspartner
der Sänger und Musiker

sich ergehen. Sie hatte erfahren, daß Böhm ein Feinschmecker war, dem guten Essen und Trinken sehr zugetan. So überraschte sie ihn mit besonderen Aufmerksamkeiten. In seinem Kühlschrank standen nun immer eine Dose Kaviar und eine Flasche Champagner zur Begrüßung.

Bald wollte sie den «lieben Herrn Professor» am Flughafen abholen, und zwar direkt am Flugzeug auf dem Rollfeld und natürlich mit dem Auto.

Bei Portier Hasso Schlage meldete sich ein völlig entnervter Flughafenmanager und beschwerte sich: «Ihre Chefin bringt hier den ganzen Laden durcheinander. Die will aufs Rollfeld. Wie kann man die bloß bremsen?» Schlage war froh, dieses Problem nicht lösen zu müssen, und riet zu geduldigem Widerstand.

Das reichte nicht. Zum ersten und einzigen Mal gelang es Agnes, alle Hindernisse zu überwinden und mit dem Mercedes an der Gangway auf den großen Dirigenten zu warten. Stolz wie ein Großwildjäger nach erfolgreicher Safari brachte sie Böhm als Trophäe in die Hotelhalle und genoß die bewundernden Blicke der anwesenden Gäste. Wer noch nicht wußte, mit wem er es zu tun hatte, erfuhr dies nun durch Agnes Haerlins erneute Begrüßungszeremonie. Als er schließlich alles hatte über sich ergehen lassen, beugte sich Böhm ermattet zu Portier Beyer über den Tresen und raunte ihm im schönsten Wienerisch zu: «Beyer, tun ’S mir einen Gefollen. Halten ’S mir die Alte vom Hals.»

Nun saß der Portier in der Zwickmühle. Denn Agnes Haerlin hatte die strikte Anweisung gegeben, sie sofort zu alarmieren, wenn Böhm in der Halle auftauchte. «Wir waren ganz schön in der Brenne.»

Der ehemalige Generalmusikdirektor der Hamburger Philharmonie, Wolfgang Sawallisch, stieg ebenfalls über viele Jahre im «Vier Jahreszeiten» ab. Er war inzwischen nach München an die Bayerische Staatsoper gewechselt, hatte aber an der Elbe noch Dirigierverpflichtungen. In einer stillen Stunde unterhielt er sich gern mit Beyer über Musik. Und der Portier war stets darauf vorbereitet, daß Sawallisch als Schlummerlektüre einen leichten Krimi brauchte – Tom-Mix- oder Jerry-Cotton-Hefte liebte er besonders, sie lagen immer griffbereit.

Im «Restaurant Haerlin» waren er und seine Frau besonders gern gesehene Gäste, natürlich und freundlich. Die Kellner waren begeistert von ihrem umwerfenden Charme. Wenn ein neues Gesicht in der Servierbrigade auftauchte, fragte er bei Rudolf Botor nach dem Namen. Den notierte er sich, um den Neuen dann auch ansprechen zu können. Als er zum Professor berufen worden war, bat er Botor: «Bitte schön, unter uns, lassen 'S den Professor weg.»

So hatte er bislang ungestört seine Tage im Hotel zugebracht, nun wurde auch er auf einmal besonders herzlich von der Chefin willkommen geheißen. Er wußte gar nicht, wie ihm geschah. Verdutzt erkundigte er sich bei Beyer: «Sagen Sie mal, was ist los mit Frau Haerlin? Die verfolgt mich. Was will die von mir? Die hat mich doch fünf Jahre lang nicht mit dem Hintern angeguckt.»

Der Gentleman hinter dem Tresen erzählte dem Maestro von den Fortschritten seiner Chefin in Sachen Musikverständnis.

Die große Birgit Nilsson, gefeierter Star auf allen bedeutenden Opernbühnen, zeigte keinerlei Verständnis für das Werben von Agnes Haerlin und ließ darüber auch keine Unklarheiten aufkommen. Die Nilsson hatte Ärger mit den Kulturgewaltigen in der Hansestadt, die ihre Gage kappen wollten. Sie unterhielt sich mit Hasso Schlage an der Portiersloge darüber und kündigte an, auf keinen Fall Kompromisse zu machen. «Wenn die hier nicht mehr zahlen wollen, dann gehe ich eben nach New York.» In dem Moment kam Agnes Haerlin in die Halle, entdeckte die Nilsson und stellte sich dazu. Das Gespräch verstummte, und die Hotelchefin sagte: «Frau Nilsson, ich erwarte Sie heute abend nach der Vorstellung zu einem Souper bei mir privat in der Hansastraße.» Die Diva, sonst Vergnügungen keineswegs abgeneigt, sah ihr Gegenüber kalt an und antwortete: «Frau Haerlin, nach der Vorstellung gehe ich nicht mehr aus. Dazu bin ich viel zu müde.»

Solch kleine Mißerfolge wie mit Birgit Nilsson konnten den Tatendrang der Hotelchefin aber nicht bremsen. Es gab ja genügend Leute, die gern eine Portion Kaviar mit ihr aßen. Sollte der Abend zu einsam sein, dann hatte sie noch Vertraute im Hotel, die für ein bißchen Unterhaltung sorgen konnten. Hausdame Alwine Hollekamp, die Beichtmutter der Töchter, hatte ab und an die Aufgabe zu übernehmen. Manchmal war es schon kurz vor Mitternacht, wenn das Telefon klingelte und Agnes Haerlin sagte: «Holle, liegst du schon im Bett?» Wenn die bejahte, gab die Chefin die Order: «Zieh dich an und komm in die Hansastraße. Nimm 'ne Taxe.»

Widerstand würde die Debatte nur verlängern, eine Absage hätte Krach bedeutet. Agnes Haerlin konnte ihr Temperament nur schwer zügeln und herrschte mit Zuckerbrot und Peitsche. Also erschien Alwine Hollekamp nachts in der Haerlin-Villa. «Du bist ja schon richtig angezogen. Also ab mit der Taxe nach St. Pauli. Wir gehen ins Café Keese.»

Das Ballhaus an der Reeperbahn, in dem die Damen das Sagen haben und alles nach dem Motto des Hosenbandordens «Honi soi qui mal y pense» läuft, gehört zu den Stätten gediegener Lustbarkeiten in der Hansestadt. So eine Art Schnupperangebot in Sachen Frivolität. Agnes Haerlin sortierte die anwesenden Männer und suchte diejenigen aus, die Alwine Hollekamp zum Tanzen auffordern sollte. Anschließend mußte Holle en detail berichten, wie die Herren waren, wie sie getanzt hatten, was sie gesagt hatten, was sie gewollt hatten. Selbst die Initiative zu ergreifen, lehnte sie strikt ab. «Ne, Holle, das geht nicht. Dann steht das morgen in der ‹Bild›-Zeitung.»

Ein anderer Platz für abendliche Spontanauftritte war das Hansa-Theater. Das Varieté am Steindamm mit dem Werbespruch «Nie im Fernsehen» gehörte seit Jahrzehnten zum Repertoire der Hoteliersfamilie. Quasi als Höhepunkt der Vorweihnachtszeit hatte Fritz Haerlin seine Familie und Haushälterin Emmi jedes Jahr dorthin eingeladen. Diese Tradition wollte Witwe Agnes weiterführen, nur kam niemand mehr mit. Sie wußte sich zu helfen. «Wie viele Assistentinnen hast du?» fragte sie Alwine Hollekamp. «Sechs? Dann kommt heute abend alle in die Hansastraße.»

Dort hatte sie dann einen Imbiß für die Damenriege vorbereiten lassen, und anschließend war die ganze Crew in die Show am Steindamm eingeladen.

Agnes Haerlin schwankte heftig zwischen Zuwendung, rüdem Humor und ihren Attacken. Als etwa ihr Empfangsdirektor Franz Josef Brühl seinen fünfzigsten Geburtstag feierte, rief sie morgens im Hotel an und gratulierte. Dann fragte sie: «Na, Brühl, liegst du schon besoffen unterm Tisch?» Auf sein geschocktes Nein hörte er diesen Kommentar seiner Chefin: «Nein? Dann ist das ein Scheißgeburtstag.»

Oder sie kam von einem der gemeinsamen Karibikurlaube mit Fred Peelen zurück, stand in der Halle, raffte den Rock und sagte: «Hier, guckt mal. Alles ganz rot. Völlig verbrannt.» Die Portiers wußten gar nicht, wo sie hinsehen sollten.

Gefürchtet waren auch ihre Anbiederungsversuche, die nur schwer abzuwehren waren. Um die Distanz zu anderen Menschen zu überbrücken und ihre Einsamkeit zu überwinden, forderte sie häufig Leute in ihrer nächsten Umgebung auf, mit ihr ein Glas zu trinken. Ausreden wie wichtige Arbeiten oder Termine ließ sie nicht gelten. «Wenn Mutter das sagt, dann mußt du mit mir trinken.» Auch Zärtlichkeiten versuchte sie sich bei ihren Angestellten zu holen: «Komm, gib Mutter mal 'nen Kuß.» Wer dies nicht begeistert tat, konnte im selben Augenblick ihre Wut zu spüren bekommen: «Wenn euch das alles hier nicht paßt, dann verkaufe ich die ganze Bude.»

Mit solchen Ausbrüchen schockierte sie ihr Personal. Denn jeder wußte, daß dieses Schreckensszenario jederzeit Wirklichkeit werden könnte. Die Haerlin-Töchter Anne und Thekla machten wirklich nicht den Eindruck, daß ihr Herz am «Vier Jahreszeiten» hing. Wenn also «Mutter» mal die Lust daran verlor?

Noch genoß Agnes Haerlin das Leben als First Lady an der Binnenalster. Besonders gern war sie Gastgeberin für illustre Gäste und machte dabei gleich noch PR für ihr Hotel. Etwa mit einer «kleinen kalten Platte», die sie nach ausgedehntem Bayreuthaufenthalt im Sommer 1976 ihren Wagner-Freunden servieren ließ. Die «kleine Platte» war das Synonym für ein festliches Vier-Gänge-Menü. So viel hanseatisches Understatement hatte sie inzwischen gelernt. Schließlich lud der «Zeit»-Verleger Gerd Bucerius seine Freunde immer zu «einem Butterbrot» ein, das sich stets als ansehnliches Buffet entpuppte.

Als der Mokka gereicht wurde, setzten sich zwei Hotelgäste an zwei der Steinwayflügel und sorgten für leichte Kost nach harten Wagner-Wochen: Franz Grothe und Georg Haentzschel, die Altmeister der deutschen Unterhaltungsmusik, die gerade zu Fernsehaufnahmen in Hamburg waren. Als sie den Evergreen «Einen Walzer für dich und für mich» spielten, dirigierte der Haerlin-Freund und Campari-Chef Edgar Jarchow mit, und Commerzbankdirektor Dieter Peters teilte der Runde mit, er habe nun den Tristan zum 48. Mal gehört. Da staunten dann selbst Opernintendant August Everding und sein Direktor Rolf Mares.

Und die Leser des «Hamburger Abendblattes» natürlich ebenfalls.

Auf der anderen Seite war sie ausgesprochen geizig. «Grill»-Chef Herbert Kröger staunte nicht schlecht, als ihm Agnes Haerlin sein exklusives Geschirr wegnahm. Das hatte einst Friedrich Haerlin für sein Hotel ausgewählt, und es war ausschließlich für das «Vier Jahreszeiten» produziert worden.

«Die Teller sind für den Grill zu teuer, das können wir uns nicht mehr leisten», verkündete die Chefin.

Kröger konnte nur den Kopf schütteln. Mit Entsetzen dachte er an die Reaktionen seiner Stammgäste, als er das Ersatzporzellan sah. «Grauenhaft. Ein schreckliches Dekor, ein grünes Blumenmuster, wie für eine Bahnhofskneipe.»

Zu allem Überfluß weigerte sich die Chefin, wenigstens Suppentassen anzuschaffen, die Suppe wurde fortan in Kaffeetassen serviert. Da war es dann nur konsequent, daß als nächster Schritt die Weingläser aus Preßglas waren und die schöne große Menükarte durch eine dreiteilige Klappkarte ersetzt wurde.

Die Ästheten der Eßkultur verwiesen vergebens darauf, daß der «Grill» einen Ruf zu verlieren habe.

Sparen, Sparen war jetzt die Parole. Voller Ingrimm sahen Kröger und seine Mannschaft, «daß auf der anderen Seite das Geld zum Fenster hinausgeworfen wurde».

Eine Bar mit Antilopenleder

Agnes Haerlin, die so gern umbaute und dekorierte, hatte sich von ihrem Direktor Prantner überzeugen lassen, daß das «Vier Jahreszeiten» besonders für die Busineß-Gäste eine ansprechende Bar brauchte. Den besten Platz dafür hatte sie schnell ausgemacht – das Büro von Prantner in der Halle, gleich rechts neben der Ausgangstür. Ein Jahr dauerten Planung und Bau. Es durfte alles nur vom Feinsten sein: eine Deckenvertäfelung mit venezianischen Intarsien, rote Ledersitze wie aus einem Rolls-Royce und eine Wandbespannung aus feinstem Antilopenleder, von der die Bar-Leute schwören, daß sie die angenehme Eigenschaft hat, den Geruch des dicken Zigarrenqualms über Nacht zu schlucken.

In New York hatte sie inzwischen den amerikanischen Maler Nicola Simbari kennengelernt, der die Kennedys, Rockefellers und Gunther Sachs zu seinen Käufern zählte, deshalb entschied sie, in ihrer Nobeltränke seine Bilder mit den leuchtenden Farben aufzuhängen und zum Lob des Meisters ihre neueste Schöpfung «Simbari Bar» zu nennen.

Als weitere Attraktion wurde eine Sammlung von 536 Spirituosen in Miniaturflaschen aus aller Welt, beleuchtet hinter Glas, ausgestellt. Den interessierten Premierengästen – auch Simbari war anwesend – erzählte Agnes Haerlin, daß ihr verstorbener Mann Fritz gemeinsam mit «Interconti»-Chef Fred Peelen diese hübsche Kollektion zusammengetragen habe.

Das Personal konnte sich nicht daran erinnern, seinen Ex-Chef jemals als Jäger und Sammler von Schnapsfläschchen er-

Auf der Suche nach Prominenz:
Agnes Haerlin bei der Eröffnung
ihrer neuen Hotelbar im Oktober 1978
mit dem amerikanischen Maler
Nicola Simbari

lebt zu haben. Geld, ja, Antiquitäten, Teppiche, Gemälde auch, aber Schnapsflaschen?

Die Altgedienten erinnerten sich an den inzwischen verstorbenen ehemaligen Restaurantdirektor Gustav Zingler. Der war vor dem Krieg Salonchef im À-la-carte-Restaurant des Passagierschiffs «Bremen» gewesen und in der ganzen Welt herumgekommen. Nach dem Krieg hatte er in der «Tarantella»-Bar des Hotels «Esplanade» gearbeitet.

Als das «Esplanade» pleite ging, war Zingler als Restaurantdirektor ins «Vier Jahreszeiten» gewechselt. Seinen Kollegen hier hatte er davon erzählt, daß er eine einzigartige Sammlung von Miniflaschen besäße. Einem Kellner sagte er: «Ich lade Sie mal ein, dann können Sie sich das ansehen.» Doch daraus wurde nichts, weil der Junggeselle starb. Da er keine Erben hatte, hatte sich die Familie Haerlin um die Haushaltsauflösung gekümmert.

Ein kleines Schild mit Zinglers Namen in der «Simbari-Bar» wäre eigentlich ganz schön gewesen, meinten seine Kollegen. Denn Fritz Haerlin war nie der Mann gewesen, der sich mit fremden Federn schmückte.

Für solche Petitessen hatte Agnes Haerlin den Kopf nicht frei. Es quälten sie ganz andere Sorgen.

Wie üblich hatte Prantner seine Chefin zum Jahreskongreß der «Leading Hotels» mitgenommen, diesmal nach Venedig. Während der Direktor und die anderen Manager über neue Verkaufsstrategien diskutierten und ihre Tagesordnung abarbeiteten, ging Agnes Haerlin in der Lagunenstadt auf Entdeckungstour, immer auf der Suche nach schönen Dingen für das Hotel. Am Abend erzählte sie aufgeregt und glücklich von ihrem Streifzug: «Herr Prantner, ich habe ein Bild gekauft. Ein altes, ein wunderschönes Gemälde. Sie werden begeistert sein.»

Prantner fragte, wo sie denn den Fund gemacht hätte. «Sie werden es nicht glauben. Ich war überall, aber zum Schluß habe ich es bei einem Antiquitätenhändler genau gegenüber dem Hotel gesehen.» Sie holte aus ihrer Handtasche eine kunstvoll gedruckte Visitenkarte: Antichita, A. Frezzati, Tableaux Anciens, Palazzo da Mula.

Prantner schwante Böses. Er wußte, welche Schwierigkeiten man mit der Ausfuhr alter Kunst bekommen konnte.

Agnes Haerlin schwärmte ihm von dem «Stilleben mit Obst» vor, das von dem deutsch-niederländischen Maler Abraham Mignon (1640 bis 1679) stammte. Ein Marmortisch mit ausgebreitetem Teppich, im Hintergrund eine Säule und ein Vorhang mit Fransen. Auf dem Tisch üppige Früchte in leuchtendem Rot, Orange, Gelb und Grün. Bilder von Mignon hingen im Reichsmuseum Amsterdam, im Pariser Louvre, in den Uffizien in Florenz, in allen wichtigen Museen der Welt, begeisterte sich die Chefin. Ebendas sei das Problem, antwortete Prantner. «Ich will das Bild auf jeden Fall, ich habe es auch angezahlt,» erwiderte Agnes Haerlin.

Der Rückflug war schon für den nächsten Morgen gebucht, so daß Prantner erst von Hamburg aus den Händler im Namen seiner Chefin bitten konnte, den Mignon ins «Vier Jahreszeiten» zu schicken. Die Antwort aus Venedig kam wie befürchtet. Signor Frezzati bedauerte am Telefon außerordentlich: «Nach Deutschland? Das geht auf keinen Fall. Das Bild gehört zum nationalen Kulturgut, es darf Italien nicht verlassen.» Antwort Prantner: «Sie wußten doch, daß Sie das Bild an eine Deutsche verkaufen.» Antwort Frezzati: «Wir haben viele deutsche Kunden, die alte Gemälde kaufen.» Prantner verlangte nun die Anzahlung zurück. Frezzati lehnte ab. Der Handel sei korrekt zustande gekommen. Das Bild stehe in Venedig zur Verfügung. Nur schicken könne er es nicht, das sei verboten.

Agnes Haerlin war tieftraurig und bat Prantner, das Bild zu holen. Der war erbost über das venezianische Schlitzohr und beschloß, seiner Chefin zu helfen.

Mit ein paar Freunden unternahm er eine «Herrenpartie» nach Venedig, hoffend, daß der italienische Zoll bei den unternehmungslustigen Männern kein wertvolles Gemälde vermuten würde. Der Schock kam schon bei der Ausreise an der deutschen Grenze. Es war Herbst 1977, Großfahndung nach dem von RAF-Terroristen entführten Arbeitgeberpräsidenten Hanns Martin Schleyer. Ein riesiges Polizeiaufgebot. Prantner geriet ins Schwitzen. Im Kofferraum hatte er bündelweise große Lire-Scheine, Bargeld für den Mignon. Wenn die Polizei das finden würde, könnten die Vernehmungen endlos dauern. Damals war alles hochverdächtig. Kurzes Atemanhalten – der «Kegelclub» aus Hamburg wurde durchgewinkt.

Signor Frezzati in Venedig verschluckte sich vor Erstaunen. Die Deutschen holten das Bild wirklich ab. Es gelangte ohne Zwischenfälle über die Alpen und hing lange im «Vier Jahreszeiten» im «Kleinen Restaurant».

Vertrocknete Rosen für Lilli Palmer

Die Portiers und Kellner des «Vier Jahreszeiten» sind Meister im Umgang mit Prominenten und Mächtigen, ausgestattet mit viel Erfahrung und großer Menschenkenntnis, erkennen sie sehr schnell, wer vor ihnen steht. Ein Westentaschen-Napoleon, ein humorvoller Promi, ein abgeklärter Weiser, ein Gschaftlhuber oder Leuteschinder. Zur Kategorie der «Personal-Fresser» gehörte etwa der Sänger Rudolf Schock, der auf der Operettenbühne den feschen Lebemann gab, im wahren Leben aber ein Nörgler und Verdachtschöpfer war. Wenn er etwas in seinem Zimmer vermißte, und das kam häufig vor, dann stand für ihn sofort fest, daß irgend jemand vom Hotelpersonal ihn bestohlen hatte. Und der lautstarken Beschwerde folgte keinesfalls eine freundliche Entschuldigung, wenn sich der «gestohlene» Gegenstand nach kurzer Suche wieder anfand.

Von anderem Kaliber war da Lilli Palmer, der Hollywoodstar aus Deutschland, eine Frau mit großem Herzen. Im «Vier Jahreszeiten» lag man ihr zu Füßen, weil sie eine «richtige Dame war, stets freundlich zu den Leuten und natürlich».

Die große Schauspielerin war höchst beliebt und hatte viele Verehrer. Einer von ihnen schickte ihr eines Tages vierundzwanzig rote Rosen ins Hotel. Portier Hermann Lepke beauftragte einen Pagen, das stattliche Bukett in ihr Zimmer zu bringen und eine passende Vase auszusuchen.

Wie stets kam Lilli Palmer abends gut gelaunt ins Hotel, verlangte den Schlüssel und ging auf ihr Zimmer. Kurz darauf rief sie Lepke an und fragte, was das denn für traurige Blumen seien. Der Portier ahnte nichts Gutes und erfuhr, daß der Page vergessen hatte, Wasser in die Vase zu füllen. Die Rosen waren hinüber. Lepke entschuldigte sich für das Mißgeschick und rief umgehend zu Hause bei dem Pagen an. Seine Mutter war am Apparat und ganz zerknirscht, als sie vom Fehler ihres Sohnes erfuhr. Lepke meldete sich wieder bei Lilli Palmer und berichtete, der Page habe gestanden und sei gerüffelt worden. Sie erklärte, das sei nun wirklich kein Problem, man solle die Sache auf sich beruhen lassen.

Am nächsten Morgen erschien die Mutter des Jungen im Hotel und bat, «Frau Palmer sprechen zu dürfen». In der Hand hielt sie einen kleinen Rosenstrauß. Lilli Palmer kam und setzte sich mit der Frau in die Halle. Bei einer Tasse Kaffee tröstete sie die Mutter, und nach einer halben Stunde war die Rosenaffäre wirklich begraben.

Die Portiers konnten sogar eine Freundschaft stiften. Lilli Palmer hatte gerade den Bestseller «Dicke Lilli – gutes Kind» veröffentlicht und wohnte im Hotel, um das Buch in Hamburg vorzustellen. Zur selben Zeit logierte hier der italienische Sänger Ruggerio Raimondi. Der bewunderte Lilli Palmer sehr und war begeistert, sie in der Hotelhalle zu sehen. Ganz Gentleman, wollte er sie nicht unvorbereitet ansprechen, sondern bat Hermann Lepke, ihm ein Buch zu besorgen und es sich von ihr signieren zu lassen. Lepke erledigte den Auftrag und war sehr erstaunt über die Reaktion von Lilli Palmer: «Was, für Raimondi? Der ist im Hotel? Das ist mein Lieblingssänger. Den muß ich kennenlernen!» Das Treffen wurde arrangiert, und die beiden verbrachten einen fröhlichen Abend im «Restaurant Haerlin».

Ehemann Carlos Thompson ist den Portiers mit einem Casanova-Spruch im Gedächtnis geblieben. Er war ein wenig knapp bei Kasse und lieh sich immer wieder Bares. Als der Schuldenpegel die 2000-Mark-Grenze überschritten hatte, wurde Thompson diskret an die Außenstände erinnert. Ihm war das nicht peinlich, sondern nur lästig. Mit dem charakteristischen rollenden «R» in der Stimme sagte er: «Zweitausend Mark, mein Freund? Mir liegen zweitausend Frauen zu Füßen, und Sie sprechen mit mir über lächerliche zweitausend Mark?»

Ehefrau Lilli regelte auch dieses Problem für ihren Carlos, den sie über alles liebte.

Ein bißchen verrückt, aber durchaus liebenswert war Arndt von Bohlen und Halbach, der letzte Krupp-Sohn, der jahrelang die Klatschspalten mit seinen extravaganten Amouren und Auftritten füllte. Wie sein Vater Alfried und dessen rechte

Hand Berthold Beitz wohnte auch der Märchenprinz Arndt häufig an der Binnenalster. Wann immer er in die Hotelhalle kam, inszenierte er das als großen Auftritt. Er rauschte abends mit wehendem Lodencape die Treppe herunter, machte eine halbe Drehung, so daß das rote Seidenfutter seines Umhangs sichtbar wurde, und baute sich vor Hasso Schlage auf: «Herr Portier, wo ist hier der Ausgang?» Daß er direkt neben der Drehtür stand, war eigentlich nicht zu übersehen. Aber selbstverständlich wurde er hinausgeleitet.

Oder er kam gut geschminkt und mit großer Geste an die Loge und verkündete: «Ich reise jetzt ab. Das Gepäck steht oben. Passen Sie besonders auf meinen Schmuckkoffer auf!»

Blieb er übers Wochenende, dann flogen aus Marokko seine hübschen Freunde ein und gaben dem ehrwürdigen «Vier Jahreszeiten» eine besondere Note.

Nach ihren ausgedehnten Streifzügen durch das Hamburger Nachtleben kamen sie immer erst bei Dämmerung ziemlich angeschlagen ins Hotel zurück. Ihnen folgten am Morgen die Abgesandten des Transvestitenlokals «Pulverfaß» und ähnlicher Etablissements, um die Zeche einzutreiben. Die Portiers hatten Anweisung, diese Rechnungen zu begleichen, denn Arndt von Bohlen weigerte sich, auf seine Ausflüge Geld mitzunehmen.

Die Portiers schoben hohe Summen über den Tresen und fanden das bunte Leben des einsamen Krupp-Kindes schon ziemlich traurig.

Familienkrieg und Steuerfahndung

Anfang der 80er Jahre kletterte das «Vier Jahreszeiten» in den Hotel-Hitlisten ganz nach oben. Das Geschäft florierte, das internationale Ansehen wuchs. Das Personal war motiviert, was natürlich an der Spitze begann. Jeden Vormittag saß Gert Prantner mit seiner Führungscrew um den runden Tisch im Konferenzzimmer im Souterrain zur Postbesprechung. Hier wurden wichtige Briefe herumgereicht, Neuigkeiten aus den einzelnen Bereichen ausgetauscht, aktuelle Entwicklungen in der Hotelbranche diskutiert, Umsatz- und Ergebniszahlen besprochen. Jeder sollte voll informiert sein, um an seinem Platz die richtigen Entscheidungen treffen zu können.

Die Gewißheit, einem Spitzenteam anzugehören, beflügelte das Personal. Man war stolz darauf, hier zu arbeiten. Für Berufsanfänger hatte das Haus dieselbe Anziehungskraft. Hunderte bewarben sich um eine Lehrstelle, mehr als hundert Lehrlinge wurden beschäftigt, das «Vier Jahreszeiten» war damals der größte gastronomische Ausbildungsbetrieb Deutschlands.

Unbemerkt von der Öffentlichkeit, bahnte sich hinter der schönen Kulisse ein Familienkrieg an, der jahrelang tobte und das Haus an den Rand des Ruins brachte. Hauptakteure waren die Töchter Thekla und Annemarie, die ihre Mutter immer häufiger bedrängten, das Hotel zu verkaufen, statt ständig neu zu investieren. Unterstützt wurden sie dabei von einem Steuerberater, einem alten Freund von Annemaries Ehemann Joachim Ulrich. Zunächst vertrat er Anne in Finanz- und Rechtsangelegenheiten gegen Mutter und Schwester. Thekla lehnte den kleinen untersetzten Mann anfangs ab, weil er Schwierigkeiten habe, seinem Gegenüber in die Augen zu sehen. Diese Abneigung legte sich aber, nachdem klargeworden war, mit welcher Energie er daranging, den Hotelverkauf voranzubringen.

Auf der anderen Seite standen Agnes Haerlin und Gert Prantner. Die Mutter, weil sie auf das Haus nicht verzichten wollte, das ihr Macht und Ansehen garantierte und in dem sie ihre Leidenschaft, umzubauen und neu zu gestalten, voll ausleben konnte. Der Direktor, weil das «Vier Jahreszeiten» inzwischen sein Lebensinhalt geworden war. Er hatte das Hotel an die Weltspitze geführt, ein Leben ohne «sein» Haus konnte er sich gar nicht vorstellen.

Prantner verglich das Hotel stets mit einem Passagierdampfer mit ihm als Kapitän, «der für seine Reederinnen die kostbare Fracht sicher in den Hafen bringt; ob Sturm oder Flaute, dem Kapitän muß in jeder Lage etwas einfallen». Und weiter sagte er: «Es ist uns gelungen, einen klassischen Ozeanriesen mit zeitgemäßen Instrumenten zu erhalten. Dazu bedarf es der Passagiere, die einen angemessenen Preis bezahlen können und wollen; und dazu bedarf es einer Mannschaft, die den Bedürfnissen der Zeit entsprechend geschult und bereit ist, sich mit dem alten Rahmen zu identifizieren.»

Anfangs hatten die Vorstöße der Töchter keine Chance. Die Mutter, laut Testament mit der ganzen Entscheidungsmacht ausgestattet, lehnte jeden Gedanken an Verkauf strikt ab.

Aber dann passierte etwas, was ihre Position nachhaltig erschütterte.

Am 1. März 1983 plante Agnes Haerlin in der Hansastraße ein Familienfest. Ihre Mutter Aenne Knoops wurde an diesem Tag 90 Jahre alt. Doch es war nicht der Bote mit den Glückwunschtelegrammen oder der Blumenmann, der morgens um halb neun an der Haerlin-Villa klingelte. Es waren die Steuerfahnder vom Finanzamt, die ihr einen Durchsuchungsbefehl präsentierten.

Zur selben Stunde fuhren von den Colonnaden aus zwei blaue VW-Busse in den Hinterhof des Hotels. Fünfzehn Herren mit großen braunen Aktentaschen stiegen aus.

Gert Prantner saß gerade mit den Abteilungsleitern bei der Frühbesprechung, als sein schottischer Assistent aufgeregt ins Zimmer stürzte: «Da kommt die Steuerfahndung, die Herren wollen Sie sprechen.»

Prantner beendete die Sitzung und bat die Beamten in sein Büro. Die legten auch ihm einen Durchsuchungsbefehl für die Büro- und Geschäftsräume des Hotels auf den Tisch. Vorwurf der Beamten gegen Agnes Haerlin: Steuerhinterziehung in Millionenhöhe.

Diskret, aber überaus gründlich arbeiteten die Fahnder einen Tag lang die Geschäftsakten und die Computerprogramme durch und nahmen stapelweise Unterlagen mit.

Im Hotelsafe stießen sie auf eine verschlossene Ledermappe. Prantner verwahrte sich heftig dagegen, daß auch diese durchsucht würde. Die sei sein Eigentum, und gegen ihn würde ja nicht ermittelt. Zum Schluß der Untersuchung, die äußerst höflich abgelaufen war, öffnete Prantner die Mappe freiwillig. Es steckten alle seine Zeugnisse und die dazugehörenden Prospekte darin. «Die habe ich immer mitgenommen. Hotels können ihren Wert schnell ändern. Da wollte ich demonstrieren können, wann ich dort gearbeitet hatte.»

In der Privatvilla von Agnes Haerlin interessierten sich die Beamten besonders für das teure Interieur. Sie wollten wissen, wann, wo, was gekauft worden war. Von Schwarzgeld war die Rede. Von Umbauten in der Villa, die sich mit Renovierungsarbeiten im Hotel überschnitten. Von fehlenden Rechnungen.

Von kostspieligen Anschaffungen auf Kosten des Hotels, die dort nicht zu finden waren.

Der Berg Unterlagen, der von den Fahndern auf dem Wohnzimmertisch gestapelt wurde, wuchs beständig. In einem Augenblick, in dem sie sich unbemerkt glaubte, nahm Agnes Haerlin einen Kontoauszug an sich. Doch sie war dabei beobachtet worden und mußte das Papier wieder herausrücken. Es war der Auszug eines Nummernkontos in der Schweiz. Kontostand: zwei Millionen Mark. Die Chefin war allerdings nicht in Verlegenheit zu bringen. Der Kontoauszug gehöre einer Freundin, sie habe ihn aus Gutmütigkeit bei sich aufgehoben. Den Namen der Freundin würde sie nicht nennen, um die nicht in Schwierigkeiten zu bringen. Die Beamten nahmen die Aussage zu Protokoll und sagten, sie würden wieder darauf zurückkommen.

Die Geburtstagsfeier für Aenne Knoops fiel bescheiden aus. Die Familie dachte über Verteidigungsstrategien nach.

Gert Prantner empfahl seiner Chefin, jetzt den besten Steuerfachanwalt zu beauftragen, der greifbar war. Er hatte auch gleich eine Empfehlung: Dr. Ernst W. Heinsius, der damals seine Kanzlei am Ballindamm hatte. Heinsius hatte bundesweit einen hervorragenden Ruf und wurde von der Finanzverwaltung als seriöser Gesprächspartner geschätzt. Nur so ein Mann könnte jetzt noch helfen.

Eine Woche nach dem Besuch der Steuerfahnder hatte Agnes Haerlin ihren ersten Besprechungstermin bei dem Anwalt.

Bei allem Vertrauen zu den juristischen Künsten des Steuerexperten, ganz allein wollte sie sich darauf nicht verlassen. Sie verlangte dringend nach übersinnlichem Beistand.

Schon häufig war der amerikanische Wahrsager Carol Righter im «Vier Jahreszeiten» abgestiegen. Er empfing dann Damen und Herren der Hamburger Gesellschaft in seiner Suite. Die Termine waren weit im voraus ausgebucht. Die Beratungsgespräche waren überaus teuer.

Als Carol Righter Ende April mal wieder im Lande war, wollte Agnes Haerlin ihn unbedingt sehen. Ganz gegen seine Gewohnheit machte er bei der Hotelchefin einen Hausbesuch.

Am 27. April, morgens 9.15 Uhr, wurde er in der Hansastraße empfangen. Es wurde eine lange Sitzung. Die Botschaften des Wahrsagers waren bittere Pillen: Nach schweren Schicksalsschlägen müsse sie ihr Leben neu ordnen. Sie würde ihr Hotel verlassen und aus Deutschland weggehen. Nach einem langjährigen Familienstreit werde die Hoteldynastie Haerlin mit dem Verkauf des Traditionshauses zu Ende gehen.

Als Prantner diese Orakel von Agnes Haerlin gehört hatte, war auch sein Bedarf an Zukunftsdeutung groß.

Righters Prophezeiungen für ihn waren nicht weniger beunruhigend: Er würde seinen Posten verlieren.

Prantners Ehefrau Sabine sah ihren Mann abends verständnislos an und tippte ihm an die Stirn.

Das einzig Tröstliche in dieser verfahrenen Situation war die Tatsache, daß die Öffentlichkeit von der Steuerstrafsache nichts erfuhr. Der Hotelbetrieb lief weiter wie bisher. Selbst Agnes Haerlin zeigte sich im «Vier Jahreszeiten» wie gewohnt. Sie entwickelte überhaupt große Steherqualitäten. Inzwischen waren nämlich neue Kontounterlagen aus der Schweiz aufgetaucht, die belegten, daß zwei Millionen Mark zu guten Zinsen angelegt, die Kapitalerträge aber nicht versteuert worden waren. Bei einer Besprechung mit Beamten der Steuerfahndung erzählte Agnes Haerlin wieder ihre Geschichte von der guten Freundin, deren Namen sie auf keinen Fall nennen werde.

Auf die Frage der Steuerfahnder, wo denn die zwei Millionen Mark geblieben seien, die sie von ihrem deutschen Konto bar abgehoben habe, antwortete Agnes Haerlin: Die seien bei ihr im Hotel-Safe, wo denn sonst. Dieses Geld sei ihr Notgroschen für den Fall, daß die Banken mal kein Geld ausbezahlten. Denn sie wolle nie in eine Situation kommen wie ihr Vater Anfang der 30 Jahre. Der habe plötzlich die Löhne seiner Angestellten nicht zahlen können, weil die Banken aufgrund der Brüningschen Notverordnungen die Schalter geschlossen hatten. Der Vater habe seitdem auch immer große Mengen Bargeld besessen.

Es war schon spät, und so verabredete man sich am nächsten Vormittag, um den Schatz im Geldschrank zu besichtigen. Als die Beamten gegangen waren, fragte Agnes Haerlin in die Runde: «Und, was machen wir nun?» Sie hatte kaltblütig gelogen. Es gab keine Millionen in Hamburg. Als am Tag darauf die Beamten den Safe öffneten, lag dort das schön gebündelte Bare. Wie und wo sie die Summe über Nacht aufgetrieben hatte, blieb ihr Geheimnis.

Die Hotelchefin mußte nun häufig auf Geschäftsreisen gehen. Etwa nach Zürich zu ihrer Bank, wo man ihr zu ihrem großen Entsetzen mitteilte, daß die Geschäftsbeziehung beendet sei. Ihre Unterlagen durfte sie gleich mitnehmen. Mit erwischten Steuersündern wollten die Bankiers offenbar nichts zu tun haben.

Oder, weil sie selbst verhindert war, schickte sie einen engen Vertrauten mit der Concorde von Paris nach New York, um abends mit der gleichen Maschine wieder zurückzufliegen. Beim Prominenten-Juwelier van Cleef & Arpels mußten die Belege teurer Schmuckeinkäufe in viele Quittungen mit kleineren Beträgen umgeschrieben werden. Die konnten dann als

Geschenke an amerikanische Geschäftsfreunde ausgegeben und als Betriebsausgaben abgesetzt werden.

Hektische Zeiten und Zeiten wachsender Angst. Denn der Steuerberater, der Freund der Töchter, machte Agnes Haerlin klar, daß über ihr das Damoklesschwert «Untersuchungshaft» hänge. Ins Gefängnis wollte sie aber auf keinen Fall. Also Flucht?

Ihr Anwalt Heinsius versuchte sie stets mit dem Argument zu beruhigen, es drohe keine Untersuchungshaft. Er handele gerade mit den Behörden die Steuerrückzahlung und ein Bußgeld aus.

Gert Prantner fand diese Argumente überzeugend. Hatte es nicht eine Reihe Prominenter gegeben, die der Steuerhinterziehung überführt waren und nicht hinter Gittern landeten? War nicht der Journalist Peter Boenisch, damals Pressesprecher von Bundeskanzler Helmut Kohl, mit einem Strafbefehl über 1,08 Millionen Mark davongekommen? Oder Wirtschaftsminister Otto Graf Lambsdorff, war der verhaftet worden, weil er auf verbotenen Wegen Parteispenden bei der Industrie gesammelt hatte? Keineswegs. Nach seinem Prozeß (180 000 Mark Geldstrafe) war der Mann sogar FDP-Vorsitzender geworden.

Um dem ganzen Trubel für ein paar Wochen zu entgehen, flog Agnes Haerlin Ende November mit ihren Töchtern in die Sonne nach Australien. Im Ferienort Surfer's Paradise besitzt Tochter Annemarie ein Appartement in einem Betonklotz. Eine Urlaubsmaschine mit großem Swimmingpool und Hallenbad, Tennisplätzen, überwachtem Badestrand am pazifischen Ozean und kurzen Wegen zum Stadtzentrum.

Kurz vor Weihnachten landete Agnes Haerlin braun gebrannt und gut erholt wieder im naßkalten Hamburg. Die Töchter blieben noch bis Januar.

1984 sollte ein Schicksalsjahr im Leben von Agnes Haerlin werden. Es gab endlose Rechtsanwaltstermine, Besprechungen mit den Töchtern und deren Beratern, die auf ihre Stimmung drückten. Kapitän Prantner tat alles, um seine Reederin Agnes in gute Stimmung zu versetzen. Er nahm sie mit zur Internationalen Tourismusbörse nach Berlin und machte für sie Termine aus mit Journalisten und Reisemanagern. Später ermunterte er sie, weitere Zimmer im Hotel umzubauen. Deren Zahl sollte weiter reduziert werden, noch mehr Klasse statt Masse war das Ziel. Agnes Haerlin stürzte sich noch einmal mit aller Energie auf diese Aufgabe. Bis ins Detail zeichnete sie ihre Bauskizzen.

Und noch etwas war ihr sehr wichtig: Für den Fall, daß sie doch dem Drängen der Töchter und des Steuerberaters nachgeben und ins Ausland gehen sollte, mußte wenigstens die Führung des Hotels sichergestellt sein.

Im Juni verhandelten die Chefin und ihr Kapitän über neue Konditionen und besiegelten dann den Vertrag, der zwanzig Jahre bis ins Jahr 2004 laufen sollte. Und wie es bei Haerlins üblich war, wurde auch dieses Ereignis mit einem selbstverfaßten Gedicht gewürdigt:

Darin war die Rede von Traditionen und von dem jungen Kapitän, der mit Schwung und Zähigkeit und Fleiß sein Ziel zu erreichen hofft. Am Schluß stand dann ein «Toi, toi, toi», das sich natürlich auf «ahoi» reimte.

Flucht ins österreichische Exil

Am 8. November 1984 präsentierte sich Agnes Haerlin das letzte Mal in Hamburg der Öffentlichkeit. Das neue Zimmer 170 wurde mit einem kleinen Empfang eingeweiht. Noch einmal hatte die Chefin sich als Innenarchitektin betätigt. Kurz darauf war sie verschwunden. Selbst Prantner hatte sie nicht über ihre Abreise und ihren neuen Aufenthaltsort informiert.

Der erinnerte sich an ein Gespräch mit ihr und den Töchtern im Oktober. Damals in der Villa an der Hansastraße war der Name Salzburg gefallen. Angeblich hatte der Wirtschaftsprüfer dort eine Wohnung.

Österreich machte auch deshalb Sinn als Exil, weil die Alpenrepublik Steuersünder nicht ausliefert.

Wenige Tage nach ihrem Verschwinden klingelte in Prantners Büro das Telefon. Agnes Haerlin. Sie war tatsächlich in Salzburg. Sie fühlte sich elend, einsam und verlassen. Die Hamburger Hotelkönigin hauste nun in einem 45-Quadratmeter-Appartement – in Salzburg «Garçonniere» genannt – im zweiten Stock der Aigenstraße 9. Ein häßlicher Wohnblock, Standard sozialer Wohnungsbau. Es sei die Wohnung der Mutter des Steuerberaters, sagte sie.

Das Entsetzen über dieses miserable Versteck war größer als die Angst vor Entdeckung. Sie bat Prantner inständig, sofort zu kommen. Niemand dürfe von der Reise wissen, aber er müsse ihr helfen.

Am 14. Dezember 1984 machte sich Prantner zum Versteck seiner Chefin auf. Er fuhr mit dem Auto und nahm seine Tochter Steffi mit. Für die Zöllner am Grenzübergang Salzburg sah es aus wie ein normaler Familienausflug. Das sollte die erste von einer ganzen Serie Salzburgreisen sein.

Prantner war nun ihr Vertrauensmann, ihre «Nabelschnur» nach Hamburg. Er kam mit Akten, Informationen, Bauplänen aus dem Hotel, er mußte en Detail schildern, was im «Vier Jahreszeiten» vor sich ging, und er mußte ihre Wünsche erfüllen, die sie in langen Listen aufschrieb – Strümpfe, Kopfkissenbezüge, Hummer, Kaviar, Gänseleberpastete, ein Fernglas, Hexoral zum Gurgeln, Feuerzeuge, Pernod, Lammkoteletts und stangenweise Zigaretten Marke «R 6». Zeitweise war er zweimal im Monat in Salzburg.

Beim ersten Besuch traf er eine völlig eingeschüchterte Agnes Haerlin, die sich auf der Straße ängstlich umdrehte, um sicher zu sein, daß sie nicht verfolgt würde. Als Dauergast würde sie eine behördliche Aufenthaltsgenehmigung brauchen, und auf jeden Fall wollte sie so schnell wie möglich aus dem engen Versteck heraus. Sie wollte Licht und Luft – und ein bißchen Luxus. In der Garçonniere würde sie eingehen. Ihr neues Domizil müsse aber genauso sicher sein wie ihr derzeitiges Versteck.

Es war ein Glück, daß Prantner auch in Salzburg gute Beziehungen hatte. Er kannte den Direktor des Hotels «Österreichischer Hof», des ersten Hauses am Platz, direkt an der Salzach gelegen mit einem wunderschönen Blick auf die Altstadt und die Festung Hohensalzburg auf dem Mönchsberg. 1866 war es eröffnet worden und hatte sich schnell zum Treffpunkt von Adel, hohen Militärs, Politikern, Schriftstellern, Malern und Schauspielern entwickelt.

Es gab manche Parallelen in der Geschichte des «Österreichischen Hofes» und des «Vier Jahreszeiten». Nach dem 1. Weltkrieg war es kurzfristig besetzt – von den Diplomaten des neuen italienischen Konsulats. Nach dem 2. Weltkrieg wurde das Haus von den amerikanischen Besatzungstruppen bis 1955 als Offiziershotel genutzt. Es war von den neuen Besitzerfamilien Blankenstein und Graf Ségur-Cabanac längst umgebaut und renoviert worden. Es gab mehrere Restaurants, eine Pianobar und ein gemütliches Café. Die breiten Treppenaufgänge mit den roten Teppichen, Palmen auf allen Etagen, die mächtige Lichtkuppel im Dachgeschoß – das mußte Agnes Haerlin gefallen.

Direktor Herbert Prinz war sofort bereit, seinem Freund Prantner einen Gefallen zu tun. Er würde Agnes Haerlin aufnehmen. Sie würde die Suite 414 mit wunderbarer Aussicht beziehen. Nur ein Zimmermädchen, ein Etagenkellner und die Portiers sollten über die wahre Identität des seltsamen Gastes aufgeklärt und zu absolutem Stillschweigen vergattert werden.

Agnes Haerlin war mit allem einverstanden. Nach einem Weihnachtsfest, das sie mit Freund Fred Peelen in dessen Domizil im nahen Badgastein verbracht hatte, zog sie im Januar 1985 unter falschem Namen in den «Österreichischen Hof» ein. Fast fünf Jahre blieb sie hier wohnen, und das Hotel hat wohl selten einen bemerkenswerteren Dauermieter beherbergt.

Das Zimmermädchen Burgi Stadler bekam von ihr ganz genaue Anweisungen, wie und wann das Zimmer zu putzen sei, wo Parfum, Kamm und Bürste, Cremes und Haarwaschmittel zu liegen hatten, wie der Kleiderschrank zu ordnen war und welche Blumen wo stehen sollten.

Da sie anfangs total isoliert lebte, war das Zimmermädchen eine der wenigen Kontaktpersonen, mit denen sie überhaupt reden konnte. Sie erzählte ihr, wie sie im Krieg ihren Mann kennengelernt und schnell geheiratet hatte, wie fesch ihr Fritz gewesen sei, der Schwarm vieler Frauen; wie schön ihr Hotel in Hamburg sei und daß sie große Sehnsucht danach hätte.

Trauriges Leben im Luxusexil:
Aus Angst vor der Steuerfahndung
flüchtete Agnes Haerlin Ende 1984 ins sichere
Österreich. Sie wohnte im obersten Stock des Hotels
«Österreichischer Hof» in Salzburg

Bis tief in die Nacht saß sie an ihrem Tisch und zeichnete an Plänen für den weiteren Umbau ihres Hotels. Das Eckzimmer im obersten Stockwerk des «Österreichischen Hofs» war immer bis weit nach Mitternacht noch hell erleuchtet. Die Portiers nannten sie deshalb «unsere Leuchtturmwärterin».

Morgens, so beobachteten die Zimmermädchen, schlich sie, häufig noch im Bademantel, über die Flure und verschwand in Zimmern, die nicht abgeschlossen waren. «Mutter Agnes», wie sie sich gern nennen ließ, war aber nicht auf Diebestour. Mit Block, Bleistift und Zollstock vermaß sie vielmehr die Zimmer, um die Ergebnisse anschließend in aufwendige Skizzen umzusetzen. Dabei rauchte sie ohne Unterbrechung, häufig 80 bis 100 Zigaretten am Tag.

Die fertigen Pläne präsentierte sie Direktor Prinz mit den Worten: «Der alte Pott muß renoviert werden.» Prinz war derselben Meinung, mußte aber mitansehen, daß die Eigentümerfamilien nur Geld aus dem Haus herausnahmen, nicht aber investierten.

Da sie das nicht ändern konnte, ließ Agnes Haerlin sich wenigstens ihr eigenes Reich nach ihren Vorstellungen und auf ihre Kosten um- und ausbauen. Haustechniker Reinhard bekam die Energie zu spüren, mit der sie ihre Pläne verfolgte. Er mußte die Heizkörper verlegen, neue elektrische Leitungen ziehen und Steckdosen setzen. Auf dem Hoteldach ließ sie eine Satellitenschüssel installieren, um möglichst viele Fernsehprogramme empfangen zu können.

Als im Februar der Höhepunkt des rheinischen Karnevals nahte, bekam Reinhard, genannt «Männeken», den Befehl, die Suite mit Girlanden, Luftschlangen und Ballons zu schmücken und Knallbonbons und Narrenkappen zu besorgen. Am Rosenmontag saßen dann Burgi, Reinhard, Zimmerkellner Heinz und Agnes Haerlin bunt geschminkt mit Papphütchen auf dem

Kopf vor dem Fernseher und verfolgten auf allen Kanälen die Übertragung der Karnevalszüge aus Köln, Düsseldorf und Mainz. Es wurde gut gegessen, Champagner und Wein getrunken, Agnes Haerlin sang rheinische Schunkellieder, die Runde rief «Kölle Alaaf» und «Helau», zog die Knallbonbons und tanzte. Am frühen Abend waren die Jecken total betrunken. Agnes verkündete den Schluß der Party und ging ausnahmsweise einmal früh zu Bett.

Am nächsten Morgen stand Heinz Willburg, leicht verkatert zwar, aber pünktlich wie immer mit dem Frühstückstablett vor der Tür. Agnes Haerlin liebte es präzise und perfekt.

Am ersten Tag hatte sie ihm auf einem großen weißen Bogen aufgezeichnet, wie sie ihr Frühstück serviert haben wollte. Wo sie Teller und Tasse stehen haben wollte, wo die silberne Kaffeekanne und die Milchkanne und den Zuckertopf, wo die Dosen mit Butter und Marmeladen und wo das Frühstücksei. Selbstverständlich schrieb sie ihm auch vor, daß sie die Serviette nicht gefaltet haben wollte. Das tat sie jeden Morgen selbst und kreierte dabei Enten, Schiffchen und Blumenkörbe aus dem weißen Leinen.

Jeden Morgen diktierte sie ihm am Telefon ihre Frühstückswünsche, obwohl das Tag für Tag dieselben waren: brühendheißer Kaffee, frisch gepreßter Orangensaft, zwei Eier (sechs Minuten), hauchdünn geschnittener Schinken, englische Marmeladen, Toast, Schwarzbrot und ein Kipferl. Und die Eier mußten unbedingt weiß sein. Denn nach dem Frühstück bemalte sie die leeren Schalen mit Buntstiften. Kellner Heinz konnte an den Ei-Gesichtern jeweils ablesen, wie die Seelenlage seiner Herrin war – Mundwinkel nach oben gute, Mundwinkel nach unten schlechte Laune.

Mittag und Abendessen wiederholten sich nach ähnlichen Ritualen. Fisch gab es fast nie, und wenn, dann ausschließlich geräucherten Lachs. Die Frau aus Hamburg war nämlich felsenfest davon überzeugt, daß es in Österreich keine frischen Fische geben könnte. Am liebsten ließ sie sich Kalbsmedaillons oder Filetsteak mit Kartoffelpüree servieren. Dazu trank sie Champagner oder einen trockenen Weißwein. Zu fortgeschrittener Stunde gab Agnes Haerlin manchmal Kostproben ihres rheinischen Humors, und Heinz revanchierte sich dann mit österreichischen Spruchweisheiten. Willburg: «Eigentlich haben wir jeden Abend ‹Dinner für one› aufgeführt.»

So lebte sie monatelang in ihrem Luxusversteck und sah dem Flug der Möwen über der Salzach zu, die im Winter kamen, weil sie hier gefüttert wurden.

Chefportier Rainer Hochhauser erzählte ihr, daß früher auch die Adligen «Möwen» genannt worden waren , weil sie im Winter aus ihren kalten, zugigen Burgen in den gemütlichen «Österreichischen Hof» zu Graf Nicolaus Ségur-Cabanac umgezogen waren. Im Winter hatte es hier Billigpreise gegeben. Im Frühjahr, wenn die Preise wieder stark anzogen, kamen sie zum Hotelchef: «Graf Niki, darf ich nicht noch ein bisserl zum alten Tarif bleiben, es ist noch so kalt auf der Burg.»

Agnes Haerlin konnte über solche Erzählungen nicht so recht lachen, denn sie zahlte pro Tag etwa dreihundert Mark Miete für ihre Suite.

Attentat auf den Hoteldirektor

&

Noch immer hatte Agnes Haerlin Angst, entdeckt und nach Deutschland abgeschoben zu werden. Ganz selten verließ sie die vierte Etage und besuchte das hoteleigene Café. Es passierte, daß Gäste des «Vier Jahreszeiten», die gerade im «Österreichischen Hof» wohnten, Agnes Haerlin zu erkennen glaubten. Wenn sie das bemerkte, verschwand sie sofort auf ihr Zimmer, und die Portiers dementierten heftig, daß eine Frau Haerlin bei ihnen abgestiegen sei.

Mit Hilfe von Direktor Prinz betrieb sie auch ihre offizielle Anmeldung in Österreich. Am 18. Februar 1985 erteilte ihr die Bundespolizeidirektion Salzburg eine Aufenthaltsberechtigung für zwei Jahre. Der Steuerberater aus Hamburg lieferte dafür eine Bescheinigung: «Frau Agnes Haerlin ist Inhaberin eines Hotels in Hamburg (Umsatz über DM 20 Mio, über 400 Beschäftigte) und hat erhebliches Kapital- und Grundvermögen. Hiermit wird bestätigt, daß Frau Agnes Haerlin über ein Mindesteinkommen von netto monatlich ÖS 30 000,– verfügt.»

Jetzt hatte sie zum ersten Mal das Gefühl, im sicheren Exil zu leben. Ihre Stimmung besserte sich. Kellner Heinz sah viele fröhliche Eierköpfe, wenn er das Frühstück abservierte. Sie richtete sich endgültig ein im «Österreichischen Hof». Zu dem großen Bett, das gleich am Anfang in ihr Zimmer gebracht worden war, kamen nun eine eigene Couchgarnitur, ein alter Sekretär und andere schöne Antiquitäten. Sie ließ Schrankwände einbauen, das Bad rundherum renovieren, die Gardinen mußten ständig gewaschen oder erneuert werden, weil der Zigarettenqualm darin hängenblieb.

Sie freute sich über jeden Besuch. Ihre vertrauten Helfer beobachteten aber, daß es dabei stets zu einem Wechselbad ihrer Gefühle kam. Sagten sich die Töchter in Salzburg an, war Agnes Haerlin in geradezu euphorischer Stimmung. Waren sie nach zwei Tagen wieder abgefahren, blieb die Mutter deprimiert zurück. Dieselbe Achterbahnfahrt bemerkten sie, wenn der Hamburger Steuerberater seinen Besuch ankündigte.

«Es gab ständig Streit um das Hotel in Hamburg, das ihr ein und alles war», erinnert sich Zimmermädchen Burgi Stadler. Zimmerkellner Heinz Willburg: «Es gab dann immer Probleme, weil die unbedingt das Hotel verkaufen wollten. Sie schimpfte dann auf ihren Schwiegersohn, der hätte das ‹Vier Jahreszeiten› voller Spiegel gehängt. Der hätte keine Beziehung zum Hotel. Die wollten jetzt alle Kasse machen. Sie war sehr verbittert darüber, weigerte sich aber nachzugeben.»

Hoteldirektor Prinz: «Es ging immer ums Geld, mal ums Erbe, mal um den Verkauf des Hotels. Es war klar, sie wollte das alles nicht. Da konnte sie eisenhart und dominant sein. Sie war weiß Gott kein Lamperl. Sie konnte ganz schön drastisch sein und die Töchter ziemlich lieblos. Sie war stets erleichtert, wenn die wieder weg waren.»

Nur wenn Gert Prantner zu Besuch kam, hielt die gute Stimmung auch nach dessen Abreise an. Heinz Willburg: «Der Herr Prantner hat sich rührend um sie bemüht, so daß ich das Gefühl hatte, der war ihr Sohn. Agnes Haerlin hat öfter zu mir gesagt: ‹Ein Glück, daß ich den Prantner hab!›»

Sie ahnte da noch nicht, wie recht sie mit diesem Satz haben sollte. Denn sieben Monate nach ihrer Flucht aus Hamburg wurde das Steuerstrafverfahren zum öffentlichen Skandal. Am 4. Juli veröffentlichte das «Hamburger Abendblatt» eine kurze Meldung unter der Überschrift: «Steuerfahndung ermittelt». Das Verfahren laufe schon seit zwei Jahren. «Die Ermittlungen betreffen nicht versteuerte Privateinkünfte in einer Höhe von mehr als einer Million Mark.» Einen Tag später zog die «Bild»-Zeitung mit riesigen Schlagzeilen nach. «Vier Jahreszeiten – Steuerfahnder bei Hotelchefin wg. 1,5 Millionen – Akten beschlagnahmt: Hotelchefin Haerlin in Salzburg!»

Mit vereinten Kräften mühten sich Anwalt Dr. Heinsius und Gert Prantner, den Schaden für Agnes Haerlin und das «Vier Jahreszeiten» zu begrenzen.

Heinsius in einem Interview: «Als ihr Mann Fritz vor zehn Jahren starb, stand sie plötzlich allein in der Verantwortung. Sie verstand nichts von Finanzen, wußte nicht einmal, wieviel Geld sie hatte. Ihr damaliger Steuerberater hat versagt.» Das Hotel habe mit der Affäre nichts zu tun. Warum die Flucht nach Österreich? «Sie liebt Österreich. Außerdem ist sie sehr krank, wird dort von Ärzten an Nieren, Herz und Leber behandelt.»

Prantner erklärte den «Bild»-Reportern: «Ich bin der Kapitän des ‹Vier Jahreszeiten› und informiere meine Reederin über das, was sich ereignet und muntere sie auf.» Auf die Frage, ob seine Chefin sich aus Angst vor drohender Untersuchungshaft ins sichere Salzburg abgesetzt habe, antwortete er: «Eine Frau Haerlin flüchtet nicht. Ich erwarte sie täglich in Hamburg zurück.»

Das war auf der einen Seite tapfer gelogen und schöngefärbt, auf der anderen entsprach es genau der Wahrheit. Sowohl Anwalt Heinsius als auch Prantner erwarteten Agnes Haerlin sehnsüchtig.

Heinsius hatte alle Mühe, den Staatsanwälten und Steuerfahndern pausibel zu erklären, warum sie nicht nach Hamburg zurückkäme. Die Ermittler waren durch ihre Flucht mehr als skeptisch geworden. Und Gert Prantner hätte die Unruhe bei Gästen und beim Personal viel besser besänftigen können,

Vier Jahreszeiten

Steuerfahnder bei Hotel-Chefin wg. 1,5 Millionen

Von RAINER PAHLKE und WOLFGANG WINDEL

Die Hamburger Steuerfahndung ermittelt gegen die Chefin des weltbesten Hotels, dem „Vier Jahreszeiten" an der Binnenalster. Agnes Haerlin (65) soll Steuern hinterzogen haben, muß wahrscheinlich mindestens 1,5 Millionen Mark zahlen. Seit sechs Monaten ist sie nicht mehr in Hamburg. Wo sie ist, was ihr Anwalt sagt. Seite 5

Schlagzeilen in der Boulevardpresse:
Im Sommer 1985 war der Steuerskandal
Agnes Haerlin auf der Titelseite
der «Bild»-Zeitung

wenn Agnes Haerlin vor Ort durch ihre Anwesenheit demonstriert hätte, daß zu Panik kein Anlaß bestünde. Die Chefin dachte aber überhaupt nicht daran, ihre Suite im «Österreichischen Hof» zu räumen. Dank der gründlichen Vorarbeit des Steuerberaters war sie nach wie vor davon überzeugt, sie würde ins Gefängnis kommen, sobald sie die deutsche Grenze überquerte.

Noch heute kann Dr. Heinsius nicht begreifen, weshalb Agnes Haerlin ins Exil ging und nicht wieder zurückkam. In vielen Gesprächen im Beisein der Töchter und Gert Prantner habe er versucht, ihr nahezubringen, daß keine U-Haft drohe. «Denn damals hatte ich mit den Behörden schon ausgehandelt, daß der Fall mit einer hohen Geldstrafe beendet wird.»

Später in Salzburg habe er sie mehrfach bekniet, ihr erklärt, daß ihre Starrköpfigkeit nur das Verfahren erschwere. Daraufhin habe Agnes Haerlin müde abgewinkt: «Mein Steuerberater ist anderer Ansicht als Sie.» Über das Steuerstrafverfahren selbst mag Heinsius mit Hinweis auf seine Verschwiegenheitspflichten nicht reden.

Zum Weihnachtsfest 1985 schrieb Agnes Haerlin an ihren «Kapitän» einen Brief: «Mir fehlen die Worte, um meinen Dank auszusprechen für alles, was Sie im letzten Jahr als ‹Sonderleistung› für mich getan haben. Es macht mich stolz und sehr glücklich, einen ‹Sohn› zu haben, zu wissen, daß es auch noch gute Kameraden gibt!»

Schöne Zeilen von der Chefin. Aber Prantner hatte zu allem Ärger neue Sorgen. Er mußte annehmen, daß ihm jemand nach dem Leben trachtete.

Gemeinsam mit Tochter Steffi war er zu einem Ball der Bundeswehr nach Celle eingeladen. Prantner, Liebhaber schneller Autos, die er gern mit Spitzengeschwindigkeit fuhr, ließ sich an diesem Tag Zeit. Er benutzte nicht die Autobahn, sondern fuhr mit seinem Jaguar gemächlich über die Landstraße. Die Tochter hatte schon ihr Ballkleid an, er seinen Smoking. Nach wenigen Kilometern bemerkte er, daß der Wagen nur noch schwer zu lenken war. Er bog zur nächsten Tankstelle ein und inspizierte das Auto. Die Vorderreifen waren platt. Der Jaguar wurde hochgebockt: In beiden Reifen steckten dicke Schrauben. Prantner ließ die Reifen wechseln und warf die kaputten in den Kofferraum.

Der Hotelchef verzichtete auf eine Anzeige gegen Unbekannt. Er wollte vermeiden, daß das «Vier Jahreszeiten» nun auch noch mit einem Attentatsversuch in die Zeitungen käme. Wer ihn jedoch ins Jenseits befördern wollte, blieb Prantner ein Rätsel.

Die blonde Rita und die «Blaue Mauritius»

Inzwischen war das «Vier Jahreszeiten» mit einer ganz anderen Geschichte in die Schlagzeilen geraten – mit einem prominenten Gast, einer strahlend blonden Dame namens Rita Lachman aus New York City. Die hatte sich als Witwe des «Revlon»-Gründers und -Hauptaktionärs Charles Lachman eingeführt. Sie wohnte schon seit einer Woche im Hotel und hatte jeden Abend in der «Simbari Bar» verbracht. Die lebenslustige Witwe trank Champagner und Tomatensaft mit Aquavit, lachte laut und erregte auch deshalb Aufsehen, weil sie auf dem Bartresen häufig Schecks ausfüllte, die sie dann in Briefumschläge steckte und adressierte. Das tat sie so unbekümmert, daß Barkeeper Jürgen Prill gar nicht umhin konnte, zu sehen, was die Lady auf die Schecks schrieb: Beträge zwischen fünftausend bis fünfundzwanzigtausend Dollar, manchmal mehr.

Prill fiel nun sein alter Stammgast, der Hamburger Briefmarkenauktionator Wolfgang Jakubek ein, der gerade eine besondere Spezialität im Angebot hatte – eine «Blaue Mauritius» und eine orangerote «One Penny».

Er brachte die reiche Rita und Jakubek in der Bar zusammen. Und so begann eine Story, die selbst in der bewegten Geschichte des «Vier Jahreszeiten» einmalig war. Rita Lachman war von der Idee begeistert, die seltenen Marken zu ersteigern. «Ich liebe es, Dinge zu besitzen, die sonst keiner auf der Welt hat.»

Rita saß also in der ersten Reihe, als die Auktion am 21. Oktober 1985 im Bankettsaal «Brahms» des Hotels «Interconti» begann. Fernsehteams, Dutzende Fotografen und Journalisten verfolgten das «Weltereignis der Philatelie», so die «Frankfurter Allgemeine». Eine junge Frau im viktorianischen Gewand brachte die zwischen Acrylglas geklemmten Kostbarheiten feierlich in den Raum. Jakubek rief die Raritäten zum Einstandspreis von 1,5 Millionen Mark auf. Ein Herr aus Berlin bot 1,6 Millionen.

Jakubek blinzelte über seine goldgefaßte Halbbrille in die Runde.

Rita Lachman hob den Finger. 1,7 Millionen – zum ersten, zum zweiten und zum dritten. Der Mann mit dem goldenen Hammer schlug zu. Nach nur neunzig Sekunden war die Veranstaltung zu Ende, und Rita Lachman stellte sich strahlend dem Blitzlichtgewitter der Fotografen. Jakubek, der überzeugt war, ein fabelhaftes Geschäft gemacht zu haben, posierte neben ihr mit dem Hämmerchen.

Die Briefmarken-Affäre:
Rita Lachman, Exfrau des «Revlon»-Eigentümers,
ersteigerte in Hamburg im Oktober 1985 bei Auktionator
Wolfgang Jakubek eine «Blaue Mauritius»

Im «Vier Jahreszeiten» wartete derweil die Buchhaltung darauf, daß die Millionärin ihre erste Rechnung bezahlte. Die war seit längerem überfällig. Und das paßte nun gar nicht zu Ritas Lieblingssatz: «Geld ist nicht alles, aber man muß es haben.» Irgend etwas mußte mit der Witwe aus Amerika nicht stimmen, und was das war, stellte sich bald heraus.

Es stimmte schon, daß Rita eine Witwe Lachman war, aber zu ihrem großen Pech nicht die letzte. Das Leben der Rita Lachman war so bunt und turbulent wie die Geschichten aus dem Denver Clan. Als Rita de Wolfe war sie 1921 als Tochter eines wohlhabenden jüdischen Lampenfabrikanten in Berlin geboren worden. Die Familie lebte in der Mommsenstraße in Charlottenburg. 1939 flohen die Wolfes vor den Nazis nach New York.

Der Vater starb bald nach der Ankunft in Amerika. Rita mußte sich in den nächsten Jahren als Dienstmädchen, Hutverkäuferin und Kellnerin durchschlagen. Die Männer flogen auf sie. Ein Banker aus Long Island kaufte ihr den ersten Nerzmantel und das erste Appartement in Manhattan.

1956 wünschte sie sich von den verschiedenen Verehrern ein Ticket nach Paris. Schließlich hatte sie drei, zwei machte sie wieder zu Geld und reiste an die Seine. Im noblen «George V.» traf sie eine Italienerin.

Gemeinsam mit der betuchten jungen Frau fuhr sie nach Monte Carlo. Und dort begann für Rita de Wolfe das süße Leben. Im Casino traf sie König Faruk, der von ihren langen Beinen entzückt war. Sie wurde dessen Begleiterin und von ihm in die Geheimnisse des Zockens eingeweiht.

Am Spieltisch von Monte Carlo fiel Rita dann auch der gewinnträchtigste Jeton ihres Lebens in den Schoß – Charles Lachman. «Mr. Revlon» war genau das Gegenteil von Rita: klein, schüchtern und ungeheuer reich. Der 30 Jahre ältere und verheiratete Multimillionär verliebte sich in das Playgirl. Er richtete ihr in New York ein Luxusappartement und ein Bankkonto mit einer halben Million Dollar ein. Und Rita sorgte für Furore.

Drei Jahre lang berichtete die Presse voller Genuß über den «Lachman-Krieg» – zwischen Ehefrau Ruth und ihrer Nebenbuhlerin Rita. Die brachte 1959 Tochter Charlene zur Welt. Charles ließ sich scheiden und heiratete 1964 die Mutter seines Kindes.

Doch auf dem glanzvollen Höhepunkt ihres Lebens machte Rita Lachman einen schweren Fehler – sie ließ sich scheiden. Die Tochter und sie selbst bekamen eine Millionenabfindung plus Unterhalt.

Als der schwerkranke Exmann aber zwei Jahre später starb, erbte Ritas ehemalige Sekretärin das gesamte Lachman-Vermögen. Denn die hatte «Mr. Revlon» kurz vor seinem Tode noch geheiratet.

Monatlich bekam Rita dann eine Apanage von 60000 Mark. Nicht genug für sie, denn sie hatte ihr Einkommen meist schon für Kredite verpfändet. Ihr Maß war eben immer noch das Übermaß. Und die Schecks, die sie in der «Simbari Bar» effektvoll ausgestellt hatte, waren nur ein Reklamebluff gewesen.

Nach den großen Presseberichten traf für Rita Lachman jeden Tag stapelweise Post ein. Alles Bettelbriefe, die sie angewidert in den Papierkorb warf. Schließlich waren ihr selber die Gläubiger auf den Fersen. Nicht nur das «Vier Jahreszeiten» wartete auf sein Geld. In der «Simbari Bar» bei den guten Drinks von Herrn Prill beratschlagte sie mit Auktionator Jakubek, wie der doch noch zu seinen Millionen kommen könnte. Sie überzeugte den schnauzbärtigen Mann, daß sie mit ihren glänzenden internationalen Verbindungen auf jeden Fall einen zahlungskräftigen Briefmarkenfreund anschleppen würde. Der glaubte ihr bald. Kaum erschien der Waffenhändler Adnan Kashoggi in der Halle des «Vier Jahreszeiten» und sah Rita, fiel er ihr um den Hals. Sie küßte den Sekretär von Exkönig Faruk stürmisch.

Kaum wurde Johannes Fürst von Thurn und Taxis ihrer ansichtig, konnte sich Seine Durchlaucht gar nicht mehr einkriegen vor Freude. Auktionator Jakubek wollte einfach an Rita glauben, als sie ihm versprach: «Ich bin die beste Werbelady. Ich mache euch alle zu Millionären, ich schwör's bei meinem Leben.»

Wenn sie ihrem Schwur treu geblieben wäre, hätte das vor allem einen Mann gefreut, der auch häufig Gast in der «Simbari Bar» war. Er erschien zwar im schäbigen Pullover und war fast immer nicht rasiert, aber Herr Prill kannte ihn gut. «Ein Bier – alkoholfrei wie immer?» Der Mann nickte und hörte interessiert zu, wie Rita Lachman mal wieder laut von «ihrer» Mauritius schwärmte. Selbst Jakubek konnte ihren Redeschwall nicht stoppen.

Plötzlich mischte sich der Pullover-Mann ein: «Ich lasse Sie verhaften, wenn Sie noch einmal sagen, Sie wären die Eigentümerin. Ihnen gehören die Marken noch nicht. Bezahlen Sie erst mal.»

Rita versuchte, den merkwürdigen Gast mit ihrem Charme einzuwickeln: «Haben Sie meine schönen Beine noch nicht bewundert?» Der Mann zeigte sich unbeeindruckt: «Wenn Sie nicht bezahlen, interessieren mich auch Ihre Beine nicht, denn dann sitzen Sie im Gefängnis.»

Jakubek beendete die Szene, indem er den Mann nach draußen bugsierte. Noch in der Tür rief er Rita zu: «Sie sind eine Hochstaplerin.» Und die revanchierte sich mit einem «Schäbiger Lümmel».

Was sie nicht ahnte: Der Mann im Pullover war ein Hamburger Kolonialwarenhändler, der die Marken zur Versteigerung gegeben hatte. Von Rita Lachman hat er nie Geld gesehen.

Bei Jürgen Prill in der «Simbari Bar» hatte die fesche Rita auch eine Liebesaffäre. Sehr häufig saß ein gutaussehender Mann beim Whisky, ein Börsenmakler aus Holland. Die beiden kamen ins Gespräch, und Rita verliebte sich in den 25 Jahre jüngeren Mann. Er sprach davon, daß er sich scheiden lassen und sie heiraten werde. Der Honeymoon dauerte so lange, wie der Verehrer glaubte, eine Milliardärswitwe an der Angel zu haben. Als er die Wahrheit erfuhr, war der Heiratsschwindler blitzartig verschwunden.

Rita Lachman verließ schließlich nach vier Monaten das Hotel an der Binnenalster, es blieb eine erkleckliche Rechnung offen. Die Geschichte des Traditionshauses war aber um ein pralles Kapitel reicher.

Traurige Geburtstage in Salzburg

&

Agnes Haerlin wartete in ihrem Luxusexil vergebens auf das Ende ihres Steuerstrafverfahrens. Staatsanwaltschaft und Steuer stellten sich bockbeinig. Also lebte sie weiter nach ihrem strengen Hofzeremoniell im vierten Stock des Hotels.

Ihre Leidenschaft waren Kreuzworträtsel. So las sie neben der «Bild»-Zeitung und dem Handelsblatt die TV-Illustrierte «Die ganze Woche», weil die neben dem Programm so wunderbar viele Rätsel druckte. Außerdem gesammelte Spruchweisheiten, die sie ausschnitt und aufhob. Am Nikolaustag 1986 überreichte sie jedem Angestellten ein Geschenk mit einem passenden Sinnspruch aus der Fernsehzeitung. Nur Direktor Prinz, der nie ihren Umbauempfehlungen folgte, bekam die Rute. Schließlich hatte sie eine bessere Klimaanlage für ihre Dachgeschoßsuite verlangt und noch nicht einmal die bekommen.

Im Sommer hatte sie sich beim Portier beschwert: «Jung, soll ich hier oben Grillfleisch spielen?» Jetzt, im Winter meuterte sie mit der Gefrierfleischvariante.

Wie schon in Hamburg duzte sie auch in Salzburg das gesamte Personal, was ihr allerdings niemand krummnahm. Sie galt als kompetente Hotelfachfrau und wurde respektiert.

Als sie plötzlich laut darüber nachdachte, den «Österreichischen Hof» zu kaufen, waren die Angestellten von dieser Idee begeistert. Das würde dem Haus gut bekommen.

Sie holte sich das Personal auf ihr Zimmer, zeigte ihnen ihre Fotoalben vom «Vier Jahreszeiten», erzählte von den harten Aufbaujahren, als sie in Gummistiefeln auf der Baustelle Schutt weggeschaufelt hatte, und sie schwärmte von ihrem tüchtigen Fritz, dessen Foto auf dem Sekretär stand und immer frische Blumen daneben.

Es war unübersehbar, wie einsam sie war. Abends spielte sie stundenlang mit ihrem Backgammon-Computer. Häufig telefonierte sie mit Bankhäusern in New York. Da ging es dann um hohe Summen. Zimmerkellner Heinz feierte mit ihr Geburtstag, wenn niemand, nicht einmal die Töchter, zu Besuch kam. Dann gab es Kaviar und Champagner, den Direktor Prinz spendiert hatte, «aber im Grunde war das eine traurige Veranstaltung».

Ab und an schüttete sie ihr Herz bei der Frau des Hoteldirektors aus. Die Töchter seien zwar dagewesen, aber für die

Mutter hätten sie kaum Zeit gehabt. Bis in den Morgen hätten sie sich in der Bar amüsiert. Aber vielleicht läge das ja auch an ihr. Sie hätte früher sehr wenig Zeit für die Kinder gehabt und sei wohl auch sehr beherrschend als Mutter gewesen. Nun ja, alles nicht mehr zu ändern.

Wie es um das Verhältnis Mutter – Töchter stand, konnte jeder sehen. Keinerlei Zärtlichkeiten, keine Umarmungen – es ging immer ziemlich burschikos zu.

Am 11. September 1986 war Gert Prantner wieder in Salzburg, zum achtenmal in diesem Jahr. Wieder ging es um den Stand des Steuerverfahrens und um den Streit mit den Töchtern über das Hotel. Der Steuerberater mache immer mehr Druck, sagte sie, sie solle endlich verkaufen. Das erste Mal sei die Rede von einer möglichen Entmündigung gewesen.

Der Steuerberater war auch in den folgenden Monaten stets das Hauptthema bei Prantners Treffen mit Agnes Haerlin. Er verstand langsam die Welt nicht mehr. Die Töchter schrieben ihm zu Geburtstagen, den Feiertagen und Jubiläen die herzlichsten Briefe. Selbst als er sich einen neuen BMW kaufte – Kennzeichen HH-VJ für «Vier Jahreszeiten» – bekam er eine Glückwunschkarte mit zwölf Kußmündern. Zu Weihnachten schrieben sie ihm: «Wir wissen nur zu gut, was wir Ihnen zu verdanken haben … vor allem schätzen wir Ihre stets gradlinige ehrliche Art.» Und gleichzeitig arbeiteten sie im Verein mit ihrem Berater daran, das «Vier Jahreszeiten», das sein Lebensmittelpunkt war, zu Geld zu machen.

Er hoffte noch immer, daß Agnes Haerlin nach Abschluß des Verfahrens nach Hamburg zurückkehren und dann vor Ort die Töchter zur Räson bringen würde.

Agnes Haerlin kämpfte inzwischen in Salzburg verbissen darum, daß ihre Aufenthaltsgenehmigung verlängert würde. Das Hotel «Österreichischer Hof» bestätigte ihr dafür «mit Freude, daß wir Sie zu unserem Stammgast zählen dürfen, daß keine Verbindlichkeiten aufscheinen». Ein örtlicher Steuerberater schrieb an die Behörden, daß seine Mandantin in Salzburg Steuern zahle und «nicht auf Leistungen beziehungsweise Zuwendungen des österreichischen Staates angewiesen und jederzeit in der Lage ist, ihren Lebensunterhalt zu bestreiten».

Und der Steuerberater aus Hamburg teilte der Fremdenpolizei Salzburg mit, «daß Frau Agnes Haerlin in 1985 ein steuerpflichtiges Einkommen von DM 1.683.982,– hatte». Ihr Gesamtvermögen ergebe «bei vorsichtiger Schätzung» 19,1 Millionen Mark. Der Berater versicherte dem Amt außerdem, daß die Grundstücke in bester Lage jederzeit veräußerbar seien und das Hotel «Vier Jahreszeiten» in Hamburg «als bestes Hotel Europas einen weit höheren Marktwert darstellt».

Das Bundeszentralregister in Berlin bestätigte in einem «Führungszeugnis über Agnes Annemarie Haerlin» vom 18. März 1987, daß es über sie «keine Eintragung» gebe. Der Landeshauptmann vom Bundesland Salzburg, Dr. Wilfried Haslauer, setzte sich für sie ein: «Frau Haerlin tätigt in Salzburg jährlich hohe Umsätze. Sie ist mir auch als Förderin des Salzburger Kunstlebens bekannt.» Die Polizei notierte, Agnes Haerlin begründe ihren Antrag damit, daß sie sich in Salzburg sehr wohl fühle und «den Lebensabend hier in der schönen Mozartstadt verbringen» möchte.

Am 1. Juli hatte die Staatsaktion für Agnes Haerlin ein positives Ende, sie bekam gemäß Erlaß des Wiener Innenministeriums ein unbefristetes Aufenthaltsrecht.

Inzwischen war auch in Hamburg das Steuerstrafverfahren zu Ende gegangen. Am 7. Mai 1987 hatte das Amtsgericht in dem Verfahren mit dem Aktenzeichen 150 JS 273/86 sein Urteil verkündet: Wegen Steuerverkürzung in zwei Fällen wurde sie zu 480 Tagessätzen zu je 5000 Mark Geldstrafe verurteilt. Zu diesen 2,4 Millionen Mark kam noch eine Steuernachzahlung von rund 1,1 Millionen Mark. Nachdem alle Summen überwiesen worden waren, wurde das Urteil am 27. Mai rechtskräftig.

Nun hätte Agnes Haerlin auf jeden Fall unbehelligt nach Hamburg zurückkommen können, aber sie wollte nicht mehr. Ihren Vertrauten im «Österreichischen Hof» erzählte sie, da seien zu viele Leute, die sie enttäuscht hätten.

Whisky für den großen Pianisten

Der Konflikt um die Zukunft des «Vier Jahreszeiten» nahm immer groteskere Formen an. Mit seiner Chefin verhandelte Prantner in Salzburg über einen Investitionsplan für die kommenden Jahre. Es sollte wie bisher weiter erneuert und umgebaut werden. Wenig später teilte ihm der Steuerberater als Bevollmächtigter der Töchter mit, für die nächsten Jahre hätten die Gesellschafter einen Investitionsstopp beschlossen. Außerdem sei ihm ab sofort der direkte Kontakt zu Agnes Haerlin verboten. Solche Gespräche müßten jetzt von Thekla oder Anne Haerlin genehmigt werden.

Es kam zu hitzigen Auseinandersetzungen darüber, wer im Hotel das letzte Wort habe. Prantner verkündete, daß er sich auf keinen Fall an die verordnete Kontaktsperre halten werde. Seine Chefin sei Agnes Haerlin. Nach den Krächen folgte Weihnachten wieder der Versöhnungsbrief mit Dank «für Ihren unermüdlichen Einsatz» und der Hoffnung, «eine für alle zufriedenstellende Basis zu finden, um weiterem Erfolg entgegenzusehen».

Über diese handfesten Auseinandersetzungen drang nie etwas an die Öffentlichkeit. Das «Vier Jahreszeiten» war inzwischen zum zweitbesten Hotel der Welt aufgestiegen. Die Gäste wurden verwöhnt wie eh und je. Hier traf sich nach wie vor die Prominenz. Im Mai 1986 hatte der amerikanisch-ukrainische Pianist Wladimir Horowitz nach 54 Jahren zum erstenmal wieder ein Konzert in Deutschland gegeben.

Premiere war in Hamburg. Selbstverständlich wohnte der weltberühmte Klaviervirtuose im «Vier Jahreszeiten». Am Sonntag, dem 3. Mai, war der inzwischen 81jährige Künstler eingetroffen und hatte gemeinsam mit Ehefrau Wanda eine Drei-Zimmer-Suite im 1. Stock bezogen. Er genoß den Ausblick auf die Binnenalster und das helle Grün der Bäume.

Im Restaurant aß er jeden Tag eine «Seezunge Müllerin». Dazu bestellte seine Frau Wanda Apfelsaft und Mineralwasser. Sie paßte auf wie ein Terrier, daß ihr Wladimir keinen Alkohol trank. Der wußte es aber so einzurichten, daß er ab und zu einen Abstecher in die «Simbari Bar» machte. Dann stand vor ihm ein schönes großes Glas Mineralwasser mit Eiskugeln. Den doppelten Scotch reichte Barmann Prill dem Meister separat und stellte ihn schnell wieder unter den Tresen, denn Wanda könnte ja jeden Augenblick um die Ecke biegen. Horowitz wurde nie erwischt, und Prill bekam manch hübsches Scheinchen diskret in die Hand gedrückt.

Wann immer Horowitz später im «Vier Jahreszeiten» wohnte, stets hatte er einen frisch gestimmten Steinwayflügel in seiner Suite stehen. Er übte jeden Tag mehrere Stunden. Am Anfang beschwerten sich einige Gäste über die Ruhestörung. Als sie aber hörten, wer da in die Tasten griff, verstummte die Kritik, und im ersten Stock versammelten sich immer wieder Gäste, die den kostenlosen Vorstellungen lauschten. Nach gut einer Woche Vorbereitung im Hotel hatte Horowitz seinen großen Auftritt in der Musikhalle. Es wurde ein Triumph. Die Hamburger feierten den großen alten Mann überschwenglich.

1988 war für Gert Prantner ein besonderes Jahr. Monatelang kämpfte er um einen verbindlichen Investitionsplan für das Hotel, der über vier Jahre laufen sollte. Im Oktober würde er sein 20. Jubiläum feiern. Die Konferenzen und Diskussionen um die Renovierung des Hotels wurden immer heftiger. Anfang Januar hatte schon der Entwurf einer Vereinbarung zwischen «Fritz Haerlin jr. Hotel Vier Jahreszeiten» und der «Friedrich Haerlin KG» auf dem Tisch gelegen. An der Kommanditgesellschaft waren die Töchter mit je 30 Prozent und die Mutter mit vierzig Prozent beteiligt. In der Hotelgesellschaft hatte Agnes Haerlin allein das Sagen.

«Zur Erhaltung der Konkurrenzfähigkeit des Hotels sind Renovierungs- und Reparaturarbeiten im erheblichen Umfang notwendig», war in dem Vertragstext zu lesen. Deshalb sollten von 1988 bis 1991 jeweils drei Millionen Mark ausgegeben werden. Aus den Gewinnen des Hotels waren zwischen 1975 und 1987 mehr als 23 Millionen Mark in das Haus gesteckt worden.

Nun sollten sich auch die Töchter an den werterhaltenden Maßnahmen zur Hälfte beteiligen. Schließlich hatten sich die drei Damen in derselben Zeit eine um das Dreifache erhöhte Miete genehmigt, die vom Hotel zu verdienen war.

So klar zu sehen war, wie nötig diese Geldspritzen waren, so sicher endeten die Verhandlungen im Nichts. Die Strategie wurde immer deutlicher, Annemarie Ulrich und Thekla Haerlin wollten das «Vier Jahreszeiten» nicht aufpolieren, sie wollten es abstoßen, von zusätzlich investierten Millionen hätten sie also keinerlei Nutzen gehabt.

Das Jubiläum am 15. Oktober überdeckte ein weiteres Mal alle Differenzen, jetzt war Lächeln angesagt. Fotos erschienen in den Zeitungen, Gert Prantner zwischen den beiden Hotelerbinnen. Wieder wurde gedichtet im Hause Haerlin. Diesmal reimte sich «Glück» auf «zurück» und «Grund» auf «rund». Die Töchter bedankten sich in einem Aushang für das Personal bei Prantner «für seine engagierte, unermüdliche Arbeit und für all das, was er in den zurückliegenden Jahren seines Wirkens in diesem Hause bewegen konnte». Auch Agnes Haerlin schickte einen Dankesbrief aus ihrem Salzburger Exil. Ansonsten herrschte Eiszeit.

Verkaufsverhandlungen im Golfcar

Am 17. Februar 1989 fuhr Gert Prantner wieder nach Österreich. Diesmal war es eine «Geheimreise», denn die Kontaktsperre galt noch immer.

Agnes Haerlin wirkte zum erstenmal völlig verzweifelt und mutlos. Sie sprach ganz konkret davon, daß sie aufgeben wolle. Die Töchter könnten das «Vier Jahreszeiten» nicht leiten, und sie sei einfach zu alt für diese Aufgabe.

Prantner ermunterte seine Chefin. Sie würde es sich noch einmal überlegen, antwortete Agnes Haerlin zum Abschied.

Beim nächsten Treffen Mitte Mai stand ihr Entschluß fest, Prantner sollte mit dem TV-König Max Grundig Kontakt aufnehmen, der schon früher Interesse am «Vier Jahreszeiten» bekundet hatte und inzwischen das Schloßhotel «Bühlerhöhe,» das Hotel «Schloß Fuschl» im Salzkammergut und das «Vista Palace» in Monte Carlo sein eigen nannte.

Prantner war von dieser Idee angetan. Wenn schon ein Verkauf, dann würde Grundig den Bestand des «Vier Jahreszeiten» in der traditionellen Form auch garantieren. Doch er wollte erreichen, daß die beiden Töchter mit in diesem Boot säßen. So flog er also mit den beiden Frauen eine Woche später zum Familiengipfel nach Salzburg.

In trauter Runde stellte er, wie mit Agnes Haerlin verabredet, den drei Damen die Gretchenfrage: Investieren oder verkaufen? Die Mutter ließ den Töchtern den Vortritt. Die verließen kurz das Zimmer, kamen wieder zurück und sagten «verkaufen». Nun erklärte auch Agnes Haerlin: «Dann ist die Sache ja klar, ich will auch nicht mehr. Mein armer Fritz wird sich zwar im Grabe herumdrehen, aber es ist für alle besser so.» Mit einem Federstrich war eine 92jährige Familientradition zu Ende gegangen.

Nun ging alles Schlag auf Schlag. Schon am 31. Mai holte Prantner seine Chefin am Frankfurter Flughafen ab und fuhr mit ihr in Richtung Baden-Baden. Im Schloßhotel «Bühlerhöhe» warteten schon Senator Max Grundig und seine Ehefrau Chantal. Grundig, der große alte Mann der Nachkriegswirtschaft, der 1948 seine Radiofabrik gegründet und zum größten europäischen Hersteller von Unterhaltungselektronik gemacht hatte, war 1984 aus seinem Konzern ausgeschieden. Die Philips AG hatte seine Anteile übernommen. Nun war der Senator E.h. und Doktor h.c. Vorstandsvorsitzender der Max-Grundig-

Stiftung in Baden-Baden und widmete sich seiner jungen Frau, seinen Hotels und dem Golfspiel.

Um ungestört verhandeln zu können, kurvte das Quartett mit einem Golfcar durch den weitläufigen Hotelpark – Agnes Haerlin und Prantner hinten, Max Grundig am Steuer, neben ihm Chantal. Man wurde sich rasch handelseinig.

Beim anschließenden Essen im kleinen Kreis besiegelte Agnes Haerlin mit «meinem lieben Max» den Kauf nach guter alter Sitte per Handschlag – 100 Millionen Mark. 45 Millionen für die Grundstücks KG, 45 Millionen für den Hotelbetrieb und 10 Millionen für die geplante Haerlin-Stiftung. Außerdem wollte sich Grundig vertraglich verpflichten, in den folgenden Jahren 30 Millionen Mark nach Prantners Plänen in das Haus zu investieren. Zur Regelung der verbleibenden Kleinigkeiten würde der Senator seine Vertrauensleute nach Hamburg zu Prantner schicken.

Man trank eine Flasche Jahrgangs-Champagner auf den großen Deal, und Agnes Haerlin zückte vor Rührung ihr Taschentuch und brachte einen Trinkspruch auf ihren seligen Fritz aus.

Max Grundig lud Freundin Agnes zur Untersuchung und Behandlung in die Fachklinik Bühlerhöhe ein, damit sie ihre körperlichen Leiden auskurieren könnte. Die Zuckerkranke dürfte dann auch in seiner Privatsuite im obersten Stockwerk des Hotels mit dem schönsten Ausblick wohnen.

Zwei Tage später trafen die Grundig-Direktoren an der Alster ein. Die drei Herren waren beeindruckt von der Lage des Hauses, seinem Charme, dem Servicegeist der «Vier Jahreszeiten»-Mannschaft und dem sensibel-zupackenden Führungsstil von Prantner. Wenn der, wie geplant, in Grundigs Stab übernommen würde, könnte es für sie ungemütlich werden.

Als sie im Souterrain die Hotelküche besichtigten, machten sie eine sonderbare Entdeckung: Köche und Hausmädchen wischten mit Scheuerlappen das Wasser vom Fliesenboden, das sich überall verteilt hatte. Des Rätsels Lösung: Das «Vier Jahreszeiten» ist wie alle Häuser in der Nachbarschaft auf Pfählen gegründet, und nach heftigen Niederschlägen drückt die Alster gelegentlich von unten Wasser in das Haus. Die Herren hatten es plötzlich eilig, zurück nach Baden-Baden zu kommen.

Mit Datum vom 8. Juni 1989 ging bei Agnes Haerlin im «Österreichischen Hof» ein Brief ihres Freundes Max ein. Schon die förmliche Anrede «Sehr geehrte gnädige Frau» ließ nichts Gutes ahnen: «Nachdem meine Herren aus Hamburg zurückgekehrt sind und mir Bericht erstattet haben, muß ich leider von der Übernahme Ihres Hotels Vier Jahreszeiten Abstand nehmen. Gegenüber den früheren Informationen und meinem Verständnis über Ihr Angebot haben sich schwerwiegende Abweichungen ergeben.» Es gehe um das «Haus Württemberg» und das «Haus Bremen», die nicht mitverkauft werden sollten, obwohl darin zum Beispiel die Hotelgarage untergebracht sei. Um Hotelvorräte und bestehende Bankschulden und eine schlechtere als kalkulierte Ertragslage. «Ich könnte noch weitere Punkte aufführen, verzichte aber darauf, da Sie über Ihr Haus und den tatsächlichen Wert weit besser informiert sind, als es unseren Herren in der kurzen Zeit möglich war.»

Auch Prantner bekam einen Absagebrief von Grundig und antwortete: «Ihre Entscheidung hat mich nicht überrascht. Nachdem ich die Herren Ihres Vorstandes kennenlernte, die das Hotel ‹Vier Jahreszeiten› in Augenschein nehmen sollten, das Sie für einen guten Preis zu erwerben gedacht hatten, habe ich für Ihren Schritt volles Verständnis.»

Der Kampf um «ein Stück Hamburg»

Der geplatzte Millionendeal blieb nicht lange geheim. Am 27. Juni erschien in der Tageszeitung «Die Welt» ein fünfspaltiger Artikel unter der Überschrift: «Auf der Suche nach einem würdigen Käufer – Die Familie Haerlin will sich von dem traditionsreichen Hamburger Tophotel an der Binnenalster trennen». Nach einem vertraulichen Tip hatte der «Welt»-Reporter seine Recherche begonnen und schließlich von Prantner und den Töchtern bestätigt bekommen, das «Vier Jahreszeiten» stehe zum Verkauf. Nicht aus Geldnöten oder weil es dem Hotel wirtschaftlich schlechtgehe, sondern weil Thekla und Annemarie kinderlos seien, es also keine nächste Generation gebe, die das Haus einmal übernehmen könnte.

Prantner rief die Mitarbeiter des Hauses zusammen und informierte sie über die Pläne der Besitzerinnen: «Die Familie Haerlin faßt eine Veräußerung ins Auge. Ihre Arbeitsplätze sind nicht gefährdet. Jetzt soll einer das Hotel kaufen, der es im Sinne hanseatischer Tradition weiterführt wie bisher.»

Die Nachricht löste in Hamburg eine Welle von Emotionen aus. Am nächsten Tag beherrschte der geplante Verkauf die Schlagzeilen aller Zeitungen. «Alle Welt will Hamburgs Hotel ‹Vier Jahreszeiten›» meldete die «Bild»-Zeitung. Das «Hamburger Abendblatt» widmete dem Ereignis drei Sonderseiten, Titel: «Im Angebot: Ein Stück Hamburg».

In einem Interview sagte Gert Prantner: «Nie würde die Familie Haerlin dieses Haus dem Meistbietenden geben, nur weil er das meiste Geld auf den Tisch legt. Wir haben die Verpflichtung sicherzustellen, daß dieses Haus in der Tradition seines Gründers Friedrich Haerlin weitergeführt wird.» Und auf die Frage, ob er über einen Kaufpreis von 200 Millionen Mark überrascht wäre, antwortete der Direktor: «Wer für dieses Hotel 200 Millionen Mark zahlt und ernsthaft dem entsprechen will, was von ihm gefordert wird, hat wahrscheinlich keine seriösen Absichten.»

«Juwel an der Alster wird verkauft» und «Geheimplan aus Angst vor den Öl-Scheichs: 1000 Hamburger kaufen das Hotel ‹Vier Jahreszeiten›» lauteten weitere Schlagzeilen. Im Büro von Prantner standen die Telefone nicht mehr still. Interessenten aus aller Welt meldeten sich und viele besorgte Gäste.

Prantner fürchtete, daß sein Lebenswerk schweren Schaden nehmen könnte. Am 30. Juni schrieb er deshalb an seine Mitarbeiter: «Es ist richtig, daß ein Reeder-Wechsel vollzogen werden wird; dieser Wechsel war auf lange Sicht unumgänglich, weil wir in der Familie Haerlin keine vierte Generation haben werden. Leider sind Findungs-Gespräche durch Indiskretionen an die Presse gelangt», was die Sache nicht einfacher mache. «Im Interesse Ihrer aller Zukunft bitte ich Sie, sorgfältig, umsichtig und mit größter Aufmerksamkeit all' unsere Gäste zu betreuen und zu umsorgen.» Die Mannschaft hatte längst begriffen, was auf dem Spiel stand.

Nach dem Grundig-Debakel und der öffentlichen Diskussion brach in der Familie der Streit über die Zukunft des Hotels wieder los.

Prantner forderte eine vertrauliche «Gipfel-Konferenz», die dann am 5. Juli in München stattfand. Teilnehmer: Agnes Haerlin, Annemarie Ulrich-Haerlin, Thekla Haerlin, Gert Prantner, der Hamburger Steuerberater und der Wiesbadener Rechtsanwalt Alfred-Carl Gaedertz. Der bekannte Wirtschaftsjurist und Notar war seit langer Zeit Gast im «Vier Jahreszeiten». Nun sollte er für die Eigentümerinnen als erfahrener Mann mit guten Verbindungen den richtigen Käufer finden und für Ausgleich in der Familie sorgen. Die Preisvorstellungen der drei Haerlin-Frauen pendelten sich inzwischen bei 200 Millionen Mark ein.

Prantner stellte anfangs noch einmal seine Gretchenfrage. Anwalt Gaedertz vermerkte in seinem Protokoll: «Die drei Damen haben übereinstimmend den Beschluß gefaßt, daß das Hotel ‹Vier Jahreszeiten› verkauft werden soll.» Denn «auch im entferntesten Familienkreis» sei kein interessierter Nachfolger zu finden.

Drei Gruppen wurden als potentielle Partner definiert:

1. Einige kapitalkräftige Hanseaten sollten eine «Vier Jahreszeiten»-Aktiengesellschaft gründen. Solche Pläne verfolgte der damalige Deutsche-Bank-Vorstand Dr. Eckart van Hooven. Auch Landesvater Bürgermeister Henning Voscherau hätte diese Lösung «im Interesse Hamburgs» gern gesehen.
2. Hotelketten der Luxusklasse.
3. «Einzelinteressenten, wie z. B. Herr Dr. Schneider aus Kronberg.»

Die Variante eins hatte nur einen Wust von Vermerken, Konzepten und Briefen zum Ergebnis. Manager der Deutschen Bank verfaßten von ihnen selbst so genannte «Schnellschüsse» und Papiere, in denen so bedeutsame Sätze standen wie dieser: «Möglichst bald ein gemeinsames Gespräch mit den Eigentümerinnen, um den Kenntnisstand mit dem Ziel der Erarbeitung eines Konzeptes zu verbessern.» Die Bemühungen der Geldprofis endeten im Nirwana.

Da war der «Dr. Schneider aus Kronberg» schon zupackender. Als Familienanwalt Dr. Gaedertz ihm mitteilte, er könne für gut 200 Millionen eventuell den Zuschlag kriegen, wollte er lieber direkt mit Agnes Haerlin verhandeln. «Ich hoffe, daß es Sie interessiert zu erfahren, wie ich mir eine konstruktive, positive Lösung für unsere beiden Familien vorstelle ... Ich würde Sie auch gern mit einem Privatflugzeug in Salzburg abholen lassen, um ein Treffen in Königstein zu ermöglichen.»

Zur selben Zeit bekam auch Prantner einen Brief, in dem Schneider ihm eine saftige Prämie für den Fall garantierte, daß er die Seniorin in seinem Sinne beeinflussen könnte. Dieses Powerplay des hessischen Baulöwen führte nicht zum Erfolg. Prantner legte sich quer. Für die «Vier Jahreszeiten» wahrscheinlich ein Segen, sonst wäre das Hotel womöglich im Frühjahr 1994 in die Konkursmasse geraten, als das Schneider-Imperium mit Milliardenschulden zusammenkrachte.

Der deutsche Pudding-König, Rudolf-August Oetker, der sich nach dem Tode von Fritz Haerlin schon einmal für das Hotel interessiert hatte, verlor die Lust, als er von den Preisvorstellungen der Familie hörte.

Der Chef des Zigarettenmaschinenkonzerns «Hauni» und große hanseatische Mäzen, Dr. Kurt Körber, schrieb am 16. November an Anwalt Gaedertz: «Mein Interesse gilt der zukünftigen Erhaltung des hohen Ansehens dieses Hauses in Verbindung mit dem Namen Haerlin, der dieses im Hotelgewerbe vorbildliche Niveau geprägt hat.» Er wollte deshalb eine gemeinnützige «Haerlin-Stiftung» gründen. Voraussetzung sei aber, «daß das Haus zu einem angemessenen Preis verkauft wird».

Völlig entnervt erzählte Körber bei einem Restaurantbesuch Rudolf Botor von seinen vergeblichen Bemühungen: «Ich habe den Töchtern die Stiftung vorgeschlagen und ihnen gesagt, sie könnten die Millionen nicht aufessen, und mitnehmen könnten sie auch nichts. Aber mit der Stiftung würden sie sich ihr Denkmal setzen, der Name Haerlin würde für alle Zeiten glänzen, und das Hotelpersonal würde sie auf Händen um die Alster tragen. Aber die wollen einfach nicht.»

Die Lage wurde langsam verzweifelt. Und führende Wirtschaftsleute schüttelten den Kopf über das Hamburger Theater.

Der Bankier Rudolf Groth, den Prantner Anfang November noch einmal um Vermittlung in Sachen Oetker gebeten hatte, faßte sein Urteil so zusammen: «Durch das Vorgehen und die Methoden der Erben Haerlin werden ein großer deutscher Hoteliername verdunkelt, das Flaggschiff der deutschen Hotels zum Spekulationsobjekt degradiert.»

In der Zeitung «Die Welt» erschien ein Kommentar mit der Überschrift «Wenn Geld Herz schlägt». Auszug: «Jetzt ist genau das eingetreten, was Gert Prantner fürchtete wie der Teufel das Weihwasser: ‹Sein› Hotel ist ins Gerede gekommen, schlimmer: wird als Spekulationsobjekt mißbraucht. Drei Damen haben Prantners diskrete Verkaufspläne desavouiert und sich selbst ins Gerede gebracht, ins Gerede von den ‹habgierigen Weibern›.»

Solch öffentliche Schelte war schmerzlich für Agnes Haerlin, zumal sie inzwischen weitere Sorgen hatte. Auch in Salzburg war Entscheidendes passiert. Der «Österreichische Hof» war verkauft worden. Der neue Eigentümer Peter Gürtler, dem auch das berühmte «Hotel Sacher» in Wien gehörte, baute das Haus grundlegend um. Direktor Prinz wurde in Pension geschickt, und die Dauermieterin mußte ihre «Leuchtturmwärterinnen»-Suite räumen.

Es wurde ein trauriger Abschied. Agnes Haerlin fand die Idee wenig verlockend, plötzlich allein zu wohnen, nicht mehr inmitten des Hoteltrubels, nicht mehr mit all ihren Vertrauten, die ihre Marotten kannten. Kein Heinz mehr mit den Frühstückseiern, keine Burgi mit ihrem schönen Ordnungssinn, kein «Männeken» mit dem Handwerkskasten. Alles aus und vorbei. Nur der Mietwagenfahrer Wolfgang Schmidt war ihr als

Kontaktmann geblieben. Der hatte sie schon seit langem mit seinem Mercedes zu Besorgungen nach Salzburg gefahren, war mit ihr bei den Festspielen in Bayreuth gewesen oder zum Einkaufen in München.

Im Erdgeschoß eines Zweifamilienhauses in der Salzburger Schloßstraße 47 bezog sie am 1. September das Erdgeschoß. Treppensteigen war der schwergewichtigen Hotelchefin schon lange höchst beschwerlich. Agnes Haerlin richtete sich ein großes Blumenfenster ein und rückte ihren Schreibtisch davor, damit sie immer in den Garten sehen konnte, in den sie gleich große Mengen Rosen pflanzen und Tulpenzwiebeln setzen ließ.

Sie hatte wenig Kontakt zu den Hausbesitzern, die in der ersten Etage wohnten. Nur manchmal ärgerte sie sich über deren lebhafte Tochter Sonja und sagte der Mutter: «Wenn bloß dieses springende Känguruh nicht wäre!»

Ansonsten erzählte sie ihren Vermietern etwas von ihrem schönen Hamburger Hotel und einer Maisonette-Wohnung, die sie in einem Münchner Neubau gekauft hätte und die sie nun am Zeichentisch neu gestalte. Die Wohnung in der Schloßstraße hatte sie nämlich zunächst nur für ein Jahr gemietet.

Die weltpolitischen Umwälzungen im Oktober und November 1989 verdrängten auch in Hamburg das öffentliche Interesse am Schicksal des «Vier Jahreszeiten». Am 9. November war in Berlin die Mauer geöffnet worden. Nach 38 Jahren fielen die Grenzen zwischen der DDR und der Bundesrepublik. Am 10. November fuhren endlose Schlangen von «Trabis» durch die Hamburger Innenstadt, über den Jungfernstieg und über die Reeperbahn. Die legendären Plastikautos aus DDR-Produktion wurden mit Plastiktüten voller Bananen behängt. Deutschland war im Glückstaumel über das Ende der Diktatur im Osten und die sich abzeichnende Wiedervereinigung.

Ein Japaner macht Furore

Die Situation um das «Vier Jahreszeiten» wurde unterdessen so brisant, daß es schließlich doch wieder die Schlagzeilen eroberte. Im Laufe des November war Prantner klargeworden, daß er, anders als vereinbart, nicht mehr von den Haerlins und ihren Beratern über den Stand der Dinge informiert wurde.

Anwalt Gaedertz hatte das Hotel inzwischen schriftlich für 240 Millionen Mark angeboten. Es gab plötzlich Gerüchte, das Hotel werde noch bis zum Jahresende verkauft, und Prantners Position stehe zur Disposition. Er zog daraus die Konsequenz und bat die Gesellschafterinnen, seinen bis ins Jahr 2004 laufenden Vertrag aufzulösen. Seiner Mannschaft teilte er dies am 1. Dezember mit. Er stehe dem Haus aber bis zum Verkauf noch zur Verfügung.

Am 5. Dezember 1989 versammelten sich die Angestellten zu einem Weihnachtsempfang, kein Fest wie sonst jedes Jahr. Die Stimmung war gedrückt. Bürgermeister Voscherau erschien und sprach den Versammelten Mut zu und wünschte sich für das Hotel und seine Mitarbeiter eine schnelle «salomonische» Lösung.

Einen Tag später flog Prantner zur Jahrestagung der «Leading Hotels» nach London. Im «Barkley Hotel» traf er sich mit dem Präsidenten der Vereinigung, Joe Giacoponello zum Frühstück.

Der hatte eine interessante Nachricht für ihn. Der Japaner Hiroyoshi Aoki wolle ihn dringend kennenlernen.

Der Mann aus Tokio war Chef des gleichnamigen Baukonzerns und Eigner mehrerer Luxushotels, die «Leading»-Mitglieder waren. Das Treffen fand am nächsten Tag statt. Mr. Aoki ließ sich die Situation auf dem deutschen Hotelmarkt schildern. Am Schluß des Gespräches sagt er, er interessiere sich besonders für das «Vier Jahreszeiten» und wolle wissen, was das Geheimnis dieses Hotels sei, von dem er nur Positives gehört habe.

Prantner fuhr mit dem sicheren Gefühl nach Hause, daß Aoki das Hotel kaufen wollte.

Wenig später erfuhr er, daß über einen Mittelsmann bei der Familie ein Kaufangebot mit der phantastischen Summe von 215 Millionen Mark eingegangen sei. Für die Erben ein Glücksfall. Für Prantner aber ein unrealistisch hoher Preis. Auf dieser Basis konnte er mit dem Haus kein Geld mehr verdienen. Das hatte er noch wenige Wochen zuvor in einem Zeitungsinterview erklärt.

Nun wollte er wissen, was der Japaner tatsächlich mit dem Hotel plante. Er vereinbarte deshalb mit ihm ein zweites Gespräch.

Diese nächste Zusammenkunft der beiden war eine Szene wie aus einem Thriller: Konspirativ wie zwei Topagenten trafen sie sich am 10. Dezember 1989 auf dem Flughafen von Genf, dort, wo die Privatmaschinen abgefertigt werden. Aoki schwebte mit seinem Firmenjet ein, einer zweistrahligen Falcon. Prantner wurde in einen Hangar geführt, wo Aoki neben seiner Maschine wartete.

In einem kargen Büroraum folgte dann ein Gespräch, an dessen Ende Prantner die Pläne Aokis nicht mehr für verrückt hielt, sondern sogar bereit war, bei ihm einen Dreijahresvertrag zu unterschreiben.

Der Aoki-Baukonzern war schon Ende der siebziger Jahre in Südamerika ins Hotelgeschäft eingestiegen und hatte die «Caesar Park»-Hotelgruppe aufgezogen. 1988 hatte Aoki die «Westin»-Hotelkette mit über achtzig Häusern in Nordamerika und Asien gekauft. Jetzt sollte das Geschäft auf Europa ausgeweitet werden. Mit einem «Letter of Intent» hatten sich die Japaner die Swiss-Hotelgruppe gesichert. Bei positivem Ausgang aller Prüfungen hatten sie sich zum Kauf für 750 Millionen Schweizer Franken verpflichtet. Außerdem wollte der Baukonzern aus dem fernen Osten nach dem Fall der Mauer seine Aktivitäten auf Ost- und Westeuropa ausdehnen.

Mit dem Kauf des «Vier Jahreszeiten» wollte Aoki das Flaggschiff für seine Hotels in Europa erwerben und seinen Konzern gleichzeitig mit einem Schlag bekanntmachen. Eine entsprechende Werbekampagne hätte weit mehr als die 65 Millionen Mark gekostet, die er nun bereit war, auf die von anderer Seite gebotenen 150 Millionen Mark draufzulegen.

Die Strategie erschien Prantner wohlüberlegt und überzeugend. Er wußte, daß damit die Zukunft des «Vier Jahreszeiten» in seinem Sinne langfristig gesichert wäre.

Aoki bot ihm an, Präsident der «Westin»-Gruppe Europa zu werden, Vorstand bei «Westin» International und Beirat im Aoki-Konzern.

Am Abend war Prantner wieder in Hamburg.

Diesmal blieb der Deal wirklich so lange geheim, bis der Kaufvertrag für das Hotel unter Dach und Fach war.

Für Agnes Haerlin und ihre Töchter war Hiroyoshi Aoki ein Geschenk des Himmels. Im Juni hatten sie das Hotel für 100 Millionen an Max Grundig verkauft, der sich dann als wasserscheu erwies. Jetzt, sechs Monate später, bekamen die drei Frauen mit 215 Millionen mehr als das Doppelte.

Einen Tag vor Weihnachten wurde der Vertrag unterschrieben, und Prantner machte wieder einen Aushang am Schwarzen Brett: «Liebe Mitarbeiter, ich empfinde es als persönliche Verpflichtung, Ihnen allen bereits heute mitzuteilen, daß die Familie Haerlin beabsichtigt, die Direktion sowie alle Abteilungsleiter am Mittwoch, dem 27. Dezember 1989, darüber zu informieren, daß sie das Hotel Vier Jahreszeiten an die Aoki-Corporation verkauft hat.»

Der Abschied der Hotelerbinnen war schockierend für die Angestellten. Agnes Haerlin kam nicht einmal nach Hamburg, um ihren Leuten Lebewohl zu sagen, die zum Teil Jahrzehnte für sie und den Ruf des Hauses gearbeitet hatten. Die Töchter Annemarie und Thekla fielen dadurch auf, daß sie mit dem Unterhändler von Mr. Aoki im Restaurant tafelten, Champagner auffahren ließen und lachend den Millionenhandel feierten, während im Hintergrund Kellner und Zimmermädchen heulend über die Gänge liefen, tieftraurig darüber, daß die Ära Haerlin nach 92 Jahren zu Ende war.

Chefportier Hasso Schlage empfand dieses Ende mehr als entwürdigend. Als Anne und Thekla Haerlin im Dezember an seinen Tresen kamen und sagten, daß sie mit Herrn Gaedertz verabredet seien, «da ging mir ein Licht auf. Jetzt wird es Ernst mit dem Verkauf.» Nachdem sich seine Ahnung bestätigt hatte, kam Thekla noch einmal an seine Loge. Sie hielt ihm ein Tablett hin, auf dem mehrere Münzen lagen. «Hier, verteil das mal, das ist für die Leute in deiner Abteilung.» Schlage war sprachlos über so viel Stillosigkeit. «Kein persönliches Wort für die Leute, kein Unterschied, ob Lehrling oder langgedient. Es war nur furchtbar und peinlich. Es fehlten sogar drei Münzen.»

Die Goldstücke, Wert 186 Mark, lösten bei der Mannschaft große Verbitterung aus. Der Verkaufspreis für das Hotel stand

Ein Japaner macht das Rennen:
Der Bauunternehmer Hiroyoshi Aoki – hier mit
Ehefrau Cheiko und Gert Prantner –
kaufte das «Vier Jahreszeiten»
für 215 Millionen Mark

längst in den Zeitungen, die Angestellten fühlten sich übel abgespeist.

Dann sickerte noch durch, daß die Töchter selbst Prantners Idee verworfen hätten, von den vielen Millionen wenigstens fünfhunderttausend Mark für einen Pensionsfond zu stiften. Viele der Angestellten schickten die Münze kommentarlos oder mit bösen Briefen zurück. Zum Beispiel Rudolf Botor und Hausdame Alwine Hollekamp, bei der Thekla jahrelang Trost und Hilfe gefunden hatte und die nun tief enttäuscht war.

Der Abschied vom Haerlin-Clan war auch für Gert Prantner bitter. Ein Wort des Dankes bekam er weder von der Seniorin noch von ihren Töchtern. Dafür erfuhr er von Aoki, daß der Berater der Töchter dringend abgeraten habe, ihn als Hotelchef in seine Dienste zu übernehmen.

Welche Bedeutung das «Vier Jahreszeiten» hatte, zeigte das Echo auf den Coup der Japaner. Aoki und sein Konzern waren tatsächlich über Nacht in Europa bekannt, es gab unzählige Schlagzeilen über die Pläne der Männer aus Tokio. Aber es wurde auch öffentlich darüber diskutiert, ob nun der Ausverkauf Deutschlands anfange, wenn sogar diese Bastion hanseatischer Tradition falle.

Der Golfkrieg und das Ende eines Traums

Offiziell blieb Prantner zwar noch oberster Chef des «Vier Jahreszeiten». Tatsächlich konnte er sich aber kaum noch um das Hotel kümmern. 200 Tage im Jahr flog er mit Aoki um die

Welt. Von Seattle nach Hongkong, nach Tokio, Paris, New York, Zürich, Moskau und Warschau. Die meiste Zeit waren sie mit der konzerneigenen Falcon unterwegs, immer mit Mozartmusik in der Kabine und Mozartkugeln als Verpflegung, die Aoki so liebte. Mit in der Maschine Manager, Privatsekretär und Leibwächter. Auf diesen Touren bauten die beiden Männer an dem weltweiten Hotelimperium. Allein in Europa sollten innerhalb von fünf Jahren mehr als 30 Hotels für die «Westin»-Gruppe neu gebaut oder gekauft werden.

Aoki, der gut Englisch, Französisch und Spanisch sprach, beeindruckte Prantner immer wieder durch seine perfekte Organisation. Von seinen Vertrauten wurde er hinter vorgehaltener Hand respektvoll «Shogun» genannt.

Vor einem Treffen mit einem neuen Gesprächspartner mußten alle erreichbaren Informationen herbeigeschafft werden, die er sorgfältig las. Jede Verhandlung wurde mit Daten und Fakten sorgfältig vorbereitet, und Aoki studierte die Aktenvermerke früherer Gespräche, die seine Assistenten penibel protokolliert hatten. Wichtig waren dabei stets auch private Details. Wenn der Konzernchef aus dem Flugzeug stieg, überraschte er sein Gegenüber stets mit persönlichen Fragen: «Wie geht es Ihrem Sohn, hat er seine Krankheit überstanden? Hat Ihre Tochter die Aufnahmeprüfung geschafft?»

Das Team Aoki – Prantner wurde unzertrennlich.

Zunächst prüfte Prantner mit der Aoki-Mannschaft die einzelnen «Swiss»-Hotels, die der japanische Konzern von der Schweizer Fluggesellschaft «Swissair» kaufen wollte. Man war sich weitgehend handelseinig, als im Sommer 1990 der Golfkrieg ausbrach. Die Armeen des irakischen Dikators Saddam Hussein überfielen und annektierten das Ölscheichtum Kuwait.

Der Krieg war für das rohstoffarme Japan eine höchst bedrohliche Entwicklung. Denn fast dreiviertel seines Ölbedarfs bezog das Land aus dem Nahen Osten. Der Kurs des Yen fiel. Da der Kaufpreis in Schweizer Franken gezahlt werden mußte, zog die Aoki-Gruppe Mitte September die Konsequenz und stieg wegen der «wirtschaftlichen und politischen Entwicklung» aus dem «Swiss»-Projekt aus. Hinter verschlossenen Türen wurde der «Letter of Intent» gegen hohe Abfindungszahlungen für gegenstandslos erklärt.

Die anderen Hotelprojekte in Europa wurden weiter verfolgt. Prantner war weiterhin ständig unterwegs. Im Februar 1991 saß er mit Aoki in Hongkong. Sie warteten auf Nachricht, ob der Konzern beim Neubau des dortigen Flughafens einen Teil des Milliardenprojekts zugeschlagen bekäme. Aokis Firma hatte schon mehrere Airports errichtet. Die beiden diskutierten die Entwicklung auf dem Touristikmarkt und waren sich einig, daß dieser Branche eine langfristige Wachstumsphase bevorstünde.

Noch ehe aber die Entscheidung in Sachen Flughafen gefallen war, kam die Nachricht, daß die Alliierten unter der Führung der USA Kuwait befreiten und weit in den Irak hineinmarschierten.

Jetzt war die große Krise da. Die Kurse japanischer Aktien fielen dramatisch. Eine bedrohliche Situation für den Aoki-Konzern, der neben dem Stammgeschäft auf dem Bausektor riesige Summen in die Touristikbranche investiert hatte.

Aoki entschied, sofort nach Tokio zurückzufliegen. Dort tagten Gesellschafter, Aufsichtsrat und Vorstand. Das Gremium beschloß, sich in Zukunft auf das Kerngeschäft Bauen zu konzentrieren und die Expansionspläne in Europa komplett zu stoppen. Wie in Japan selbstverständlich, hatte dieser Rückzug in aller Stille und ohne Gesichtsverlust stattzufinden.

Für Prantner brachte diese Entscheidung eine böse Erkenntnis: Ohne seine Flaggschiff-Funktion für einen großen europäischen Hotelkonzern war das «Vier Jahreszeiten» viel zu teuer eingekauft, ja sogar überflüssig geworden. Keinesfalls würden mehr die 30 Millionen Mark in die dringend nötige Renovierung und den Ausbau des Hauses gesteckt werden, obwohl diese Investitionen fest eingeplant waren.

Prantner: «Ich mußte nun den geordneten Rückzug organisieren. Und damit das nicht auffiel, mußte ich nach außen hin so tun, als ob wir weiter expandieren. Ich mußte ständig Nebelkerzen werfen, es war schrecklich.»

Im Herbst 1991 gab der Präsident von «Westin» Europa Interviews über die Ausweitung des Geschäfts in den neuen Bundesländern und Osteuropa. Tatsächlich wurden die «Westin»-Büros in Brüssel und London erst reduziert und dann geschlossen. Prantner wurde klar, daß seine Zeit bei Aoki zu Ende ging.

In aller Stille sollte auch ein neuer Eigentümer für das «Vier Jahreszeiten» gefunden werden. Bis Dezember 1993, dem Ende von Prantners Vertrag mit Aoki, sollte die Transaktion geschafft sein. Doch wann immer Verkaufsgespräche anliefen, wurden sie bekannt.

Prantner: «Kaum hatte ich mit jemandem hochvertraulich gesprochen, stand der Preis am nächsten Tag in der Presse.» Geldverluste waren für die japanischen Manager zu verschmerzen, Gesichtsverluste nicht.

Ende 1993 schied Prantner bei Aoki aus und hatte endgültig nichts mehr mit «seinem» Hotel zu tun.

Mit der 215-Millionen-Last auf dem Rücken sollte das «Vier Jahreszeiten» nun kräftig verdienen. Die neue Direktion änderte den Stil des Hauses: Kostenmanagement gegen Service. Erfahrenes Personal wurde entlassen und statt dessen Azubis eingesetzt. Was früher selbstverständlich war, war nun unmöglich. Einem Gast, der in seiner Suite Appetit auf ein Schinkenbrot hatte, wurde dies verweigert, weil Schinkenbrote nicht auf der Karte für den Zimmerservice stünden. Die Frühstückszeit wurde von 7 bis 11 Uhr eingegrenzt

Nach kurzer Zeit mehrten sich in den Zeitungen kritische Artikel, manche waren regelrechte Hinrichtungen. Von zeitungslesenden Garderobieren wurde berichtet, von ungelenken Oberkellnern, die die Wünsche ihrer Gäste überhörten, von endlosen Wartezeiten im Feinschmeckerlokal «Haerlin», von Desserts, die auf der Rechnung standen, ohne jemals serviert worden zu sein. Von einem lange vorbestellten Festmenü, bei dem der vorab ausgewählte Wein zur Neige ging und ohne Ankündigung durch eine andere Sorte ersetzt wurde.

Die Quittung kam prompt. Stammgäste blieben weg, der Umsatz des «Vier Jahreszeiten» sank von 35 Millionen auf 24 Millionen Mark. 1991 rutschte das Haus von Platz 2 auf Platz 5 der Weltbestenliste. Schon 1992 stürzte es auf Rang 15 ab. Und weiter ging's bergab, bis auf Position 33.

Der neue Chef: ein «behutsamer Perfektionist»

Im Sommer 1997 war endlich ein neuer Käufer gefunden. Aoki übergab das «Vier Jahreszeiten» an die Raffles-Gruppe aus Singapur. Der Kaufpreis blieb geheim. Ein neuer Hoteldirektor übernahm das Kommando. Es war der dritte nach Prantner und ein Lehrling von ihm. Ingo Peters, der 35 Jahre alt war, als er Hoteldirektor wurde.

1982 hatte er nach dem Abitur zum Kummer seiner Eltern

nicht Architektur studiert, sondern im «Vier Jahreszeiten» angefangen. Erste Station: Page bei Hermann Lepke. «Bevor wir auf die Gäste losgelassen wurden, hat er uns im kleinen Gesellschaftssaal unterrichtet: Wie man steht, wie man läuft. Gerader Rücken, kurzgeschnittene Fingernägel, polierte Schuhe. Sich Namen und Titel der Gäste merken.» Nach einem halben Jahr Pagen-Praktikum wurde er endgültig Lehrling. Er putzte Toiletten, leerte Papierkörbe und Aschenbecher, polierte Messing und wischte Scheiben blank.

Als Kellnerlehrling brachten ihm Herbert Kröger, Rudolf Botor und Uwe Hering die Geheimnisse des «Kaiser-Service» und andere Spezialitäten des «Vier Jahreszeiten» bei. Er lernte, niemals zu rennen, die Gäste freundlich anzulächeln und souverän zu werden. Er stapelte im Keller Weinflaschen und half auf den Etagen beim Bettenmachen. Service, Service, Service.

Peters war ein in der Wolle gefärbter «Vier Jahreszeiten»-Mann, als er nach der Lehre nach London ins «The Berkley» wechselte. Er studierte wie sein Vorbild Prantner an der Cornell University und wurde mit gerade 28 Jahren stellvertretender Direktor des «Ritz-Carlton» in Philadelphia. 1993 war er Generaldirektor im vornehmen «Phuket Yacht Club» in Thailand, zwei Jahre später leitete er das «Mandarin Oriental Hotel» in Jakarta.

Dann kam das Angebot von der Raffles-Group, die mehrere legendäre Hotels besitzt. Stammhaus ist das «Raffles Hotel» in Singapur, das 1887 von den drei Gebrüdern Sarkies aus Armenien gegründet worden war. In den 20er und 30er Jahren war es ein Mekka der Reichen und Berühmten aus aller Welt. Charlie Chaplin und der Stummfilm-Herzensbrecher und Filmmagnat Douglas Fairbanks wohnten hier. Der Schriftsteller William Somerset Maugham und der Dramatiker und Musicalkomponist Noël Coward genossen das «Raffles» und ließen sich inspirieren.

Seinen Besuch im Frühjahr 1921 nutzte Somerset Maugham unter anderem dazu, seine Erfahrungen mit Opium zu machen. Zunächst fühlte er sich angenehm berauscht. Es folgte ein Opium-Traum mit einer langen Reise durch eine wunderschöne Allee hin zu einer stillen Hafenbucht. Am nächsten Morgen folgten dröhnende Kopfschmerzen und Erbrechen. Somerset Maugham kam zu dem Schluß, daß Reisen mit dieser Droge nichts für ihn waren.

Literarisch war der Aufenthalt in Singapur hingegen höchst ertragreich. Bei einem befreundeten Anwalt hörte er die Geschichte von Ethel Proudlock. Die hatte 1911 auf der Veranda ihres Hauses einen Mann erschossen. In einem Aufsehen erregenden Prozeß war sie wegen Mordes zum Tode verurteilt und schließlich gehenkt worden, obwohl die europäische Gemeinde in Malaysia sich vehement für ihre Begnadigung eingesetzt hatte. Maugham machte daraus seine berühmte Geschichte «Der Brief», die später auch verfilmt wurde.

1945 war das Hotel der erste Zufluchtsort von Kriegsgefangenen, die aus japanischen Lagern befreit worden waren. 1987 stellte der Staat Singapur das «Raffles» unter Denkmalschutz, und im September 1991 wurde das glanzvoll renovierte Haus neu eröffnet. Heute steht es auf Platz 4 der Weltbestenliste.

Der Traum von Ingo Peters erfüllte sich – er wurde Chef im Hamburger «Vier Jahreszeiten». In der Tasche hatte er die schriftliche Zusage von «Raffles»-Präsident Richard C. Helfer, daß er das weiße Haus an der Binnenalster gründlich erneuern dürfte, um den alten Charme zu erhalten oder wiederherzustellen und modernste Technik zu installieren. Es gelang ihm das Kunststück, das Neue so aussehen zu lassen, als ob es schon

«Das ist meine Lebensaufgabe»:
Der ehemalige Page Ingo Peters kehrte als
Hoteldirektor an die Alster zurück

immer so gewesen wäre. Auch der in den vergangenen Jahren geplünderte Weinkeller – die wertvollen Bestände waren durch Großverkäufe zu Geld gemacht worden – wird nun wieder sachverständig gefüllt.

Nur im lange Jahre geschlossenen «Jahreszeitenkeller» hat er gründlich umgebaut – eine neue Bar und ein inzwischen hochbeliebtes orientalisches Restaurant mit dem Namen «Doc Cheng's» in Erinnerung an einen Arzt und Lebemann, der es sich in den 20er Jahren an der Alster angeblich hatte gutgehen lassen.

Peters, der «behutsame Perfektionist», wie ihn das «Hamburger Abendblatt» taufte, ist ein Mann der leisen Töne, mit Geduld und Zielstrebigkeit. Pensionierte Fachkräfte holt er als Berater zurück. Wenn er durch das Hotel geht, hebt er Fusseln vom Fußboden auf, sieht übersehene Zigarettenkippen in Aschenbechern und kennt alle Angestellten mit Namen.

Stimmt es, daß viele Gäste, die unter seinem Vorgänger wegblieben, inzwischen wieder Stammgäste sind?

Peters lächelt und sagt: «Ja.»

EPILOG

Agnes Haerlin hat den großen Abstieg des «Vier Jahreszeiten» nicht mehr erlebt. Sie wohnte völlig isoliert in ihrer Salzburger Wohnung. Besuch aus Hamburg, so die Vermieterin, kam ganz selten. Die Töchter habe sie nie gesehen. Einmal fuhr Agnes Haerlin noch nach Hamburg. Zur Hochzeit ihrer Tochter Thekla, die im Oktober 1990 den Fleischfabrikanten Rüdiger Thomsen heiratete.

In Salzburg sah Zimmerkellner Heinz Willburg ab und zu in der Schloßstraße 47 vorbei. «Wir saßen dann in der schön eingerichteten Küche. Der Kühlschrank war stets gut gefüllt. Sie fraß sich immer mehr Kummerspeck an und klagte: ‹Ich kann nicht mehr gehen und nicht mehr stehen.› Ihren Traum, noch einmal ein Hotel zu betreiben, hatte sie aufgegeben.»

Und der Taxifahrer Wolfgang Schmidt kam natürlich fast jeden Tag. Er war nun ihr Vertrauter, dem sie einen Wohnungsschlüssel für alle Fälle aufdrängte. Schmidt lehnte das ab, er wollte keine Komplikationen, falls mal etwas fehlen sollte. Agnes Haerlin lachte laut: «Ich habe dich längst getestet.» Sie erzählte ihm, daß sie ganz bewußt Bargeld in der Wohnung hingelegt habe und Briefe, die exakt plaziert waren. «Du hast jeden Test bestanden.»

Die Tage vergingen in quälender Einsamkeit. Agnes Haerlin hatte viel Zeit nachzudenken. Und wenn sie eine Bilanz ihres Lebens zog, so war die ziemlich deprimierend. Sie hatte ihrem

Fritz den größten Wunsch nicht erfüllt – einen Sohn und Hotelerben. In ihrem Innersten hatte sie das wohl stets als Versagen empfunden. Den Töchtern war dieser stille Vorwurf nicht verborgen geblieben. Ihre Beziehung zu Annemarie und Thekla hatte das belastet. Sie hatte sich in die Arbeit gestürzt, ohne je richtig anerkannt zu werden. Immer hatte sie im Schatten ihres Mannes gestanden. Als der starb, hatte sie zwar das Zepter im «Vier Jahreszeiten» übernommen, aber glücklich war sie auch damit nicht geworden. Der Dauerstreit mit den Töchtern vergällte ihr die Lebensfreude. Aller äußerliche Glanz, die Reisen um die Welt waren letztlich Fluchten gewesen. Aber ihren Lebenssinn hatte sie verloren. Beim Gedanken an ihren Fritz quälte sie das schlechte Gewissen wegen des Verkaufs.

Auch Freunde waren ihr kaum geblieben. Nur Fred Peelen etwa, der sich häufig aus New York bei ihr meldete. Er war zum Topmanager in Amerika aufgestiegen. Zu Weihnachten 1991 hatte er sie wieder eingeladen. Nach St. Moritz ins Hotel «Palace», wo sie das Fest und Silvester gemeinsam verbringen wollten. Das war endlich eine Abwechslung in ihrem eintönigen Alltag.

Aber als Wolfgang Schmidt dann mit seinem Mercedes vorfuhr, war Agnes Haerlin merkwürdig deprimiert. Sie sagte: «Ich weiß nicht, was los ist. Heute freue ich mich gar nicht auf Weihnachten und würde am liebsten hierbleiben. Aber ich habe es Fred versprochen.» So fuhren die beiden also drei Tage vor Heiligabend los. Die Reise stand unter keinem guten Stern. Es schneite heftig, und im Engadin ging vor ihnen eine Lawine herunter. An Durchkommen war nun nicht mehr zu denken. Sie drehten um. Kurz darauf versperrte eine zweite Lawine den Rückzug. Gemeinsam mit einem Richter, der mit seinem Auto dringend nach Salzburg mußte, schlugen sie sich über Schleichpfade nach Hause durch.

Nach Weihnachten unternahmen sie einen zweiten Anlauf und hatten Erfolg. Aber wieder sagte Agnes: «Ich freue mich gar nicht darauf.» Sie war gesundheitlich angeschlagen, hustete mächtig und war erkältet. Was sie allerdings nicht davon abhielt, weiter Kette zu rauchen.

Anfang Januar brachte Schmidt sie wieder nach Salzburg. Er erledigte noch ein paar Einkäufe für sie, gegen sieben Uhr abends waren sie zu Hause. Agnes wollte ihre Koffer nicht mehr auspacken. «Ich will nur noch ins Bett.»

Am nächsten Vormittag rief Schmidt wie üblich bei Agnes Haerlin an, niemand nahm den Hörer ab. Es war Mittwoch, der 8. Januar 1992.

Schmidt setzte sich mittags in sein Auto und fuhr in die Schloßstraße. Niemand öffnete auf sein Klingeln. Nun alarmierte er die Polizei. Der Streifenwagen «Salzach 55» fuhr vor. Die Beamten holten den Schlüsseldienst Hofer. Agnes Haerlin saß angezogen auf ihrem Bett und war tot.

Im Polizeiprotokoll heißt es: «Es waren bereits sichtbare Totenzeichen (Geruch, Totenflecken u. Totenstarre) vorhanden.» Hausarzt Huber wurde gerufen. Laut dessen Auskunft «litt die Verstorbene an Rückenschmerzen und Diabetes. Ihr Gesundheitszustand war in der letzten Zeit sehr bedenklich und ein Fremdverschulden ist auszuschließen.» Die Beamten riefen den Leichenwagen.

Wolfgang Schmidt versuchte mit mehreren Telefonaten nach Hamburg, Kontakt zu den Töchtern zu bekommen. Doch die waren wie üblich zum Sonnenbaden in Australien und für ihn nicht erreichbar. So informierte der Kripochef von Salzburg Dr. Manfred Glinig, dann Gert Prantner über den Tod seiner ehemaligen Chefin. Der rief im australischen Surfer's Paradise an und hörte am Telefon die fröhliche Thekla ausrufen: «Anne, Mutter ist tot. Champagner!»

Die Töchter reisten nicht in Salzburg an. Statt dessen erschien am 9. Januar ihr Steuerberater aus Hamburg. Im Beerdigungsinstitut Wallmann unterschrieb er auch den Bestattungsauftrag Nr. 6/3. Es wurde ein gebeizter Eichensarg für 6426 österreichische Schilling ausgesucht und ein Totenhemd. Die Zeile «Aufgebahrt im Leichenhaus» ist ergänzt mit den Worten: «Krematorium, ohne Feierlichkeit!»

Die Leiche wurde verbrannt und die Urne am 22. Januar mit normaler Paketpost an das Hamburger Beerdigungsinstitut Ertl auf den Weg gebracht. Am 20. Februar teilte die Umweltbehörde Hamburg, Landesbetrieb Friedhöfe, Hauptfriedhof Ohlsdorf, dem Magistrat in Salzburg per Formblatt mit: «Die Urne der verstorbenen Frau Agnes Haerlin ist hier eingetroffen und am 3. 02. 1992 auf dem hiesigen Friedhof im Grab M 23/93, Grabbrief Nr. 54826 beigesetzt worden.»

Damit wurde auch in der schönen Mozartstadt Salzburg die Akte Haerlin geschlossen.

Anhang

Namenverzeichnis

Die *kursiv* gesetzten Seitenzahlen bezeichnen die Abbildungen.

Quellenverzeichnis

Bajohr, Frank, «‹Arisierung› in Hamburg», Hans Christians Verlag, 1997

Baumann, Fred S., «Um den Staat», Alster-Verlag, Hamburg, 1924

Bohnsack, Hans-Joachim, «Hamburg unter britischer Besatzung (1945–1950)», Eigenverlag, 1995

Bracker, Jürgen, «Hamburgs Weg in den Feuersturm», Museum für Hamburgische Geschichte, 1993

Busch, Harald, «So war der U-Boot-Krieg», Deutscher Heimat-Verlag, 1954

Calder, Robert, «Willie – The life of W. Somerset Maugham», Heinemann, 1989

Csampai, Attila, «Callas – Gesichter eines Mediums», Schirmer/Mosel, 1993

Erbach-Schönberg, Marie Fürstin zu, «Memoiren von 1852–1923», Laurissa Verlag, 1991

Eser, Willibald, «Theo Lingen – Komiker aus Versehen», Langen Müller, 1986

Essers, Ilse/Arnauld de la Periere, G. von, «Prinz Heinrich von Preußen», Koehler-Verlag, 1983

Fleck, Tony, «Gemmingen 769–1969», Bürgermeisteramt Gemmingen, 1969

Frazer, Jacobsen, Ottaway, Chester, «Onassis», Ullstein Verlag, 1978

Friz, Diana Maria, «Alfried Krupp und Berthold Beitz», Orell Füssli, 1988

«Gesetz über die Besoldung der Angehörigen der Wehrmacht», Verlag Erich Zander, 1943

Glasenapp, Carl Fr., «Das Leben Richard Wagners», Breitkopf u. Härtel, 1905

Grobecker, Kurt, «Haerlin/Toussaint – Vier Jahreszeiten Hamburg», 1987

Haerlin, Friedrich, «Mein Lebenslauf», Eigenverlag, 1937

Jürgens, Curd, «… und kein bißchen weise», Droemer Knauer Verlag, 1976

Jürgens, Margie, «Curd Jürgens – wie wir ihn sehen», Langen Müller, 1985

Lohmeyer, Hannes, «Springer – Ein deutsches Imperium», Edition Q,1992

Möller, Kurt Detlev, «Das letzte Kapitel – Geschichte der Kapitulation Hamburgs», Hoffmann und Campe, 1947

Nilsson, Birgit, «La Nilsson – Mein Leben für die Oper», Wolfgang Krüger Verlag, 1997

Pangels, Charlotte, «Eugen d'Albert – Wunderpianist und Komponist», Atlantis, 1981

Pavarotti, Luciano/Wright, William, «Ich – Luciano Pavarotti», Noack Hübner Verlag, 1982

Peillard, Leonce, «Geschichte des U-Boot-Krieges 1939–1945», Heyne Verlag, 1997

Pinnau, Ruth, «Der Sieg über die Schwere», Eigenverlag, 1993

Prost, Hans-Ulrich, «Das war Heinz Rühmann», Bastei Lübbe, 1994

Rühmann, Heinz, «Das war's», Ullstein Verlag, 1985

Schütt, Ernst Christian, «Chronik Hamburg», Chronik Verlag, 1997

Stern, Carola, «Die Sache, die man Liebe nennt – Das Leben der Fritzi Massary», Rowohlt Verlag, 1998

Stubmann, Peter Franz, «Ballin – Leben und Werk eines deutschen Reeders», Verlagsanstalt Hermann Klemm, 1926

Töteberg, Michael, «Filmstadt Hamburg», VSA-Verlag, 1997

Wesseling, Berndt W., «Franz Liszt – Ein virtuoses Leben», Piper-Verlag, 1973

Witthöft, Hans-Jürgen, «HAPAG Hamburg-Amerika Linie», Koehlers Verlagsgesellschaft, 1973

Fotonachweis

Bild-Zeitung S. 406
Blume S. 279
Cholet/action press S. 410
Die Baugilde S. 135
Hapag-Lloyd AG S. 95
Hotel «Vier Jahreszeiten», Hamburg S. 64, 97, 137, 142, 151, 170, 239, 373, 381, Hinteres Vorsatz und S. 445
Thomas Kaiser S. 366
Kopetz S. 435
Landesmedienzentrum Hamburg S. 173, 195
Museum für Hamburgische Geschichte Vorderes Vorsatz und S. 11, 236, 249
«Österreichischer Hof», Salzburg S. 399
Privat S. 15, 18, 23, 47, 57, 69, 109, 114, 160, 193, 341, 360
Ronald Sawatzki S. 443
Staatsarchiv Hamburg S. 119
Peter Timm S. 289
Ullstein Bilderdienst S. 87, 90, 132, 253, 256, 264, 282
Voss S. 159
W. Winkelmann S. 154

Von einigen Fotos konnten die Rechteinhaber nicht ermittelt werden. Gleichwohl bleiben die Rechte gewahrt.

Danksagung

Um dieses Buch schreiben zu können, haben wir mehr als fünfzig Zeitzeugen interviewt, Angestellte und ehemalige Mitarbeiter des Hotels, Gäste des «Vier Jahreszeiten» und Menschen, die mit der Geschichte des Hauses und der Familie Haerlin verbunden sind. Stellvertretend für die vielen Gesprächspartner, die im Buch auch zitiert sind, möchten wir uns besonders bei Josef Blau, Gerhard Beyer, Rudolf Botor, Franz Josef Brühl, Olof Haerlin, Alwine Hollekamp, Herbert Kröger, Hermann Lepke, Ingo Peters, Hans-Jürgen Porzelt, Gert Prantner, Herbert Prinz, Henry Rachow, Hasso Schlage, Wolfgang Schmidt, Rosemarie Springer und Heinz Willburg bedanken, die uns mit Informationen und wichtigen Hinweisen sehr geholfen haben.

Wertvolle Quellen fanden wir auch in folgenden Archiven, deren hilfreichen Mitarbeitern wir großen Dank schulden: Bundesarchiv Document Center Berlin, Deutsche Dienststelle Berlin, Staatsarchiv Hamburg, Universitäts- und Staatsbibliothek Hamburg, Public Record Office London, Staatsarchiv Nürnberg, Forschungsstelle für Zeitgeschichte in Hamburg, Archiv der Führungsakademie der Bundeswehr in Hamburg, Deutsches Pferdemuseum e.V. in Verden, Archiv «Sankt Georg» Hamburg, Dokumentation von Gruner + Jahr, Archiv des Axel-Springer-Verlages, Welt-Wirtschafts-Archiv Hamburg, Senatspressestelle Hamburg, Hotel «Vier Jahreszeiten Hamburg», Hotel «Baur au Lac» in Zürich, Hotel «Österreichischer Hof» in Salzburg, Hotel «Bellevue Palace» in Bern, Archiv der Deutschen Lufthansa, Musikhalle Hamburg, Deutscher Wetterdienst Hamburg.

Unserer Lektorin Ingrid Grimm danken wir für die ebenso anregende, kritische wie humorvolle Begleitung unserer Arbeit.